LOUISE ERDRICH

FEMME NUE JOUANT CHOPIN

Nouvelles choisies et inédites 1978-2008

* *

Traduit de l'américain
par Isabelle Reinharez

TERRES D'AMÉRIQUE

ALBIN MICHEL

« Terres d'Amérique »

Collection dirigée par Francis Geffard

Édition originale américaine parue sous le titre :
THE RED CONVERTIBLE
chez Harper Collins, USA, en 2009

À ma mère et à mon père

Préface

Chaque fois que j'écris une nouvelle, je suis convaincue d'être arrivée au bout. Il ne reste plus rien. J'ai terminé. Mais les nouvelles en ont rarement terminé avec moi. Elles gagnent en puissance, en poids et en complexité. Mises en rotation, elles exercent une influence centrifuge. Je n'envisage jamais les nouvelles comme des romans, mais il semble que la façon dont souvent (mais pas toujours) j'écris des romans consiste à commencer par des nouvelles dont je dois croire, à chaque fois, qu'elles sont terminées.

La plupart des nouvelles de ce recueil sont ces textes embryonnaires qui n'ont pas voulu me lâcher. Certaines ont attendu des années pour faire leur chemin jusque dans un livre. D'autres ont d'abord paru dans des magazines ou des revues. D'autres encore sont restées dans mes cahiers jusqu'à ce que je décide de les terminer pour le présent recueil. Elles sont publiées ici pour la première fois.

Je possède une librairie, ou plutôt, à l'instar de la boisson pour ce qui est de l'alcoolique invétéré, la librairie me possède. Depuis des années, Brian Baxter, le remarquable libraire qui la tient, insiste pour que je publie mes nouvelles. Quand je lui réponds que nombre d'entre elles se trouvent dans mes romans, il n'est pas satisfait. J'aime moi aussi les nouvelles sous forme de nouvelles, j'ai donc décidé de suivre son conseil.

Avec l'aide de mon admirable amie Lisa Record, qui a retrouvé et catalogué les nouvelles telles qu'elles furent publiées à l'origine, j'ai composé ce recueil. Dans la plupart des cas, je les ai laissées telles quelles. Je me suis efforcée de ne pas y faire de retouches et ne les ai révisées que lorsque je ne pouvais m'en empêcher, ou quand, dans le cas de « Femme nue jouant Chopin », la nouvelle avait été coupée en raison de sa longueur.

Quant aux toutes dernières, et dès lors non encore parues, je suis convaincue, comme toujours, qu'elles sont terminées et resteront à l'état de nouvelles.

Je voudrais remercier les premiers rédacteurs en chef qui ont pris le risque de me publier dans leur revue ; mon éditrice, Terry Karten, pour son travail omniscient sur ce projet ; Trent Duffy, comme d'habitude ; et enfin, mes parents, Rita Gourneau Erdrich et Ralph Erdrich, qui m'ont raconté des histoires depuis le tout début.

L. E.

Anna

Il y a un style de femmes qui, bien qu'ayant été ravissantes toute leur vie, connaissent une éruption de folle splendeur à l'approche de la cinquantaine. Un poisson aux écailles d'or fendant des vagues vertes et profondes pour remonter à la surface. C'était le cas d'Anna. Agitant paresseusement ses écharpes caudales. Et elle avait de l'expérience. Une hardiesse sexuelle qui faisait flancher les hommes. Sa peau était une eau étale, ses cheveux noirs ondulés et ébouriffés. Ses prunelles froides, sombres comme l'eau des lacs, allaient et venaient, animées d'une insatiable curiosité, s'arrêtant sur des hommes, les écartant ou les mettant de côté, comme si elle arrangeait ses cartes au poker. Un nez court, des pommettes saisissantes, un sourire extravagant d'une blancheur éclatante.

Le calcul, aussi. C'était ça le truc. Si Anna décidait que c'était vous qu'il lui fallait, vous qu'elle voulait, elle s'emparait de votre cœur et le rongeait pendant un moment.

J'en avais été maintes fois témoin parce que je suis son amie – la peau un ton plus clair, un peu moins séduisante, plus calme, très loin d'attirer autant l'attention. Je la mettais en valeur, autrement dit, comme le fond neutre d'un studio photo. Peu importait ce que nous faisions – que nous dansions autour du tambour à un powwow, que nous déjeunions, ou même que nous marchions sur la piste d'athlétisme du lycée, nos baladeurs CD aux oreilles, le glissement du regard des hommes de l'une à l'autre était prévisible. Ceux-ci considéraient Anna d'un air étonné, me jetaient un rapide coup d'œil comme pour information, puis revenaient aussitôt vers elle.

J'ai donc été en mesure de m'émerveiller de l'extérieur et de comprendre Anna, d'un point de vue intime, lorsqu'elle s'est installée avec ceux que nous appelions les frères Héron – Arnold et Whitey. Ces deux frères étaient les plus fameux célibataires de ce temps-là à n'avoir pas encore été capturés. Ils avaient grandi auprès d'Anna, à l'époque où les années 70 étaient entrées en collision avec les années 80, provoquant une implosion de sexe et de drogues qui avait durement frappé Minneapolis et, compte tenu d'une plus grande facilité à se déplacer, les réserves. Ils avaient grandi en faisant des allers et retours entre les deux. On savait de ces hommes qu'ils s'étaient épuisés à force de crack et de femmes, et s'étaient retirés, traumatisés, dans une de ces petites maisons construites pour les Indiens par le gouvernement, au bord d'un lac envahi de roseaux. Ils menaient à présent une vie rangée. Membres des AA ne touchant plus à une goutte d'alcool, et travailleurs. Arnold enseignait les maths au lycée de la réserve et donnait parfois des cours d'aptitude à la vie quotidienne destinés aux adolescents. Whitey gagnait sa vie grâce à un certain nombre d'activités. Il fendait du bois de frêne, récupérait des tendons, et fabriquait des paniers en bois de bouleau, de petits canoës, des dessous de verres, des cadres, il ornait aussi des paniers fantaisie de piquants de porc-épic quand il en trouvait un sur la route écrasé par une voiture. Il avait suffisamment de dons artistiques pour s'en sortir, et un peu le sens du commerce. L'été, il faisait la tournée des powwows dans son pick-up Ford borgne et ferraillant, équipé à l'arrière de sa tente de toit. Il vendait ses paniers ou les troquait contre des broderies de perles, des CD de ses musiciens indiens préférés, ou des bois de cerfs sculptés. Des bois de cerfs, il en vendait aussi. D'une façon ou d'une autre, il réussissait à participer aux dépenses de la maisonnée tout autant que son frère Arnold. Il mettait un point d'honneur à en informer les gens, parce que son frère semblait tellement stable et solide. Whitey tenait à ce qu'on soit au courant que son frère ne payait pas l'addition pour lui, je suppose. Sinon, il n'existait pas de rivalité entre eux, autant que je sache. Je voyais Arnold de temps à autre parce que je travaille dans l'administration scolaire, et tout le monde voyait Whitey ; il était omniprésent, il était partout. Et puis Anna a perdu son boulot et a emménagé chez eux.

En fait, c'est plutôt son boulot qui l'a perdue, elle. Remuer de la paperasse au bureau du gouvernement tribal l'avait toujours ennuyée, mais quand son patron est passé à autre chose et qu'elle n'a pas été nommée à sa place, quand une autre femme a décroché le poste, elle a démissionné pour cause de manque de respect. C'était une époque critique dans d'autres domaines aussi. Anna avait eu des enfants étant jeune et son tout petit, Tito, venait à peine de partir poursuivre ses études à l'université.

« Pourquoi entretenir une maison rien que pour moi ? Payer un loyer ? Je suis libre, pour la première fois de ma vie », a-t-elle remarqué.

Nous dînions toutes les deux dans un box du *Beyond's China Buffet*. Nous nous y retrouvions tous les dimanches. C'était notre soirée entre filles, une façon de faire le point. Nous revenions longuement sur tous les événements de la semaine et du week-end écoulés, un peu comme si nous débarrassions l'entrée des chaussures et des manteaux, une autre opération hebdomadaire. La discussion terminée, nous étions prêtes à passer au travail du lundi. Mais comme Anna avait démissionné et n'avait pas encore retrouvé de poste, qu'elle ne faisait donc pas une semaine de travail normale, je me demandais si le cours habituel de notre conversation ne risquait pas de changer. D'habitude, notre discussion nous amenait à la semaine suivante, que nous envisagions ensemble et allions jusqu'à préparer dans les moindres détails. Mais cette fois il en serait peut-être autrement, supposais-je. En effet. Avec la remarque concernant la maison, la routine de notre aimable conversation s'est dévoyée.

« Laisser ta maison ? »

Impossible. Anna était une obsessionnelle de l'ordre. Elle était très femme d'intérieur. Elle adorait faire le ménage et, plus encore, changer sans cesse l'agencement de ses affaires dans le but d'obtenir le meilleur effet.

« Et où vivrais-tu ?

– Là où le Créateur désire que je vive. Je parle sérieusement. Pour qui dois-je tenir une maison ? Je crois que je vais mettre tout ce que j'ai au garde-meubles. »

Elle a souri en voyant ma mine.

« Une fois pour toutes, je vais découvrir. C'est l'occasion ou jamais.

– Découvrir quoi ?

– Tout ce que je n'ai pas découvert parce que je me suis mariée jeune. Tu sais, les trucs profonds et tout ça.

– Hé, minute. Ce n'est pas comme si le mariage ou les enfants t'avaient mis des bâtons dans les roues. Tu as eu deux maris, je ne sais combien d'amants, et tu as traîné tes mômes à toutes les cérémonies possibles et imaginables, déniché la moindre danse du Soleil, le plus petit powwow. Ce n'est pas que tu aies jamais laissé tes obligations t'empêcher d'agir à ta guise. »

« Mais si, a affirmé Anna. J'ai toujours voulu vivre, un point c'est tout.

– Vivre en faisant quoi ?

– En pensant hors du cadre », a-t-elle insisté.

Et j'ai fait la grimace. J'ai horreur de cette expression. La moitié du temps, les gens s'en servent pour justifier quelque chose de bizarre ou d'illégal. À coup sûr.

« Autant que je te prévienne, c'est déjà fait. Demain je vais demander aux Héron de m'aider à entreposer des affaires. Nous prendrons le pick-up de Whitey. Ensuite, j'emménage. »

Je l'ai dévisagée, en faisant lentement non de la tête. Elle m'a regardée à son tour en secouant la tête de haut en bas, le rire aux lèvres.

« Tu ne vas pas vivre avec Arnold et Whitey. »

Ma déclaration était catégorique. Plusieurs fois, à des années d'écart, elle s'était mise avec l'un puis avec l'autre. Elle leur avait brisé le cœur, de façon extravagante, au moins six fois chacun. Emménager, même en étant neutre, songeai-je, en payant son loyer et rien de plus, serait certainement embarrassant. Mais il s'est avéré qu'Anna avait en tête quelque chose qui allait beaucoup plus loin que le simple embarras.

« Bien sûr que si. On sait ce qu'ils valent et moi aussi. Un homme, un seul, ça n'ira jamais pour moi. C'est évident, maintenant. Et avec nous trois pour tenir la maison, j'aurai le temps d'explorer les frontières de ma vie spirituelle.

– Tu ne vas pas… attends, tu ne parles pas d'avoir une liaison ?

– Toute la nuit, chaque nuit. »

Elle a battu vivement des paupières.

« Et maintenant tu te fiches de moi. »

J'étais méfiante. Déboussolée. Anna emménageant dans une maison avec les frères Héron, ce n'était pas simplement difficile à accepter d'un point de vue personnel. Il y avait là quelque chose qui m'angoissait à un tout autre niveau. C'était comme si, ce faisant, elle dérangeait une dimension fondamentale de l'ordre des apparences, toujours précaire sur notre réserve. Peut-être était-ce la conviction quelque peu ébranlée que seuls les jeunes étaient censés chambouler les choses, et nous, qui avions vécu assez longtemps pour être plus malins qu'eux, nous étions censés les remettre d'aplomb. Elle était presque une ancienne. L'âge ne comptait-il donc plus ? L'expérience ? C'était comme si une interrogation avait été lâchée sous forme de question ouverte. Et Anna avait beau être ma meilleure amie, j'étais dans le noir tout autant que n'importe qui.

Toute cette histoire d'Anna vivant avec les deux frères me troublait. Je savais ce que « toute la nuit, chaque nuit » signifiait. Ils avaient toujours tout fait à tour de rôle, ces deux frères, chacun avait donc l'habitude de s'effacer devant l'autre et vice versa depuis leurs tout premiers pas. Mais Anna n'était pas un jouet, même s'il lui été arrivé de le penser. Elle n'était ni un vélo, ni une voiture, ni une moto, ce que les frères avaient possédé en commun. Anna n'était pas une maison. Ils ne pouvaient pas diviser ses traits de caractère comme autant de pièces et décider qui habiterait où. Je pressentais que la confusion gagnerait, que les murs se désintégreraient, les personnalités s'embrouilleraient, les limites se chevaucheraient. Anna avait déjà fait de son mieux pour miner les frères, et maintenant ? Le désordre deviendrait interne. La fureur risquait de s'en mêler, ou pire, une rechute, alcool ou drogues. Toutes ces craintes tourbillonnaient dans mon cerveau, mais rien ne me préparait à ce qui s'est passé en réalité. Le résultat le plus inattendu de tous – rien.

J'ai bien des fois décroché le téléphone, cette première semaine, et même composé le numéro, mais raccroché avant qu'on ait eu le temps de me répondre. Je suppose que j'étais gênée, à vrai dire, inquiète qu'un silence dans ma voix dû à la nervosité ne trahisse mon malaise face à la situation. Puis un jour j'ai eu Anna, demandant pourquoi tu ne m'as pas appelée ? Je n'ai pas eu la présence d'esprit de l'entraîner dans une discussion sur ce que je ressentais vraiment, et j'ai marmonné je ne sais quelle excuse.

« Eh bien, viens, a-t-elle dit. Whitey a sorti le barbecue. »

Ce que j'ai fait. Je suis arrivée avec une salade de pommes de terre et me suis retrouvée la quatrième roue d'un heureux ménage à trois.

J'ai une fille de douze ans et un garçon de quatorze. Nous vivons seuls. Pas d'homme. J'en ai assez vu question émotions affectives et prises de risque vis-à-vis de mon cœur. L'amour est toujours agréable au début. Sur l'autre il y a toujours quelque chose qui scintille, une couche de peinture fragile. Qui disparaîtra, et avec le temps ce qui est en dessous finit par apparaître. Le père de mes enfants passe à la maison et je ressens une douleur dans la poitrine, juste au-dessus du cœur. Ils sont si enthousiastes de le voir, et moi je vois clair dans son jeu. Je vois le plâtre effrité qui ne tenait que grâce à la peinture étincelante, cette coquille, l'idylle. Il fait une promesse et je sais qu'il ne persistera pas dans ses intentions. Il feint d'être capable de rester en place, d'assister à leurs pièces de théâtre scolaires, à leurs matches sportifs. Je suis assise dans la pièce à côté. Jusque-là tout ce que je décris est typique, et le resterait, triste mais ordinaire, si je n'étais prise d'une colère telle que le monde se réduit parfois à cette unique remarque, à cet unique regard, et il faut que je parte parcourir à pied les kilomètres du nouveau sentier de motoneige filant à travers bois. Il faut que je marche pour apaiser la houle de mon cœur, la roue noire de mes pensées.

Moi-même, Carleen Thunder, tellement esquintée par la violence que je suis parfois incapable de m'exprimer clairement, qu'ai-je à dire de toute situation qui n'est pas colorée par mes défauts et mon cœur sombre, jaloux et douloureux ? Voilà pourquoi je me contente d'apporter ma salade de pommes de terre chez les Héron et de la flanquer sur la table de pique-nique. Si Anna et ses amants se risquent à déchaîner le chaos absolu, je ne vaux pas beaucoup mieux, moi et les pointes qui m'ont poussé, les piquants.

« Elle a l'air délicieuse, remarque Whitey.

– Comme celle de maman », dit Arnold, qui en chipe une cuillerée.

Anna lui donne une tape sur la main et il s'écrie :

« *Ouchy-o-weh.*

– Va donc attendrir la viande », ordonne-t-elle.

Arnold obéit et s'approche du barbecue, qui est presque prêt. Il commence à saupoudrer soigneusement les steaks d'un mélange d'épices et les enrobe de façon uniforme et précise. Tapote chacun d'eux du dos de son couteau. Pendant ce temps, Whitey dispose les assiettes en carton, les couteaux et les fourchettes en plastique. Il coince une pile de serviettes blanches sous le poids d'un caillou. Il y a du soda dans la glacière, pas de bière. Lorsqu'il déchire un sac de glaçons devant sa poitrine, on croirait qu'il défie quelqu'un. Mais toutes les pastilles de glace s'échappent, rien d'autre. Arnold, l'air rêveur, est à présent occupé à sortir des cornichons et des poivrons jaunes de leurs bocaux achetés à la Foire de l'État et à les disposer sur une assiette en verre.

Je remarque :

« C'est un barbecue chic, dites-moi.

– Un cornichon ? » demande Arnold.

Il n'y a pas la moindre tension entre eux que je puisse déceler, mais il y a tout de même quelque chose en arrière-plan. Une saute de courant. À la fin du repas, je me rends compte que quelque chose en eux, en chacun d'eux, bourdonne. Mais c'est assourdi, à la façon d'un réveil qui se déclenche dans une valise. Oh, ils parlent, et même ils rient, bougent normalement, plaisantent. Mais il y a une suspension, ici et là, dans l'action. Whitey va secouer la tête et demander : « Où en étais-je ? » Et Arnold ne saura pas. Anna s'efforcera de rire, mais au beau milieu de son éclat de rire elle oubliera. Elle dévisagera l'un des hommes un instant, puis enchaînera sur un tout autre sujet. Je comptais être sceptique, indignée, inquiète, mais je suis au pire déconcertée. Et un peu triste. Ils paraissent soudain avoir vieilli à toute vitesse dans leurs pensées actives. Ou alors, ils sont drogués au sexe.

Dans un certain domaine, du moins, il s'avère qu'Anna a moins vieilli qu'aucun de nous ne le pense. Un mois passe. Un autre et puis encore un autre, sans incident mémorable, même si elle me semble un peu plus lasse, un rien lessivée. Les ourlets de ses robes pendent et elle ne les recoud pas. Elle abandonne son habitude de faire des retouches de teinture pour corriger le gris de ses cheveux. Et abandonne aussi ses séances de manucure. En fait, ses ongles sont maintenant tout nus et elle les ronge à vif. Ils sont aussi ternes que des écailles déchiquetées. Ce qui m'inquiète, et je le lui dis.

« Mais ça m'est bien égal maintenant, répond-elle, de quoi j'ai l'air. »

Chez d'autres femmes cela pourrait être bon signe, mais chez elle, non. Surtout, curieusement, dans la mesure où tout autant Arnold que Whitey sont plein d'allant, plus grands, et même plus musclés. Peut-être rivalisent-ils l'un avec l'autre en allant chez le coiffeur et en faisant de la musculation, mais plus ils ont bonne mine, moins mon amie Anna est en forme. Elle perd sa façon radieuse et arrogante d'entrer dans une pièce, avec des allures de déesse. Elle s'avachit, furieuse, et à l'occasion d'une de nos soirées du dimanche, que nous avons reprises, je découvre pourquoi.

« Je suis en cloque. »

Sa voix est aigre tandis qu'elle repousse un plat de nouilles chinoises.

« Comment est-ce possible ? »

Nous pensions toutes les deux que nous en avions fini d'avoir des bébés, n'en étions plus capables en fait, et nous avions plaisanté de notre hâte à voir venir le moment dans la vie où les femmes foncent, réussissent, et trouvent un sens à tout ce qui les entoure. C'était notre projet.

« Je t'assure. »

Elle jette un coup d'œil critique à ses ongles affreux. Elle a posé son mascara sans commencer par se poudrer les cils et il a coulé. Elle a mis trop de rouge à lèvres, et sa bouche est ridiculement charnue. On dirait un poisson rouge de dessin animé.

« Comment te sens-tu ? »

Je ne sais pas quoi dire d'autre.

« Comme une foutue loque. »

J'ai envie de lui crier : *Lave-toi ! Ce n'est pas toi, là ! Remue-toi !* et *Ça va aller !* J'ai envie de lui dire tout ce que deux femmes qui ont été de grandes amies pendant de longues années pourraient se dire. Je veux entamer ce genre de conversation musclée et tonifiante. Mais il y a autre chose quand on se connaît aussi bien, c'est que l'on sait quand l'autre n'est pas sincère. Et si je disais ces choses-là à Anna dans l'état d'esprit où elle se trouve, elle se contenterait de me regarder, de plisser les paupières et de rétorquer : *Cause toujours*. Elle saurait que tout regard positif sur sa situation serait de la foutaise. Déjà, on ne parlait que d'elle sur la réserve. Maintenant elle sera désopilante. Elle aura un bébé tout neuf alors qu'elle devrait être grand-mère, et personne, surtout pas Arnold ni Whitey, ne saura qui des deux frères est le père. Mais, tout à coup, Anna fait un truc qui me permet de comprendre que malgré la situation désastreuse dans laquelle elle se trouve, elle s'en sortira bien. Elle laisse couler ses larmes. Je le dis comme c'est. Elle ne pleure pas, ne sanglote pas, n'a pas le nez plein. Cela n'a jamais été son genre. Elle puise de bonnes grosses larmes au fond de ses yeux, une vraie cascade, et s'écrie :

« Je voulais simplement une occasion, une occasion d'être Anna, une occasion que je n'ai jamais eue dans ma vie. »

C'est sa façon de pleurer, peut-être, qui chez moi touche le point sensible. L'agaçante vérité c'est que, même lorsqu'elle se néglige et a l'air de se réveiller, elle a toujours l'allure d'une femme qu'un homme veut à tout prix ramener dans son lit. Je ne suis que Carleen, celle qui écoute toujours quand Anna se met à dérouler le roman-fleuve des raisons qui ont fait que dans sa vie, malgré sa beauté, elle continue d'avoir une piètre opinion d'elle-même. Assise face à elle dans le box du restaurant chinois, à la regarder compter sur les doigts d'une main, puis de l'autre, les choses abominables que les autres lui ont fait subir, je suis saisie de pitié, pas pour elle mais pour cet être qui deviendra un bébé puis un enfant qui l'aura pour mère. Je sais que, d'une façon ou d'une autre,

Anna trouvera un moyen de n'en faire qu'à sa fantaisie, que ce soit bon ou non pour le petit. Il me vient aussi à l'idée que la seule raison pour laquelle Anna reste chaleureuse envers moi, c'est que je ne lui ai jamais fait obstacle. D'autres qui étaient ses amies ont été écartées si elles possédaient quelque chose qu'elle désirait – un boulot, un homme, même de l'argent. Les gens qu'elle apprécie le moins sont ceux à qui elle doit le plus. Comme je n'ai jamais eu d'argent, d'homme, ni de boulot enviable, j'ai gardé ma place dans sa vie. Laquelle ? Alors que je suis là à regarder sa bouche remuer, je comprends que j'ai bien une place, ou une raison d'être, qui est la suivante : Je suis censée voir Anna telle qu'elle est vraiment. Elle l'ignore, mais c'est mon boulot. Et un jour il aura une utilité.

Après ses trois premiers mois épouvantables, Anna s'adapte aux turbulences d'hormones antagonistes et devient une version magnifiée d'elle-même. C'est une créature exquise aux lignes pures. Ses cheveux tombent sur son dos, plus épais qu'avant, Arnold et Whitney la dorlotent. L'emmènent en voiture chez le coiffeur. Lui achètent des fruits frais et des vêtements neufs. Se plient à ses caprices. Elle disparaît pour passer le dernier mois dans un calme sous-marin et brode des perles de manière obsessionnelle, non pas sur une couverture de porte-bébé, mais sur un costume traditionnel pour elle, car elle s'est imaginée, ou s'est vue en rêve, vêtue d'une robe en peau de daim à longues franges, complétée d'un éventail en plumes d'aigle et d'une ceinture avec un couteau à écorcher dans un fourreau orné de perles. Elle fait beaucoup de rêves mystiques à présent et, loin de se moquer d'elle, les gens disent qu'elle est forte, et que c'est un signe qu'à son âge elle ait un bébé.

Un signe de quoi ? Je me le demande. Mais la réponse ne tarde pas à arriver lorsque les contractions commencent, que tout tourne mal et qu'on doit la transporter en hélicoptère dans le grand et vaste monde, où son bébé est sauvé de façon spectaculaire. Un signe d'espoir. Anna, elle aussi, sort de cette aventure avec style et élégance. Les gens hochent la tête face au secret maintenant dévoilé de l'arrangement personnel d'Anna, mais quand arrive un enfant, d'une façon ou d'une autre même les alliances les plus improbables sont acceptées. Et il en est ainsi avec les trois nouveaux parents. Ils débarquent aux réunions du conseil tribal, aux pièces de théâtre scolaires, aux powwows et aux cérémonies. Anna demande à un ancien de donner au petit un nom d'autrefois. Au fait, ce nouveau-né est une fille, et pendant les six mois où Anna reste avec elle, il devient évident qu'elle est plus grande qu'un nourrisson moyen, qu'elle a un cri vulgaire et assourdissant, et des cheveux qui partent dans tous les sens. Elle n'est pas mignonne.

Je me souviens de ces six mois de grâce. De cette période où les hormones de l'allaitement dopent votre immunité, et où vos cheveux qui sont restés épais tout le long de la grossesse ne sont pas encore tombés. C'est la période où l'enfant a la force d'attraction de tous les êtres sans défense et remplis d'adoration. La période où les gens font attention à vous, gazouillent et coulent un regard dans le petit ballot que vous transportez. Quand ces six mois ont passé et que la personnalité du bébé commence à s'affirmer, vous êtes une mère comme les autres, flanquée d'un bébé comme les autres. Pour certaines personnes, vous et votre petit êtes même un sujet d'agacement. La magie s'évapore. Vos cheveux perdent de leur épaisseur. Des taches apparaissent sur votre peau et la lassitude commence à se voir. Tout ceci est arrivé à Anna, et en plus la petite n'était pas adorable. Elle était agressive, a fait ses dents très tôt, et a eu une éruption de boutons sur les joues et sur le front. Dotée de trois séries de beaux gènes, ça lui passerait à coup sûr. Mais pour le moment elle était à un stade difficile. Anna a passé son temps à consulter les médecins des Services de santé indiens et commencé, de plus en plus souvent, à laisser l'enfant à la garde de ses pères. Elle ne l'avait pas fait au début – ils n'avaient aucune expérience des nouveau-nés, après tout. Mais elle est venue un jour chez moi, sans son bébé.

« Oh, ils sont merveilleux avec elle maintenant », a-t-elle affirmé. Elle était passée pour bavarder. « On vient de me proposer un emploi à Minneapolis. »

Elle a attendu ma réaction. Je ne savais trop comment réagir, sinon en posant une foule de questions. C'était un bon poste, sérieux, au bureau tribal de la ville. Qui semblait fait pour elle. Il y avait même un appartement, la totale. Et en plus elle était la chef de quelqu'un d'autre. Elle avait une assistante.

« La seule chose... »

Elle m'a lancé un regard lourd de sens, mais je ne tenais pas à terminer la phrase à sa place. Ne tenais pas à parler de la difficulté qu'il y aurait, ou pas, à quitter ses deux maris. Qui savait ce qu'elle avait libéré dans leur maison, et quelles bombes à retardement elle laisserait derrière elle en partant ? Comment le prendraient-ils ? Seraient-ils capables de redevenir simplement les frères Héron, ces étranges célibataires ?

Mais comme toujours, ce n'était pas tout.

« … je ne peux pas emmener la petite, évidemment. Il faudrait que je la mette à la crèche, et j'ai juré » – sa voix a pris une tonalité noble et sonore – « que jamais je ne la mettrais à la crèche ! » Anna a secoué la tête avec vigueur. « Trop de microbes. Et on ne connaît toujours pas l'impact de la crèche sur le développement global de l'enfant.

– Alors tu la laisses à Arnold et Whitey ?

– Tu crois que je devrais ? »

Je savais que la question était du genre de celles qui ont déjà trouvé une réponse, puisqu'elle est posée. D'ailleurs, c'est mon boulot d'amie de voir Anna telle qu'elle est vraiment. Je lui ai donc répondu.

« Mais oui. »

Anna n'est pas revenue, bien sûr ; elle a été promue et mutée à Washington. Elle va faire du lobbying pour les casinos. Ici, la vie est plus calme mais beaucoup moins intéressante. Les boutons de la petite ont disparu, ses cheveux ont repoussé et, avec ses deux pères pour l'adorer, elle a perdu sa virulence, c'est devenu une enfant satisfaite et curieuse, toujours en route pour quelque part juchée sur leurs épaules. Ils sont de nouveau célibataires, mais beaucoup moins étranges. Ils participent. Il le faut bien. L'enfant va grandir dans le monde et les y entraîner avec elle. Après tout, elle a tiré son existence et son développement de ces deux-là. Elle en a même écarté Anna. Et alors que tant d'enfants par ici n'ont pas de père visible, elle en a deux. Deux bons pères. Quand elle sera assez âgée pour s'interroger vraiment et poser des questions, pour vouloir s'informer sur sa mère et savoir qui elle est et pourquoi elle l'a abandonnée, je serai là pour lui parler.

Un jour où je déjeune au bord du lac, je lève les yeux et aperçois un héron bleu campé dans l'eau, protégé par un tout jeune saule. Un héron bleu est un butor, un échassier élégant et maladroit. En mangeant mon œuf dur, j'observe cet oiseau qui fait semblant de ne pas chasser. Il tend son cou sinueux et s'entrelace à l'ombre du saule. Il semble écouter l'eau, puis s'immobilise. Soudain, un petit poisson se débat dans son bec. On ne voit jamais ces oiseaux attraper les poissons, ils sont tellement rapides. Ensuite ils retrouvent leur silhouette peinte. Bien sûr, je pense toujours aux frères Héron quand je vois leur oiseau homonyme, mais cette fois une idée extravagante me frappe et j'éclate de rire.

Carleen dis-je, Carleen, tu ne t'en es jamais aperçue, voyons. Tu ne l'as jamais compris jusqu'à ce que tu regardes le héron faire semblant de ne pas chasser.

Dans ma tête le héron apparaît, un ballot noué à son bec comme une cigogne. Un ballot de couleur rose. Un oiseau plein de fierté. Je roule en boule la coquille d'œuf dans mes mains. Je ris sans pouvoir m'arrêter. Anna ne s'est servie ni d'Arnold ni de Whitey, c'est tout le contraire. Elle n'a pas gâché leur vie et ne s'est pas foutue de leurs émotions. Elle l'avait fait par le passé. Et voilà qu'ils s'étaient débrouillés pour avoir le bébé d'Anna, et ensuite se débarrasser d'elle, par-dessus le marché. Oh, ils ne bougeaient pas et on ne les voyait jamais capturer leur poisson. Ces hérons, ces frères. Ils avaient attendu des années.

Histoires d'ardent amour

On pourrait dire que je me suis littéralement donnée à fond à mon boulot. Mon appareil reproducteur a financé mon avenir médical. Je n'avais personne, personne de sérieux, mais je sortais tout le temps avec des garçons. On m'a donc posé un stérilet Dalkon au milieu des années 70. Ce truc-là a bien failli me tuer – utérus perforé, infection galopante, hystérectomie. J'ai trouvé que j'avais de la chance, tout d'abord, de m'en sortir stérile, sans plus. J'ai traité ça par-dessus la jambe. Au fond, je ne voulais pas d'enfants, ai-je raisonné, sinon pourquoi aurais-je employé ce truc ? Il m'a fallu six mois pour que la rage me prenne, et à ce moment-là un recours collectif en justice avait été déposé. Une amie de Baltimore m'a procuré les documents et je me suis jointe aux autres plaignantes. Deux années ont passé, j'ai réussi ma licence et je suis entrée tout droit à l'école dentaire. Quand j'en suis sortie, j'avais mon diplôme de dentiste et mes dommages et intérêts versés par la firme A.H. Robbins, un chèque dans les mains dont je me suis servie pour verser un acompte sur un espace habitat et local professionnel. J'ai fait contre mauvaise fortune bon cœur, transformé le malheur en aubaine. C'est tout moi – je ne m'avoue jamais vaincue ; je continue d'avancer. Je ne me suis jamais arrêtée – ni pour un deuil ni pour une tragédie, une maladie ou un contretemps, ni pour Jack ni pour personne.

Je parle de survie comme si c'était une chose facile, mais c'est évidemment la tâche la plus ardue au monde. Parfois il vous faut un ange, un soupçon de grâce, un visiteur venu d'une autre dimension.

Parfois il vous faut un chien.

Je me dépatouillais avec les suites du choc provoqué par le fait de comprendre, d'aller véritablement au cœur de ce que cela signifiait, que je ne pourrais jamais avoir d'enfant. Je m'en tirais de toutes sortes de façons ingénieuses, en acceptant un nombre insensé de patients, par exemple, puis en nageant un bon kilomètre dans la minuscule piscine du club de gym, en faisant de la musculation, en lisant tous les manuels pratiques de la bibliothèque de Fargo, Dakota du Nord, en dormant quatre heures, puis retour au premier rendez-vous d'une longue journée qui démarrait à sept heures du matin et se poursuivait jusqu'à vingt heures. C'est la façon norvégienne de traverser les mauvaises passes – déni, boulot éreintant, et encore déni. Puis s'y est ajouté le whisky sec. J'ai vu le docteur Hakula, un psychothérapeute, suivi un programme d'abstinence en douze étapes, et je suis entrée en contact avec ma force supérieure. Puis ma force supérieure m'a lâchée et ma force inférieure est revenue en bloc. Je buvais, mais moins qu'avant. J'ai commencé à me concentrer sur mes patients. Je suis devenue obsédée par leur bien-être. J'ai voyagé, vu les fjords, Stockholm, Copenhague. Et puis je suis rentrée chez moi. Je me représente ma vie avec un avant le stérilet (AVS) et un après le stérilet (APS). Un jour, j'ai lu mon horoscope. « Allez dehors », disait-il. Assise dans ma confortable maison moquettée et tout juste bâtie, j'ai regardé autour de moi. Dehors, l'herbe poussait. L'herbe était tellement haute qu'elle s'était affalée. Il était temps de tondre !

Cette immense pelouse entourant la maison, qui comprenait deux chambres à coucher, était équipée d'une tondeuse autotractée pour l'entretien, et c'est ce dont je me suis servie. Perchée dessus, j'ai sillonné deux arpents, formidable thérapie, et puis j'en suis descendue et j'ai mis les déchets dans des sacs. J'ai fourré les sacs à l'arrière de la voiture et, environnée de l'odeur d'herbe fraîchement coupée, je suis partie à la déchetterie. Il y avait une aire de compostage. J'y ai emporté les tontes de gazon, j'ai arrêté la voiture, et je tirais les sacs hors de la banquette arrière et du coffre quand mon regard a été attiré par un homme sortant d'un pick-up. C'était un genre de grand type quelconque, c'est ce qui m'a d'abord frappée, habillé de façon neutre. Du pick-up a sauté un chien, un genre de chien plutôt ordinaire aussi, mais avec un air vif et canaille qui m'a plu. Le museau levé, le chien bondissait en analysant tout ce qui l'entourait. Il s'est approché au petit trot du bord de la fosse, a regardé dedans, content comme tout. A tourné la tête vers son maître, qui chargeait un pistolet.

La vue du chien, de l'homme qui chargeait l'arme, n'a pas fait tilt, sinon que j'ai été choquée qu'ici on laisse les gens tirer sur des rats. Enfin, c'est ce que j'ai d'abord pensé. De tels exercices étaient dangereux. Je n'étais pas prête à intervenir, mais je ne savais pas encore que Jack était Jack, bien entendu. Il a parlé d'une voix dure, a lancé un ordre au chien. Le chien lui a décoché un regard dédaigneux, s'est approché, et a levé la patte sur son genou. Quand Jack lui a lancé un coup de pied, l'animal s'est assis face à lui et a relevé la tête, plein d'espoir.

« Très bien, a dit Jack. Très bien. Petit salaud. Reste assis là, mon toutou. »

Il a sorti de sa poche un biscuit qu'il a donné au chien, et puis, pendant que l'animal le mangeait, il a replié le coude et calé le pistolet sur son avant-bras. Il a reculé d'un pas et visé.

Je me suis penchée à l'intérieur de ma voiture, par la vitre ouverte, et j'ai klaxonné. Jack a regardé autour de lui jusqu'à ce qu'il me voie, et je lui ai fait signe d'attendre. Je suis remontée à bord, j'ai parcouru la vingtaine de mètres qui nous séparaient. Garder son véhicule autour de soi dans les éventuels moments de tension, c'est ma théorie – une peau métallique, une fuite rapide. Je me suis garée à côté de Jack mais ne suis pas sortie, j'ai simplement baissé ma vitre. C'est là que j'ai reconnu Jack comme étant le Jack avec lequel j'étais sortie au lycée. J'ai crié son nom. Il a paru ébahi, affolé, mal à l'aise – comme on l'est après tant d'années – mais pas le moins du monde gêné par ce qu'il s'apprêtait à faire.

Je lui ai demandé ce qu'il fabriquait, d'un ton aimable, et il m'a répondu, d'un ton tout aussi aimable, qu'il s'apprêtait à abattre son chien quand je l'avais interrompu, et comment allais-je ces temps-ci ?

« Le chien a-t-il fait quelque chose de mal ? » ai-je demandé.

Jack s'est approché, a remonté la jambe de son pantalon et m'a montré la longue bande de gaze.

« Quinze points de suture. »

Le chien avait l'air bougrement fier de lui. Il avait comme un petit sourire, une expression étrange et hésitante.

« Attends. Plutôt que de l'abattre, pourquoi ne me vendrais-tu pas ce chien ? » ai-je proposé.

Jack a pouffé de rire.

« Ce chien est vicieux. » Sa voix était comme une petite tape sur la tête. « Tu n'en veux pas. »

J'ai fouillé dans mon sac et je lui ai tendu dix dollars.

« Pas question. Je vois déjà un procès gros comme ça.

– Essaie donc : SPCA[1].

– Qu'est-ce que c'est ?

– En souvenir du passé ? »

Il s'est rapproché.

« Laisse tomber, ai-je dit. Je vois que je vais devoir employer les grands moyens. »

Je gardais toujours un billet de cent dollars glissé dans la pochette photo de mon portefeuille – un truc que j'avais appris en voyage –, je l'ai sorti et brandi avec le billet de dix.

« Tu vas me vendre ce chien. »

Jack a lorgné l'argent mais a secoué la tête, a souri.

Quand il a découvert ses dents, j'ai aperçu la carie gagnant le coin de son incisive droite, tout en haut à gauche.

« Ouvre la bouche, ai-je lancé, en mettant fin à l'entreprise de charme et en posant mon sac.

---

1. Société pour la prévention de la cruauté envers les animaux. (*Toutes les notes sont de la traductrice.*)

– Non mais…

– Quand t'es-tu brossé les dents pour la dernière fois ?

– … ça va pas ?

– Je parle sérieusement. Je suis dentiste maintenant. »

La mine docile, seulement à demi moqueuse, Jack s'est penché à côté de la voiture, le pistolet pendu au bout de ses doigts. Il a ouvert grand les mâchoires. J'ai examiné ce que je pouvais voir à l'œil nu, sous le regard attentif du chien.

« J'ai un marché à te proposer », ai-je dit.

Il a refermé la bouche, s'est redressé, a demandé si c'était bien ce qu'il croyait. J'ai haussé les épaules.

« Impossible de deviner ce qui te passe par la tête, mais voilà ce que je te propose : Tu me donnes le chien ; je te soigne les dents. Je ne fais pas mal. Je te jure que si je te fais souffrir, tu peux t'en aller. Je te plains, Jack, je t'assure ! »

Il a fini par accepter d'un hochement de tête.

« Tu t'es offert de jolis ennuis, m'a-t-il prévenue.

– D'habitude, c'est moins cher. » J'ai de nouveau regardé sa jambe. « Quinze points de suture ?

– Et ça. »

Il a levé la main pour prendre ma carte de visite, la manche est descendue le long de son bras – marqué de cicatrices de mordillements.

J'ai ramené le chien à la maison, et il est vrai qu'il mordait par peur. Il tentait de vous planter ses dents dans le corps avant que vous ne plantiez les vôtres dans le sien. Je comprenais ça. Nous nous sommes un peu bagarrés. Il m'arrivait d'attraper une oreille dans chaque poing et il montrait les crocs, prêt à me sauter dessus, mais il aurait d'abord fallu qu'il perde ses oreilles. Ou bien je posais brutalement mon pied sur le collier étrangleur, s'il se jetait en avant. J'ai tout de suite pigé le caractère de ce chien, et quand il a fini par piger le mien, nos rapports ont été parfaits. Pepperboy était fait pour prodiguer un dévouement inouï. J'étais faite pour en être l'objet. Mais alors, bien sûr, la vie est devenue plus compliquée.

Jack a pris rendez-vous. Il est arrivé un matin, en retard. A ouvert la bouche, et mon assistante, Andrea, s'est efforcée de ne pas réagir et de prendre simplement les radios. Nous avons fait une vingtaine de clichés. Six dents avaient besoin d'être dévitalisées. Jack avait un seuil de tolérance à peine croyable et avait traité ce qu'il ressentait à coup de colère, je suppose, et de Jack Daniel's. Il a dit qu'il ne pouvait pas préciser d'où venaient les sensations, qu'il les ressentait de tous côtés. A dit qu'il ne dormait plus depuis des mois, que le problème ne datait pas d'hier, loin de là. Quand il posait la tête sur l'oreiller, c'était comme si elle faisait un contact électrique – comme si toutes ses dents se fixaient à son système nerveux, palpitaient, sans répit.

J'ai fait asseoir Jack, je lui ai demandé de s'allonger sur le grand fauteuil, l'ai bien insensibilisé. Quand la douleur dans ses dents s'est arrêtée, ses yeux se sont emplis de larmes. Il m'a fait tellement de peine, ce grand gars, mon ex-petit ami et tout, mortifié. Un vrai chiot. Je l'ai soigné avec une application particulière et lui ai annoncé que nous nous verrions assez souvent dans les quelques mois à venir.

Au cours de ces visites, entre deux radios, pendant que nous attendions que la novocaïne commence à agir, nous bavardions. J'ai entendu parler de sa vie depuis le lycée.

Un jour, il m'a raconté qu'il venait de vivre un divorce, ce qui expliquait les dents. Les gens qui divorcent les négligent, en général. Après sa première femme, Eleanor, Jack avait passé une année, deux années, à courir après toutes les femmes qui s'approchaient de lui et à les prendre dans ses filets. Durant cette période, bien entendu, il avait laissé son hygiène dentaire aller à vau-l'eau. Sans parler du faible qu'il avait toujours eu pour les sucreries, un trait qu'il tenait de son père.

Nous avions prévu une sortie, ma première avec Jack depuis que j'étais adolescente. Un simple déjeuner. J'avais posé la dernière couronne sur la dernière dent – c'était censé être une sorte de fête en l'honneur de la bouche de Jack, pas vrai ? En réalité, c'était une fête en l'honneur de l'autre partie de lui-même que Jack préférait. La première chose qu'il m'a dite ?

« J'ai *tout* baisé à Fargo. »

Il me l'a annoncé sur un ton tragique pendant que nous examinions les menus dans un box en faux ancien orné de barres en cuivre et de verre dépoli. L'*Old Broadway* servait de grandes salades, voilà pourquoi j'y mangeais. Je surveille ma ligne.

« Ce discours-là, c'est ton plus gros problème, Jack, si tu prenais une petite minute pour l'analyser. »

Lorsqu'il avait commencé à venir me voir, ce n'était que pour ses dents, puis, au fil des visites, il avait commencé à réclamer une aide de plus grande ampleur touchant à sa vie privée. J'avais d'abord réagi avec une grande méfiance. Je savais qui il était et ce qu'il était, ce qui n'est possible que pour les mecs qu'on a partagés avec ses copines de lycée. Jack était pire que transparent pour moi, il était invisible, une sorte d'homme-enfant. Je l'ai regardé manger ; non, j'ai radiographié ce à travers quoi je n'avais pas encore regardé – j'ai presque vu la progression de son repas, comme dans un schéma de sciences naturelles. J'en ai eu le tournis. Jack mangeait un bon gros sandwich au pain de mie servi dans une corbeille et accompagné de frites. Il a bu un ou deux verres, des Bloody Mary, une bière, et a pris un dessert à la crème. Il était baraqué mais pas gras du tout, simplement solide, lourd et musclé, et son énergie à ce moment-là était en baisse mais infinie. Il a raconté qu'il était capable de ne dormir qu'une heure ou deux pendant des nuits de suite, en travaillant vingt-quatre heures sur vingt-quatre, en encourageant ses équipes et en leur criant dessus, en bousculant les ouvriers sur ses chantiers immobiliers pour qu'ils fassent des efforts déments qui manquaient parfois les tuer à force d'épuisement nerveux. Il était connu, déjà, pour terminer les travaux dans les temps et conformément aux devis. Dans le bâtiment, il suffisait d'y arriver une fois pour devenir une légende.

Je suppose aussi qu'à l'époque je voyais en lui un homme qui allait gagner beaucoup d'argent – non pas que le fric ait exercé une influence sur mes émotions, comprenez bien, je le sentais simplement tomber de ses épaules dans un léger crissement, quand il les redressait. Encre neuve. Papier. Mais son sourire était une presse de faux-monnayeur.

« Mon cher Jack, ai-je remarqué cette première fois, en tâchant de ne pas paraître m'intéresser à sa vie amoureuse qu'en toute sincérité je ne voulais pas toucher, même avec des pincettes. Il est peut-être temps pour toi de comprendre que sur le plan sexuel tu es un homme de Neandertal. »

J'ai laissé cette remarque en suspens, mais Jack avait détourné son regard triste et sombre, qui était maintenant posé avec une morne clarté sur une serveuse aux hanches solides qui lui a répondu en levant le majeur.

« Tu as raison, a-t-il reconnu d'une voix ferme en prenant une énorme bouchée de son sandwich à trois étages. Je me suis fait des ennemies de toutes celles que j'ai touchées, sauf toi. Fiançons-nous ou un truc dans ce genre, Candy. »

J'ai posé ma fourchette.

« Regarde-moi. »

Jack a obéi, a cessé de manger et m'a présenté un visage ouvert, de l'autre côté de la table. Je sais de quoi je peux avoir l'air, vraiment belle, surtout depuis que j'ai arrêté de picoler. Je suis une femme robuste, aux cheveux courts et raides, et au visage semé de taches de rousseur. Les gens me trouvent adorable. Tant mieux. Je me réjouis de donner cette impression. Il n'en est rien, bien que j'aie un visage rustique, un visage digne de confiance. J'ai une excellente circulation. Je suis toujours rose, chaude. En dessous, c'est de l'os bien dur.

« Je suis le genre de femme qui te laissera aussitôt tomber, ai-je prévenu. Traite-moi bien et je te rendrai malheureux. »

Jack a tendu les mains.

« Je ne pige pas.

– Attends que je t'explique en deux mots. Ça ne m'intéresse pas, Jack. Tu es aux abois, c'est tout. Mais tu as vraiment besoin de quelqu'un de stable, de fort, et surtout d'indulgent. »

Jack s'est remis à manger, en introduisant méticuleusement la nourriture à l'intérieur de son corps, sans une pause.

« Tu dois avoir raison. J'en suis même certain. Mais voilà, je ne désire pas le genre de femmes que je devrais aimer.

– Suis mon conseil, ou pas. Je m'en contrefiche. »

Jack a éloigné de ses lèvres la bouchée de gâteau à la crème de noix de coco, reposé sa fourchette délicatement, fixé son regard sur moi pour la première fois, et froncé les sourcils.

« J'en suis convaincu, a-t-il dit d'une voix douce. Mais toi, alors ? Moi, j'en ai vu de dures, et peut-être que j'ai appris quelque chose sur mes limites. Peut-être que tu ne peux pas me croire parce que tu m'as connu dans le temps. Un amour de jeunesse, pour moi c'est du sérieux. J'y pense. As-tu jamais envisagé que nous étions peut-être faits l'un pour l'autre ? Ne t'est-il jamais venu à l'idée que tu me connais peut-être si bien que tu es complètement aveugle et ne vois pas à quel point j'ai changé ? Bien sûr, tu ne me connais pas à cent pour cent, plus maintenant.

– J'ai tout oublié.

– Mais non, voyons. »

Nous nous sommes dévisagés par-dessus les vestiges de notre déjeuner, toutes les assiettes jonchées de détritus et tous les verres embués. Je l'ai observé avec beaucoup d'attention pour déceler la moindre trace de ruse ou de sournoiserie dans ses paroles, mais il n'a pas croisé mon regard. Il ne m'a pas jaugée, n'a pas attendu plus longtemps de voir ma réaction, mais a porté toute son attention sur le grain verni du plateau de la table. Tout en patientant, j'ai ressenti cet imperceptible changement de vitesse, ce grincement d'embrayage, et soudain il y a eu quelque chose qui n'avait pas été là auparavant, une touche d'anticipation, un parfum d'inconnu, de la curiosité, cet élément essentiel de l'empathie sexuelle.

« Fais gaffe. »

Je crois que ma voix a hésité, juste un petit peu.

Et c'est là, dans le box, alors que des gens tournoyaient autour de nous sans rien remarquer, que Jack a tranquillement tendu le bras et tiré sur le tour de cou, la cravate de mon corsage en soie rouge. Je portais quelque chose de noir en dentelle compliquée en dessous, et quand l'encolure s'est ouverte, j'ai senti que Jack constatait l'existence de ce vêtement. Je l'ai laissé regarder, la mine glaciale, puis j'ai renoué mon col.

« Tu n'iras pas plus loin », ai-je affirmé.

Mais j'étais remuée. C'est la façon dont il m'a souri, à la fois d'un air contrit, quand le nœud a été parfait, et sans honte, en sachant qu'il faudrait que nous en sachions davantage. La façon dont il s'est de nouveau attaqué à la crème surmontant son dessert, la façon dont il m'a regardée au-dessus de la pâte brisée. C'est sa main fermement posée sur la fourchette, l'ombre à la naissance de son cou, les deux centimètres de pure inquiétude entre ses sourcils. Ce qui m'a convaincue n'était rien que je puisse nommer ni qui soit véritablement logique, et pourtant soudain il n'y a plus eu de sauvetage possible. Dans chacune de mes relations amoureuses, j'ai connu quelque chose de semblable à ce moment de limpidité. Tout paraissait beaucoup trop réel. Ma perception de l'avenir pesait sur moi de tout son poids. Mes mains tremblaient, et mes vêtements me semblaient trop serrés et trop petits. Je sentais les rides de mon visage, une sensation de brûlure dans mes tempes, une pression sur mon crâne. Je ne pouvais pas respirer, ne pouvais pas remplir mes poumons. L'agacement m'a enveloppée, et le désespoir, et puis enfin l'amour à l'état pur, un manteau d'amnésie et d'espoir.

L'épouse antilope

Je faisais autrefois la tournée des powwows de l'Ouest en tant que marchand, bien que je sois moi-même un Indien de la ville, instituteur dans les écoles municipales. Je débarquais dans le Montana – Arlee, Elmo, Missoula –, me propulsais jusqu'à la réserve de Rocky Boy, et puis descendais sur celle des Crows. Je me plaisais là-bas dans toute cette immensité sèche ; au début, évidemment, et jusqu'à l'année dernière. C'était reposant, un confort de laisser ma cervelle parcourir sans but le mystère horizontal où le ciel rejoint la terre.

Maintenant, cette ligne et son mensonge m'inquiètent.

La terre et le ciel se touchent partout et nulle part, comme le sexe entre deux inconnus. Il n'y a pas de définition et pas d'union certaine. Si vous poursuivez cette ligne, elle vous échappera à la même allure que celle que vous avez adoptée. Le cœur battant, l'air brûlant dans votre poitrine, vous continuerez. Seuls les humains voient dans l'horizon un lieu véritable. Mais c'est comme pour l'amour, vous n'arriverez jamais là-bas. Vous ne l'attraperez jamais. Vous ne saurez jamais.

L'espace sans bornes joue ce genre de tours au cerveau.

Là et aussitôt disparu. Je suppose qu'il n'y a rien d'étonnant à ce que j'aie rencontré ma femme dans les plaines, ma rose bien-aimée, Ninimoshe, cousine proche, petite fiancée, la seule que je dirai jamais mienne. Je ne me reconnais pas de mérite pour ce qui est arrivé, ni de responsabilité, et je ne me soucie pas non plus de ce qu'à présent les gens pensent de moi – évitant mon regard, tâchant de ne pas marcher sur les traces que j'ai laissées.

Je veux simplement être avec elle, ou être mort.

On ne croirait pas qu'un homme aussi ordinaire que moi puisse conquérir une femme sur laquelle les têtes se retournent dans la rue. Pourtant, il y a des circonstances et des filles qui donnent l'avantage, et certaines façons de faire. Et puis, aussi, j'ai peut-être quelques dons.

J'étais assis sous mon auvent rayé là-bas à Elmo – à vendre des tortues sculptées. On ne sait jamais ce qui va marcher ou non. Parfois, les gens achètent des mocassins de bébé, les petits ornés de perles pas plus grands que votre gros orteil. Ou la mode est aux foulards pas chers, aux cravates à lacets, aux clochettes. Je peux avoir tout vendu avant midi si j'évalue mal mon stock, tandis que celui qui s'est installé à côté de moi et qui est arrivé avec un plein camion ramasse l'argent à pleines mains. Alors je ne peux que regarder. Mais ce jour-là, j'avais les tortues. Et ces gens étaient dingues de tortues. Une dame en a acheté trois – une en jade, une en malachite, une en turquoise. Une autre en a pris sept – petites. Une autre a acheté la bague tortue. C'étaient les femmes qui achetaient des tortues – les femmes qui achetaient en règle générale.

J'avais également troqué des plumes d'aras, et j'en ai tiré un bon prix. J'avais une boîte de beaux bijoux navajos anciens laissés en gage, que j'avais fait bénir, parce que ceux qui avaient porté ces turquoises semblaient les hanter, du moins je le crois. Un bijou est soutiré à un malheureux ivrogne – juste de quoi faire le plein d'essence –, ou il est carrément volé – ce que je veux dire, c'est qu'il arrive dans les mains des marchands par un mauvais biais et devrait être surveillé de près. J'ai une pièce rare que je n'ai jamais vendue, un bracelet ancien en argent orné d'une turquoise vert glacier en forme d'aile. Il faut que je vous dise, je ne peux le tenir qu'un instant, car lorsque j'en astique le motif, il semble certains jours palpiter dans ma main d'une vie secrète, d'une douleur secrète.

Je suis justement en train de ranger cette pièce ancienne quand elles passent. Quatre femmes qui mangent des glaces granitées tout en flânant sur les lieux du powwow.

Qui ne les remarquerait pas ? Elles flottent au-dessus de tout le monde montées sur d'infatigables jambes élastiques. C'est devenu difficile de dire à quelle tribu appartiennent les gens, nous sommes si métissés – j'ai un Buffalo Soldier, un soldat noir, dans mon sang, côté paternel, j'en suis certain, et de l'autre côté je suis entièrement ojibwé. Entièrement nanapush, ça, c'est toute une histoire. Ces dames-là ne sont décidément d'aucun endroit que je puisse situer. Leurs habits de danse sont simples – des robes en peau tannée, des bijoux en os, une peau de biche blanche sur le devant et deux pans derrière. Chics, élégantes, elles établissent un nouveau critère de simplicité. Tous autour d'elles en paraissent tapageurs ou provocants, un peu ridicules dans leurs tentatives pour attirer l'œil des juges.

Je regarde ces femmes poser leur bouche sur le cornet de glace. Elles baissent la tête, avec un demi-sourire, et embrassent délicatement les grains gelés. Tandis qu'elles suçotent le jus de citron vert et de myrtille sucré, leurs yeux noirs et fondants ne quittent jamais la foule, et pourtant elles avancent toujours. Sans peine. Aisément. L'absence d'effort est ce qui les rend ravissantes. Nous faisons tous trop d'efforts. Nous évertuer ainsi use ce que nous avons de tranchant, émousse les meilleurs d'entre nous.

J'inhale ces femmes comme de l'air. Je souffle fort. Mon cœur se serre. Quelque chose chez elles s'apparente aux bracelets de turquoise ancienne. Malgré les secrets de ces pierres, il y a des jours où je ne peux cesser de toucher et de caresser leur lumière. Il faut que je m'approche de ces femmes et en sache davantage. Je ne peux pas les laisser tranquilles. Je regarde ce qui m'entoure – camionnette, tente, auvent, perles, chaises, foulards, bijoux, tables pliantes, une caisse à monnaie, une tortue ou deux – et je reste assis aussi calmement que possible dans mon stand parmi ces objets. J'attends. Mais comme elles ne me remarquent pas, je décide que je dois agir avec hardiesse. Je donne mon étal à surveiller à mes voisins, une famille de Saskatoon, et puis je suis les femmes.

Marchant d'abord sur la pointe des pieds juste derrière elles, puis trottant plus vite, je manque les perdre, mais j'ai peur de trop m'approcher et qu'on me remarque. Elles terminent leur tour de l'aire de danse, y pénètrent au milieu d'un chant intertribal et entrent ensemble dans le cercle. Je m'adosse à un poteau pour observer. Certains danseurs, vous les voyez transpirer, vous entendez leurs pieds marteler la sciure ou l'herbe ou le gazon artificiel ou le sol du gymnase, que sais-je encore. Certains danseurs crèvent de chaud et leur visage s'assombrit dans l'effort. D'autres, vous ne comprenez jamais comment ils bougent, d'où ça vient. Ils ne font qu'un avec leur effort. À ceux-là vous laissez votre cœur et c'est ce qui m'arrive – je m'effondre sur un banc pour regarder ces femmes, et là où d'habitude je commence à me perdre dans mes pensées et où les cicatrices laissées par les coups de mon père me tracassent et me font mal, ce matin je suis fait du bois le plus lisse. Elles dansent ensemble sur un rang, murmurant de leurs voix vives et profondes, souriant prudemment car elles sont trop fières pour révéler leur beauté. Elles ont le pied léger et une pesanteur à la grâce assurée.

Leurs chevelures sont arrangées de façons différentes. La plus âgée des sœurs tire la sienne en arrière en une simple natte. Celle qui vient après la noue en un chignon fantaisie. La chevelure de la plus jeune est ramenée en une queue-de-cheval lisse retenue par un coquillage arrondi en guise de barrette. Quant à leur mère – car je peux dire que c'est leur mère surtout à cause de sa façon de bouger avec l'assurance de toute leur grâce réunie –, ses cheveux pendent longs et libres.

Sombres comme le paradis, avec des éclats rouans et des arroyos de brun, des vagues aussi profondes que des courants, un fleuve d'odorant crépuscule. Dans sa main droite elle tient un éventail fait des plumes d'un épervier à queue rouge. Ces oiseaux suivent les antilopes pour fondre sur les mulots que le troupeau en marche ameute. Soudain, alors qu'elle brandit l'éventail, ma gorge se glace. J'entends au loin, dans ma tête et dans mon cœur, le glapissement aigu de l'épervier qui plonge – un son solitaire, aussi indompté que les cœurs indomptés.

De retour derrière mes tables, plus tard, je place chaque article comme il faut de façon attrayante. Je fais provision de thé glacé et de soda et je m'assois pour attendre. Pour guetter. Pour attirer, aussi, si j'y parviens, mais question beauté il n'y a pas grand-chose que je puisse faire. Je suis empâté à force de rester assis sur mon fauteuil pliant, et trop enjoué pour qu'on me trouve d'une beauté dangereuse. Mes cheveux, j'en suis fier – ils sont bouclés et noirs et je les ramène en queue-de-cheval ou en natte. Mais j'ai les mains épaisses et gauches. Leur seul exercice consiste à prendre et à compter l'argent. Mes yeux sont trop solitaires, mes lèvres trop pressées de s'étirer et de sourire, mon cœur brûle trop de plaire.

Qu'importe. Les femmes arrivent en marchant sur l'herbe piétinée et, de toute façon, une fois encore elles ne me remarquent même pas. Elles passent devant les autres stands et examinent quelques cassettes, se montrent des boucles de ceinture ornées de perles et des tee-shirts Harley. Elles commandent un soda, mangent des tacos indiens, achètent des muffins aux airelles. Elles reviennent pour regarder les paris indiens, les jeux de bâtonnets. Elles disparaissent et soudain apparaissent. La mère examine le pied de sa fille. Est-elle blessée ? Non, ce n'est qu'un bout de chewing-gum qui s'est collé. Toute la journée je les suis des yeux. Toute la journée je n'ai aucun succès, mais je décide celle que je veux.

Certains choisiraient le brin, la pousse, le joli rejeton, la plus jeune et la plus voyante, les yeux aux paupières tombantes plus sombres. Moi, je suis assez fort, ou du moins je le crois, pour choisir la source : la mère. Elle est elles toutes réunies en une seule et même personne, il me semble. Elle est la vision non diluée de leurs beautés distinctes. La mère est celle que j'essaierai d'avoir. Tandis que je m'endors, je m'imagine la tenant dans mes bras, ce pouvoir fragile. Mes yeux se ferment, mais cette nuit-là je suis dérangé dans mes rêves.

Je cours, je cours, et je dois encore courir – je me réveille en sursaut, haletant. Le campement est obscur. Tout ce que j'ai se remballe facilement et je pense que je devrais peut-être prêter l'oreille au présage. Lever le camp à la minute même. Partir. Rentrer chez moi. Retourner en ville, à Minneapolis, Gakaabikaang nous l'appelons, où tout est disposé nettement en rang et proprement étiqueté, où l'on peut se cacher de l'horizon, oublier. J'y réfléchis, et puis j'entends les sons d'un chant de jeu de bâtonnets solitaire et passionné qui s'élève encore, la voix d'un vieillard déversant une impitoyable ironie, rien qui coince dans sa gorge.

Je marche jusqu'à la lisière de la lune qui se lève.

Je reste debout à écouter le chant jusqu'à ce que je me sente mieux et sois prêt à m'installer et à me reposer. En traversant le campement endormi, pourtant, je vois les quatre femmes qui marchent de nouveau – me dépassent, très rapidement et sans bruit cette fois, en riant. Elles bougent à la manière d'une vague, revêtues de pâles plis de calicot. Leur allure s'accélère, s'accélère encore. Je me lance au petit trot et puis je me retrouve en train de leur courir après, d'abord à une vitesse normale, et puis avec un effort, mettant tout mon cœur dans la poursuite, mon corps tout entier pédalant vers l'avant, bien qu'elles ne semblent pas s'être mises à courir. Leur démarche souple les amène en bordure du campement, rien que des broussailles et de la sauge, des herbes folles et des prés trop broutés, et de là vers des collines grouillant de vie. Un plan s'échafaude dans ma tête. Je vais trouver l'endroit où elles campent et le marquer d'un repère ! Passer par là avec des cafés demain matin, les prendre par surprise. Mais elles vont au-delà des limites du campement, de la dernière tente. Moi aussi. Nous ne cessons de décrire des boucles dans les espaces éclairés par la lune, plus vite, plus vite, mais en vain. Elles me distancent. Elles s'enfoncent dans l'obscurité, dans la nuit.

Mon cœur se serre, bat à tout rompre, bourré de regret, et j'ai besoin d'aide. On doit approcher de l'heure qui virera au gris avec l'aurore. Les nuits d'été en montagne sont si courtes que les oiseaux s'arrêtent à peine de chanter. Pourtant, au point du jour l'air devient frais et léger. Maintenant le vieux dont la voix haute et fêlée faisait joyeusement rentrer l'argent dans la tente de jeu s'arrête enfin. Je le connais, Jimmy Badger, ou je le connais en tout cas de réputation comme étant un vieil homme-médecine dont on parle à mi-voix avec respect. Je devine que son équipe a gagné, parce que les autres replient leurs fauteuils avec fracas et s'en vont en maugréant doucement. Jimmy s'appuie sur un petits-fils. Le garçon le soutient dans sa marche. Le corps de Jimmy est tordu par l'arthrite et par l'âge. Il a le souffle court. Ils s'arrêtent, je m'approche de lui, lui serre la main et lui dis que j'ai besoin de conseils.

Il fait signe à son petit-fils fatigué d'aller se coucher. Je prends le bras de l'homme-médecine et le conduis sur un terrain accidenté jusqu'à l'endroit où est garée ma camionnette. Je sors une chaise longue, la déplie, l'aide à s'y asseoir. Je plonge la main dans mes réserves, y déniche une carotte de tabac à l'ancienne et la lui donne. Puis j'y ajoute quelques écheveaux de perles et environ huit pieds de réglisse pour ses petits-enfants. Une couverture, aussi, que je lui donne. Je sors une autre couverture et la place autour de son dos, je remplis de café, encore chaud, un capuchon de thermos. Il boit, en me dévisageant d'une manière pénétrante. C'est un petit homme qui a dans le regard un goût latent de l'intrigue, et ses mains noueuses de parieur ont pris des formes intelligentes. Il a une bouche de joueur de poker, une crinière de beaux cheveux gris fer tombant loin dans son dos. Il porte un chapeau mou fatigué, bordé de perles et ceint d'un ruban argenté, et une veste en jean flambant neuve qu'il a probablement gagnée dans les tentes de black-jack.

Je suis un Ojibwé, lui dis-je, alors je ne sais pas grand-chose des plaines. Je suis davantage un Indien des bois, un gars élevé en ville. Je raconte à Jimmy Badger que j'ai un permis de chasse tiré à la loterie et que je m'en vais prendre une antilope. Il me faut le pouvoir de l'antilope, dis-je. Leurs habitudes me déroutent. Il me faut des conseils sur la façon dont on les attrape. Il écoute avec une attention soutenue, puis esquisse un agréable petit sourire qui découvre ses dents fêlées.

« Tu parles d'autrefois, dit-il. Il y en a qui continuent à chasser l'antilope, mais évidemment les antilopes ne sautent pas les clôtures. Elles sont faciles à attraper, de nos jours. Suis-les simplement jusqu'à ce qu'elles arrivent devant une clôture. Elles ne sautent pas en hauteur, tu sais, elles ne savent sauter qu'en longueur.

– Elles auront le dessus sur moi, je vais les chasser dans un endroit non clos.

– Oh, alors, là c'est autre chose. »

Et il sort sa pipe, me laisse la lui allumer, et reste ensuite un long moment assis à fumer.

« Écoute. » Il déplie lentement son corps tassé. « Les antilopes sont des gens curieux. Elles viennent voir de près tout ce qu'elles ne comprennent pas. Tu agites un bout de chiffon en l'air là où tu te caches, un drapeau. Mais seulement de temps à autre, pas de façon régulière. Elles sont curieuses, elles s'arrêtent, elles y prêtent attention. Très vite, elles mèneront leur enquête. »

Le lendemain, donc, j'installe mon stand exactement comme la veille, sauf que je mets de côté un coupon de *sweetheart calico*, une cotonnade blanche semée de petites roses roses. Quand les femmes s'approchent, tournent de nouveau autour des étals, j'agite l'étoffe. Rien qu'une fois. Elle attire l'attention de la plus jeune qui me regarde un court instant. Elles passent. Elles repassent. Je pense que j'ai raté mon coup. Je secoue l'étoffe. L'aînée des filles, la voilà qui se retourne. Elle m'observe par-dessus son épaule pendant un temps fou. J'agite l'étoffe. Ses yeux sont graves et attentifs. Puis elle se penche en arrière, en riant à l'adresse de sa mère, et elle la tire par la manche.

En un éclair, elles sont avec moi.

Elles jettent un coup d'œil à ma boutique. Je suis d'abord invisible, mais pas longtemps. Quand je me trouve suffisamment près, je commence à les enfermer en me servant de mon boniment de commerçant – pour ça je suis bon, pour la tchatche qui stimule l'intérêt du client. Mes marchandises sont toutes de qualité supérieure. Mes histoires ont des histoires. Mes broderies de perles sont fabriquées par des parentes et des amies dont les récits se ramifient en une série de barrières toujours plus compliquées. Je parle à chacune des femmes, lance des remarques agréables, dresse une succession de clôtures et de portails. Ce sont des femmes très réservées et polies, timides, rigides peut-être. Les filles parlent juste un peu et la mère pas du tout. Quand elles ne saisissent pas une blague, elles baissent les cils et échangent un regard, se comprenant en secret. Quand elles rient, elles couvrent leurs bouches ravissantes et calmes de leur main. Leurs yeux s'illuminent, émerveillés, lorsque je leur donne à chacune quelques tubes de perles de verroterie scintillantes, quelques boutons en corne, une cassette de musique traditionnelle.

Elles essaient de se volatiliser. Je continue à parler. Je leur demande si elles ont déjeuné, leur dis que j'ai de quoi manger et leur montre mes provisions de haricots blancs à la sauce tomate, de maïs, de pain frit, de biscuits à la mélasse. Je leur prépare des assiettes remplies à ras bord et je mets un peu de musique à la radio de la voiture. Je continue à parler, à sourire et à raconter mes blagues jusqu'à ce que les filles bâillent une fois. Je les surprends à bâiller, j'ouvre donc ma tente, plantée tout près, si agréable et engageante. Je leur dis de ne pas hésiter à s'allonger sur le moelleux amas de couvertures et de sacs de couchage. Leurs yeux sombres brillent, elles se tournent vers leur mère, sur leurs gardes, mais je chasse leur inquiétude et leur fais signe d'entrer, en souriant du sourire du commerçant.

Ensemble tous les deux. Elle et moi. Leur mère m'écoute aimablement, gentiment. Je laisse mon regard s'attarder juste un petit peu, plus près, jusqu'à ce que je trouve ses yeux. Et quand nos regards se croisent, nous nous fixons, nous nous fixons, sans plus pouvoir nous arrêter. Ses yeux sont si noirs, pleins d'une abrupte lumière, et circonspects. Les miens sont bruns, inquisiteurs, inquiets, j'en suis sûr. Mais nous tenons bon et je peux simplement dire que pour ce qui arrive ensuite je n'ai pas d'excuse acceptable.

Nous montons dans la camionnette alors qu'elle est encore sous l'emprise des paroles, du regard. Je crois qu'elle est déroutée par la façon dont je la veux, qui ne ressemble à celle de personne d'autre. Je le sais tout au fond de moi. Je la veux d'une façon nouvelle, d'une façon dont on ne lui a jamais parlé, une façon qui n'était pas celle du père des filles. Assurée, peut-être désespérée. Peut-être même déplacée, mais elle ne sait pas de quelle façon résister. Comme j'ai dit, je la fais monter dans ma camionnette. Je commence par passer de la musique douce, elle réagit comme si elle ne l'avait jamais entendue. Elle sourit un peu, nerveuse, et bien qu'elle ne parle pas, n'emploie pas de mots en tout cas, je comprends ses regards et ses gestes. J'abaisse le siège pour que ce soit agréable d'être allongé et de regarder les étoiles, et puis je la dorlote.

« Vous êtes fatiguée, dormez, dis-je en lui offrant une tasse de tisane brûlante. Vos filles ne risquent rien. Tout ira bien pour elles. »

Elle boit la tisane à petites gorgées et me considère avec une appréhension rêveuse, comme si j'étais quelque chose de nouveau sur terre. Ses yeux s'adoucissent, ses lèvres s'entrouvrent. Soudain, elle se laisse aller en arrière et s'endort profondément. Autre chose que j'ai oublié de raconter – nous autres Ojibwés avons quelques tisanes que nous préparons pour des occasions très spéciales. C'en est une. Une tisane de sommeil, une tisane d'amour. Oh oui, ce n'est pas tout. Ce n'est pas tout ce que m'a expliqué Jimmy Badger.

« Tu es fuyant comme tous ces Indiens des bois, a dit Jimmy Badger. Je vois la rouerie du commerçant. Si tu songes à ces femmes, ne le fais pas. Il y a longtemps, nous avions un homme comme toi qui a suivi les antilopes, en a attiré une tout près, l'a mise à terre. Il lui a fait l'amour. Au printemps, elle a ramené des filles humaines au campement. Elles ne pouvaient pas suivre son peuple qui partait vers de meilleurs pâturages et s'égaillait dans les plaines. Ne t'approche pas d'elles si c'est ce que tu penses faire. Peu d'hommes savent comment s'y prendre avec leurs façons amoureuses. Et puis, elles sont à nous. Nous avons besoin d'elles et nous prenons soin de ces femmes. Des descendantes.

– Peut-être bien, ai-je dit. Ou peut-être qu'elles sont simplement différentes.

– Ah, différentes, a reconnu Jimmy. C'est certain. »

Il m'a jeté un regard pénétrant, m'a attrapé avec ses yeux, a continué à parler. Sa voix était lointaine et autoritaire.

« Les vieilles femmes de chez nous disent qu'elles apparaissent et disparaissent. Certains hommes suivent les antilopes et y perdent la raison. »

J'étais têtu.

« Ou peut-être que c'est simplement une famille un peu bizarre, ou sauvage.

– Va-t'en, a dit Jimmy Badger. Va-t'en maintenant. »

Mais, au fond de mon cœur, je savais que j'étais déjà pris. Le meilleur chasseur laisse sa proie mener, non l'inverse. Ce chasseur-là ne se force pas à conjecturer et à suivre son gibier à la trace, il se laisse simplement porter jusqu'à la rencontre. C'est ce que j'ai fait.

Brusquement, je l'ai là avec moi dans la camionnette, et elle dort à poings fermés. Je reste assis à la regarder pendant un long moment. Je suis ensorcelé. Elle a des cils tellement longs que dans la lumière des projecteurs extérieurs ils jettent une ombre légère sur ses joues. Son souffle embaume l'herbe et ses cheveux la sauge. Je veux l'embrasser éternellement. Mon cœur s'affole et ça se voit.

Je pars. Oui, vraiment. Je pars en voiture avec cette femme pendant que ses filles respirent doucement, là, sous la tente, inconscientes. Je laisse aux filles toutes mes perles de traite, mes gages fantaisie et mes bijoux, tout ce qui était stocké dans un coin de la tente. Les kilomètres défilent, les routes vides. La chaîne des Missions se cabre devant nous, faisant jaillir des flammes de parois rocheuses à pic. Puis nous sommes au-delà de ces montagnes et pénétrons de nouveau dans un vaste paysage. Ma bien-aimée se réveille, désorientée et lasse. Je lui raconte des blagues et des histoires, et les trucs marrants que mes gamins ont faits en classe. L'hiver je suis instituteur, comme je l'ai dit au début. Elle réagit si peu que je me demande si elle a fréquenté l'école. Je roule toute la journée. Je roule toute la nuit. Seulement quand je suis si fatigué et que je vois double, je finis par m'arrêter.

Bismarck, Dakota du Nord, centre de l'univers. Lieu d'espace et de temps pour moi et ma Ninimoshe. Nous allons nous coucher, prenons une chambre au bout du motel. Je la fais entrer la première, je referme la porte derrière nous et puis elle se tourne vers moi – brusquement, elle sait qu'elle est prise. *Où sont mes filles*, disent ses yeux, leur peur acérée comme de l'os, *je veux mes filles !* Quand elle se jette en avant, je suis prêt, mais elle est si rapide que je ne peux l'empêcher de se précipiter à la fenêtre, battant en retraite. Elle zigzague, forte et agile, en direction de la porte, mais je la bloque et tente de la calmer. Elle me martèle de ses poings durs et file droit dans la salle de bains, fait tomber le miroir, se casse une dent sur le bord de la baignoire.

Que puis-je faire ? J'ai ces mètres de cotonnade, de *sweetheart calico*. J'y vais. Je les déchire soigneusement et avec beaucoup de douceur je panse ses plaies. Je ne sais pas quoi faire d'autre – je la ligote. Je passe une bandelette doucement dans sa bouche en sang. Enfin, je lie nos poignets ensemble et puis, à côté d'elle, au paroxysme de l'émotion, je dors.

Je l'adore. Je ferais n'importe quoi pour elle. N'importe quoi sauf la laisser partir. Quand je l'emmène dans ma ville, la situation s'améliore, de toute façon. Elle semble oublier ses filles, leurs yeux avides, l'immensité, l'air. D'ailleurs, je lui dis que nous ferons venir ses filles en avion. Elles peuvent venir vivre avec moi et aller en classe ici même.

Elle acquiesce mais il y a quelque chose de désespéré dans son regard. Elle compose sans relâche des numéros interurbains, il y a des appels téléphoniques d'un bout à l'autre de l'État du Montana, tous ces numéros commençant par 406 figurent sur la facture. Elle ne parle jamais, quoique parfois j'imagine que je l'entends murmurer. J'essaie les numéros mais à chaque fois que j'en compose un, je tombe sur le répondeur indien. Le numéro que vous avez demandé n'est plus attribué. Comprend-elle même le téléphone ? De toute façon, un soir elle me sourit au nez – nous avons exactement la même taille. Je la regarde au fond des yeux. Elle m'aime tout comme je l'aime, je le vois bien. Je veux la tenir sans cesse dans mes bras – pour le meilleur et pour le pire. Ensuite, nos nuits sont quelque chose que je ne peux pas aborder dans la journée, comme si nous étions revêtus d'autres corps, dans la peau embrasée d'autres personnes, comme si nous étions d'un autre temps, d'un autre lieu. Notre amour est une friandise qui fait mal, un vieux whisky mortel, une malédiction, et trop beau pour les mots.

J'en arrive au point où je ne veux pas la quitter pour aller travailler. Le matin elle s'assoit à sa place devant la télévision, regarde avec une calme fascination, sursaute un peu aux poursuites automobiles, compatit aux scènes d'amour. Je la surprends en train de s'observer dans la glace que j'ai suspendue dans la salle de séjour, elle imite les mines des femmes des séries, leurs airs enamourés, leurs moues. Leurs vêtements. Elle ouvre mon portefeuille, prend tout mon argent. Je lui donnerais n'importe quoi.

« Tiens, dis-je, prends aussi mon chéquier. »

Mais elle se borne à le jeter par terre. Elle cesse de porter ses vieux vêtements de peau et en achète de nouveaux, moulants, couverts de motifs audacieux. Elle rit plus fort mais son rire est silencieux, il la secoue comme un arbre dans la tempête. Elle boit du vin. En jean noir, dans un bar, elle est abordée par des hommes dès que je regarde ailleurs, alors je ne regarde pas ailleurs. Je ne la lâche pas, je m'attache à elle, ne la laisse pas partir, et parfois la nuit je la ligote encore à moi à l'aide de mon calicot.

En larmes, en larmes, elle pleure du matin au soir. Parfois je la trouve dans un coin, ivre, merveilleuse dans des déshabillés vaporeux, riant et jouant de nouveau en playback des scènes d'amour devant la glace. Je me dis que je vais faire quelque chose, ça ne peut pas durer. Elle est folle. Mais si on l'enferme, il faudra m'enfermer aussi. Elle va se déchaîner contre moi pendant des jours et des jours avec ses yeux, va me montrer les dents, m'écraser les pieds de sa botte à talon si je m'approche suffisamment pour tenter de l'embrasser. Et puis tout aussi brutalement, elle changera. Elle deviendra la plus tendre des compagnes. Le soir nous regarderons la télévision, genou contre genou, pendant que je prépare les cours du lendemain. Ses yeux parlent. Ses regards longs et compliqués me racontent des histoires – du temps passé, de son peuple. Les antilopes sont les seuls animaux assez rapides pour attraper l'horizon, disent ses regards circulaires. *Nous vivons là-bas. Nous vivons là-bas, là où le ciel rejoint la terre.*

Je lui apporte de l'herbe douce, la noue dans ses cheveux, et puis nous faisons l'amour et nous ne nous arrêtons que lorsque nous dormons l'un sur l'oreiller de l'autre.

L'hiver, et la lumière du jour diminue. Elle se met à manger, à manger, et enfle sous mes yeux, dévorant des chips et buvant du vin jusqu'à ce que je peste contre elle, lui lance qu'elle est moche, lui ordonne de trouver un travail, de maigrir, d'être celle qu'elle était quand je l'ai rencontrée. Cette dent est toujours cassée, et quand elle sourit son sourire est dentelé de haine mais ses yeux sont toujours sombres d'amour, d'amusement. Elle s'élève dans les airs en dansant et tourbillonne, s'éloigne en tourbillonnant pour que je ne puisse pas l'attraper, et une fois encore la voilà dans mes bras et nous bougeons, nous bougeons ensemble. Elle est si extraordinairement potelée que je ne peux pas tout porter, ses seins sont ronds et pointus, et cette nuit-là je me noie, je descends au fond d'elle. Je suis perdu comme jamais et le lendemain matin, le lendemain après-midi, elle m'entraîne de nouveau au lit. Je ne peux pas m'arrêter, malgré mon épuisement. Elle continue, continue. Jour après jour. Jusqu'à ce que je comprenne qu'elle cherche à me tuer.

Cette nuit-là, pendant qu'elle dort, je me faufile à la cuisine. Je téléphone à Jimmy Badger, j'obtiens son numéro en passant par une quantité de gens.

« C'est elle ou moi, dis-je.

– Ah, enfin.

– Que devrais-je faire ?

– Ramène-la-nous, espèce d'idiot. »

Ses paroles brûlent derrière mes yeux. Si vous en voyez une, vous êtes perdu pour toujours. Elles apparaissent et disparaissent comme des ombres sur les plaines, disent les vieilles femmes. Certains hommes les suivent et ne reviennent jamais. Même si vous revenez, vous serez toujours un peu dérangé. Ses filles font une sacrée tête. Elles n'ont pas beaucoup de patience, dit Jimmy. Il ne cesse de parler, et de parler. De la patience, elle n'en a jamais eu, cette famille-là. Notre chance tourne. Nos maisons se sont effondrées à cause de la neige de l'hiver, et notre travail part à vau-l'eau. Personne ne s'arrête à la station-service. Ramène-la-nous ! dit Jimmy. Il y a du malheur dans l'air. Les poissons sont tout mous à l'intérieur – une maladie quelconque. Ses filles sont furieuses contre nous.

Ramène-la, espèce d'idiot !

Je ne suis qu'un gars de la ville, je lui réponds, lent, obstiné, désorienté. Je ne sais pas ce que vous faites vous autres, là-bas, à vivre dans les plaines où il n'y a pas d'arbres, pas de forêts, pas d'endroit où se cacher sauf les lointains. Vous en voyez trop.

Espèce d'idiot, ramène-la-nous !

Mais comment le puis-je ? Elle qui est couchée à côté de moi au plus profond de la nuit, qui respire tranquillement pleine d'amour, de confiance. Sa main dans la mienne, son méchant sabot.

Le lait paternel

Scranton Fox

Il y a fort longtemps, lors d'une spectaculaire et cruelle incursion dans un village ojibwé isolé et jugé à tort hostile, à l'époque de la panique que faisaient régner les Sioux affamés, un chien portant sur son dos un *tikinaagan* à cadre de bois renfermant un enfant enveloppé de mousse, de velours, de broderies de perles, fut poussé par la peur dans la vaste carcasse du monde, à l'ouest de la Otter Tail River. Un soldat de la cavalerie, auquel la vue du chien et de l'enfant attaché disparaissant à l'horizon inspira une réaction humaine, les suivit et ne revint pas.

Sa destinée se perpétue bien qu'elle se perde peu à peu dans une plus vaste mémoire, et je la rapporte ici afin qu'elle ne disparaisse point.

Le soldat Scranton Teodorus Fox était le plus jeune fils d'un père quaker et d'une mère poétesse recluse qui créèrent en Pennsylvanie une petite communauté fondée sur la conversation intelligente. Un jour apparut dans son champ de vision un membre d'une troupe itinérante. Sans masque, le regard théâtral de la comédienne se propagea tel un incendie sur le front de Fox. Elle était grande, fantastiquement mince, pâle, aux cheveux plus pâles encore, d'un caractère résolu, et simple dans son mépris amusé pour Fox – si jeune, rayonnant, soumis. Pour se montrer à la hauteur, il lui promit un rendez-vous galant, puis prit la route de l'Ouest à la suite de l'éblouissant regard qu'elle lui jeta par-dessus son épaule. Un glaçon, qu'elle planta en son cœur où il fondit, y laissa une traînée de glace et de sang. La route était longue. La femme glissait sous ses pieds tel un serpent dans des rêves enfiévrés. Quand enfin il arriva au lieu convenu, elle n'y était pas, évidemment. Furieux, mal dans sa peau, il ne suivit pas les voies radieuses de son père, s'engagea dans la cavalerie américaine, et fut envoyé au Fort Snelling sur les rives du Mississippi, à St. Paul, Minnesota.

Là, on l'entraîna à manier le fusil, on lui apprit à repriser ses chaussettes à l'aide d'un œuf en bois, il mangea quantité de haricots mal cuits, et astiqua le harnachement en cuir de ses officiers jusqu'à ce qu'un jour, dans un état de résignation inquiète, il endosse l'uniforme bleu foncé, fixe sa baïonnette au canon, fasse route plein ouest.

Le village sur lequel tomba sa compagnie était calme, puis ne le fut plus.

Dans un tumulte de chevaux gémissants, de chiens hurlants, de coups de fusil et de pistolet, et dans la fumée des feux de cuisine, ce qui troubla le plus Scranton Fox, ce ne fut pas les cris de mort des anciens et les quelques guerriers stupéfaits de se retrouver nus jetés hors de leur couverture, mais le silence de bête sauvage des enfants. Et le brusque mépris qu'il ressentait pour eux tous. Inattendue, la haine glacée. Le plaisir à lever son arme, à viser, à faire feu. Ils couraient, rapides comme leur mère, vers une ravine couverte de broussailles et un bourbier d'herbe au-delà. Deux tombèrent. Fox pivota, ne sachant pas qui abattre ensuite. Impatient, il transperça à la baïonnette une vieille qui se jetait sur lui sans autre arme qu'un caillou ramassé à terre.

Elle était bâtie comme les balles de foin défoncées dont ils s'étaient servis à l'entraînement, mais son corps se referma vite sur l'arme. Scranton Fox s'arc-bouta sur elle pour se dégager, lui posa une botte entre les jambes pour sortir la lame de son ventre, et ce faisant tenta d'éviter ses yeux, en vain. Son regard fut attiré dans celui de la vieille et sombra dans l'obscur et solitaire instant d'avant sa naissance. Il y eut un mot qu'elle prononça dans sa langue. Un gémissement de chaleur et de sang. Il vit sa mère, libéra la baïonnette en tirant dessus d'un coup sec avec un cri gigantesque, et se mit à courir.

C'est alors qu'il vit la chienne, un roquet bondissant couleur terre, faire deux fois le tour du camp avec l'enfant sur son dos, et filer non pas dans les fourrés mais à découvert. Ce fut autant pour échapper au funeste désordre de ce village et à son propre acte ténébreux que par une quelconque compassion pour le bébé, bien qu'il eût entrevu son visage – indécis et paisible –, que Scranton Fox se mit à courir après eux. En l'espace de quelques instants, le chahut de la mort était derrière lui. Plus le village s'éloignait, plus il le voulait loin derrière, et il poursuivit sa route, courant, marchant, réussissant à ne pas perdre la chienne de vue simplement parce que c'était le printemps et que l'herbe nouvelle, après que la foudre l'avait grillée, commençait tout juste sa poussée, qui l'amènerait bien au-delà de la taille d'un homme adulte.

De temps en temps, au fil de la journée, la chienne s'arrêtait pour se reposer, s'étirait, patiente, sous son fardeau. Souriant de toutes ses dents et haletante, elle laissait Fox s'approcher, mais pas trop. Un collier de perles bleues pendait à la tête du porte-bébé. Se balançait, cliquetait faiblement. Les mains de l'enfant étaient prises dans les langes. Il ne pouvait pas atteindre les perles mais les contemplait, comme hypnotisé. Le soleil se fit brûlant tel un rasoir. De minuscules mouches noires se posèrent au coin des yeux de l'enfant. Burent l'humidité le long de ses paupières jusqu'à ce que, vers la fin de l'après-midi, la chaleur tombe. Un vent froid roulait contre Scranton Fox en un assaut régulier. Pourtant, dans l'immensité vide, ils poursuivaient tous les trois leur infinitésimale progression.

Le monde s'obscurcit. Craignant de perdre la trace, Fox se donna au maximum. Tandis que la nuit s'attachait à eux, homme et chienne étaient assez près pour s'entendre respirer l'un l'autre, et ainsi, dans ce rythme, tous deux dormirent. Le lendemain matin, la chienne ne s'éloigna pas, souriant de toutes ses dents pour obtenir des restes. Craignant de l'effrayer en tirant un coup de fusil, Fox n'avait pas abattu de gibier bien qu'il en eût vu beaucoup. Il réussit à prendre un lapin au collet, et puis, avec sa boîte d'amadou et sa pierre à briquet, il alluma un feu et commença à rôtir l'animal, si bien qu'à l'odeur la chienne se traîna sur le ventre dans la poussière, se rapprocha timidement. Le bébé fit son premier bruit, un gémissement vague et chuchotant. Acceptant des restes et des os, la chienne était aux aguets, soupçonneuse. Fox ne put la toucher avant le lendemain, lorsqu'il eut pensé à se laver des pieds à la tête et à l'approcher nu pour atténuer son odeur d'homme blanc.

Ainsi il put enfin sortir le bébé de ses langes et le baigner, une fille, la prendre dans ses bras. Il n'avait encore jamais rien fait de tel. D'abord il essaya de lui donner à manger un tout petit morceau du lapin. Elle était trop jeune pour s'en débrouiller. Il laissa tomber de l'eau goutte à goutte dans sa bouche, s'assura que le liquide coulait bien, mais hésita sur ce qu'il pourrait lui donner à manger, puis s'alarma quand, après une nuit de privation, son visage minuscule se fripa sous le coup de la faim. Elle le regardait d'un air interrogateur, dans l'attente de quelque chose et, finalement, brailla avec virulence. Chose étonnante, ses cris emplirent une immensité que rien d'autre ne pouvait combler. Ils résonnèrent, noyèrent tout, et ramenèrent le cœur de Scranton Fox tout à la surface. Il berça l'enfant dans ses bras, entonna des chansons de corps de garde, puis des hymnes énergiques, et enfin se souvint des berceuses de sa propre mère. Rien n'y fit. Il semblait, quand il la tenait tout contre son cœur comme le faisaient les femmes, que l'enfant s'énervait, dévorée de convoitise, et s'agrippait désespérément, rugissait de frustration, jusqu'à ce qu'enfin, ému presque jusqu'à la folie, Fox ouvre sa chemise et la mette à son sein.

Elle s'empara de lui. Le respira. Téta furieusement. Tout le corps de Fox en était stupéfait, surtout l'inoffensif mamelon qu'il n'avait jamais remarqué ni apprécié à sa juste valeur jusqu'à ce que, malgré la douleur, il serve à lui offrir la paix. Assis là, l'enfant tenant une partie de lui dans sa bouche, il regarda alentour juste au cas où il y aurait eu un témoin de cet acte qui lui paraissait plus étrange que tout ce qui avait pu arriver dans cette région remplie de ciel. Évidemment, il n'y avait que la chienne. Satisfaite, libérée, elle se prélassait tout près, reconnaissante. Ainsi passèrent la soirée puis la nuit. Scranton Fox fut obligé de changer de mamelon, le premier lui faisait si mal, et il s'endormit avec l'enfant à son côté, pendue à son bout de sein inutile.

Elle était toujours là au matin, collée, pourtant il la détacha pour abattre une perdrix au lance-pierres, qu'il fit rôtir elle aussi et dont il étala la graisse sur ses deux meurtrissures. L'enfant en devint folle de lui. Il ne put plus la retirer et se mit à marcher, la tenant dans ses bras, toujours fixée à lui, vers un immense bouquet de peupliers de Virginie qu'il distinguait à peine au loin. Une rivière. Un endroit où camper. Il s'installerait là un jour ou deux, pensa-t-il, et tâcherait d'apprendre au bébé à manger quelque chose, car il craignait qu'elle ne mourût de faim bien qu'elle parût, sauf quand il l'éloignait de sa poitrine, étonnamment satisfaite.

Il suspendit les perles bleues au cou de la petite. Attacha le porte-bébé sur son dos. Puis homme, enfant et chien s'enfoncèrent plus avant dans ces contrées sauvages. Ils atteignirent des collines de sable, couvertes de chênes, un abri. Non loin de là, de la tourbe qu'il découpa laborieusement avec la lame de sa baïonnette et entassa en un carré, un espace dépourvu de lumière mais sûr, et chaud. À force de coups de fusil, il réussit à abattre un bison mâle engraissé d'herbe estivale. Il l'écharna, sécha la viande, fit durcir la cervelle, stocka la graisse mêlée à des baies pilées dans les boyaux, se servit du moindre os et lambeau de chair, jusqu'aux cornes, qu'il sculpta en cuillers, et aux globes oculaires, jetés à la chienne. Une fois la langue cuite bien tendre et réduite en purée dans sa bouche, il cajola l'enfant pour qu'elle l'accepte. Elle continuait à le préférer de beaucoup. Dans la mesure où il avait désormais dépassé tout jugement civilisé, cette loyauté l'emplissait d'une joie tendre et bête.

Il se baignait chaque matin à la rivière. Un jour, il tua un castor et s'enduisit entièrement de la graisse de sa queue pour éloigner les moustiques. L'enfant continuait à téter, et de sa chemise il lui fit un porte-bébé. Il paressait à l'entrée de sa grotte de tourbe, épuisé, craignant qu'un accès de fièvre ne fût en train de lui tomber dessus. La situation était déroutante. Il ne savait quel parti choisir, comment prendre le chemin du retour, se demandait s'il y aurait un détachement lancé à sa recherche, et puis il se rendit compte que si on le trouvait il passerait devant un conseil de guerre. Le bébé continuait à téter et refusait d'arrêter. Les mamelons de Fox s'endurcirent. La compassion le brûlait, l'enfant tétait si aveuglément, si vigoureusement, et avec une foi si vaste. Il lui vint à l'esprit, par un lent crépuscule, alors qu'il baissait les yeux vers elle, à son sein, qu'elle lui apprenait quelque chose.

Cette idée lui parut d'abord absurde quand il y réfléchit, et puis, comme c'est le cas des intuitions lorsque nous avons la solitude pour nous en imprégner, il finit par s'habituer à cette pensée et prêta attention à la leçon. Le mot « foi » l'accrocha. La petite en disposait en une réserve si parfaite. La petite tétait avec une simplicité et une confiance absolues, comme si l'acte lui-même allait répondre à son désir. À demi assoupi, tôt un matin, elle à côté de lui, il sentit une légère chaleur, puis un jaillissement d'un côté de sa poitrine, une très agréable brûlure. Il pensa que c'était un rêve étrange, se rendormit et ne se réveilla qu'en entendant un énorme rot du bébé, dont les lèvres se retroussèrent de béatitude sur ses gencives sombres, dont les poings minuscules étaient pour la première fois desserrés dans le sommeil, et qui semblait, d'une façon invraisemblable, bien nourri.

Demande et tu recevras. Demande et tu recevras. Les mots coulaient en lui tel un clair ruisseau. Il porta une main à sa poitrine puis goûta une goutte fluide et bleue de son propre lait, mouillé d'eau, abominable, un don de Dieu.

Miss Peace McKnight

Le devoir familial était profondément ancré en Miss Peace McKnight, ainsi que la certitude que si ce n'était elle personne ne s'en chargerait – de s'acquitter du devoir, s'entend, d'assurer l'avenir des McKnight. À Aberdeen, le commerce ambulant de boutons de son père fit faillite quand il fut à court de moutons morts – les siens, dont il eut la brillante idée d'utiliser les os après une catastrophe printanière. Il scia des boutons à l'aide d'un instrument de son invention en acier soudé, les égrisa jusqu'à ce qu'ils brillent au moyen d'un polissoir fait de sable fin collé à un chiffon, pratiqua des trous avec un foret et un poinçon qu'il avait inventés lui-même. Ce fut donc l'absence de carcasses de moutons qui contraignit sa fille à lutter contre l'esprit d'ignorance.

Peace McKnight. Elle avait la solide charpente d'un fauteuil de capitaine, et pourtant tirait l'eau avec des poignets gracieux, courait en dansant d'un côté à l'autre de la route creusée d'ornières sur des chevilles blanches et rondes. Robuste, écossaise, la poitrine forte comme un pigeon biset, et saupoudrée de partout tel un œuf parsemé de taches de rousseur, des cheveux ondulés d'un brun très sombre retenus par le cadeau de son père – trois épingles en os sculpté –, elle vint dans les Grandes Plaines avec suffisamment d'éducation pour demander et obtenir une habilitation à enseigner.

Sa classe fut d'abord insignifiante, tous des élèves presque adultes, aussi. Trois sœurs suédoises tuberculeuses qui n'en avaient plus pour longtemps, un garçon bourru et plein de colère. Un Allemand. Alors même qu'elle parlait aussi simplement et lentement qu'il était humainement possible, sa classe fixait sur elle des regards de soupçon muet, était incapable de suivre une seule indication. Elle dut commencer par le commencement, enseigner l'alphabet, les nombres, et venait d'atteindre la lettre *v*, le mot *chat*, la soustraction, qu'ils maîtrisaient naturellement mieux que l'addition, lorsqu'elle remarqua quelqu'un debout au fond de la classe. Tranquillement attentive, observatrice, elle était là depuis un certain temps. La fillette sortit de l'ombre.

Elle avait une peau rouanne au ton cuivré et portait un collier de perles d'un indigo lumineux. Elle était mince, avait une taille longue et flexible, un cou gracieux, et devait être âgée d'une dizaine d'années.

L'intérêt fit virer le teint de Miss McKnight au rose doré. Elle fut charmée, d'abord par l'assurance qu'elle vit dans le sourire de l'enfant, et ensuite par l'intuition immédiate qu'elle eut d'où s'asseoir, de comment étudier, s'organiser, et enfin par l'intelligence de son écoute. La fillette, quoique silencieuse, était d'une nature avide, curieuse. Miss McKnight avait un don d'enseignante pour y répondre. Malgré les huit années qui les séparaient, inévitablement, elles devinrent amies.

Puis sœurs. Jusqu'à la fin de l'automne, Miss McKnight coucha dans le vestiaire de l'école et se lava à la rivière voisine. Mais quand la rivière gela, un débat agita les foyers rares et éloignés les uns des autres pour savoir lequel disposait d'assez d'espace et avait les moyens de l'entretenir. Aucun. Coral Fox intervint et harcela son père, connu pour être un type étrange et solitaire, jusqu'à ce qu'il cède et accepte que la nouvelle institutrice vienne partager la petite couchette qu'il avait fabriquée pour sa fille, pourvu qu'elle aide celle-ci à s'occuper des volailles.

Ils élevaient principalement des pintadeaux issus de bêtes que Scranton Fox avait achetées à une veuve polonaise. Les pintades vulturines tachetées de violet très foncé étaient à demi sauvages, malignes. La tâche de Coral consistait à épier, pourchasser et suivre les femelles jusqu'à leur nid secret. Les fillettes, car Coral était encore à moitié fillette tandis que Peace McKnight atteignait tout juste l'âge adulte, passaient la fin de leur enfance à rire aux astuces des volatiles et à se tenir à l'affût pour les attraper. Grasses, tachetées, enragées par une glapissante fierté de pintades, elles se conduisaient en chiens de garde et grognaient du haut des chênes. Dans la graisse du cochon d'un voisin, Scranton Fox faisait revenir des lanières de citrouilles tardives, des morilles des sables séchées, des coprins chevelus, des rosés des prés et des pleurotes en forme d'huître, des glands broyés, les œufs des pintades. Il faisait cuire du pain doux sans levain, plat et rond, l'arrosait lentement de miel d'aster sauvage vieilli dans le tronc d'un chêne, sombre et âcre comme l'hydromel.

La maison en tourbe et en planches était blanchie à la chaux à l'intérieur, et les appuis profonds des petites fenêtres escarpées abritaient des géraniums et des semis. La nuit, dans la lumière de la lampe à kérosène qui dessinait des ronds et des halos tremblants, Miss Peace McKnight sentait les yeux de Scranton Fox la sculpter dans l'espace. Son regard était une chaleur montant et descendant sur sa gorge, s'arrêtant ailleurs avec l'effet d'un coup léger.

Scranton Fox

Il est bizarre à la façon dont sa mère était bizarre – qui écrivait de la poésie dans les marges de bouts de journaux, sur des lambeaux de chiffon, et même de l'écorce. Sa mère brûla l'œuvre de sa vie, pourtant, et mourut peu après, soulagée par les cendres de ses mots mais pleurant toujours son fils, qui n'avait jamais fait savoir qu'il était demeuré en vie alors qu'il avait prénommé sa fille comme elle. Coral. Un poème survit. Un fragment. Qui donne ceci. *Viens à moi, toi sombre inviolé.* Scranton Fox prie un dieu indistinct, communie à corps perdu avec l'esprit chaque matin dans un assaut d'ardeur qui le porte d'un bout à l'autre de chaque journée difficile. Il est agile, presque aussi brun que sa fille, barbu, fort, et serein. Il possède plus d'une douzaine de livres et il est abonné à des périodiques qu'il prête à Miss McKnight.

Il veut être délivré du fardeau de sa solitude. Une épouse l'y aiderait.

Peace secoue ses cheveux blond roux, sent les yeux de Scranton Fox sur elle, est sensible à leur feu, et sourit droit dans les yeux de sa fille, si proche d'elle en âge qu'elles pourraient être sœurs, bien qu'en fin de compte elles ne le seront pas. Techniquement, Miss McKnight devient une belle-mère. Quel que soit le terme, les deux jeunes femmes se comportent comme deux meilleures amies, se tenant maintenant par la main, elles vont à pied à l'école, et se chatouillent le cou l'une l'autre avec de longues tiges d'herbe-à-bison, cuisinent pour Scranton Fox mais aussi le regardent de temps à autre en roulant des yeux et sont prises de fous rires réprimés et impolis.

Coral Fox

Les émotions se dévident en elle à la façon des bobines de coton.

Quand il la berce, Coral se souvient du goût de son lait – chaud et amer tel le jus du pissenlit. Un jour, il tient le pied de Coral dans la paume de sa main et de la pointe habile de son couteau de chasse extrait sans douleur une écharde, longue, pâle et ensanglantée. Lui apprend à arrondir ses *c* et à mettre de minuscules anses de théière à ses *a*. Accroche des cheveux rebelles derrière ses oreilles. Lui lave la figure de la paume rugueuse de sa main, mais en douceur, en frottant son menton lisse avec son cal.

C'est un homme, bien qu'il l'ait nourrie. Parfois, à l'autre bout de la pièce, la nuit, dans son sommeil, son père suffoque comme poignardé, meurt en lui-même. Elle est réveillée en sursaut, effrayée, et songe à vérifier avec la main qu'il respire, mais alors son ronflement inégal la berce. Dans la lumière fraîche du jour, les yeux levés sur les taches de moisi au plafond, Coral l'observe fièrement du coin de l'œil tandis qu'il casse la glace dans le seau pour la toilette, alimente un sursaut de feu caché dans le poêle, parle tout seul. Elle l'aime plus que tout. Il est son père, son humain. Pourtant, affligée parfois par une tristesse inquiète, elle retient son souffle pour voir ce qui se passera, s'il la sauvera. La chaleur monte le long de son visage et elle ouvre les lèvres, mais avant que sa bouche puisse former un mot elle voit du jaune, s'évanouit, puis est envahie de bleu, de bleu pur, intime et étrange, la couleur de son collier de perles.

Êtes-vous jamais tombé d'une grande hauteur à en avoir la respiration coupée, si bien que, dans le balancement précis de la secousse, vous ayez fait l'expérience du temps arrêté ? C'est ce qui arriva à Coral lorsqu'elle vit son père embrasser l'institutrice. Le monde s'arrêta. Il retentit un grand gong fait de ciel. Un hoquet. Silence. Puis les feuilles se remirent à cliqueter, les pintades se lancèrent dans des cancans méprisants, le robuste bâtard noir qui avait remplacé la chienne indienne se creusa de la patte une rigole fraîche dans le sable. Se laissant glisser de la fenêtre précaire et reprenant sa place sur le banc derrière la maison où elle passait ses après-midi à écosser des petits pois, à égrener du maïs, à peler les pommes de terre du dîner, à plumer des pintades, et à rêver, Coral Fox considéra la peau brun doré de ses bras, les tourna vers le haut, les retourna vers le bas, fléchit ses jolies mains agiles.

Le baiser avait été long, lent, d'un intérêt et d'une intensité croissants, plus instructif qu'aucune leçon que lui avait encore dispensée Miss Peace McKnight. Coral ferma les yeux. En elle à tout moment une obscurité silencieuse filtrait à la verticale. Un vide pur pétillant et glissant en douceur. À présent, en plus du changement déroutant survenu entre son amie et son père, quelque chose d'autre. Il lui fallut un long temps de concentration et d'immobilité pour saisir la nouvelle et fuyante sensation de liberté, de soulagement.

OZHAWASHKWAMASHKODEYKWAY

FEMME PRAIRIE BLEUE

L'enfant perdue lors de l'incursion n'avait pas encore de nom, était encore un demi-esprit, pourtant sa mère la pleura une bonne année et faillit mourir de ce chagrin. Une incertitude obsédante étirait le temps. Si Ozhawashkwamashkodeykway cueillait des baies d'amélanchier, elle redoutait de tomber sur les os de sa fille. Dans le vent, la nuit, un chien *pakuk*, elle l'entendait gémir, un squelette de brindilles noires. En tisonnant le feu, une cavité de flamme lui rappelait le jour funeste, les amoncellements de viande enflammés à la torche, leurs peaux de bison et leurs couvertures fumantes, la puanteur de roussi des cheveux, et le fer chaud des canons de fusil. La nuit, pendant le premier mois après ce jour-là, ses seins devenaient pâles et durs et son lait s'engorgeait, se gâtant en elle, coulant sous ses vêtements brûlés si bien qu'elle sentait le lait aigre et la fumée.

Une vieille sage-femme lui donna un chiot et elle le mit au sein. Portant à son mamelon le minuscule museau humide, berçant le bout de fourrure en manque de nourriture, elle pleura. Toute cette nuit-là, le minuscule animal soulagea avec miséricorde les douleurs lancinantes de ses seins et à l'aube, somnolente et se sentant à l'aise, elle finit par serrer contre elle le chiot à la chair tendre, respira son odeur salée, et dormit.

Cendre mouillée quand le chiot se sevra. Sang. Ses lunes revinrent et rien de ce qu'elle pressait entre ses jambes ne pouvait arrêter le jaillissement de vie. Elle mangea de l'argile blanche, se griffa avec des épines pour se soulager, se coupa les cheveux, les laissa repousser, les coupa court de nouveau, s'entailla les bras jusqu'à l'os, s'attacha un crâne de bison autour du cou, et pendant six lunes ne mangea rien d'autre que de la terre et des feuilles. Ce devait être une terre riche, dit sa grand-mère, car bien qu'elle dormît peu et parût fatiguée, Femme Prairie Bleue était aussi solide qu'un bison femelle, et quand son mari revint des carrés de riz sauvage de sa famille, elle lui donna une telle nuit de plaisir que les yeux de celui-ci la suivirent ensuite constamment, étrécis et brûlants. Il entrait en fusion lorsqu'elle passait auprès d'autres hommes, et la nuit ils fabriquaient leur propre tente tremblante. On se moqua trop d'eux et ils allèrent s'installer plus loin, tout au bout d'une île, sur les lieux où nichaient des huarts timides et sacrés. Là, personne ne pouvait les entendre. Dans la solitude ils firent l'amour jusqu'à en devenir décharnés et affamés, de pâles *windigos* aux yeux douloureux, aux langues de feu. Pourtant, nul enfant ne naissait de leur union.

Quand son mari repartit avec son traîneau chargé de pièges, elle était calme. Pendant cet hiver-là, la vie se fit plus cruelle. Les provisions de la tribu avaient été brûlées sur ordre de l'armée, et bien des fois dans son sommeil famélique Femme Prairie Bleue voyait en rêve le souvenir de la graisse de bison coulant en ruisselets sur le sol, gorgeant la terre, de la graisse dorée filtrant des tas de viande en flammes. Elle rêvait toujours, aussi, avec une très grande netteté, de la jeune et rapide chienne brune, le porte-bébé attaché à son corps. Elle rêvait de son bébé perplexe, puis braillant, puis enfin chevauchant noir comme le cuir, la bouche étirée, béante, sous un ciel asséché. Elle rêvait que ses os s'entrechoquaient dans l'assemblage soigné de velours noir, claquaient dans le rembourrage de mousse, s'étant amenuisé. Elle entendait leur rythme, voyait la chienne, sentait le petit *pakuk* qui fuyait. Elle hurla et se griffa à en devenir à demi aveugle et enfin prit si violemment congé de son esprit que les anciens se rassemblèrent et décidèrent de changer son nom.

Par une fraîche journée de printemps, à la lune bourgeonnante, ils firent un pitoyable festin –, sauf que rien ne paraît pitoyable aux survivants. Sous un pâle soleil, ils mastiquèrent de la chair de tortue bourbeuse, firent rôtir du foulque, du chien de prairie, ce qui leur restait de grains doux de riz sauvage, des glands et de la sanguinaire tirée de la cachette d'un écureuil, et les pointes nouvelles du pissenlit. Le nom de Femme Prairie Bleue fut couvert de sang, brûlé par le feu. Son nom était ancien et charmant, et avait appartenu à bien des mères puissantes. Pourtant la femme qui avait tenu à l'intérieur s'en était allée. Elle ne pouvait renoncer à suivre l'enfant et le chien. Quelqu'un d'autre avait pris sa place. Qui pour le moment, c'était encore peu clair. Mais les anciens savaient bien, ils s'accordaient là-dessus, que le mauvais nom tuerait ce qui était là et qu'il devait disparaître – comme une cosse séchée et emportée par le vent. Comme la coquille d'une noix. Les cheveux qu'on a laissés pousser et sacrifiés au chagrin. Ils devaient lui donner un autre nom s'ils voulaient qu'elle revienne parmi les vivants.

Le nom qu'ils lui donnèrent devait ne jamais avoir été porté. Neuf. *Oshke*. Ils demandèrent au plus fort des donneurs de noms, à celui qui rêvait des noms originaux. Ce donneur de noms n'avait pas de nom et n'était ni homme ni femme, il tirait donc son pouvoir de l'entre-deux. Ce donneur de noms avait de longues nattes épaisses et un sourire timide et doux, des manières charmantes mais des bras durs aux muscles noueux. Le donneur de noms marchait comme une femme, parlait de la voix grave d'un homme. Se cachait effarouché derrière un éventail, et pourtant il accepta de rêver un nom qui convînt à la nouvelle chose à l'intérieur de Femme Prairie Bleue. Mais quel nom viendrait en aide à une femme que rien ne calmait sinon contempler l'horizon fuyant comme la flèche ? Le donneur de noms s'en fut, jeûna, chanta et rêva, jusqu'à ce qu'il fût clair que le seul nom qui eût le moindre sens était celui de l'endroit où l'ancienne Femme Prairie Bleue était partie rechercher son enfant.

Autre côté de la Terre

Quand on lui eut donné le nom du lieu vers lequel elle allait, elle fut capable de se trouver dans les deux endroits à la fois – elle suivait son enfant dans le soleil et martelait aussi le *weyass* entre des pierres jusqu'à en faire des raclures de pemmican. Elle fouillait les épaisses broussailles de son cerveau et perçait aussi des trous pour coudre des semelles neuves et solides sur de vieux mocassins. Elle jeûnait et errait, suivant à la trace les marques floues que laissait la chienne s'enfonçant dans le lointain d'azur. En même temps, elle pilait du riz. Elle séchait et stockait le blé. Préparait le sirop d'érable. Tuait des oiseaux. Domptait des chevaux. Son esprit était présent parce qu'elle était tout le temps partie. Ses mains étaient pleines parce qu'elles saisissaient ce que voulait dire « vide ». La vie était simple. Son mari revint et cette fois elle le servit avec une patience indifférente. Quand il demanda ce qu'était devenue son ardeur pour lui, d'un geste elle désigna l'ouest.

Le soleil se couchait. Le ciel était une masse en feu.

Jusque-là, pourtant, personne n'avait posé la question. Qu'arriverait-il à la femme nommée Autre Côté de la Terre lorsque Femme Prairie Bleue trouverait Coral Fox ?

Une chienne nommée chagrin

Le chiot élevé au lait humain devint gris coyote et malin, une femelle bondissante à la fine ossature qui suivait partout Femme Prairie Bleue. Devint son autre pensée, se couchait devant la porte quand elle dormait, juste à l'intérieur du rabat extérieur de la tente quand il pleuvait, mais pas dedans. En fait, jamais dans une habitation humaine. Énorme lorsqu'elle portait des petits ou maigre lorsqu'elle les allaitait, les mamelles pendantes, la chienne suivait Femme Prairie Bleue. Proche et silencieuse comme son ombre, elle vivait à portée de sa main, quoiqu'elles ne se fussent jamais touchées après que le chiot eut tété, aux mamelons mouillés et boursouflés de Femme Prairie Bleue, la chaleur, le lait nocturne, le chagrin accablant.

Toujours là, levant les yeux, aux aguets, à l'approche d'un inconnu, la protégeant au crépuscule, attendant une aumône, vivant patiemment de lambeaux de peau, d'entrailles, de déchets, la chienne attendait. Et elle était prête quand Femme Prairie Bleue se mit en marche vers l'ouest, suivant enfin la piste invisible et sans fin qu'avait pris sa fille dans sa fuite.

Elle marcha des heures. Elle marcha des années. Elle marcha jusqu'à ce qu'elle entendît parler d'eux. L'homme. La petite fille et les perles bleues qu'elle portait. Où ils habitaient. Quand elle arriva là-bas, elle s'installa sur une hauteur voisine, la chienne à ses côtés. De là, toutes deux surveillèrent la maison – petite, impeccable, une senteur de feu de cheminée composé de brindilles de chêne crépitantes. Naissance. Il y avait une naissance dans la maison, et une maladie aussi. Elle le sentait. Silence, puis agitation. Des chiffons étaient suspendus dehors. De l'eau giclait hors de cuvettes, ou était transportée. Un cri perçant. Le silence encore. Tout le jour dans l'herbe rare, la chienne, la femme, le vaillant soleil sur elles, leurs yeux s'étrécissant, respirèrent l'air l'une de l'autre, dormirent à tour de rôle, attendirent à demi dans le corps de l'autre, la femme, la chienne, et puis la fille.

Coral Fox

Elle entendit l'approche douce cette nuit-là, le gribouillis des feuilles, l'écho soupirant de la découverte. Elle s'assit dans sa courtepointe en patchwork, elle savait. De l'autre côté de la pièce, prise dans l'étau brûlant de la fièvre, Peace marmonnait à n'en plus finir des histoires de boutons et d'os de mouton. Des bruits – un coup léger. Le cliquetis de ses perles. Au matin, il n'y avait pas de Coral Fox dans la couchette. Il n'y avait qu'un mot, plié en deux, écrit de la même écriture, raffinée mais féminisée, que celle de son père.

Elle est venue me chercher. Je suis partie avec elle.

Scranton Fox

Peace McKnight n'avait jamais été pieuse, il n'existait donc pas d'intimité dans la prière entre les nouveaux mariés. Leur passion physique souffrait, également, du lit trop court de Scranton Fox. Il y avait, après tout, bien peu d'espace dans la maison en tourbe, et Scranton Fox avait dormi sur une couchette minuscule d'un côté de la pièce, sa fille de l'autre. Chacun dormait roulé comme un escargot, comme un bébé dans le ventre de sa mère. C'était plus malaisé avec deux personnes sur la couche, toutefois, et il ne fallut pas longtemps pour que Peace, cherchant à prendre quelque repos, se glisse dans la couchette abandonnée de Coral et prenne ses quartiers de nuit séparée de son mari.

Il y avait pourtant des nuits où Scranton était torturé par l'ardeur et les installait, sa femme et lui, dans les positions inconfortables et absurdes de l'amour. Si seulement il avait pensé à utiliser le fauteuil à bascule sans accoudoirs placé devant le feu ! L'esprit de Peace entrevit cette possibilité, mais elle était trop presbytérienne pour en parler. Même le sol, de la terre battue couverte de peaux, eût été préférable, quoique froid. Mais là encore, elle n'osa pas introduire cette possibilité dans l'esprit de son mari. En tout cas, il se trouva qu'elle avait parfaitement le droit de lui tourner le dos après six mois de mariage et quand le tout petit cognement d'une vie nouvelle commença dans le berceau de ses hanches. Et Scranton battit en retraite, écouta le crissement de sa respiration, se posa des questions sur le sort de Coral, et imagina la vie nouvelle à venir, tout en même temps. Pria. Écrivit des poèmes dans sa tête. *Viens à moi, toi sombre inviolé.*

Une fois délivrée de la maladie de la peau marbrée, de la suffocation et de la fièvre qui avaient rendu ses os douloureux, dans sa faiblesse Peace fut plus méfiante encore vis-à-vis de son mari. Pendant le restant de sa grossesse, elle le fit dormir seul. Ses contractions commencèrent par un matin de neige. Scranton Fox partit chez la mère de famille suédoise dans une tempête à vous engloutir et qui lui eût coûté la vie s'il n'y avait eu la sagesse de son chien, qui flaira sous une neige battante le chemin pour revenir à la porte. Scranton Fox arriva à la porte. Frappa fort, la secoua, tomba au plus fort d'une scène sanglante où Peace McKnight implorait dans une vaine supplication son dieu négligé. Pendant trois jours, ses contractions la secouèrent dans leur étau. Ses hurlements étaient plus forts que le vent. Plus rauques. Puis sa voix se perdit, un raclement d'os. Un murmure. Son visage enfla, rouge sombre, puis blanc, puis gris. Ses yeux roulèrent dans leurs orbites jusqu'au blanc, si bien qu'elle contemplait ses propres pensées, désorientée par la douleur atroce, quand enfin l'enfant s'arracha à elle. Un garçon, grassouillet et tout bleu. Il n'y avait pas de pouls dans le cordon ombilical, mais Scranton Fox pensa à envoyer son propre souffle dans les poumons du bébé. Qui répondit par un braillement ahuri.

Scranton enveloppa le bébé dans la peau d'un chien, embrassa Peace et ferma ses paupières en songeant avec une tendre horreur à sa propre mère, et à toutes les mères, et aux handicaps injustes de nos corps, à l'impossible organisation de nos fonctions dans la vie, et finalement à l'iniquité sans bornes du dieu vers lequel elle avait si inutilement hurlé. *Regarde-la,* cria-t-il au témoin invisible. Et peut-être Dieu le fit-il, ou l'esprit de Peace McKnight, impitoyablement détruit, finit-il par sortir de sa cachette et par dire à son cœur de battre deux fois encore. Un or anémique et évanescent coula par un petit bout de fenêtre, bien que la neige tombât toujours, opaque. Peace vit la lueur injustifiée, exhala un souffle, regarda dehors. Et puis, tandis qu'elle passait de son corps déchiré dans le calme absolu de son âme nouvelle, Peace McKnight vit son mari porter son fils à son sein.

Femme Prairie Bleue

Tout ce qu'il y a dans un nom c'est une bouffée de son, le volume de souffle que contiennent les poumons, et pourtant c'est un impalpable enclos. Comment se fait-il que l'essentiel, l'esprit, le réseau compliqué d'os, de cheveux, de cervelle, se trouve tassé dans une syllabe ou deux ? Comment peut-on réduire le génie de la complexité humaine ? Comment, la personnalité ? À moins, évidemment, que votre mère ne vous donne son nom, Autre Côté de la Terre.

Celle qui est venue de nulle part et d'un hasard heureux. Dont la mère l'a portée dans la merde et le feu. Elle est immense comme la moitié du ciel. Elle a goûté dans le lait jailli de la poitrine de son père la haine déroutante de ceux de son espèce, et aussi la protection, si bien que lorsqu'elle contracte la fièvre, elle n'en souffre pas comme Peace en a souffert. Même si elles s'arrêtent, montent le camp, et que Femme Prairie Bleue lui parle en susurrements angoissés, l'enfant ne court pas de réel danger.

Toutes deux campent sur un chemin de halage. Le ciel s'ouvre brillamment et l'herbe est ourlée, pleine de baies. Femme Prairie Bleue cueille avec une grâce rapide et remplit un *makak* nouvellement fabriqué. Elle sèche les baies sur des liasses d'écorce, au soleil, pour qu'elles soient faciles à transporter. Allongée, la tête sur les genoux de sa mère, devant le feu, Coral demande quel était son nom quand elle était bébé. Toutes deux parlent à n'en plus finir, surtout par signes.

L'aînée des deux femmes comprend-elle la question ? Son visage brûle. Tandis qu'elle s'enfonce avec une sensation de vertige dans la terre à côté de sa fille, elle se sent contrainte à lui donner le nom qui l'a ramenée ici. Autre Côté de la Terre, dit-elle en claquant des dents. Plus brûlante, toujours plus brûlante, d'abord déroutée et puis infiniment lucide quand elle voit, s'ouvrant devant elle, la porte de l'ouest.

Les nuages sont de purs stratus. Le ciel un radeau de lait. La chienne gris coyote est assise là, patiente.

Femme Prairie Bleue, malade à en mourir et le sachant, tend vivement la main vers sa gauche et empoigne sans regarder la nuque de la chienne. Elle tire l'animal à elle. C'est la première fois qu'elle la touche depuis que celle-ci a bu à son sein le lait du chagrin. Os tendres, museau tendre à l'époque. Vieille chose coriace à présent. Femme Prairie Bleue tient la chienne serrée sous un bras et puis, le couteau à la main, passe sa lame habile sur la gorge palpitante. Tranche en deux sa plainte engourdie. Recueille son sang noir. Femme Prairie Bleue étend alors la bête, l'écorche et la vide, lui coupe la tête et dépose la carcasse découpée dans un récipient profond en écorce de bouleau. Suspendu au-dessus des flammes, juste comme il faut, ajoutant des pierres chaudes, elle sait comment chauffer l'eau dans ce *makak* à la manière d'autrefois. Entretenant le feu avec soin, perdant ses forces, elle fait bouillir la chienne.

Quand c'est terminé, la viande attendrie se détachant des os en lanières, elle verse la viande grise, la viande brune, sur un plateau en bouleau. De la vapeur monte, le parfum de la viande est vaguement douceâtre. En silence, elle fait signe à sa fille. Sépare des pattes cuites les coussinets ovales crevassés. Les lui offre.

Il faut seize heures à Femme Prairie Bleue pour contracter la fièvre et seulement huit de plus pour en mourir. Pendant tout ce temps, tandis qu'elle agonise, elle chante. Son chant est nostalgique, étrange, doux, interrogateur. Il ne ressemble pas à un chant de mort ; non, il y a plutôt en lui la tendresse et l'intimité de la séduction adressée aux lointains d'azur.

Jamais exposé à la maladie, sain, sans défense, son corps est un réceptacle avide pour le virus. Elle se raidit, sa peau devient cramoisie, elle vomit un brillant éclair de sang. Passionnée, étonnée, elle meurt quand sa poitrine s'emplit, en tapant et martelant des talons la terre creuse. La voilà enfin immobile, le regard tourné vers l'ouest. C'est face à cette direction que sa fille reste assise tout le jour suivant, et encore le suivant. Elle chante le chant de sa mère, tenant d'une main la main de sa mère et, de l'autre, mangeant la viande de chienne, gravement, distraitement – jusqu'au moment où dans la lumière nébuleuse et tournoyante, et sur une terre riche et plane, des animaux d'un roux pâle, le poitrail et la face zébrés de blanc, les yeux creux, curieux, s'arrêtent au passage.

Les antilopes émergent de la bande de lumière à la lisière du monde.

Un petit troupeau de seize ou vingt bêtes apparaît dans un vacillement. Fascinées, elles se tiennent immobiles pour observer la main de la fillette, le plongeon de sa manche blanche vers la viande. Se nourrir. Plonger. Elles s'approchent. Sabots de métal poli. Oreilles semblables à des diapasons. Pointes noires et velours. Elles observent

Coral Fox. La fille de Femme Prairie Bleue. Autre Côté de la Terre. Sans nom.

Elle est âgée de dix ans, robuste à force de poursuivre les volailles et maigre à cause de la fièvre. Elle ne sait pas ce qu'elles sont, ces créatures, oniriques, appelées par le chant de sa mère, par sa main qui plonge. Elles s'approchent, s'approchent encore, paissant à proximité, repliant leurs pattes sous elles pour se reposer, prudentes. Les jeunes tètent leurs mères en fuite ou regardent fixement la fillette avec une hilarité captivée, s'enfuyant d'un bond si elle surprend leur virevoltant badinage amoureux. Au matin quand elle s'éveille, tenant toujours la main de sa mère, elles sont là tout autour. Elles se penchent vers elle, soufflent d'excitation quand elle se lève parmi elles, silencieuse et pensive. S'accommodant de leur précision délicate, elle va au hasard en leur compagnie. Sans jamais rester en place. La nuit elle se fait un nid de saule. Y dort. Repart. Mange des œufs d'oiseaux. Un lapin pris au collet. Des racines. Elle se souvient du feu et fait cuire une poignée de poussins de grouse. Le troupeau s'enfonce plus avant à l'ouest, au pas et en jaillissants galops. Quand elles marchent, elle marche à leur suite, des baies séchées dans sa robe changée en sac. Quand elles courent, elle court avec elles. Nue, gracieuse, les perles bleues autour de son cou.

Le gravitron

Certains jours, je ressens plus fortement le magnétisme de la terre. Nous ne sommes qu'en août, mais déjà des feuilles tombent lentement sur le sol. Brillantes, puis ternies. Il souffle un petit vent, tremblant dans l'herbe raide, dévidant et ralentissant mon pas. La pesanteur augmente. L'instinct du plomb. L'âme de la tombe. Et puis je pique un petit sprint, étonnée. Et si ? Et si, aussi certainement que nous sommes entraînés vers la terre et destinés pour finir à y être ensevelis, nous étions aussi et dans le même temps tirés vers le ciel ?

Pas étonnant que nous soyons étirés de haut en bas par chaque extrémité de notre être. Pas étonnant que l'âme n'arrive pas à décider où se fourrer. Et s'il y a des gens que ces choses-là ne tracassent pas, par exemple ma mère, caissière dans une grande épicerie discount, qui sait que les prix changent constamment et sont pourtant fixés de façon précise, eh bien il y en a d'autres comme moi – sa fille, à quarante ans. Après un mariage sans enfants qui n'a jamais collé, je marche autour du lac dans une paix ahurissante, retenue à la fois par le ciel et la terre, si bien que certains jours je ressens la parfaite suspension, l'équilibre.

Bien sûr, il suffit d'un homme pour nous déstabiliser.

Et il était là, un soir inattendu à huit heures, alors que je passais chercher ma mère au travail. Il était mince, un coureur à pied, peut-être un Sioux Dakota, avec des nattes, des lunettes, un sourire en coin au-dessus des six melons qu'il transportait dans un panier en plastique rouge.

Des melons que ma mère a refusé d'encaisser.

« Allez me remettre ça. » Son visage mince approchant de la soixantaine s'est étiré, morne et agacé, bouillant d'irritation à l'égard de cet homme. « Je vais attendre. Ceux-ci ne sont pas mûrs. Il faut les sentir pour savoir. »

Alors il nous a étonnées toutes les deux avec sa phrase directe. Son baratin de séducteur, bien que pour commencer il y ait été tellement fort que nous n'avons pas pigé.

« J'ai besoin d'une femme.

– Ma fille peut vous aider. Elle sait choisir un melon.

– Je veux dire, j'ai *besoin* d'une femme.

– Fichez le camp d'ici, a conseillé ma mère. Et ne vous approchez pas de ma fille, vous ! »

Presque avec admiration, certainement avec respect, il a quitté la caisse à reculons. D'un pas léger, il a fait demi-tour. A longé l'allée en portant les melons. Il n'était pas vieux, il n'était pas jeune. Entre nous deux, l'équilibre. Je l'ai repéré. Aussitôt, j'ai décidé comment tirer parti de lui.

Ou décidé comment essayer de tirer parti de lui. Étant donné la pesanteur, étant donné la terre.

« Continue à faire avancer la file d'attente. Je vais l'aider à choisir un melon », ai-je lancé à maman, qui m'avertissait désespérément par signes de ne pas y aller.

Elle lançait des regards furieux en messages codes-barres tout en passant sur son scanner des aliments pour chats et des fromages. Des haricots en boîtes. Des bouteilles. Des articles en grosses quantités. Elle le faisait depuis treize ans, depuis qu'elle s'était retirée de la vie politique tribale. Un travail à mi-temps, mais elle appréciait ce changement. Le magasin, son magasin, était organisé en coopérative, appartenant aux employés. PROPRIÉTAIRE, disait l'insigne sur son chemisier de travail. Aurora Davis, en lettres imprimées. Juste en dessous elle avait écrit « Waubanikway », Femme Aurore, avec un stylo noir qui coulait. Elle avait écrit son nom indien parce qu'elle l'écrivait sur tout ce qu'elle pouvait, en insistant beaucoup pour que les *chimookomaanag* s'accoutument à sa langue comme elle avait dû s'accoutumer à la leur.

Mais l'homme, l'homme. Je suis repartie et l'ai trouvé humant l'air au-dessus des melons.

Il m'a dévisagée, la tête rentrée dans les épaules, et a haussé les sourcils. Ses prunelles étaient d'un brun luisant et opaque, brillant d'intenses éclats d'humour. Je ne lui ai jeté qu'un coup d'œil, je n'ai pas croisé son regard bien longtemps – pourtant une douce chaleur née de mon intérêt s'est insinuée en moi. Je me suis avancée vers lui et mon cœur faisait un bruit sourd. Je le sentais dans mes chaussures, dans la plante de mes pieds, puis avançant vers le bout de mes doigts, un pouls plus rapide.

« Cette caissière, là-bas, a-t-il pourtant demandé en s'adressant à moi. Vous la connaissez ?

– C'est ma mère », ai-je répondu avec un hochement de tête, sans comprendre.

Il a martelé le melon.

« C'est comme ça qu'on m'a appris. C'est une erreur, je suppose. Et moi qui aime quand c'est mûr. »

Tout à coup, il m'a souri, un sourire agréable, tout simple mais éloquent. Il a approché son visage de la cicatrice entourant la queue du melon.

« Mûr, a-t-il répété.

– Mûr. »

Son attitude sensuelle m'a donné le tournis.

« Vous, vous êtes encore verte », a-t-il remarqué, mais avec tant de douceur que je me suis sentie jeune.

En traversant le parking avec maman, je me dis que je suis une anomalie générationnelle. L'exception faite femme. Ma mère n'avait que seize ans, voyez-vous, quand elle m'a eue. Dans l'ancien temps, ma mère aurait déjà usé ses dents à mâcher du cuir. Le soleil lui aurait cuit et recuit la peau en faisceaux de rides. Elle serait considérée comme une vieille, une ancienne, au-delà de tout espoir ou de tout désir, ravie de conseiller les jeunes passionnés. Mais à présent, avec sa crème Wild Yam, un melon à peser dans chaque main, ses lentilles de contact jetables en place, et ses cheveux coupés, arrangés, brossés, laqués, ma mère est de l'antimatière. Sans âge. Sereine et âprement compétente. Pourtant, bien qu'elle ait vécu la révolution sexuelle, les hommes ne semblent pas l'intéresser.

« Tu lui plais », dis-je, au volant de la voiture, sur le chemin de la maison.

Agacée, elle tape sur la vitre, mais elle est trop futée et désabusée pour faire sa coquette.

« Je sais. En passant dans la queue, après, avec ces melons collés contre sa poitrine. Rien de moins, il m'a invitée à sortir. »

C'est plus fort que moi. Un dépit jaloux me pince le cœur.

« Comme ça ? Déjà ? »

Elle lève les mains, exaspérée et résignée.

« Et en plus, il se croit follement drôle.

– Qu'est-ce qu'il a dit ?

– Que son horloge biologique tournait. Moi, j'ai répliqué que la mienne avait besoin de piles neuves. “Je voudrais vous régler ça ”, il a répondu. Et puis, à l'instant où je m'apprêtais à lui en lancer une bien bonne à ce propos, le voilà tout bonnement qui me tend sa carte de paiement à passer dans la machine.

– La mine innocente, je suppose. *Je voudrais vous régler ça*. Quelle subtilité.

– Bah ! Il en a vu d'autres.

– Deux au moins. Mais quand même. Il est mignon.

– C'est un chef d'établissement.

– Sans déconner.

– Je t'ai demandé de ne pas dire ce genre de choses devant ta mère.

– J'ai quarante ans.

– Raison de plus.

– Quarante ans, c'est l'âge de raison, dis-je, résignée. C'est mon problème. Trop de raison.

– Des raisons en trop. Des prétextes. » Ma mère m'aiguillonne. « Pourquoi ne sors-tu pas avec lui ?

– Il aime quand c'est mûr », dis-je.

Et puis ensemble nous éclatons de rire sans plus

pouvoir nous arrêter, toutes les deux, riant comme des bossues dans la voiture sur le chemin de la maison, où il n'arrêtera pas de lui téléphoner jusqu'à ce qu'enfin elle reconnaisse, entre nous, qu'elle est lasse de combattre l'attraction magnétique et que d'accord elle va accepter. C'est la grande foire de l'État. Elle ira si j'y vais aussi.

Fin août. La nuit. Les stands où l'on fait frire du lait caillé. Les beignets de pommes de terre australiens. Les bars à chili con carne à couteaux tirés. Les cornets de crudités et leur sauce, et les cafés en plein air. En mangeant un truc long, sinueux et bleu, nous regardons les chevaux de concours s'entraîner en dehors de l'aire de danse sur une piste en sciure. Si délicats. Si fins. Les sabots pareils à des aiguilles de machine à coudre. Ils exécutent des coutures fantaisie le long des clôtures métalliques. Ils passent si près que nous sentons le souffle qui sort de leurs naseaux de velours et percevons la chaleur de leurs robes lustrées, de leurs crinières tressées, devinons la détermination de leurs petits cavaliers raides.

Maman est mal à l'aise, et même froide avec Herman – son nom –, Herman Migwans. Pas du tout un Sioux Dakota, mais un Chippewa bâti comme le modèle masculin des Indiens du temps jadis. Mince et élancé. C'est une bonne chose que son nez soit bosselé et cassé, ou il serait presque séduisant comme une star de cinéma. Cela dit, je trouve, piteusement, que cette bosse sur le nez ne fait que lui donner un air de gros dur. Peut-être ma mère est-elle vexée qu'il la choisisse elle plutôt que moi. Ma mère se montre peut-être protectrice. À moins qu'elle ne soit prisonnière du passé. Elle imagine qu'elle en a fini, terminé, avec l'amour et ses complications. Plus jamais ça. Un soulagement. Je la comprends, et c'est logique. Mais Herman est là, si gentil, ses mains tirant de la barbe à papa d'un cornet en papier pour la lui tendre d'abord à elle, puis à moi. Et tellement discret. Il regarde les lapins de la tombola aux tailles et aux formes variées, les sculptures en pain et les têtes d'Elvis en haricots et en graines, et ne fait pas la moindre blague sur la taille de l'attirail sexuel du verrat, le gros lot. Sans paraître pour autant se sentir surpassé dans ce domaine, comme certains hommes qui regardent fixement le cochon par-dessus leur épaule avec envie et fascination. Mais Herman lui ferait du bien, me dis-je en marchant derrière eux. En toute justice, vu qu'il n'a que cinq ans de moins qu'elle et dix de plus que moi, ils forment aussi le couple adéquat. Alors je me défile, reste à l'écart, me contente de les suivre tandis qu'ils avancent en zigzaguant vers les éclairs de lumière grésillante de la fête foraine. Plus loin que le saut à l'élastique, que le pont chinois, juste devant nous un instant plus tard se dresse le gravitron.

Quarante ans c'est le pivot de la société, le chevalet sous la balançoire à bascule des jeunes et des vieux. Quarante ans, c'est l'équilibre. Ce que ma mère entendait par prétextes, c'est que je ne cesse de répéter que j'ai quarante ans comme si cela devait me dispenser d'avoir à prendre les décisions des vieux ou des jeunes. Je n'ai pourtant encore jamais été au centre de la vie et des gens, et je pense, là, plantée dans la turbulence de lumière, de musique et de vacarme de la fête foraine, entre Herman et ma mère, que le centre n'est pas une place aussi invisible que je l'ai souhaité. Je regarde les gens qui se dirigent comme d'heureux zombis vers l'entrée du manège, une grande foule. Juste au-dessus de leurs têtes, je vois sortir et entrer une nouvelle foule de personnes un peu nerveuses qui jacassent pendant que des employés moroses les attachent. Le machiniste paraît beaucoup trop jeune. Barbe souple et blonde en coups de pinceau, cheveux ramenés en natte, une boucle d'oreille. Inexpressif. Il disparaît une minute sous la machine – pour rajuster un rouage essentiel, je suppose. Puis saute sur sa table de régie son et commence à brailler dans le micro un étrange boniment à la Wolfman Jack.

Le gravitron démarre lentement dans le ronronnement d'un moteur géant et une embardée d'embrayage. La basse profonde s'éveille en palpitant, puissante pulsation rock, une flambée de guitares. Sanglés debout, les mains sur les côtés, les passagers sont retenus par des barres assemblées à l'intérieur d'un gigantesque plat à gâteau qui se met à présent à tourner, à tourner sur fond de nuit. Lumières vertes en bandes réfringentes. En rides bleues. Roses. Un présentoir à gâteau rendu fou qui oscille sur sa base ! Basculant d'un côté à l'autre, il tourne plus vite, plus vite, la pesanteur telle une main aplatissant les visages des hurleurs en une seule dimension verte.

« Ça a l'air amusant », dit ma mère.

Son ton est tellement sec que je crois qu'elle blague, mais non. Voilà comment au tour suivant je me retrouve seule, à regarder, ébahie par Herman et ma mère entrant dans les cages qui se referment sur eux telles des griffes inconnues. De nouveau, le manège s'éveille, Herman et ma mère s'agrippent à présent aux barres et aux sangles, se brouillent en un seul élément, tandis que le tour commence. Ayant déjà assisté au spectacle, je me détourne un instant. Au moment où je pivote sur moi-même, je croise par hasard l'œil du machiniste, ou plutôt moins son œil que l'étrange sourire figé dont il me transperce depuis la petite cage qu'il occupe à côté des embrayages et des moteurs qui entraînent le gravitron.

Il me fixe et je le fixe jusqu'à ce que je me rende compte qu'il ne me voit pas. Regardant à travers moi comme un détraqué, son corps tout entier pétrifié et figé, c'est un mannequin de chemiserie.

Défoncé, me dis-je avec une lucidité absolue. Très, très défoncé à une drogue qui n'existait pas encore quand j'avais vingt ans.

« Hé, toi ! » J'agite les mains dans sa direction, je crie. Il se détourne d'elles brusquement, et avec un rire strident à la Wolfman Jack mais en plus fou et plus cruel, accélère le manège. Plus vite. Plus haut. Expédiés mécaniquement de haut en bas, du feu jaillissant de leurs yeux, les passagers hurlent. La bouche du machiniste commence à écumer. La rage ! Une overdose ! Et il s'embrouille, dit n'importe quoi. Il n'y a que ce hurlement dément englobant l'espace qui s'infiltre dans le riff et le funk du *Purple Haze* de Hendrix. Je suis convaincue qu'il a disjoncté. Je m'avance. D'autres, inquiets, font de même. Nous encerclons sa cabine éclairée et nous nous mettons à frapper, et puis nous découvrons que sa porte est coincée. Nous griffons, martelons et gémissons comme ces morts-vivants au visage bleu des films d'épouvante. Il vomit d'effrayants gazouillements et déclame tout en emballant le moteur du gravitron.

Ce qui s'ensuit là-haut est horrible, les passagers comprennent à présent que quelque chose a épouvantablement mal tourné, et le manège qui déjà décoiffait, remonté maintenant jusqu'à l'insupportable, les jette sans pitié à travers le temps et l'espace. Ils hurlent. Vomissent. Flous. Ils sont comme ces tigres du conte transformés en beurre. Ils ne sont plus qu'un seul visage d'épouvante barbouillé sur le cercle interne du gravitron. Ils vont mourir. Lésions cérébrales, organes réduits en bouillie. Je suis tellement terrorisée que j'empoigne une rambarde et je commence, aidée d'un autre être cher désespéré et demeuré au sol, à arracher le barreau de la passerelle. Nous nous en servirons pour enfoncer la fenêtre en Plexiglas, marteler la porte, nous le plongerons d'une façon ou d'une autre dans le mécanisme. Mais non, une personne est là avant nous. Armée d'un démonte-pneu, elle frappe inlassablement la fenêtre jusqu'à ce que celle-ci vole en éclats et puis il y a des gens aux manettes et le manège ralentit et chaque passager, retrouvant sa netteté, est l'image même d'une terreur éblouie et vomissante, sauf un.

Ma mère. Elle sort de sa cage, ne vacille pas, pas un seul faux pas. Elle aide à sortir un Herman chancelant, avachi, en sueur, au visage vert-de-gris, et le guide vers un endroit dans l'herbe où il s'assoit, rempli d'une gratitude ébahie, ses yeux continuant à tournoyer. Elle lui caresse la main. Elle stabilise son épaule, passe son bras autour de sa taille, et le tient d'une façon dont je ne me souviens même pas qu'elle m'ait jamais tenue. Son attitude est si différente, si naturelle, si vraie, si chaleureuse et pure, qu'il me vient brusquement l'image de ce qui lui est arrivé à l'instant même.

Ma mère a été écaillée. Toutes les écailles de la convention et du recul sarcastique ont été grattées. Toute l'armure squameuse qu'elle présente au monde. Elle a été dépouillée par la force centrifuge et brassée à l'intérieur. La violente torsion de la pesanteur a dénoué toutes ses ficelles. Il y a ce sentiment d'émerveillement naissant, cet agréable confort intérieur, ce fond de tendresse soudain dans son regard alors qu'elle observe Herman.

Une semaine plus tard. De nombreux coups de téléphone échangés entre eux. Tout un tas de chuchotements nocturnes. Maman entre dans la salle de séjour et s'assoit à côté de moi sur le canapé gris.

« Bon, d'accord. J'imagine qu'il faut y passer. »

Je ne songe même pas à demander si elle veut parler de ce dont je suppose qu'elle parle. De coucher. Avec un homme. Herman. Je décide de feindre que son attitude de sacrifice est normale, et je soupire :

« Que peux-tu faire d'autre ?

– C'est la vie, pas vrai. »

J'acquiesce.

« Oui.

– Non pas que ça n'ait pas existé par le passé… » Sa voix, lorsqu'elle poursuit, commence à se perdre. « Mais nous y accordions une autre importance. Obéissions à certaines conventions. Le protocole…

– Le protocole ?

– On observait le protocole.

– Il y avait un protocole ? Quel protocole, maman ?

– Pas un véritable protocole. Plutôt un soi-disant protocole, des manières admises. Genre formalités d'usage, en fait, tu vois, transmis de femme en femme.

– Dans la famille ? La tribu ?

– Les deux. »

Sa voix est ferme maintenant. Nous avons changé de rôles, elle est passée des questions aux réponses. Et moi qui donnais des conseils, j'en demande.

« Donc la grand-mère s'asseyait avec la jeune fille un peu comme nous deux, là, et lui faisait bien comprendre ce qu'elle pouvait et ne pouvait pas faire.

– Par exemple…

– Enjamber un ruisseau quand elle avait ses règles.

– Tu ne m'en avais jamais rien dit.

– C'est que je n'y crois pas. En plus, comment décrire cela à une gamine qui grandit en ville ? Tu n'as jamais eu à sauter un ruisseau, de toute façon.

– Il y avait des fentes dans les trottoirs, des égouts, des tuyaux d'arrosage, ce genre de trucs.

– Maintenant, tu te fiches de moi. Ces choses-là étaient sacrées, je t'assure. Nous avions d'autres femmes sur lesquelles nous pouvions compter, ma fille, et maintenant, regarde. Pas une seule femme-médecine à qui demander.

– Demander quoi ?

– Si je peux encore.

– Coucher ? »

Son silence est parlant.

« Maman, tu peux. Crois-moi, tu peux. »

Elle hoche la tête mais garde encore le silence un moment, et puis finalement marmonne dans l'imprimé fleuri de ses genoux qu'elle a pris un rendez-vous au dispensaire, avec un « spécialiste des femmes ». Pourrais-je l'y accompagner en voiture pour la soutenir moralement ? Elle n'a encore jamais subi d'examen complet.

« Quoi ? Donc on ne t'a jamais fait de…
– Non.
– Mais le médecin. Ne peut-on pas…
– M'obliger à faire un bilan de santé ?
– Je vois ce que tu veux dire. Je pensais simplement que c'était tellement normal, tellement inévitable, que la question ne se poserait même pas. On te ferait passer un examen complet. Pourquoi ?
– Ça ne regardait que moi. J'ai dit au médecin que c'étaient mes oignons, pas les siens. Grand-mère m'a aidée quand je t'ai eue. Mais maintenant, les temps ont changé. Je crois que je devrais. Non pas que j'aie un quelconque problème, c'est juste que je veux savoir si je suis… »
Elle hésite.
« En bonne santé ?
– Normale.
– Maman, bien sûr que tu es normale.
– D'accord, mais je veux juste vérifier. »
Donc le matin où nous devons aller en voiture au dispensaire, elle passe presque une heure à la salle de bains, à se préparer, à se frotter vigoureusement et à se doucher, à se faire du souci. Quand elle finit par en émerger, elle est toujours pareille, même pas beaucoup plus propre, en réalité, et je ne peux m'empêcher de demander :
« C'était quoi, tout ça ? »
Mais elle ne m'entend pas, elle est trop occupée à essayer des vêtements puis à les retirer brutalement. Je me tiens en retrait et laisse son placard tout entier y passer. Elle est tellement nerveuse. C'est comme avoir une fille capricieuse. Je propose de l'accompagner dans le cabinet du médecin, mais elle glisse farouchement un sac à son

bras et s'en va, en marmonnant avec appréhension, tout bas, dans sa barbe.

Les heures passent. La porte claque. Elle est de retour. Laissant monter sa colère. Elle entre dans la maison en trépignant et jette les clés sur la table, s'assoit. Fulmine. Lentement, méticuleusement, je verse de l'eau dans la bouilloire pour le thé. Je ne veux pas poser de questions. Elle finit par parler.

« Ce jeune médecin a été impertinent avec moi !

– Comment ça ?

– J'étais allongée, recouverte d'un drap, et il est entré pour l'examen. Quand il a soulevé le drap il s'est écrié : “Hou là, ça en jette !”

– Tu rigoles ! »

Elle fait la moue.

« Tu m'énerves quand tu dis ça. Bien sûr que non, je ne rigole pas. C'était ça, mot pour mot : *Hou là, ça en jette !* Je n'ai pas répondu, bien sûr. Mais pourquoi donc crois-tu qu'il a dit ça ?

– Peut-être que tu – je tente de réfléchir – es exceptionnellement mieux que la normale là en bas ! »

En vérité, je suis perdue, moi aussi.

« Tu portais de la lingerie fantaisie ou ce genre de trucs ?

– Je ne portais rien, bien entendu. Rien du tout à ce moment-là. Non, c'était de la grossièreté.

– Tu avais mis du parfum, alors ?

– Ça non plus. J'avais simplement, euh, employé un peu de cet aérosol d'hygiène féminine qu'on voit dans les publicités. Je l'ai pris de ton côté de la salle de bains, c'est tout. »

Je la regarde d'un air interrogateur.

«Je n'ai pas ce genre de choses.
– Tu n'en as pas.
– Non.
– Alors… eh bien, ça ressemblait à un aérosol de ce qu'on voit dans les pubs. De la même couleur.
– Maman !
– Quoi ? »
Je file vérifier à la salle de bains, en me souvenant de quelque chose, et rapporte le spray planqué là depuis la dernière soirée de Halloween, quand je me suis fait une coiffure toute givrée de paillettes dorées. Je prends la bombe de paillettes et la lui apporte.
« C'est ce que tu as mis ? »
Elle hoche la tête.
« Lis l'étiquette. »
Ce qu'elle fait, puis elle recule brusquement, en battant des paupières d'un air songeur.

Il y a le problème d'où ils vont aller pour faire ce truc sexuel. Herman partage son domicile avec un fils et sa famille, et maman partage le sien avec moi. Bon, ce n'est pas qu'ils disent quoi que ce soit de manière directe, mais je sais que je devrais trouver une façon de me faire vraiment aussi neutre et discrète que je voudrais l'être.

Après-midi. Dimanche. Je pense à l'expression séance en matinée. Je regarde les grands espaces par notre fenêtre du premier. Il neigeote. Quoi qu'il en soit, je prends mon manteau dès que Herman arrive et je pars faire une longue promenade. Je vais voir un film sur un dragon plein de sagesse et emprunte deux livres à la bibliothèque. J'achète du bicarbonate de soude, du sel à l'ail, du lait. Je fais du lèche-vitrines, envisage l'achat d'une paire de chaussures, et finalement rentre sans me presser, en m'efforçant de ne pas frissonner car le soleil a disparu. J'arrive à la maison à l'instant même où Herman en sort, l'air très grave, triste et écrasé par le poids du monde.

« Alors ? dis-je à maman dès que je suis à l'intérieur.

– Alors quoi ?

– Oh. »

J'en conclus que la terre n'a pas tremblé.

« Épargne-moi tes "oh". Tu ne sais pas !

– Qu'est-ce que je ne sais pas ?

– Tu ne m'en as jamais parlé ! »

Elle n'a jamais été dans un état pareil, je m'en aperçois brusquement. Elle bondit et marche de long en large. Jonchée d'une charge d'émotion soufflée par une explosion. Je perçois des vagues de sentiments, des bannières aux bords tranchants, d'énormes sensations qui partent d'elle, toutes libérées. Habillée, mais comme l'as de pique, le col rentré à l'intérieur, elle repousse mes mains d'une tape quand j'essaie d'arranger ça. Va dans un coin de la pièce. Et c'est là, en regardant frémir son dos et ses épaules, que je comprends que c'est trop gros pour elle, beaucoup trop gros. Ça l'entraîne de son poids inexorable. Elle tombe dedans. La pesanteur. Elle ne peut plus réprimer ses sentiments, pour la première fois de sa vie. Quant à moi, je suis vidée, affamée et glacée. C'est atroce de voir sa mère amoureuse. Les mains de Herman, son baiser, son désir quasi effréné, sa perplexité, et pour la première fois la douceur d'un homme, dit-elle. Elle ne peut s'arrêter de parler. Nous avons des corps terrestres. Nous ignorons ce qu'ils veulent. La moitié du temps, nous prétendons qu'ils sont sous la coupe de notre intellect, mais c'est l'illusion des gens bien portants et préservés. Des amants posés. Ma mère n'est pas comme ça. Ni moi, au grand jamais. Car le corps a des émotions qu'il génère et mène au bout sans se préoccuper de rien sinon de lui. L'amour en fait partie, je suppose. Qui remonte à quelque chose de très ancien tissé dans le cerveau quand nous grandissions. D'irrémédiable. De torride. De banal. Herman le ressent lui aussi, sinon à coup sûr maman deviendrait folle. Déjà, dans l'autre pièce, le téléphone est en train de sonner, Herman l'appelle, et ma mère, qui s'avance la main tendue vers le combiné, semble rapetisser et choir dans l'attraction ininterrompue.

Histoire des Puyat

Vous avez certainement entendu parler du père LaCombe, le prêtre missionnaire qui passait ses nuits dans un cercueil pour se familiariser avec sa condition de mortel, et qui était vénéré par ses ouailles parce qu'il attirait la chance divine sur les grandes et turbulentes chasses au bison. Bien que le passé des Puyat date de bien avant cette époque, la grande surprise au cœur de leur histoire concerne la chasse. Du printemps au milieu de l'été, les Ojibwés des Plaines et les *Michifs*, les Métis canadiens, chassaient le bison. Tuer la bête avait beau être difficile, ces morts étaient faciles comparées à la quantité de travail nécessaire pour dépouiller les animaux, les débiter, en découper la viande et conserver le reste sous forme de pemmican. Cette nourriture de longue conservation constituait leur principale alimentation pendant l'hiver et les voyages. La bête était désossée, cuite, réduite en poudre, mélangée à son propre suif fondu et replacée dans sa peau débarrassée de ses poils. L'énorme, rapide et rude animal était concentré sous une forme qu'une femme pouvait porter sur son dos, au cas où. Le bison transformé était, en général, chargé en ballots empilés sur des chars à bœufs en bois de la Red River, qui grinçaient en traversant les plaines férocement plates.

Sur le plus haut de ces ballots, dans l'histoire partielle que je raconte à présent, était juchée une fillette chez qui l'amertume de sept générations de paysans canadiens français et tout autant d'ancêtres ojibwés harcelés par des ennemis se trouvait concentrée. Ses parents, la mère, une fille du clan de la Grue à l'énergie inquiète et chagrine, et son père, petit, arrogant et affligé d'une mauvaise humeur montréalaise, se haïssaient littéralement. En même temps, ils ne pouvaient supporter les frustrations de la séparation. Leur enfant, créée de complexité ayant débordé et, selon le vœu du père, dotée du prénom français de Pauline, bouillait sous le soleil de midi et jugeait l'ennui de leur lente et inévitable progression tellement impossible à supporter qu'elle fut presque ravie, lorsqu'elle repéra une bande de *Bwaanag*, une source de haine mortelle, d'annoncer à pleine voix sa découverte du haut des ballots de peaux.

La troupe d'Ojibwés et de métis franco-indiens s'arrêta, aux aguets. Tous les bons tireurs furent armés et installés à couvert. Les Sioux firent de même et pendant des heures, sans qu'un seul coup ne fût tiré, les deux camps ennemis échangèrent des bordées d'injures toujours plus effarées, furibondes et ordurières, qu'évidemment ni les uns ni les autres ne pouvaient comprendre puisqu'ils n'avaient pas de langue commune, mais qui élargirent grandement les connaissances des enfants et du prêtre qui les accompagnait. Lui, le bon prêtre, qui avait pour tâche de bénir la chasse, se trouva au cœur d'une hostilité si ancienne que sa sainte présence ne suffit même pas à inciter les femmes à contenir leur mépris. Il ne put donc que briser ses cierges et modeler la cire d'abeille en bouchons, qu'il enfonça dans les oreilles des enfants et dans les siennes. Ainsi, le premier souvenir que gardait Pauline de ce qui suivit demeura pour toujours une scène muette.

À un moment donné, elle vit sa mère, en rage et folle de douleur au souvenir de ses frères massacrés par les *Bwaanag*, grimper sur les ballots et se dépouiller de ses jupes. En désignant sa nudité qu'elle affichait hardiment, elle hurla un défi si ignoble et immédiatement compréhensible qu'un *Bwaan* fonça à découvert et faillit se faire tuer, une balle lui coupant à demi une oreille et l'autre faisant voler en éclats une massue en bois qui lui échappa des mains, si bien qu'il se replia sagement. Les deux camps en revinrent aux hurlements, mais il était clair à ce moment-là que les deux groupes rentraient d'une partie de chasse couronnée de succès et manquaient de munitions, et surtout qu'ils se préoccupaient davantage de rapporter de la viande chez eux que de se venger. Toutefois, pour réparer l'affront de cette intrépide *Anishinaabekwe*, une femme *bwaan* tout aussi enragée souleva ses peaux de daim et hurla un défi dans sa propre langue et d'une façon si vive et si cinglante que l'un des hommes du camp de Pauline bondit en avant à découvert et fut gravement blessé à la cuisse. La mère de Pauline s'élança plus haut sur les ballots, imitée par d'autres femmes, au point que la cacophonie d'insultes échangées devint aussitôt un vacarme assourdissant et que les hommes, voyant leurs épouses à demi nues prendre le mors aux dents, commencèrent à penser qu'ils étaient par comparaison d'autant plus mesurés et raisonnables. Le mari de la mère de Pauline était plus particulièrement écœuré par l'exhibition de son épouse. En fait, l'irritation finit par le rendre fou au point qu'il agita un drapeau blanc – dont le symbolisme était connu depuis longtemps grâce au protocole de la cavalerie américaine – et s'avança sans armes au milieu du pré. Étant canadien français, et d'une famille de marchands français, il connaissait suffisamment la langue *bwaan* pour se faire comprendre. Quand il leva les mains, un curieux silence s'abattit. Il s'adressa aux deux camps.

« Nous ne faisons pas la guerre ! Écoutez-moi ! Nous sommes chargés de viande pour survivre. Nos deux convois seraient sages de repartir en paix. Mais puisque ce sont nos femmes exaltées qui cherchent à verser le sang, et puisque nous autres Français et Ojibwés satisfaisons toujours nos femmes, eh bien, que deux d'entre elles se défient à mort à la course. La gagnante, nous sommes tous d'accord, aura la vie de l'autre. Une fois ceci accompli, chacun partira de son côté et nous nous retrouverons pour nous battre, en hommes et en guerriers, un autre jour. »

L'enfant entendit ce discours de son père avec, à l'exemple de ses compagnons, un profond sentiment d'hilarité, car tous savaient que sa mère était une coureuse magnifique et inégalée. Elle avait défié à la course les jeunes hommes qui venaient la courtiser et déclaré qu'elle ne s'abaisserait pas à épouser un homme qui ne la vaincrait pas. Elle avait fait serment de se marier à celui qui en serait capable. Sa fanfaronnade l'avait amenée finalement à épouser le *voyageur* peu avenant et même laid, aux pattes de cerf, qui était son très méprisé mari. Il l'avait mise dans l'embarras en gagnant, un mauvais début pour un mariage. Depuis ce jour, sa rapidité n'avait fait qu'augmenter, ainsi que celle de son époux. Elle eut beau, à l'entendre, se gonfler d'orgueil, son cœur se serra à l'idée que lui, le père de son enfant, pût de façon aussi arrogante disposer de sa vie. Et si, par hasard, il y avait une meilleure coureuse chez les femmes *bwaan* ? La colère s'agita en elle. Ce fut alors, en s'avançant pour prendre place sur le terrain, qu'elle décida de perdre la course. Par fierté face à ses compatriotes, son homme devrait offrir sa vie en échange de celle de son épouse. Enfin, et il le méritait ô combien, elle serait débarrassée de lui !

Les camps ennemis, ayant déposé leurs armes, s'alignèrent de chaque côté de la ligne d'arrivée. La *Bwaan* désignée pour courir avait les jambes courtes mais une ossature fine. Les deux femmes portaient des robes de fin calicot. Sur la ligne de départ, elles ôtèrent ce qui risquait de les gêner – la *Bwaan* portait un grand pectoral en os, une clarine à vache sans battant, un porte-bébé dans lequel était attaché un gros nourrisson. Les deux femmes déposèrent leur couteau à écorcher – au-dessus des minces lames d'acier tranchantes comme des rasoirs, leurs regards se croisèrent un bref instant en un ténébreux accord. Elles se détournèrent. La mère de Pauline fit passer avec précaution un collier de perles de traite après l'autre par-dessus sa tête – ces perles, venues d'Afrique et de Venise, de Bohême et de Quechee, dans le Vermont, elle les déposa dans les mains de sa fille. Elle déboucla une large ceinture en cuir de bison mâle cloutée de cuivre, mais n'ôta pas de ses oreilles les cônes étincelants d'où s'échappaient de fins grelots en argent allemand, et lorsque les deux femmes s'élancèrent, la progression rapide de sa mère commença par une petite musique qui, à mesure que sa foulée s'allongeait, s'éteignit dans le vent régulier de ses mouvements.

En courant, la mère de cette première Pauline ressentit un bien-être et une liberté immenses. Ce jour-là, la terre ronronnait sous ses *makizinan*. Elle atteignit le virage un peu avant son adversaire aux abois, saisit d'un geste vif le bâton qu'elle devait ramasser, et découvrit au retour qu'il était très difficile de s'obliger à perdre.

Lorsqu'elle perdit, Pauline – bien que sa mère la traitât sans bonté – entendit, comme s'il s'élevait en dehors d'elle, un hurlement animal lui lacérer la poitrine. Ce bruit incroyable déracina son souffle. Ses poumons se fermèrent. Elle tomba sur sa mère dans une brume de taches jaunes et s'accrocha si fort à sa robe que ses doigts s'enfoncèrent dans le fin tissage et que ses jointures s'écrasèrent contre ses cuisses. Ce fut alors davantage le poids de l'horreur éprouvée par sa fille chérie que l'amour pour son épouse impitoyable, ou même l'orgueil masculin, qui poussa le père de Pauline à s'avancer à l'instant même où la femme *bwaan* levait son couteau à écorcher, pour offrir, comme s'y attendait sa femme, d'échanger la vie de celle-ci contre la sienne.

La *Bwaan* recula, son regard détailla l'homme à la fourrure sur le menton et l'enfant, tout aussi laide, qui de façon tellement évidente était la sienne. Elle crevait d'envie de tuer la femme ojibwé à cause des deuils que lui avait apportés la guerre immémoriale et meurtrière entre leurs tribus, et parce qu'elle avait deviné, en courant à ses côtés, qu'elle retenait sa puissance et aurait aisément pu la battre. Pareille ignominie brûlait son cœur de pierre à cuire. Mais alors, tandis que le chagrin de la petite se tournait avec plus de violence encore vers son père, qui, en toute honnêteté, avait sa préférence, la femme *bwaan* se souvenant de la douleur d'avoir perdu son père au même âge que cette enfant, lors d'une incursion nocturne des Ojibwés, décida aussitôt que s'il lui était possible d'équilibrer le chagrin de cette fille avec le sien, à la manière d'un bâton sur son doigt, elle serait libérée de son besoin de vengeance.

Elle s'effaça pour laisser l'autre femme se relever.

Un don pour la pensée habile, un certain talent d'expression, une rapidité de langage, tout cela devint une caractéristique Puyat après ce Français à l'esprit vif qui parla alors pour sauver sa vie. Il parla avec clarté, comme si cette idée lui venait brusquement.

« Évidemment, si l'un d'entre vous, hommes *bwaan* ventrus, peut me battre à la course, alors chacun pourra tuer une moitié de ma personne. La femme peut avoir mon côté gauche pour découper mon cœur, et aussi le manger, si tant est qu'il en reste quelque chose – après tout, mon épouse s'est aiguisé les dents dessus depuis des années. L'homme peut avoir mon côté droit parce que *niinag* se balance là, long et pesant. Quand je cours, je dois l'attacher sinon il me bat la cuisse et me meurtrit. Mais aujourd'hui, comme ce sera peut-être ma dernière course, je le laisserai galoper en liberté ! »

Le temps qu'il termine, les deux camps riaient aux éclats et il ne faisait pas de doute que la course aurait lieu. Le seul problème pour les *Bwaanag* était de choisir un coureur. Il y en avait deux, de valeur égale. L'un était un robuste chasseur à la poitrine de taureau et aux jambes gonflées par des muscles fabuleux, et l'autre un homme-femme, un garçon gracieux et sournois qui soupira, campé dans une attitude grave et pleine d'assurance, se peigna, et jeta un coup d'œil dans le miroir de poche, au dos en écaille de tortue, qui pendait à une lanière en cuir brut autour de son cou. L'épouse du chasseur refusa de laisser son précieux mari risquer sa vie dans un jeu aussi ridicule, et elle cria, l'intimida, le menaça elle-même de son couteau, tandis que les autres se perdaient en discussions. Le garçon qui se pomponnait était-il un homme ou une femme pour les besoins de cette course ?

Certains Ojibwés, qui jugeaient son attitude féline trop menaçante, le refusèrent comme coureur masculin en raison de son esprit féminin. D'autres se méfiaient du chasseur renfrogné et soutenaient que, dans la mesure où l'homme-femme courrait avec des jambes qui s'allongeaient sous un pénis aussi reconnaissable que celui de son adversaire, il était assez masculin pour répondre aux conditions. L'épouse du chasseur finit par gagner, en assenant à son mari un tel coup avec la crosse de son fusil qu'il tomba évanoui, saisi de haut-le-cœur. L'homme-femme, les yeux étrécis cerclés de noir charbonneux, fit tomber à ses pieds une lourde robe en peau de cerf délicatement tannée et se dressa, étonnamment pur et ravissant, sans rien d'autre que des pantalons de femme blanche bordés de ruchés aux chevilles. Au signal, tous deux s'élancèrent.

Ils se mesurèrent, prenant une foulée d'avance et demeurant une foulée en arrière, filant et ralentissant pour casser le rythme de l'autre, et se découvrirent de force égale. La course ferait donc tout autant appel à l'intelligence qu'à la force. Quand dépenser ses dernières énergies et quand les économiser, foncer devant jusqu'à la limite de ses forces au début afin de décourager l'autre, ou en garder un peu pour les dernières foulées ? Lorsque, à mi-course, il saisit le bâton, l'astucieux Montréalais décida qu'il traînerait une foulée en arrière et respirerait bruyamment pour troubler son adversaire, et puis dans les dernières longueurs, signe de croix, baiser de Dieu, il le dépasserait ventre à terre par surprise et lui ferait voir ses talons. La tactique eût été plus efficace si son adversaire, dont la tâche en sa qualité de femme était d'observer attentivement les hommes, mais à qui la relation directe avec ceux-ci donnait une connaissance troublante de leur nature, n'avait lu dans les pensées du Français et ralenti pour préserver sa propre capacité à terminer. Tous deux surent alors que leurs stratégies se résumaient à un final acharné, et tous deux résolurent de courir à s'en faire péter les poumons et les entrailles afin de franchir la ligne le premier, et de vivre.

Au bout du compte, pourtant, le Français avait la foulée la plus puissante et l'homme-femme, ayant perdu de la longueur d'un orteil, ramassa au passage et avec élégance sa robe sur l'herbe et continua simplement à courir, à travers les vastes plaines, jusque dans les collines. Ceux qui voulaient se lancer à sa poursuite furent alors retenus par le prêtre qui, bien que lent à comprendre le résultat du pari et la succession des événements, se lança dans une diatribe divinement inspirée qui intimida les *Michifs* franco-ojibwés et leur fit retrouver leur catholique bon sens, si bien qu'ils ne pourchassèrent pas le *Bwaan* en fuite, mais acceptèrent à contrecœur le communiqué diplomatique du prêtre selon lequel la course s'était terminée pile à égalité. On ne devrait pas verser de sang.

Toutefois, la femme *bwaan* obtiendrait satisfaction pour les siens. S'élançant avec la vélocité d'une flèche, elle glissa son couteau à écorcher sous les côtes du Français, le père de Pauline, et dessina un écœurant arc de cercle, si bien qu'il se découvrit soudain agenouillé en prière, ses intestins s'écoulant entre ses mains avec lenteur, dans un bruit mou. Puis sa fille fut devant lui, qui s'efforçait doucement de les replacer dans leurs plis exacts, mystérieux et complexes, mais n'y parvenait pas alors qu'il se recroquevillait. Penché de biais, il se répandit autour de lui-même. À l'agonie, il regarda sa fille bien en face et lui intima, dans la clarté de la vision ultime, de tuer sa mère.

Il était impérissable, l'ordre du père imposé à la fille. Et pas moindre la volonté qu'elle avait de l'exécuter. Son intention fut forgée dans le feu du chagrin et trempée dans ses glaciales répercussions. Quoique jeune, la petite abritait en elle une lame de certitude qui attendait paisiblement son heure. La mère de Pauline le savait. C'est pourquoi, un jour, sans un avertissement et sans un mot sinon un cri obscène, elle tira la fillette jusqu'au tas d'ordures, y précipita à plat ventre son enfant qui grondait et lança d'une voix assassine :

« Voilà où tu finiras, si tu t'attaques à moi. »

Une erreur, de la part de la mère, de défier quelqu'un qui lui ressemblait tant.

À compter de ce jour, la puanteur des ordures rappela l'incident à l'enfant. Sa mère la poussa ensuite dans le feu, qui devint aussi une part inoubliable de la promesse. Les brûlures des braises sur sa peau étaient des souvenirs.

Tout comme la soupe que la mère refusait de lui donner – une absence amère dans son ventre. Et les bâtons qui se cassaient contre ses jambes et sur son dos. L'air qui lui déchirait la poitrine chaque fois qu'elle respirait avec sa côte cassée, et la neige sanglante. La seule chose que sa mère lui permit de manger, un hiver où la viande était rare, fut la neige sanglante sous le cadavre de l'animal mort ou découpé.

Pourtant la petite y trouva sa subsistance. Elle grandit vite grâce aux coups qui la manquaient, et plus vite encore grâce à ceux qui ne la manquaient pas. Elle s'épanouit en énergie tordue et devint plus grande que son père et plus méchante que sa mère, jusqu'au jour où, alors que celle-ci gisait affaiblie par la fièvre dans l'abri de broussailles, sur le territoire de chasse, elle lui apporta une corne d'un infect et bouillant ragoût d'écorce, de lapin malade et d'une taupe qu'un hibou avait dû laisser choir. Sa mère eut beau la labourer de ses ongles, elle lui maintint la bouche ouverte et lui déversa droit dans le gosier la mixture bouillante, si bien qu'elle eut la gorge brûlée, la bouche couverte d'affreuses cloques et, dans son délire angoissé, ne put pendant trois jours que hoqueter « Pauline ».

Cette petite se tenait assise près du feu, enveloppée de couvertures et de peaux bien chaudes, le plus loin possible de sa mère. Elle regardait avec satisfaction celle qui l'avait portée trembler et claquer des dents avec un son de crécelle en carapace de tortue, et pleurer selon que la fièvre la brûlait ou la glaçait. En guérissant, la femme perdit la moitié du visage. Les nerfs détruits par la chaleur intérieure, sa chair s'affaissa en un étrange regard mauvais qui la rendit soudain effrayante aux yeux des hommes et, bien qu'elle pût encore courir, il n'y avait personne pour l'attraper.

À la même époque, Pauline, qui n'avait pas vraiment hérité de la grâce de sa mère mais plutôt de la vitalité excessive et des yeux globuleux de son père, devint soudain irrésistible pour les hommes. Elle fut, de notoriété publique, courtisée au son de la flûte d'amour. Elle mettait ses amoureux à l'essai face à la tente, pendant que sa mère se consumait dans un néant obscur. Les hommes apportaient à Pauline des coquillages, une robe de calicot rouge qui reflétait le feu. Ils lui offraient de l'argent de traite estampé – hiboux, tortues, loutres entrelacées, ours et grenouilles cornues. Ils lui apportaient de la viande, si bien qu'elle n'avait jamais faim. Un collier de perles en cuivre apparut, suspendu à côté de sa porte par un visiteur nocturne. Une belle marmite. Des pains de sucre d'érable. Elle ne manquait de rien. Les hommes la recherchaient, bien qu'ils fussent déroutés par leur fascination. Était-ce sa taille longue et mince bien prise dans le calicot rouge ? Peut-être était-ce sa façon tellement hardie de toiser un homme, puis de détourner timidement les yeux. Ce n'était pas son visage, ou peut-être que si, car sa laideur d'enfant était devenue autre chose – une sauvagerie, un charme sexuel sans la moindre douceur, un regard qui notait chaque détail et jubilait de tout chez un homme. Une faim.

L'appétit de la petite fille devint une faim de loup, puis un vide vorace auquel les hommes, découvrit-elle, pouvaient remédier pour de très courts instants. Pourtant, même si aucun ne lui résistait, elle était agitée, et prit donc le poison, se mit à boire comme l'avait fait sa mère il y avait si longtemps. Voici quelle était la terrible vérité : en créant le vide, la mère lui avait refusé les moyens d'emplir sa vacuité. Pauline ne pouvait aimer ni être aimée. On lui avait volé sa faculté de donner ou de recevoir quoi que ce soit d'aussi profondément bon.

Sa mère but jusqu'à ce que son visage s'affaisse et que sa langue se fige contre son palais. Son cerveau se ferma. Elle devint si faible qu'elle ne put plus bouger, même quand elle fut envahie par les vers. Elle fut donc dévorée avant que son corps ne fût mis en terre, déchargeant Pauline du fardeau de son sort. Libérée, la jeune fille se maria quatre fois à différents Français. À chaque mariage, elle vivait le début comme un paroxysme pervers et prometteur qui devenait insupportable avant de se terminer en indifférence, une indifférence si grande qu'un jour elle finissait par s'étendre à elle-même. Elle recueillait et buvait le jus de l'arête dorsale des poissons-chats, qui, mélangé à de l'alcool pur, la tua dans son sommeil.

Si vous avez entendu parler des chasses au bison, vous savez peut-être que celle que je décris, qui remonte à bien des générations, fut l'une des dernières. En fait, tout de suite après cette chasse-là, précédée d'un grand acte de contrition du prêtre, et la destruction éclair qui dura vingt minutes, laissant huit cents bêtes sur le carreau, le reste du troupeau ne s'enfuit pas mais réagit de façon effrayante.

Selon de nombreux témoignages, les bisons survivants tournèrent en rond aux abords du carnage, sans brouter mais en observant avec une intensité démente tandis que, une par une, avec minutie et sans perdre de temps, chaque carcasse était démantelée. Même pendant la nuit les bisons restèrent là, et les chasseurs et leurs familles inquiets découvrirent à l'aube suivante qu'ils n'avaient pas bougé, semblant pleurer leurs petits et leurs morts, tous leurs parents étalés devant eux plus ou moins écartelés, la langue arrachée, sans pattes, sans tête, écorchés. À midi arrivèrent les mouches. Le bourdonnement était épouvantable. Le ciel s'obscurcit. C'est alors, quand le soleil fut à son zénith, dans la lumière découpée par des rubans d'insectes noirs tourbillonnants, que les bisons se mirent à produire un son.

C'était un son que personne encore n'avait entendu ; aucun bison n'en avait jamais produit de tel. Personne ne savait ce qu'il signifiait, sauf qu'un chasseur vieux et rude ravala sa respiration lorsqu'il l'entendit, et comme le son augmentait, s'efforça de ne pas hurler. Des larmes roulaient sur ses joues et le long de sa gorge, en tout cas, mouillant ses épaules, car le son enfla jusqu'à ce que tous se trouvent perdus dans son immensité. Entendu pour la première et la dernière fois, il faisait souffrir le corps et se fermer l'esprit. Un chagrin violent et incontestable, on eût dit que la terre elle-même sanglotait. Une femelle, puis un mâle, chargèrent les carcasses. Puis vint un autre spectacle à ajouter au son jamais entendu auparavant. Installé sur une légère élévation, le campement des chasseurs regarda sans comprendre le troupeau tout entier, qui comptait encore des milliers de bêtes, se mettre en branle. D'abord d'un pas léger, puis avec davantage de violence, les bisons commencèrent à piétiner, à encorner et même à mordre leurs morts, à piler dans le sol de leurs sabots de pierre les os de leurs frères, à projeter dans les airs des morceaux de chair assassinée, et même, bientôt, à écraser leurs propres petits. Et tout du long, ils produisaient un son tellement atroce que les gens furent bouleversés au plus profond d'eux-mêmes et ne purent avant longtemps décrire ce qu'ils avaient vu.

Les bisons disaient adieu à la terre et à tout ce qu'ils aimaient, dirent les vieux chefs et les vieux chasseurs quand des années eurent passé et qu'ils purent raconter ce qui leur fendait le cœur. *Les bisons devinrent fous de douleur de voir la fin des choses. Comme nous, ils virent la fin des choses et comme beaucoup d'entre nous, beaucoup aujourd'hui, ils ne se souciaient plus de vivre.*

Qu'est-ce que cela vous révèle sur la grande douleur de la fin des choses qui vit en chaque famille, ici, sur la réserve ? La fille, bien sûr, était le résultat perverti de tout ce qui avait tordu sa mère. Elle était l'espoir, le poison, ce qui venait après, au-delà de la fin des choses. Elle était le résidu de ce qui se produisit lorsque certains membres de notre peuple, fous de chagrin, piétinèrent leurs enfants. C'est ainsi que l'histoire des Puyat est l'histoire de la fin des choses. Elle est étroitement liée au désespoir et au désir violent des bêtes rousses pour le massacre de soi, un acte que les prêtres nomment suicide et que jusqu'ici notre peuple pratiquait rarement.

Le mooz

Margaret avait éreinté trois maris, et Nanapush survécu à ses six épouses. Ils étaient vieux lorsqu'ils s'installèrent dans une cabane au fond des bois. Et puis, eux qui avaient été des Anishinaabeg dans les premières décennies du siècle dernier, ayant connu la famine et le chagrin, souffert des pertes énormes, subi les vols des agents du gouvernement et des fermiers *chimookomanag*, ils étaient las. On aurait pu supposer qu'ils voudraient, enfin, un confort tout simple. Un compagnon inoffensif. Le calme. Camaraderie et sommeil. Mais rien ne se passait en douceur. Ils n'arrivaient pas à trouver la paix. Car Nanapush et Margaret découvrirent dans leur cœur une étonnante ardeur. Farouche et brusque, elle surpassait parfois, par la tendresse, l'âge et la colère. Alors ils faisaient l'amour avec une avidité stupéfaite et une pureté qui les étonnaient. Mais qui savaient aussi s'embraser et échapper à leur contrôle.

Quand leur amour s'échauffait, Margaret et Nanapush se disputaient. De piquantes flammes de mots roussissaient leurs cœurs et couvraient leurs langues de cloques. Le silence était pire. Sous son poids qui couvait à petit feu, leurs regards noirs infligeaient de légères brûlures. Au bout de quelques jours leurs esprits se ratatinaient en charbons éteints. Certaines nuits muettes, ils étaient étendus côte à côte pareils à des bûches entièrement réduites en cendres. Ils osaient à peine remuer, de peur de partir en flocons légers et de se désintégrer. C'était un jeune amour, allumé dans des corps âgés et fatigués, qui parfois les fissurait à la manière d'un feu trop vif dans un vieux poêle en tôle.

Pour survivre au sein de leur mariage, ils inventèrent de nombreuses stratégies. Par exemple, ils collaboraient rarement à quelque tâche que ce fût. Chacun chassait, posait des pièges et pêchait seul. Ils n'arrivaient pas à tomber d'accord même sur un sujet aussi insignifiant que l'endroit où poser un filet. Le fusil, qui appartenait à Nanapush, n'était jamais nettoyé quand on en avait besoin. Les pièges rouillaient. Il incombait à Margaret de frotter le canon de la carabine, de fumer les mâchoires d'acier. Poser des collets ensemble était impossible, car à la vérité ils se prenaient eux-mêmes sans cesse au piège à force d'avis et de moqueries violentes sur l'endroit où un lapin risquait de bondir ou sur la façon de poser le lacet. S'éviter de la sorte ne faisait qu'affermir leurs comportements individualistes, aussi quand Margaret, ayant désespérément besoin d'aide, échoua le vieux canoë qui prenait l'eau et sauta sur le rivage, il n'y avait aucune chance qu'ils s'accordent.

Margaret ajoutait parfois un peu de français à son *ojibwemowin*, tout comme les épouses au langage chic des *voyageurs* français ajoutaient au petit bonheur des *le* et des *la*, telle une pincée d'épices. Alors, quand elle déboula bruyamment dans la cabane en criant *le mooz*, Nanapush se réveilla, agacé, un vif reproche aux lèvres, car il lui plaisait toujours de trouver un petit défaut à sa bien-aimée.

«*Le mooz! Le mooz!*» lui hurla-t-elle au visage. Elle l'attrapa par la chemise avec tant de violence qu'il entendit les fils minces se séparer.

«*Booni' ishin!*»

Il tenta de se libérer de son étreinte, mais Margaret lui expliqua en vitesse qu'elle avait vu un wapiti traverser le lac à la nage et qu'ils tenaient là leurs provisions pour l'hiver, à l'aise! Grâce à la viande de ce wapiti séchée et stockée, ils survivraient.

«Debout, vieillard!»

Elle empoigna le fusil et tira Nanapush vers le bateau, le poussant dedans avant même qu'il se fût mentalement préparé à chasser le wapiti.

Nanapush, maussade, pesa sur la pagaie. Outre leur penchant naturel à n'être jamais d'accord, il en était toujours ainsi quand l'un d'eux était particulièrement intrigué et enthousiasmé par une idée, l'autre était sûr de ressentir le contraire simplement pour donner davantage de contraste à la situation. Si Nanapush demandait du sirop d'érable pour accompagner sa viande, Margaret lui donnait de l'oignon sauvage. Si Margaret appréciait une certaine couleur d'étoffe, Nanapush jurait qu'il ne pouvait pas voir ce bleu ou ce rouge – qu'il le rendait méchant ou lui donnait le vertige. Lorsqu'il s'agissait de dormir sur l'élégant matelas à ressorts que Margaret avait acheté avec l'argent de la dernière récolte d'écorce, Nanapush adorait son rebond mais elle en était avare, pour ne pas l'user. Parfois, en son absence, il s'asseyait sur le lit et y faisait des cabrioles, rien que pour l'embêter. Quant à elle, lorsque son mari, plein de ruse, se mit à réclamer de l'oignon sauvage, elle s'imagina qu'il avait fini par en aimer le goût et négocia donc un petit pot de sirop d'érable, entamant ainsi l'étape suivante et évidente de leur opposition, qui consistait à ce que chacun demande le contraire de ce qu'il désirait vraiment et obtienne ainsi satisfaction. Leur vieil ami, le père Damien, n'y comprenait rien, mais tous deux y trouvaient une harmonie sereine. Alors, quand ce matin-là Margaret montra tant de détermination à propos du wapiti, non seulement Nanapush se sentit particulièrement paresseux, mais il prit aussi le parti de croire qu'elle voulait dire le contraire de ce qu'elle hurlait, il lambina donc avec sa pagaie tout en essayant de lui raconter une ou deux blagues. Il n'y avait pourtant pas plus sincère que Margaret.

« Pagaie ! Pagaie de toutes tes forces ! hurla-t-elle.

– Lâchez les amarres, les gars, ou lâchez des vents ! » se moqua Nanapush.

Pendant l'été, comme ce n'était pas le moment de raconter des *aadizokaanag* ojibwés, le père Damien s'était efforcé de convertir Nanapush en racontant autant d'histoires de gros poissons qu'il se rappelait, y compris celle sur les poissons qui se multipliaient, et sur le poisson qui avait avalé Jonas. Bientôt, le père Damien avait dû aller plus loin encore que la Bible. La préférée de Nanapush, c'était l'histoire de l'énorme et infernal poisson blanc et du chef devenu fou qui le poursuivait du haut en bas du monde.

« *Gigitimishk !* »

Margaret faillit s'étrangler de frustration parce que le wapiti avait légèrement dévié de sa course et qu'à son goût ils ne s'en approchaient pas assez vite.

« *Aye, aye, Ahabikwe !* » hurla Nanapush, en allumant sa pipe, tandis qu'à grands coups de pagaie Margaret donnait libre cours à sa fureur.

À dire vrai, la colère de Margaret ravissait Nanapush, car lorsqu'elle se déchaînait ainsi pendant la journée, il arrivait souvent qu'elle se déchaîne de la même façon au coucher du soleil, et il anticipait déjà leur plaisir.

« Sers-toi de cette pagaie ou mes jambes te seront fermées, bougre de feignant ! » gronda-t-elle.

À ces mots, il se mit à l'œuvre et ils arrivèrent sans tarder à côté du wapiti. Margaret se tint en équilibre, lança une boucle de corde solide autour de sa large ramure évasée, puis attacha la corde bien serrée à l'avant du bateau, une sorte d'étrange canoë doté d'un fond plat à toute épreuve, un bon bateau de course mais pas si facile à manœuvrer.

« Maintenant, ordonna-t-elle à Nanapush, maintenant prends le fusil et tire ! Tire ! »

Mais Nanapush n'en fit rien. Il avait déjà une fois dans sa vie tué un wapiti de cette façon, et il n'avait plus rien à prouver. Il souleva le fusil pour vérifier qu'il était chargé, puis comme il prenait grand plaisir à la balade que leur offrait gracieusement le vaillant animal, il décida d'attendre.

« Faisons-lui faire demi-tour, mon adorable pigeon ! cria-t-il à sa belle. Qu'il nous ramène chez nous. Je l'abattrai lorsqu'il atteindra le haut-fond juste devant notre cabane. »

Margaret connaissait les dangers de la manœuvre, mais ne put s'empêcher de reconnaître le bien-fondé de ce plan venu à l'idée de son paresseux mari, et donc, à l'aide d'autres cordes leur servant à tirer de toutes leurs forces, d'abord sur un bois puis sur l'autre, ils entreprirent de faire tourner leur wapiti et de le lancer dans la bonne direction. Quand ce fut fait, Nanapush se rassit, fuma sa pipe et se détendit. Le soleil brillait et l'air était frais, pur. Tout semblait bien se passer entre eux, maintenant. Margaret le mit même en garde contre le fouillis de matériel de pêche qui traînait à ses pieds, et il y avait de l'affection dans sa voix.

« Tu finiras par te piquer, dit-elle, espèce d'idiot. » À cet instant, la viande les ramenant jusque sur le pas de leur porte, elle ne s'en souciait même pas tant que ça. « Ce soir, je ferai revenir les steaks dans la culotte avec un peu de sirop d'érable dessus, annonça-t-elle, l'eau à la bouche. Vieil homme, tu vas bien manger ! Oooh – elle cria presque d'admiration – notre wapiti est si gras !

– C'est un beau wapiti, reconnut Nanapush avec passion. Tu as l'œil, *Mindimooyenh*. Il est juteux, notre wapiti !

– Je ferai rôtir les côtes, cuire la graisse avec nos haricots, et garderai sa cervelle dans un seau pour tanner cette grande peau ! Oooh, *ishte*, mon mari, les vieux messieurs vont envier les *makazinan* que je vais coudre pour toi.

– Ma belle épouse ! » Nanapush succombait. « Mon ange chéri ! »

Ils se regardèrent avec beaucoup d'amour.

Tandis qu'ils se couvaient des yeux, s'accrochant à ce rare instant de gentillesse, les sabots du wapiti heurtèrent le premier banc de sable à proximité du rivage, et Margaret hurla à son mari d'élever le fusil et de tirer.

« Pas encore, ma chérie, répondit Nanapush, confiant, il peut encore nous remorquer plus près !

– Attention ! Tire maintenant. »

Le wapiti, en effet, approchait des hauts-fonds, mais Nanapush, dans sa fierté, prévoyait d'abattre l'animal au moment où il commencerait à les tirer hors de l'eau, faisant ainsi de la tâche qui consistait à le dépouiller et le transporter chez eux un vrai jeu d'enfant. Il mit le wapiti en joue, puis patienta tandis que l'animal trouvait de plus en plus de prise sur le sol. Les pieds du vieil homme, de façon énervante, se prirent dans le matériel de pêche qu'il avait été trop paresseux pour ranger, et il gigota pour tenter de le repousser.

« Margaret, mon canard ! » cria-t-il.

À l'instant même où le wapiti bondissait sur la terre ferme, Nanapush tira, manquant sa cible dans les grandes largeurs et terrifiant totalement l'animal, qui fit un petit saut, inimaginable pour une créature aussi énorme, et la tête la première remonta la rive en ligne droite. Margaret, qui se retournait pour arracher le fusil des mains de son mari, fut projetée hors du bateau et raconta plus tard que si seulement son bon à rien d'obstiné de mari n'avait pas refusé de lâcher le fusil elle aurait pu mettre pied à terre, viser, et les tuer tous les deux, comme elle en mourait d'envie à ce moment-là. Au lieu de cela, tandis que le wapiti décampait, le bateau toujours solidement attaché par trois cordes à sa ramure, elle resta en arrière à crier à l'idiot de sauter. Mais il n'en fit rien et, quelques instants plus tard, le wapiti déchaîné, suivi du bateau bondissant, disparut dans les bois.

« Mon homme est têtu, en tout cas », reconnut-elle en époussetant sa jupe et vérifiant qu'elle était toujours en un seul morceau, rien de cassé ni de coupé. « C'est sûr, il va le tuer, ce wapiti ! » Elle parlait, exprimant un espoir qui allait dans le sens de son désir, mais au-dedans elle était envahie d'un tel mélange d'angoisse et de fureur qu'elle ne savait que faire – tenter de sauver Nanapush ou bien le couper en rondelles avec la hachette qu'elle se surprit en train d'affûter tout en guettant la seconde détonation de son fusil.

Pôff !

Oui. Voilà. « Une bonne chose qu'il n'ait pas sauté », marmonna-t-elle. Elle se mit en marche d'un pas lourd en direction du bruit, munie de ses lanières de portage et d'un couteau très aiguisé.

En fait, si Nanapush n'avait pas sauté cela n'avait pas grand-chose à voir avec son grand entêtement ni sa noble bravoure. Lorsque le wapiti remonta le bateau à grands cahots en haut de la rive, le matériel qui s'enroulait déjà autour de la jambe de Nanapush vola sous son banc au moment où il rebondissait en l'air, et lorsqu'il retomba trois de ses meilleurs hameçons se fichèrent profondément dans son derrière, l'attachant là solidement. La ligne s'entortilla plusieurs fois autour de lui, entourant le banc de nage. Il poussa un cri de douleur strident, terrorisant encore un peu plus l'animal, et se débattit, enfonçant les hameçons toujours plus profondément, jusqu'à ce qu'il ne puisse plus se retenir qu'avec une seule main au plat-bord, en hoquetant de douleur, tandis que de l'autre main il s'efforçait de porter le fusil à son épaule pour tuer le wapiti.

Pendant tout ce temps, évidemment, l'animal galopait ventre à terre. Poursuivi par cette chose étrange et lourde, qui hurlait, cognait et grondait, il filait en proie à une terreur sourde à travers bois et marécages. Il galopait sans relâche. Ceux qui virent Nanapush sillonner ainsi la réserve restèrent d'abord plantés là, fascinés, sous le choc, à se frotter les yeux, puis s'en furent chercher d'autres personnes, si bien que la fâcheuse posture de Nanapush fut bientôt connue et racontée de toutes parts. À ce moment-là, le wapiti avait adopté un bon petit trot et traversait tranquillement fermes et pâturages, le bateau s'élevant dans les airs puis retombant et disparaissant derrière lui.

Nanapush épaula de nouveau son fusil, mais comme il n'y avait rien d'autre sur quoi viser que la croupe de l'énorme animal, il lui piqua l'arrière-train, et c'est alors, raconta-t-il plus tard, que le wapiti se mit à riposter, ses projectiles lui passant en sifflant devant le nez et le front. Il fit feu de nouveau. Cette fois les projectiles du wapiti atteignirent tous leur cible. Le bateau bondit haut dans les airs et retomba dans un craquement tandis que le wapiti fonçait droit devant, arrachant à Nanapush un gémissement dont ceux qui l'entendirent à des kilomètres à la ronde se souviendrait toujours pour la morne profondeur de son désespoir. Ils furent nombreux à interrompre leurs tâches pour rester là bouche bée, ou hurler, et d'autres coururent chercher leur fusil, mais tous revinrent trop tard pour abattre l'animal et libérer le pauvre Nanapush.

Un jour passa. Dans sa barque de pêche tirée par un wapiti, Nanapush passa absolument dans tous les coins de la réserve où il avait chassé, et vit absolument toutes les personnes qu'il avait connues, puis s'en fut dans des endroits où il n'avait pas été depuis son enfance. À un certain moment, une famille qui arrachait des racines de massette fut ahurie de voir le bateau, remorqué dans un marécage par le wapiti, et un homme effondré à l'intérieur, car à présent Nanapush avait renoncé et s'était abandonné à la douleur qu'au moins, dit-il plus tard, il partageait avec cette bête dont il avait criblé la croupe de plombs. Il avait déjà tenté de laisser la meilleure partie de son postérieur sur le banc du canoë, mais malgré tous ses efforts n'arrivant pas à s'en arracher, il avait donc renoncé et, selon son habitude dans les moments de tension, s'était endormi en espérant se réveiller avec un plan pour mettre fin au supplice de sa chevauchée.

Mais à son réveil, il se rendit compte que le wapiti se dirigeait vers les coins les plus reculés de la réserve, là où notre pauvre Nanapush était sûr de trouver une mort certaine. Alors, tandis qu'ils allaient bon train, il se mit à parler à l'animal – les mots jaillissaient de sa bouche

«*Niiji!* hurla-t-il. Mon frère, ralentis!»

Le wapiti fit pivoter une oreille pour saisir le son de voix de la chose, mais ne s'arrêta pas.

«Je ne tuerai plus! promit Nanapush. Tiens, je jette mon fusil!»

Et il le lança sur le côté après avoir embrassé le canon et bien repéré les lieux. Mais comme s'il l'avait deviné et n'éprouvait que du mépris pour l'hypocrisie de cet homme, le wapiti grogna et poursuivit son chemin.

«Je te demande pardon, hurla Nanapush, à toi et à tous les wapitis que j'ai tués et à l'esprit du wapiti et au chef des wapitis et à tous les wapitis qui ont vécu ou qui vivront sur cette terre!»

Peut-être un peu apaisé, l'animal se mit au pas et Nanapush put enfin arracher quelques baies aux buissons devant lesquels ils passaient, recueillir une gorgée d'eau du marais au creux de sa main, et dormir, bien qu'au clair de lune l'animal continuât à paître et à marcher vers un but, se dit Nanapush, harassé et souffrant jusqu'au délire. L'autre monde, peut-être. Ce wapiti était peut-être envoyé par le Créateur omniscient pour l'emmener de cette façon toute nouvelle vers la vie des esprits. Mais à l'instant même où il imaginait cette possibilité, ou en rêvait, l'aube parut, et à la lumière de ce rayonnement toujours plus intense il vit que son wapiti suivait en effet un cap et une idée, et que cet objet était une femelle d'une taille exceptionnelle, juste devant eux, qui coulait par-dessus son épaule des regards d'une façon apparemment séduisante pour un monsieur wapiti, car la bête poussa un cri aigu d'une intensité mâle que Nanapush reconnut comme étant du pur désir.

Nanapush, regrettant maintenant de ne pas avoir visé les énormes couilles pendantes du wapiti, pleura d'énervement.

« Faut-il que je subisse cela ? Cela aussi ? En plus de tout ce que j'ai souffert ? »

Et il maudit le wapiti, se maudit, maudit les hameçons, maudit celui qui avait si bien construit un bateau tellement solide qu'il ne se brisait pas. Il jurait en anglais, car il n'existe pas de véritables gros mots en *ojibwemowin*, et ce fut donc Nanapush, et non le diable, que Josette Bizhew entendit passer aux premières lueurs du jour devant sa petite maison isolée, hurlant toutes sortes d'imprécations ignobles et novatrices, et ce fut Nanapush, aussi, que l'on entendit brailler dans les hautes spartines des marais, brailler alors qu'il était à ce moment-là plus mort que vif, face aux actes scandaleux auxquels il était obligé d'assister, là, sous son nez, tandis que le bateau basculait et que son wapiti, au comble de la passion, aimait la femelle wapiti en pesantes montes et excitantes poussées qui envoyaient l'occupant de la barque valser de-ci de-là mais ne réussissaient pas à l'arracher à la terrible morsure des hameçons.

Et non. Nanapush allait souffrir encore toute une journée avant que le wapiti satisfait roule à terre pour ronfler, et que des membres de l'équipe de secours réunie par Margaret s'approchent à pas furtifs et abattent l'animal sur le coup, dans son sommeil.

Le wapiti, découvrit Margaret, car elle avait suivi les sauveteurs munie de son tranchoir à viande, avait perdu une désolante quantité de graisse, la longue fuite avait rendu sa chair filandreuse, et un mélange de peur et de sexe assouvi lui avait donné de l'aigreur, si bien qu'en le découpant elle grimaça et gémit, plongea au plus profond de ses pensées furibondes, imagina les douloureuses vengeances qu'elle infligerait à son mari, dont l'une, mise à exécution, allait finalement le tuer.

Pendant ce temps-là, le père Damien avait de son mieux suivi son ami à bord de la voiture de la paroisse. Lorsqu'il entendit la détonation, il s'arrêta sur la route la plus proche et put ainsi venir en aide à ceux qui émergeaient des bois. Il conduisit Nanapush, en plein délire, chez sœur Hildegarde, qui avait une excellente méthode pour extraire les hameçons. À l'infirmerie de l'école, sœur Hildegarde ne fut pas affectée de voir les fesses nues de Nanapush pointer vers le ciel – elle tamponna la zone à la teinture d'iode et vérifia la solidité de ses pinces.

Le père Damien arriva sur le lieu de l'opération. Avec un grand soulagement pour son ami et une certaine dose de pitié, il parla pour tenter de le faire sourire.

« N'aie pas honte de t'exhiber ainsi. Même la Vierge Marie avait deux croupes, la sienne, et celle de l'âne qui l'emmenait en Égypte. »

Nanapush se contenta d'acquiescer d'un air sombre et serra les dents tandis que sœur Hildegarde poussait l'hameçon avec les pinces jusqu'à ce qu'au bout les pointes transpercent sa peau épaisse, puis elle coupa le barbillon et extirpa ce qui restait.

« Y a-t-il le moindre risque, demanda-t-il d'une voix faible et rauque, une fois l'opération terminée, que ceci influe sur ma virilité ?

– Malheureusement non », assura Hildegarde.

Les talents amoureux de Nanapush, entiers ou endommagés, devaient rester non vérifiés jusqu'après sa mort. Car Margaret prit tout son temps pour punir son mari. Elle l'ignora, elle le persécuta, mais, pire que tout, elle lui fit la cuisine.

Ce fut l'hiver des haricots éducatifs, car chaque fois que Margaret faisait cuire une casserole de grains durs comme de la pierre, tirés du sac de haricots de cinquante livres qui constituaient leur seule subsistance en dehors des lanières de viande rancie, elle rappelait à Nanapush chaque stupide instant décisif, à l'automne dernier, où il aurait dû tuer le wapiti, mais l'avait raté.

« Oh la la, raillait-elle alors, sa chair n'était-elle pas tendre et suave avant que tu la mettes en loques ? »

Elle ne laissait jamais les haricots cuire jusqu'à ce qu'ils soient assez tendres, parce qu'elle pouvait commander à son propre corps d'assimiler sans difficulté le tendon le plus dur. Nanapush, en revanche, endurait des tourments digestifs d'une nature qui devint bientôt fatale à leur santé à tous deux et gâcha complètement son repos nocturne, car c'est à ce moment-là que les grands vents explosifs se rassemblaient dans son corps. Ses *boogidiwinan*, qui avaient toujours été virils, mais pourtant assez dociles pour rester sous son contrôle, écrasèrent le pouvoir de son *ojiid*, et il ne put que s'abandonner à leurs caprices et à leur violence. Au moins était-ce une forme de vengeance prise sur Margaret, songeait-il, fourbu, quand l'aube approchait. Mais en même temps, il craignait qu'elle ne le quitte. Déjà, elle l'obligeait à dormir sur un tas de peaux près de la porte pour qu'il n'empoisonne pas son matelas à fleurs.

« Mon trésor, suppliait-il parfois, ne peux-tu m'épargner ? Fais bouillir les haricots un peu plus longtemps, et le wapiti aussi. Aie pitié ! »

Elle se contentait de hausser le sourcil et son regard furieux était une tranche de lumière aussi coupante qu'un couteau. Peut-être était-elle d'autant plus en colère qu'elle s'était radoucie vis-à-vis de lui pendant cette balade à wapiti sur le lac, et voulait-elle, à présent, le punir pour ce regain de tendresse qui ne lui ressemblait pas. En tout cas, un soir elle fit bouillir les haricots juste assez pour en ramollir la peau, et le wapiti qu'elle jeta dedans était couvert d'une moisissure verte qu'elle prétendit être médicinale, mais qui, pour ce qui était de Nanapush, lui noua les entrailles.

« Mange, vieillard. »

Elle posa brutalement l'assiette devant lui. Il vit qu'elle était implacable, puis se souvint de la façon dont il avait déjà contourné l'impasse du sirop d'érable, et décida d'agir exactement à l'inverse de ce qu'il ressentait. Alors, résigné à sacrifier sa nuit à la douleur, désespéré, il entreprit de savourer bruyamment les haricots.

« Ils sont excellents, *niwiiv*, croquants et délicieux ! *Minopogwad !* » Il engloutit les haricots avec un appétit de gamin et mordit dans le wapiti couvert de moisissures comme si on lui avait offert les meilleurs morceaux. « *Howah !* Je n'ai jamais rien mangé d'aussi bon ! » Il se frotta le ventre et sourit avec une satisfaction feinte. « *Nindebisinii,* mon joli faon, ah, comme je vais bien dormir. »

Il se coucha alors à côté de la porte, enroulé dans ses couvertures, et attendit que le déchirent les douleurs des gaz.

Elles vinrent, et comment donc. Cette nuit-là fut phénoménale. Margaret était persuadée que les boîtes de graisse s'entrechoquaient sur le rebord de la fenêtre, elle vit une flamboyante puanteur s'élever autour de son mari, la vit de ses propres yeux, mais choisit de se boucher les oreilles avec de la cire et de se tourner vers le mur, en pratiquant dans la terre reliant les rondins un trou par lequel respirer, si bien qu'elle s'endormit sans savoir que la symphonie de sons qui fit voler les papiers et souffla par la porte au matin constituait les dernières déclarations de son mari.

Oui, il était mort. Le lendemain matin, lorsqu'elle vint le secouer pour le réveiller, elle découvrit qu'il était absolument sans vie. Elle poussa alors un cri perçant, de deuil effrayant, et se mit à pleurer avec une horreur soudaine face à la profondeur de sa nature impitoyable. Elle lui couvrit le visage de baisers, lui tapota les mains et les cheveux. Il ne semblait pas avoir été emporté par la mort, non, il paraissait étrangement bien. Une mort de ce genre aurait pu le friper comme un sac crevé et le laisser flasque et ratatiné, mais non, il était tendu et gonflé, la bouche un trait droit et ferme et les paupières serrées comme s'il retenait quelque chose à l'intérieur. Et là où elle l'aimait autrefois, il était aussi dur qu'une corne. Il y avait une erreur ! Peut-être, se dit Margaret, folle de douleur, n'était-il que profondément endormi et pouvait-elle l'aimer pour le ramener à la conscience.

Elle monta à bord et se mit à le chevaucher jusqu'à ce qu'elle s'effondre à son tour, rompue et en larmes, sur sa poitrine immobile. C'était inutile. Sa virilité était toujours dressée, et bien qu'elle pût jurer que le sourire sans joie s'était élargi sur son visage, il n'y avait pas d'autres signes de vie – on ne détectait ni respiration ni le moindre petit battement de cœur. Margaret retomba à côté de lui, sans connaissance, et fut découverte là, échevelée et glacée, au point que le père Damien crut d'abord qu'ils avaient commis un double suicide, comme cela arrivait à certaines vieilles personnes pendant ces rudes hivers. Mais Margaret se réveilla bientôt. On aéra la cabane. Le père Damien, dévasté par cette perte, tint la main de son vieil ami Nanapush pendant toute la journée et laissa couler ses larmes, inondant sa robe noire.

Il en fut donc ainsi. La veillée et les obsèques furent célébrées selon l'ancienne coutume. Margaret prépara le corps. Elle le lava, l'enveloppa dans sa plus belle courtepointe. Comme il était impossible de masquer l'érection de Nanapush, dure comme l'os, elle la laissa se dresser fièrement et résolut de ne pas avoir honte de la prouesse de son mari. Elle étendit celui-ci sur le lit qui faisait sa fierté, et regretta amèrement de l'avoir contraint à dormir par terre, à côté de la porte, dans le vent glacé.

Ce soir-là tous arrivèrent, apportant de quoi manger et même un peu de vin, mais Margaret ne voulut pas de leurs consolations. Le chagrin plongeait profondément ses dents dans ses poumons, et la douleur irradiait à la façon des rayons lumineux d'une étoile. Elle avait le souffle court. Un voile lui tombait dessus et l'étourdissait. Elle voulait avant tout exprimer à son époux la profondeur terrible de l'amour qu'elle lui portait mais qu'elle avait été trop orgueilleuse, trop mesquine, ou, elle s'en rendait compte à présent, trop angoissée, pour lui témoigner de son vivant. Elle l'avait privé d'un tel plaisir : si cette grande corne dans son pantalon était là, se disait-elle, rongée de culpabilité, c'était parce qu'elle lui avait refusé la satisfaction physique depuis le tour en bateau derrière le wapiti.

«*Nimanendam*... Si seulement il me revenait, je ferais de lui un homme heureux.»

Elle se moucha dans un grand torchon blanc et baissa la tête. Qui réprimanderait-elle? Qui désirerait son vieux corps de femme? Qui pourrait-elle rejeter? Qui souffrirait pour Margaret Kashpaw maintenant? Que devait-elle faire? Elle plongea son visage dans ses mains et pleura, en proie à un abandon qui ne lui ressemblait pas. Toute la bande des amis de Nanapush et de ses êtres chers, entassée dans la maison, leva son verre en l'honneur du vieil homme et le salua. Pour finir, le père Damien prit la parole, et son discours fut si éloquent qu'en quelques instants toute la pièce fut baignée de larmes et secouée de sanglots.

Ce fut à ce moment-là, au plus profond de leur chagrin, à l'heure où tous ressentaient le plus cruellement la perte de Nanapush, que se produisit une énorme explosion, un son déchirant. Un infernal nuage de puanteur précipita tous ceux qui veillaient le mort à la recherche d'une bouffée d'air. Dès que l'on ouvrit la porte et que le froid pur de l'hiver s'engouffra dans la maison, tout le monde rentra et découvrit Nanapush dressé sur son séant, toujours enveloppé dans la plus belle courtepointe de Margaret.

« Je ne pouvais vraiment plus me retenir », avoua-t-il, gêné de découvrir une telle assemblée autour de lui.

Il entreprit, ensuite, de boire un gobelet du vin de la veillée mortuaire. On le sortit de la courtepointe. Il s'étira. Le vin le rendit bavard.

« Mes amis, déclara-t-il, que mon cœur se gonfle de vous voir ici. J'ai, en effet, visité le monde des esprits et j'y ai salué mon vieux camarade Kashpaw. J'ai vu mes précédentes épouses, maintenant mariées à d'autres hommes. Piquant était là, elle est en train de me fabriquer une paire de *makazinan* aux semelles brodées de perles, à porter quand je partirai pour de bon. Mes amis, n'ayez crainte. De l'autre côté de la vie, la nourriture abonde et il n'y a pas d'agents du gouvernement. »

Puis Nanapush quitta le lit et passa parmi eux, leur offrant saluts et messages de leurs chers défunts. Il finit néanmoins par arriver devant Margaret, assise dans un coin, clouée sur place par la résurrection de son époux.

« Oh, comme elle m'a manqué, ma moitié ! » s'écria-t-il en lui ouvrant ses bras.

Mais à l'instant même où elle s'avançait vers lui, avide de son pardon, il se souvint des haricots, laissa retomber ses bras et recula.

« Qu'importe combien je t'aime, lança-t-il alors, j'aimerais autant rejoindre le monde des esprits que rester ici manger ce que tu cuisines ! »

À ces mots, il s'effondra par terre une fois de plus, glacé et sans vie. On le porta sur le lit et on l'enveloppa de nouveau dans la courtepointe, mais en surveillant son corps de près pour y guetter des signes de résurrection. Pourtant personne ne croyait vraiment qu'il les avait quittés et il fallut un certain temps – en vérité, ils festoyèrent jusque tard dans la nuit – avant que tous, y compris la pauvre Margaret, embrouillée maintenant par une colère et une honte nouvelles, soient convaincus qu'il était parti pour de bon. Évidemment, à l'instant même où chacun acceptait la réalité de son décès, Nanapush se redressa brusquement et ses paupières s'ouvrirent d'un coup.

« Oh *yai* ! s'écria l'une des vieilles, il vit encore ! »

Et tous avaient beau fort bien cacher leur agacement, certains, inévitablement, se montrèrent impatients.

« Si tu es mort, reste mort », marmonna quelqu'un.

Personne n'eut le cœur assez dur pour exprimer ouvertement ce sentiment. Il se produisit simplement un lent écoulement de gens hors de la maison, et en effet il ne fallut pas longtemps avant que le père Damien lui-même s'en aille. Il était fou de joie d'avoir retrouvé son vieil ami, mais avec son tact habituel il se doutait que Margaret et Nanapush avaient bien des choses à régler entre eux et que pour ce faire il leur fallait être seuls.

Quand tout le monde fut parti, Nanapush s'approcha de la porte et y mit la barre. Puis il se tourna vers son épouse et parla avant qu'elle pût prononcer un mot.

«Je suis revenu pour une seule raison, ma femme. Quand j'étais parti et loin, j'ai senti de quelle façon tu as essayé de me ranimer avec la chaleur de ton corps. J'étais heureux que tu essaies de faire cela – mon cœur s'est gonflé de tendresse. Cette fois, lorsque je suis parti avec des mots durs sur mes lèvres à propos de ta cuisine, j'ai parcouru un bon bout de la route menant au monde des esprits et je n'ai pas pu aller plus loin, ma chère femme, parce que je t'avais fait du tort. Je voulais arranger les choses entre nous. Je suis revenu pour t'aimer bien fort.»

Partagée entre trouble et chagrin, épuisement et stupéfaction, Margaret n'eut pas la présence d'esprit de faire autre chose que de rejoindre son mari et de laisser toute la douceur cachée de sa nature s'unir au feu qu'il alluma, si bien qu'ils passèrent, ensemble, sur son lit à ressorts, les heures les plus belles et les plus élégamment accomplies que jamais peut-être des amants passèrent sur terre. Quand ce fut terminé et qu'ils s'endormirent tous deux, même si Margaret fut la seule à se réveiller, elle avait le cœur en paix.

Margaret ne voulut pas que Nanapush repose en terre, mais suspendu en haut d'un arbre, comme le faisait son peuple d'origine avant l'arrivée des prêtres. Un an plus tard, ses os et la courtepointe en lambeaux furent placés dans une boîte et déposés sous une maison funéraire, juste à la limite de son petit jardin. La maison funéraire était bien bâtie, peinte avec soin d'un blanc éclatant, et dotée d'une petite fenêtre et d'une étagère où Margaret déposait toujours de la nourriture. Parfois elle laissait à Nanapush une assiettée de haricots mal cuits parce qu'elle avait la nostalgie de ses récriminations, mais le plus souvent elle cuisinait ses plats favoris, assaisonnait sa viande de sirop d'érable, le cajolait et le plaignait comme elle n'avait jamais osé le faire de son vivant de peur qu'il ne la domine, bien qu'elle se demandât maintenant, sans lui, dans la simple tranquillité de son existence interminable, pourquoi cela avait bien pu compter.

Femme nue jouant Chopin

La rue longeant la Red River suit les courbes d'une rivière qui est boueuse et peu profonde, pleine de broussailles, de vase et de méandres, et jette la ville tout entière hors du réseau net et rigoureux dessiné par le plan du chemin de fer. La rivière, en crue presque chaque printemps, emporte les petits jardins locaux dans son bouillonnement, malgré ses rives renforcées par des enrochements et de hauts monceaux de ciment arraché à des rues et des fondations rebâties. C'est une rivière désespérément compliquée, qui gèle sans crier gare, se déchaîne, noie dans sa course glacée une ou deux personnes chaque année. C'est par endroits une rivière morte qui n'abrite que des carpes et des chabots. Ailleurs farouche, elle attire les wapitis descendus du Canada jusque dans les limites de la ville. À une époque, lorsqu'on commença à labourer les terres bordant ses rives, les bateaux à roues et les barges de grains descendaient majestueusement de sa source jusqu'à Winnipeg, car la rivière coule impénétrablement vers le nord. Et au-delà de ce qui est maintenant le domaine de l'église et le parc municipal, du côté Minnesota, une ferme s'étendait généreusement le long de la rivière et, plus loin, dans de vastes champs brûlés de soleil.

La ferme prospère appartenait à des gens de l'Est qui avaient vendu une fonderie dans le Vermont et, avec leur argent, acheté l'immensité plate bordant la rivière. Quand la terre était toute neuve, ils firent des récoltes époustouflantes – rutabagas de soixante livres, blé insupportablement luxuriant, épis de maïs gros comme des matraques. Puis survinrent six années de sauterelles pendant lesquelles jusqu'aux manches des binettes et des râteaux furent mangés, et un soldat de la cavalerie fut aussi en partie dévoré alors qu'il gisait ivre sur le trajet des insectes. L'exploitation subit des pertes sur une grande échelle. La ferme fut finalement partagée entre quatre frères qui vendirent ensuite chacun la moitié de leur part, si bien que lorsque Berndt Vogel réchappa de la guerre des tranchées en Europe, où il avait été haché en six endroits avec violence mais sans résultats tangibles par un sabre de cavalerie britannique, puis botté par un cheval au point que sa mâchoire ne se referma plus jamais bien, il ne restait plus à saisir qu'une belle et paisible parcelle de terre. Pendant le temps qu'il allait mettre à réunir – en renonçant aux femmes, en ne buvant que de la bière bon marché, et en travaillant vingt-quatre heures sur vingt-quatre – l'argent pour la soustraire à la banque locale, le prix de cette ferme était tombé de plus en plus bas tandis que la terre s'élevait en un grand navire de destruction. Des voiles de poussière emportèrent par-delà l'horizon la moitié de la terre grasse et riche de Berndt, mais il lui en resta suffisamment pour planter et moissonner six champs.

Ainsi Berndt survécut-il. Sur sa terre s'élevait une grange aux allures de hangar dont seule une petite partie servait encore – abritant une vache, des poules, un cochon dépressif. Berndt conservait le reste dans un état convenable, non seulement parce que, en bon Allemand, il ne devait rien laisser perdre, mais aussi parce qu'il voyait dans ces majestueuses colonnes de lumière emplies de poussière quelque chose qu'il pouvait vénérer. Elle avait autrefois abrité des attelages de grands percherons gris pommelé bleu et de chevaux de trait belges. Il ne restait plus qu'un seul cheval, vieux et tissé d'un velours grossier, mais les autres évoluaient encore dans le synchronisme puissant de ses rêves. Il s'affairait autour du seul mammouth restant et imaginait un jour sa ferme complète, immense et grouillante de monde, des équipes d'hommes sous ses ordres, un bâtiment abritant la cuisine, un dortoir, des machines, une femme et des enfants résolument attelés à leur tâche, et un jardin dans lequel des graines donnant les géraniums roses parfumés et rouge vif de son enfance étaient plantées et prospéraient.

Aussi, quelle ne fut pas sa surprise, un après-midi, de découvrir sur le seuil de sa grange, comme si elle avait été semée là par le vent et mandée par ses rêves, une femme debout, pieds nus, affamée, négligée. Elle était une fleur pâle, presque chauve, et vêtue d'une chemise grossière. Il cligna des yeux bêtement devant ce spectacle. La lumière ruisselait autour d'elle comme de la fumée et tourbillonnait devant son geste de dénuement. Elle parla avec une soudaineté sourde et rocailleuse.

« Ich habe Hunger. »

À son accent, il sut qu'elle était souabe et donc – il tenta de chasser cette pensée de son esprit – susceptible d'avoir certaines habitudes turbulentes au lit. Elle continua à parler, d'une voix rauque et autoritaire. Il se passa la main sur les yeux. À travers la robe de mousseline presque transparente, il voyait que ses seins étaient, de façon excitante, plaqués contre son torse au moyen de bandes de tissu. Il cligna fortement des paupières. En plongeant son regard dans le sien, il connut le vertige d'affronter une femme qui ne rougissait pas et ne détournait pas les yeux mais soutenait son regard avec un calme honnête et humain. Il pensa d'abord que ce devait être une fille perdue, fuyant un bordel – Fargo avait-il pris une telle ampleur ? Ou échappant à un mauvais mariage, peut-être. Il ne savait pas qu'elle lui venait de Dieu.

Sœur Cecellia

Au centre de la ville, sur l'autre berge de la rivière, s'élevait un couvent en briques jaunes. Convoyées depuis Little Falls à travers la moitié du Minnesota par de pieux conducteurs, elles conservaient l'or étrange et sulfureux aux chatoiements de phalène de l'argile des abords de cette ville. Sur chacune était gravé en lettres peu profondes le mot *Fleisch*[1] : *Fleisch Company Brickworks.* Offertes aux religieuses à prix coûtant. Le mot, évidemment, était recouvert de mortier chaque fois qu'une brique était posée. Pourtant, pour avoir disposé quelques briques

1. En allemand, la chair.

mises au rebut derrière le couvent en guise de soubassement à un petit bain d'oiseau, l'une des plus jeunes sœurs savait, lorsqu'elle contemplait le muet assemblage du mur, qu'elle vivait entourée par la secrète répétition de ce mot unique.

Autrefois elle avait été Agnes DeWitt, et elle était maintenant sœur Cecellia, tondue, logée et nourrie, vêtue de drap noir et enveloppée de lin amidonné d'un blanc sans chaleur. Elle n'enseignait pas seulement la musique mais la vivait, existait pour ces heures où elle avait la possibilité d'être concentrée dans son être – qui était mi-musique mi-lumière divine, chair uniquement dans la mesure où elle ne pouvait faire autrement. Devant le clavier du piano, absorbée dans les notes qui s'élevaient sous ses mains, elle existait dans son essence, une irréfutable manifestation sonore. Elle avait de longues mains aux grosses veines, très blanches, surprenantes sur le fond de son habit. Elle les frottait chaque soir avec du saindoux et de la cire d'abeille pour leur garder leur souplesse. Pendant la journée, quand elle notait des devoirs ou se servait du tableau noir, ses mains remuaient et tambourinaient, traçaient et retraçaient des doigtés compliqués. Elle n'était pas difficile à vivre et son obéissance était totale. Seulement, et avec une concentration croissante, elle jouait Brahms, Beethoven, Debussy, Schubert et Chopin.

Ce n'était pas qu'elle négligeât ses autres obligations ; c'était plutôt l'interprétation en soi – nourrie de nostalgie – qui troublait ses sœurs. Dans sa musique, sœur Cecellia explorait des émotions profondes. Elle parlait de sa foi et de ses doutes, de sa passion de fiancée du Christ, de sa solitude, de sa honte, de sa rédemption finale. Le

Brahms qu'elle jouait était méditatif, son Schubert déconcertant. Debussy n'était que nature forcée et pourtant magnifique comme une sturnelle. Beethoven contenait tous les messages mais dans ses crescendos sœur Cecellia manquait de conviction. Pour Chopin, toutefois, elle n'employait ni l'ornementation fleurie ni les interminables trilles et l'insipide floribondité tant en usage à son époque. Son jeu était d'une extrême sincérité. Et Chopin, joué simplement, vous ravage le cœur. Parfois un silence entre les douleurs perçantes des notes mineures faisait qu'une sœur occupée à récurer le sol se mettait à pleurer dans le seau où elle plongeait sa serpillière, et le plancher du couvent, lavé avec des larmes, semblait grincer dans une langue humaine. L'air de la maison était épaissi de soupirs.

Sœur Cecellia, pourtant, était vidée. Amenuisée. On eût dit que son âme était proprement extraite à l'aide d'une paille et siphonnée dans le bassin vert et silencieux qui s'étendait sous l'ondulante cascade de notes. Un jour, une douleur exquise monta et se relâcha, monta plus haut, se relâcha plus fort encore jusqu'à ce qu'une chaleur lente se répande entre ses doigts, remonte le long de ses bras, vienne piquer la pointe de ses seins bandés, puis file droit vers le bas.

Ses mains s'envolèrent loin du clavier – elle se recroquevilla comme si elle avait reçu un coup de fusil, vit des taches jaunes, sentit une vague de complétude paisible l'envahir, et connut la communion pure. Elle était enfermée dans la musique, retenue là en toute sécurité, totalement comprise. Son innocence était telle qu'elle ignorait avoir ressenti un orgasme mais croyait plutôt que ce qu'elle éprouvait était le résultat naturel de ce nocturne-là, joué au meilleur de ses capacités – et c'est ainsi que cela arriva. L'esprit de Chopin devint son amant. Ses bémols la caressaient. Ses notes naturelles s'enfonçaient en elle comme des galets clairs. Ses trilles évocateurs étaient l'ondulation d'une langue. Ses silences, avant le mouvement ample des notes descendantes, la rendaient folle.

La Mère supérieure sut qu'il fallait prendre des mesures lorsqu'elle s'éveilla à son tour, le visage trempé de sueur et de larmes, au son du largo doux et insinuant du *Prélude en* mi *mineur*. Dans ces notes, elle revivait la mort de sa mère et plongeait dans l'interminable après-midi de son deuil. La Mère supérieure laissa alors croître au fond de son cœur une mauvaise graine de fureur contre le Dieu qui avait pris une mère à une enfant de sept ans dont elle était sans nul doute le monde – cœur, bras, conseils, âme – jusqu'à ce que, le soir venu, sentant la rage jaillir en bouillonnant de la moelle brûlante de ses os, elle y mette le holà.

« Oh, mon Dieu, pardonnez-moi », pria la Supérieure. Elle pensa d'abord à des homoncules, mais en fin de compte dévala l'escalier jusqu'à la salle de piano et, de toute la force de ses grands bras usés, rassembla et cacha à Cecellia toute la musique, sauf Bach.

Ensuite, pendant quelques semaines, le soulagement régna. Sœur Cecellia se tourna vers les Inventions en deux parties. Ses doigts se déplaçaient sur les touches avec la précision d'un insecte bâtissant son nid. Elle jouait chacune d'elles comme si elle construisait une boîte hermétique. Quand elle passa aux autres œuvres de Bach, la Mère supérieure sortit furtivement du placard à musique les *Variations Goldberg* – tout à fait capables de faire naître dans l'esprit de secrètes complexités – et les détruisit. La vie au couvent redevint normale. La cuisinière, et toutes lui en surent gré, cessa de préparer la soupe de betteraves rance mêlée de graisse d'oie de sa jeunesse, et s'en tint aux haricots verts trop cuits, au chou bouilli et aux pommes de terre. Les planchers cessèrent de gémir et absorbèrent de fraîches couches de cire. Les portes arrêtèrent de s'ouvrir à la volée sans raison et se fermèrent avec discrétion. L'eau cessa de se ruer continuellement dans les tuyauteries, car les sœurs ne profitaient plus des nouvelles installations pour noyer les bruits de leurs émotions.

Et puis, un jour, sœur Cecellia s'éveilla sentant un nœud dans sa poitrine. Des douleurs la transperçaient, et la masse rouge dans sa cage thoracique battait comme un animal sauvage pris dans un piège d'os. Sa gorge se bloqua. Ses mains, attirées vers le clavier, volèrent en une longue appogiature. Puis, patatras, elle fut au cœur d'une vigoureuse mazurka. La musique lui revenait. Il flottait dans l'air le parfum de gardénias discrets – sa boutonnière cultivée en serre. La soie de sa lourde chevelure brune. L'odeur de son salon imprégné de sueur âpre et sensuelle. Sa voix – elle l'entendait – empressée et légère. Le compositeur en personne semblait être entré dans la pièce. Qui sait ? Il n'y avait sûrement pas de cœur plus désespéré, plus terrestre, plus exigeant que celui de Cecellia. Aussi dérisoire soit-elle, une chose existe sûrement au-delà de la tombe.

Toujours est-il qu'elle joua Chopin. Joua avec un naturel absolu jusqu'à ce que la Mère supérieure soit obligée de refermer le clavier avec douceur et d'ôter le tabouret.

Cecellia souleva le couvercle et joua à genoux. La pauvre dame scandalisée la tira loin des touches. Cecellia y retourna en rampant. La Mère, ne sachant plus que faire, s'effondra et pressa la jeune fille de prier. Elle-même commença d'abord à parler avec frayeur, puis avec certitude, disant que c'était le démon en personne qui avait réussi à trouver le chemin de l'âme de Cecellia en passant les portes scintillantes des doubles croches. Ses craintes se confirmèrent quand, à peine quelques instants plus tard, la douce religieuse leva ses bras et ses poings et frappa les touches comme si l'instrument était en pierre et que par ce rocher sa soif serait étanchée. Mais il n'en jaillit que dissonance.

« Mon enfant, ma chère enfant, lui dit la Mère d'un ton réconfortant, venez vous reposer. »

La jeune religieuse, haletante, refusa. Ses yeux gris et sévères étaient cernés d'un rouge fumeux. Sur ses lèvres perlait un sang pourpre. Elle était au supplice. « Il n'y a pas de repos », déclara-t-elle. Elle ôta les épingles de son voile et démantela soigneusement son habit, en plia chaque élément avec vénération et les déposa sur le banc du piano. La Supérieure protestait de sa voix la plus tendre et la plus compatissante. Néanmoins, tout comme au plus fort de son jeu la vierge était devenue la femme, la femme en habit devint une femme tout de bon. Elle se déshabilla jusqu'à la chemise, mais pas davantage.

« Il ne voudrait pas que je sorte sans protection, expliqua-t-elle à sa Mère supérieure.

– Dieu ? s'informa son aînée, perplexe.

– Chopin », répondit Cecellia.

En embrassant les doigts de sa chère Mère, Cecellia s'agenouilla. Elle fit une vraie génuflexion, murmura un acte de contrition, et quitta le couvent bâti en briques marquées du mot secret pressé contre le mortier jaune, et la musique, sa musique, que la Mère supérieure garderait désormais enfermée à double tour en raison de sa faculté à provoquer la destruction.

Miss Agnes DeWitt

Ce fut donc sœur Cecellia, ou Agnes DeWitt, originaire du Wisconsin rural, qui apparut devant Berndt Vogel dans la grange caverneuse et lança dans le dialecte de sa mère, car elle savait reconnaître un Allemand quand elle en croisait un, qu'elle avait faim. Elle voulait demander s'il possédait un piano, mais à ses yeux il était évident qu'il n'en était rien, et de toute façon elle était épuisée.

« *Jetzt muss ich schlafen* », déclara-t-elle, après avoir avalé la moitié d'une assiette de gruau d'avoine chauffé dans du lait frais.

Il l'emmena donc vers son lit, l'unique lit de la maison, dans un coin de la pièce autrement vide. Il s'en fut dans la grange qu'il aimait, se couvrit de foin et resta éveillé toute la nuit à écouter le bruissement des souris, à deviner le vol prédateur et silencieux des chats-huants et les virevoltes raides et capricieuses des chauves-souris. Au matin, il avait décidé de l'épouser si elle voulait bien de lui, simplement pour avoir l'occasion d'ôter les épingles puis de détacher de sa poitrine la longue bande d'étoffe qui enveloppait son torse. Elle repoussa sa proposition, mais lui raconta qui elle était et d'où elle venait et, dans ce premier résumé qu'elle fit de sa vie, elle arriva à la conclusion qu'elle ne devait jamais se remarier car non seulement elle avait lié son âme à celle du Christ, mais elle s'était déjà montrée infidèle – son amant fantôme le compositeur polonais. Elle avait déjà vécu une existence trop douloureuse pour redevenir une épouse. En expliquant cela à Berndt, toutefois, elle n'avait fait qu'avancer son premier pion dans une longue partie de mots et de gestes que tous deux joueraient au fil de nombreux mois. Ce qu'elle ignorait, c'était qu'elle s'était ouverte à un adversaire tenace et sans pitié.

La passion de Berndt Vogel l'occupait tout entier, cœur et esprit. Il se prépara. Lui qui avait tiré des caissons d'armement dans la boue jusqu'aux hanches après que les chevaux étaient morts en souffrant le martyre, qui avait vu ses meilleurs amis brusquement abolis en une masse de pulpe hurlante, avait vécu dans l'intimité avec de tumultueux torrents de poux et de rats avides, empâtés par une nourriture effroyable, il était assez mal préparé aux tourments que l'amour lui ferait connaître. Elle, toutefois, avait aussi assimilé sa part de discipline. En outre – car pour son sexe dès l'âge de quatre ans le cœur est étiré, martelé, modelé et trempé en vue de son ardente tâche – elle était une femme.

Tous deux passèrent un marché provisoire et organisèrent la maisonnée. Elle continuait à dormir dans le lit à l'intérieur. Il restait dans la grange. Un mois passa. Trois. Six. Chaque matin, elle allumait le poêle et cuisinait, puis chauffait l'eau dans une grande cuve pour la lessive et balayait les sols frais revêtus de linoléum. Le lundi, elle faisait de la couture. Elle confectionnait le pain toute la journée du mardi. Le mercredi, elle barattait le beurre et récurait. Elle vendait le beurre et les œufs le jeudi. Tuait un poulet tous les vendredis. Le samedi, elle allait en ville et s'exerçait au piano dans le sous-sol de l'école primaire. Le dimanche, elle jouait de l'orgue à la messe et puis, en fin de journée, entamait le travail de la semaine à venir. Berndt la payait. D'abord elle dépensa son salaire en vêtements. Quand avec ses gains elle eut acheté des souliers, des bas, un assortiment entier de sous-vêtements en coton puis en laine, aussi, et du tissu pour deux blouses – l'une à motifs avec des feuilles entortillées et de minuscules baies bleues, et l'autre un imprimé à treillage de lierre –, un chandail et enfin un manteau d'hiver, quand elle eut gagné une couverture, une salopette matelassée, une paire de bottines, elle se décida pour un piano.

Là, Berndt pensa pouvoir la pousser au mariage, mais elle se révéla trop rusée pour lui. C'était en début de soirée et le jardin, bruissant de sauterelles, était agréable. Ils étaient assis sur la galerie à boire un verre de limonade. De temps à autre, dans les très vieilles herbes de six pieds de haut qui résistaient au bout du jardin, une luciole clignotait ou une colombe poussait ses cinq notes sourdes.

« Pourquoi tant de chants d'oiseaux en comptent-ils cinq ? demanda-t-elle négligemment.

– Cinq quoi ? » s'enquit Berndt.

Ils burent sans hâte, elle, vêtue de la robe aux baies et brindilles qui lui affinait la taille. Il remarqua, désappointé, qu'elle portait désormais des sous-vêtements féminins normaux, qu'elle avait cessé de se bander les seins. Peut-être, se dit-il, pourrait-il la convaincre de reprendre ses anciennes habitudes, au moins de temps en temps, rien que pour lui. C'était une vaine espérance. Elle semblait tellement à l'aise, tellement libre. Elle avait pris un peu de poids et perdu sa pâleur anémique. Elle avait un menton carré de garçon et un cou gracieux et solide. Ses bras étaient bruns, musclés. Dans le soleil, ses cheveux fins, s'allongeant en boucles, luisaient, semés d'étincelles de lumière d'un vert doré, et ses yeux étaient d'une limpidité trompeuse.

« Je peux enseigner la musique, lui dit-elle. Le piano. »

Elle avait décidé que sa suggestion devait sembler pratique, une simple façon de gagner de l'argent. Elle ne dit pas qu'elle savait jouer et n'exprima ni plaisir ni ferveur, bien qu'à cette seule pensée chaque petit muscle de ses mains fût douloureux.

« Ce serait une façon de faire rentrer un peu d'argent. »

Elle le laissa digérer cette idée. Il aurait pu croire à sa proposition désinvolte, sauf que les doigts nerveux de Miss DeWitt la trahirent et qu'il remarqua leurs mouvements insistants. Elle jouait l'adagio de la *Pathétique* sur les bras de son fauteuil, un morceau de son enfance qui de temps en temps s'emparait d'elle fiévreusement.

« Il faudrait un piano », lui dit-il.

Elle hocha la tête et soutint son regard de cette façon lointaine et insupportablement sexuelle qui l'avait transpercé tout d'abord.

« C'est le genre de chose qu'un mari offre à sa femme », se hasarda-t-il.

Les doigts d'Agnes cessèrent de remuer. Elle baissa les yeux, méprisante.

« Je peux aller à pied en ville et jouer sur l'instrument de l'école. J'en ai déjà parlé au directeur. »

Berndt considéra sa malléole en forme de lune, son pied, pris dans le soulier marron à gros talon qu'elle avait acheté. Il brûlait de tenir ce pied sur ses genoux, de délacer le richelieu avec ses dents, de remonter la main le long de sa jambe en couvrant son mollet de baisers, et de respirer les plis délicats de l'étoffe semée de baies.

Une fois encore, il lui proposa le mariage. Son cœur. Sa foi. Sa ferme. Elle repoussa le tout. Elle irait simplement en ville à pied. Il lui fit savoir qu'il aimerait acheter le piano, là n'était pas la question, sauf qu'il n'y avait pas un seul magasin à des kilomètres à la ronde où l'on pût en dénicher un. Elle le savait bien et, exaspérée, décrivit avec feu de quelle manière, s'il l'aidait financièrement, elle ferait en sorte de trouver puis d'acquérir le meilleur piano au meilleur prix. Elle jura qu'elle n'achèterait pas l'instrument à Fargo mais à Minneapolis. De là, elle pourrait le faire transporter pour moins cher que la majoration d'expédition. Elle irait en train à Minneapolis et prendrait ses dispositions en une journée, pour rentrer de nuit afin de ne pas dépenser un sou de plus en nourriture qu'elle ne pourrait emporter, ou pour une chambre d'hôtel. Quand il résista jusqu'au bout, elle lui annonça qu'elle s'en allait. Elle trouverait une petite chambre en ville, et des élèves, elle donnerait des leçons.

Elle laissa entrevoir son désespoir. Une certaine crispation de ses doigts la trahit, et ce fut tout autant l'amour indubitable de Berndt pour elle et son désir qu'elle fût heureuse que la crainte qu'elle pût le quitter, qui le poussèrent finalement à accepter. Durant les six mois où il avait connu Agnes DeWitt, elle était devenue une personne avec laquelle il fallait compter, et même lui, qui comprenait le désespoir et le sacrifice de soi, trouvait sa proximité fort douloureuse. Il s'épuisait au travail, et sa ferme prospérait. Dormir dans la grange était pénible, mais il avait adossé à un mur un dortoir pour lui et son commis et y avait installé un poêle qui chauffait au rouge pendant les nuits froides ; sauf que, de temps à autre, alors qu'il jetait un regard ensommeillé dans les flancs métalliques rougeoyants, il ne pouvait empêcher ses doigts d'aller et venir sur le matelas grossier en une pâle imitation de la façon dont, s'il y arrivait jamais, il lui caresserait les hanches. Lui aussi s'entraînait.

Le Caramacchione

Le piano, tel un bouclier, une chose noire renversée, une sauterelle d'ébène, franchit les hautes plaines plantées de blé perdu par la sécheresse. Agnes lia amitié avec un convoyeur venu de Morris qui lui fit un prix en petite vitesse. Tous deux accompagneraient dans le Dakota du Nord le dernier piano à queue fabriqué par Caramacchione. Il avait été expédié à Minneapolis, puis était resté invendu jusqu'à ce qu'Agnes entre dans le magasin avec son bas de laine bourré d'argent. Elle accompagna l'instrument à la ferme pendant la canicule. Ce piano-là adorait le temps chaud. Il s'accordait les jours où il faisait lourd. Et ainsi, tandis qu'il avançait dans l'étendue plate, Agnes DeWitt grimpa à l'arrière du chariot et joua pour les nuages.

Il leur fallut démonter un pan de la maison pour faire entrer le piano dans le salon, et quatre hommes forts, le lendemain, pour s'acquitter de cette tâche. Quand l'instrument se trouva installé à sa place à côté de la fenêtre, Berndt fut convaincu de sa nécessaire présence, et fier.

Il renvoya les hommes, bien que le côté de la maison fût encore ouvert à la lueur tourbillonnante des étoiles. Des brises obscures agitaient les rideaux ; il demanda à Agnes de lui jouer quelque chose. Elle s'exécuta. La musique la saisit et elle ne s'arrêta pas, en fut incapable.

Tard ce soir-là, elle passa du dernier accord du simple *Nocturne en* do *mineur* au silence attentif de Berndt. Trois lents applaudissements de ses larges mains moururent dans le silence arrêté. Les yeux de Berndt se posèrent sur elle, et elle lui lança à son tour un long et mystérieux regard de douce considération. Le côté de la maison laissait entrer un grand pan de clair de lune. Des araignées bâtissaient leurs toiles de phosphorescence d'un bout à l'autre d'un espace ténébreux. Berndt passa en revue ce qu'il savait – elle ne l'épouserait pas parce qu'elle avait été mariée et infidèle, dans son esprit du moins. Il voulait à tout prix éviter de la désarçonner, de la dégoûter, de gâcher l'atmosphère installée par le ronflement des engoulevents qui entraient d'un coup d'ailes et ressortaient d'un trait, par le bruissement des chênes noirs et des saules, par le parfum des pétales foudroyés des dernières églantines de l'été. Son courage était au plus bas. Tendu par le besoin et l'émotion purs, il finit par se camper devant Agnes et demanda d'une voix sourde : *« Schlaf mit mir. Bitte. Schlaf mit mir. »*

Agnes le regarda bien en face, ouvertement, enfin, lui révélant le lourd fardeau de sentiment qu'elle portait. Ainsi qu'elle l'avait fait pour sa Mère supérieure, elle ôta ses vêtements avec soin et les plia, sauf qu'elle ne s'arrêta pas à la chemise mais continua jusqu'à ce qu'elle eût quitté sa vaste et fine culotte, puis elle s'assit nue au piano. Son corps était d'une roseur pâle et argentée, et ses mains, quand elles se mirent à bouger, allaient et venaient avec la simplicité de l'eau.

Il devint clair aux yeux de Berndt Vogel, au fur et à mesure que la musique s'enroulait lentement autour de lui, qu'il vivait un moment qu'il aurait dû payer à une putain de Fargo – s'il y avait réellement des putains à Fargo – une forte somme d'argent. Un serpent de cheveux descendait en ondulant le long de la colonne vertébrale d'Agnes. Ses fesses pâles semblaient s'élever au-dessus du banc invisible. Ses jambes s'agitaient comme celles d'un nageur, et il crut l'entendre gémir. Il regarda ses doigts tournoyer sur les touches, pareils à des ombres blêmes, et découvrit que son propre corps réagissait comme s'il était couché totalement entremêlé à elle sous une courtepointe de musique et d'étoiles. Sa respiration devint hachée, plus hachée encore, haletante et désordonnée. Ayant perdu tout contrôle, il suffoqua douloureusement et s'abandonna dans quelque furtive brèche de demi-tons et de colère qui s'ouvrait sous la glace de tons aigus.

Abasourdi, affaibli et mouillé, Berndt se leva et se glissa dehors par la trouée du mur latéral. Il piétina des sillons inutiles avant de se risquer à s'écrouler dans la sourde ferveur du blé nocturne. C'était vrai, non, que le cœur est un tricheur et un menteur ? Et si les mélodies qu'inventait Chopin étaient autant lui que son corps, Berndt venait alors de voir la femme qu'il aimait faire l'amour à un défunt. De plus, face à ce spectacle, il avait sombré dans une étrange excitation dépassant sa volonté et avait laissé se répandre sa semence sur le sol qu'Agnes avait récuré et ciré l'après-midi même. À présent, tout en écoutant la musique, il songea à retourner là-bas. Imagina la farine de ses blanches épaules. Ferma les yeux et pénétra dans le gouffre déconcertant qui s'ouvrait entre ses jambes.

La grâce

S'ensuivirent alors leurs meilleures années. Ensemble ils bâtirent une vie agréable où l'érotique se fondait dans le quotidien au point que chaque tâche et chaque petit geste de bonté avait un caractère sexuel. Certains matins, tous deux sortaient en titubant de la chambre, désorientés, encore à moitié ivres du parfum et de l'ardeur improbable du corps de l'autre. Ces moments frénétiques leur arrivaient, de temps à autre, comme des phases de beau ou de mauvais temps. Ils étaient happés, ils sombraient, ils disparaissaient dans leur voracité jusqu'à ce que la vache gémisse pour qu'on la traie, ou que le commis tambourine en jurant contre le portail extérieur. Si rien d'autre n'intervenait, ils ne s'arrêtaient qu'une fois totalement épuisés. Puis ils se dévisageaient d'un air étrange, interrogateur, comme si l'autre était un parfait inconnu, et recommençaient petit à petit à se traiter normalement, c'est-à-dire de façon désinvolte et distraite, mais avec l'assurance des gens qui pensent de la même façon. Même quand ils se disputaient, c'était avec une célérité impatiente. Ils avaient hâte d'en arriver à la partie intéressante de la dispute où ils perdaient leur calme et s'approchaient l'un de l'autre dans un frisson de rage qui devenait sexuel, si bien qu'ils pouvaient se montrer un peu cruels avant de s'abandonner à la tendresse.

Agnes DeWitt était trop jeune pour comprendre le don précieux qu'elle partageait avec Berndt. Elle possédait avec tant de facilité un amour que la plupart des humains ne rencontrent jamais, et pour lequel ceux qui en connaissent l'existence sont tout prêts à mourir ou à devenir fous. Or elle n'avait rien fait de plus que d'arriver jusque dans la grange d'un brave homme qui avait un talent singulier pour la tendresse quotidienne autant que pour les tonalités les plus profondes de l'amour humain.

Pendant l'automne et l'hiver, Agnes DeWitt donna des leçons de musique, et bien qu'ils ne fussent pas mariés, même les catholiques et les enfants vinrent à elle. Parce que tous savaient que le premier engagement de Miss DeWitt avait été envers le Christ. Il était compréhensible qu'elle n'acceptât pas d'autre mariage, et puis, bien qu'elle ne prît pas la sainte Eucharistie sur sa langue, elle était à l'église chaque dimanche matin, fidèle et pieuse, pour jouer de l'orgue. Aussi, quand le prêtre parla du haut de sa chaire, sa référence était évidente.

«Jésus a tenu à ce que Marie-Madeleine fût intégrée dans le corps sacré de son Église, et d'aucuns disent que dans ses mains il y avait une musique céleste. Son cœur renfermait sans nul doute la flamme divine – et elle fut aimée et pardonnée.»

Par conséquent, Miss DeWitt était chaque matin à l'orgue de l'église. Évidemment, elle jouait Bach avec une pureté d'intention purgée de tout sentiment caché, mais avec rigueur et pour Dieu.

ARNOLD L'« ACTEUR » ANDERSON

Fort peu de temps après le début de leur bonheur, la campagne et les petites localités se trouvèrent attaquées sans relâche par un gang de cambrioleurs de banques équipé d'une rapide automobile Overland. C'était avant même que les petites villes fussent dotées de shérifs, pour certaines, encore moins d'une voiture possédée en commun pour se lancer à la poursuite des précurseurs de criminels tels que Basil «le Hibou» Banghart, les Ma Barker's Boys, Alvin Karpus, Henry Lafay. Le premier, et le plus sournois, de ces hommes-là était Arnold «l'Acteur» Anderson.

L'Acteur et sa bande de gangsters pillaient la campagne à volonté, surgissant apparemment de nulle part et fondant sur les villes avec une facilité impitoyable. La voiture – dont la couleur différait toujours selon les témoignages, blanche un jour, grise un autre jour, même bleue – s'arrêtait immanquablement, moteur au ralenti, devant les portes de la banque. Le passager qui en émergeait était soit un vieillard, soit une femme enceinte, un jeune infirme, quelqu'un qui incitait autrui à des actes d'assistance polie. Le bon Samaritain ouvrait les portes et allait jusqu'à accompagner l'Acteur au guichet, moment où l'objet des soins charitables se redressait, rejetait son déguisement, appelait sa bande d'une voix retentissante et se mettait à dévaliser l'établissement. Tout était terminé en deux temps, trois mouvements. Parfois, bien sûr, un employé ou une bonne âme intrépide opposait une résistance, auquel cas il pouvait en résulter une ou deux morts, car l'Acteur, qui se travestissait et organisait les activités de la bande, était absolument sans pitié et n'avait aucun respect pour la vie humaine. On racontait qu'il pouvait se montrer absolument charmant en tuant les gens, et même drôle. Au cours des deux dernières années, huit personnes avaient péri en riant.

Par une claire mais boueuse journée de printemps, Miss DeWitt retira l'argent des œufs et du beurre d'un trou entre deux pierres du cellier à légumes. Elle prévint Berndt qu'elle se rendait à pied en ville pour déposer l'argent contre le remboursement de l'hypothèque. Il acquiesça, d'un air absent. Lui caressa le bras. Elle le poussa et lui fit perdre l'équilibre, se faufila sous son bras et se précipita dehors en se moquant de ses bonds maladroits et de ses cris. Elle ralentit et avança avec précaution au long des ornières de la route boueuse. L'immense dais du ciel étendait sa menace gris-bleu au nord-ouest, mais le mauvais temps était loin et le vent peu soutenu, l'air humide, clair, les bourgeons se fendaient dans une brume verte et pâle. Les premières tulipes d'Agnes rosissaient le long de leurs bourrelets verts, prêtes à s'épanouir. Sous la bouteloue rude et la folle avoine, les jeunes pousses d'herbe prenaient de la vigueur et rassemblaient leurs forces impatientes. Elle songea à la tête de Berndt rejetée en arrière, aux tendons qui s'étiraient depuis le coin de sa mâchoire et s'amarraient dans sa poitrine. À la façon dont il pleurait presque lorsqu'il précipitait sans relâche son poids affamé en elle, et à la manière dont il lançait des regards obliques, avides, après, jusqu'à ce qu'ils recommencent. Le désir qu'elle avait de le caresser la parcourut comme une vague et elle s'arrêta, distraitement, se passa une main sur la figure, faillit renoncer à sa course, mais poursuivit son chemin.

La banque était un solide cube de calcaire du Nebraska, aux grandes fenêtres dotées de profonds appuis blonds et aux portes à poignées de cuivre. Le plafond haut était en fer-blanc repoussé, très orné, blanc, mis en valeur par d'épaisses moulures en couronnes et un médaillon central de gerbes de blé. En été, de grands ventilateurs brassaient l'air stagnant. Les files délimitées par des cordons de velours, les crachoirs, les comptoirs en granit rose et gris pailleté de mica, les guichets des caissiers semblaient baignés dans un silence assourdi et ordonné tandis que dehors le bruit de la ville continuait, irrégulier. Le rapport entre le fait de retirer de l'argent, une activité tâtonnante et désordonnée, et la mise en réserve de l'argent, une entreprise fondée sur le principe satisfaisant qui veut que l'effort humain, le fait de lutter, et même le temps, pouvaient être quantifiés, comptés, proprement empilés à l'abri dans un coffre, constituait un contraste.

Dehors, le jour où Miss DeWitt s'en fut prestement en ville, les rues semblaient exceptionnellement calmes et ordonnées. Même le clochard endormi contre le tronc du jeune orme avait les bras bien croisés, et l'unique automobile garée, tournant au ralenti, était une voiture élégante du genre de celle – eh bien, oui, pensa-t-elle bizarrement – dont se servirait un évêque. D'ailleurs, qui d'autre sinon un prêtre quittait la banquette arrière en repoussant d'un coup de pied sa soutane noire sur le côté ? Tout en jetant un coup d'œil humble et hésitant à la banque, derrière de toutes petites lunettes sans monture, il traversa le trottoir et gravit les marches. En chemin, il s'inclina devant Miss DeWitt, qui le suivit respectueusement. Tandis qu'ils s'avançaient ensemble dans le hall, entre les cordons de velours, elle lui lança haut et fort, d'un ton de voix amusé :

« Monsieur, pourquoi cette comédie ? Vous n'êtes pas prêtre ! »

Sur quoi le vieil homme voûté se redressa, gagna en carrure comme par magie, et agita une main devant son visage tout comme elle l'avait fait sur la route pour effacer ses pensées. Mais lui, il effaça son personnage. Il ôta ses lunettes et de dessous sa soutane tira un pistolet à canon court, qu'il pointa droit sur le front de Miss DeWitt.

« O.K. », fit-il.

Il n'y eut pas d'autre signal visible, mais à son tour un autre client pointa brusquement un revolver, d'abord sur le menton d'une caissière rousse et rubiconde, et puis sur le torse large d'un jeune homme hargneux aux cheveux bruns. Le jeune cœur de cet ancien champion de base-ball s'émut aussitôt, puis se gonfla. Il voulait devenir un héros, mais bataillait pour savoir comment. Stupide ! Stupide ! voulait lui dire Miss DeWitt. Pourtant il était évident depuis le début qu'il avait en lui juste assez d'obstination pour être tué. Ce qu'il fut. Lorsqu'il tomba mort derrière sa cage en fer, la bouche ouverte pour saisir la chute d'une blague, l'argent s'avéra plus difficile à prendre. On pria une femme au visage pointu et crispé d'ouvrir le tiroir du jeune homme, et on la somma de ne pas déclencher l'alarme. Comme elle le fit tout de même, les dix-huit clients, y compris Agnes, reçurent tous l'ordre de se rassembler dans un coin derrière un cordon de velours. Exactement comme un troupeau de moutons au regard vide, songea Miss DeWitt. Dehors un cri s'éleva. C'était le shérif, Slow Johnny Mercier, qui comme l'indiquait son nom était lent et maladroit, et son adjoint, tous deux pistolet au poing. Ils se tenaient derrière la porte et hurlaient aux bandits de sortir.

Il apparut évident, alors, aux yeux de Miss DeWitt et probablement de tous les autres, que leur shérif était un amateur et que le professionnel dans l'histoire se trouvait dans la banque. Car l'Acteur continuait à faire signe à la femme au visage pointu de remettre des billets, d'en remettre encore et encore. Puis, dans sa soutane noire et terne aux faux plis révélateurs, qu'aucune gouvernante catholique religieuse ou laïque qui se respecte ne lui aurait permis d'enfiler, et chaussé de ses ridicules souliers épiscopaliens marron, avec l'agilité et la grâce d'un loup, il bondit vers le groupe et choisit Miss DeWitt, juste derrière le cordon de velours.

Il la choisit comme il l'aurait fait d'une cavalière. Il omit uniquement de s'incliner – il s'approcha d'elle et la prit par la main avec une fermeté polie mais péremptoire, au point qu'il n'eût pas été surprenant, vu ses manières, que tous deux s'avancent sur la piste et entament une valse lente. Et quand ils passèrent la porte, on les eût dits entraînés dans une sorte de danse. Sauf que l'Acteur tenait Agnes du mauvais côté. Lorsqu'elle trébucha, peut-être volontairement, refusant de se laisser guider, il la serra plus fort. Au moment où il la poussait contre la portière de la voiture dans laquelle il était entré, alors qu'elle cherchait à retrouver son équilibre sur le marchepied, il cria :

« Suivez-moi, shérif, et je lui fais sauter la cervelle. »

Puis le clochard déguenillé, auparavant assis à l'écart les bras soigneusement croisés, lança le moteur dans un vrombissement. Le shérif Slow Johnny, bien campé sur ses pieds, éleva son pistolet, visa soigneusement le long du canon, pressa la détente et tira sur Miss DeWitt. Elle prit la balle dans la hanche. Tant de choses survenaient en même temps – d'autres coups de feu, une folle embardée pour éviter un camion transportant de la glace, deux enfants plongeant entre les racines d'un lilas, la vitesse pure – qu'elle ressentit l'impact comme un coup qui résonna dans ses os, mais ne lui fit pas mal, pas avant que la voiture heurte un gros accident de terrain qui faillit la précipiter jusqu'à la taille par la vitre ouverte du conducteur. Elle fut aussitôt projetée dans un état de souffrance quasi mystique. Les cieux parurent s'ouvrir. Des étoiles noires tombaient tel un rideau de scène. Elle entendit le moteur et puis, plus tard, d'autres détonations qui semblaient très lointaines, assourdies. De lourds accords de musique s'insinuaient dans son imagination auditive, pêle-mêle, spectaculaires. Retenue sur le marchepied par un bras qui semblait tissé de fil de fer impitoyable, avançant à une vitesse de rêve le long des encaissements proprement passés au rouleau et damés qui menaient hors de la ville, dans un état de lucidité et de grande acuité, elle se dit :

« On m'enlève. On m'a tiré dessus. »

Tandis que l'auto l'emportait dans ses cahots, elle commença à perdre de sa certitude. Dans sa souffrance, elle s'imaginait de retour au couvent dans sa chambre pas plus grande qu'un placard. Elle ferma la porte, rampa comme un chien dans les broussailles humides de l'inconscience, resta là recroquevillée et ignorante de tout. De temps en temps, elle connaissait un moment de répit. Elle était capable de se tenir debout. D'un air grave, elle inspectait la campagne qu'ils traversaient et trouvait une douceur âpre aux pâles nuages de vert printanier. Le bras du bandit l'agrippait par la taille. Elle s'agrippait au porte-bagages. Ses cheveux, dénoués, qui volaient dans son dos, faisaient un court étendard dans le vent humide et frais.

L'Acteur prit la vieille route Patterson, et Agnes en conclut qu'il connaissait les environs, elle en conclut aussi que s'il prenait l'embranchement, il longerait un des champs de Berndt, un de leurs champs, où celui-ci serait probablement au travail. Son cœur battit, rempli d'espoir. Mais le chauffeur en haillons ne tourna pas, et elle pensa aussitôt avec un grand soulagement que Berndt ne courait pas de danger. Au même instant, l'auto passa d'abord à toute vitesse devant le commis et puis, plus loin, devant Berndt sur son gros cheval tranquille, qui avançait pesamment. Il tirait une herse à faire réparer. Lorsqu'il apparut, elle tenta de se cacher, mais elle était toujours en équilibre sur le marchepied. Aussi la vit-il arriver du bout de la route, telle une figure de proue à l'avant d'un bateau. Elle se tenait très droite, au garde-à-vous, sa jambe pareille à une fusée rouge de sang. Il s'arrêta. Sous le choc son visage se décomposa, sans comprendre. Elle passa à la vitesse de l'éclair, assez près pour que leurs mains se rejoignent, et puis elle disparut, engloutie par l'horizon.

Berndt Vogel

Berndt se lança derrière l'automobile non pas parce qu'il avait vu la peur au fond des yeux d'Agnes – il n'y en avait pas, simplement une concentration rêveuse – mais parce qu'il comprit tout le scénario. Il n'avait pas peur pour elle. L'ayant rencontrée pour la première fois à demi nue, chez lui, dans la clarté fumeuse de sa grange, il savait qu'elle survivrait à cette épreuve. Il y avait toujours un côté d'elle qu'il ne pouvait toucher. Il avait en effet le sentiment qu'elle était une femme composée d'impossibilité. Alors qu'il détachait la herse, puis faisait faire demi-tour à son cheval pour la suivre, il n'avait pas de conscience précise du danger qu'elle courait ni la moindre idée de la façon de la sauver, mais il agit poussé par l'instinct et l'absurdité. Il eut beau lancer son cheval à bonne allure, l'automobile disparut bientôt hors de vue. Il dut garder un œil sur la route pour savoir, grâce aux traces de pneus, qu'à chaque intersection ils étaient bien restés sur la route principale. Ce qu'ils firent, d'ailleurs, s'éloignant davantage de lui à chaque instant. Il avançait, derrière eux, en se demandant avec un désespoir inutile où était Slow Johnny. À leur poursuite ? Non, pas tout à fait. Lui et l'adjoint, en cherchant à réquisitionner une auto, rencontrèrent une certaine opposition, non pas tant en raison du désaccord du propriétaire sur la nécessité de l'emprunter, mais parce que Slow Johnny était un mauvais conducteur notoire. Et puis, les deux ou trois concitoyens qu'il aborda pensaient qu'il causerait plus de mal que de bien en se lançant aux trousses de l'Acteur, et ferait probablement tuer Miss DeWitt pour de bon, sinon lui-même, l'adjoint, et n'importe quel badaud dans le rayon d'un jet de pierre.

Berndt était alors très loin de toute autre forme d'assistance. Tout en suivant l'auto de l'Acteur, il se mit à réfléchir. Au souvenir de certaines informations concernant des cambriolages aux alentours, il avait fort bien deviné ce qui se passait. Son équilibre vacilla, et il éprouva pour Agnes une vague de terreur si intense qu'il fouetta le pauvre cheval, bientôt couvert d'écume. Dès que le percheron se jeta dans les cahots d'un gigantesque galop, Berndt se rendit compte qu'il tuerait l'animal s'il continuait ainsi. Par ailleurs, la vitesse était à présent inutile, à chaque kilomètre parcouru il gagnait un avantage évident. L'auto finirait par tomber en panne d'essence. Le cheval, si Berndt prenait soin de ne pas gaspiller son énergie, tiendrait bon. Et puis l'état épouvantable de la route jouait aussi à son avantage. C'était le printemps, et il serait bien surprenant qu'une auto réussît à traverser le grand effondrement de terrain creusé par les pluies dont Berndt connaissait l'existence, dix kilomètres plus loin.

Le cheval bleu

L'automobile de l'Acteur fendit la campagne silencieuse jusqu'à ce que, comme s'y attendait Berndt, elle atteigne l'effondrement. L'auto, indécise, cala dans une grande vibration. L'Acteur tira brutalement Agnes sur la banquette arrière, et le conducteur accéléra deux fois sans résultat. Dans un fabuleux sursaut, le puissant moteur démarra et une embardée les libéra, mais pour mieux finir de l'autre côté de la route dans une situation bien plus fâcheuse encore. Les hommes avaient beau pousser, hurler, jurer, donner des coups de pied, rien ne bougeait plus, rien du tout. L'Acteur, qui tournait en rond en proie à une colère rentrée, aperçut au loin le cheval, le cavalier.

« Faites gaffe », lança-t-il.

Les hommes et lui se changèrent soudain en personnes plus douces et ordinaires, et se mirent au travail avec un zèle inutile sur les roues embourbées de l'auto. Berndt vint s'arrêter à leur hauteur et d'un ton dégagé proposa son aide. Les mots ne lui nouèrent pas la gorge. Il était calme. Il toucha le bord de son chapeau de fermier tout en jetant un coup d'œil à la banquette arrière. L'Acteur avait étalé une couverture sur les jambes de Miss DeWitt, qui semblait aller bien, malgré sa pâleur et son air égaré.

Berndt ne pouvait pas deviner que l'Acteur, dans l'idée de dissimuler l'argent volé, avait tiré des liasses de billets du sac en toile. Pendant le trajet, il en avait fourré autant qu'il avait pu dans sa chemise. Quant au sac, il l'avait glissé sous la couverture, à côté de Miss DeWitt, qu'il avait sommée de ne pas chercher à sortir de la voiture. En guise de bienvenue, il gratifia Berndt d'un sourire cordial, celui-ci fit un signe de tête à la jeune femme et se mit au travail.

En s'empressant d'atteler la brave bête au pare-chocs de la voiture, et de faire un grand numéro en poussant l'animal au summum de sa puissance, Berndt donna toutes les apparences d'aider la bande. Pourtant, petit à petit, à force de poussées et de signaux, il s'arrangea pour que le cheval les embourbe plus profondément encore. Ils se trouvèrent bientôt dans une situation bien plus désespérée qu'avant.

L'Acteur ne s'en rendit pas compte aussitôt, mais ensuite il surprit entre le fermier et l'otage un regard qui trahit leurs liens. À l'instant où il s'avançait pour saisir les rênes et poser une question, apparurent enfin Slow Johnny, dans la voiture du caissier décédé.

Les représentants de la loi s'arrêtèrent non loin des voleurs et s'approchèrent d'eux à pied avec précaution, pistolet au poing.

« Vous êtes faits comme des rats, hurla Slow Johnny.

– Arrête-toi, pauvre crétin ! »

L'Acteur, tout en s'accroupissant pour s'abriter derrière la portière de la voiture et en élevant son arme à hauteur de la tête de Miss DeWitt, mit en garde le shérif.

« Reculez ! Reculez ! ordonna par signes Berndt à Johnny.

– Je vais la tuer, bon sang de bois, c'est sûr ! » cria l'Acteur.

Très loin d'elle-même, Agnes sentit sa bouche s'ouvrir et des mots en jaillir. Elle parla à l'Acteur, qui hurla, les mettant de nouveau en garde. Mais Slow Johnny, aussi dur d'oreille qu'il était lent, continua d'avancer. Berndt vit le pouce de l'Acteur soulever le chien du pistolet. Il le frappa à l'instant même où le coup partit, si bien que la dernière vision qu'Agnes eut de l'Acteur fut le regard résolu qu'il lui lança. La dernière pensée qu'elle eut à son égard fut sa stupéfaction – qu'il n'ait pas jugé ses paroles ou sa vie d'une quelconque importance ni d'une quelconque utilité, qu'il n'ait pas eu un moment d'hésitation à l'idée d'y mettre un terme – de mettre un terme à ces milliers d'heures de labeur musical intense et fastidieux, de mettre un terme à la cascadante musique que ses mains pouvaient faire naître, un terme aux moments de voracité et d'émerveillement dans les bras de Berndt et, dans un passé plus lointain, au couvent, où ses sœurs avaient déjà décousu, repassé et remonté son habit pour une autre postulante, rien de tout cela n'avait la moindre importance, pas même les tonnes de prières pour les âmes si semblables à celle de l'Acteur, ni les vigoureuses tentatives pour implorer l'intercession de Marie. Rien ne comptait. Rien de tout cela. Et plus loin encore, son enfance, les toits goudronnés de la ferme et le pain étranger des visions cruelles de sa mère et les gestes d'amour terrifiants de son père et tout le précieux fourbi de sa petite enfance, ses pensées, sa peau de bébé crémeuse, ses cris et ses murmures, tout cela n'était rien face à la simple volonté de l'Acteur de la tuer.

Voilà qui la frappa comme une surprise et un chagrin, et elle sut que c'était ce qu'elle voyait, maintenant, crûment, chez l'Acteur, qui lui faisait aimer Chopin avec tant de ferveur. Et Dieu. À présent, elle devait s'en remettre entièrement à la volonté de Dieu, quelle qu'elle soit. Et ce fut d'ailleurs à l'instant où elle se demandait si sa mort était l'effet de cette volonté que le coup partit, que la balle entailla son front à la naissance de ses cheveux, et que l'obscurité s'abattit avec violence derrière ses yeux.

Au moment où Berndt bondissait près d'elle, l'Acteur saisit les rênes bien en main et réussit tant bien que mal à se hisser sur le dos aussi large qu'une table du cheval. Il donna des talons, lança un coup de pied désespéré dans le ventre de l'animal, et ils s'en furent, même si sa monture ralentit dès qu'ils entrèrent dans le champ d'épaisse gadoue détrempée, sans un arbre, limité par le seul horizon. Berndt embrassa d'abord Agnes en poussant un étrange hurlement de chagrin, puis suivit l'Acteur, laissant les deux autres détrousseurs de banque, Slow Johnny et l'adjoint, se brailler au nez et brandir leurs armes mais sans trop savoir sur qui tirer. Berndt partit droit devant lui. Tout comme lorsque la voiture l'avait dépassé à vive allure, il comprit que son avantage tenait dans la distance grandissante. Il savait combien son cheval était épuisé, il savait aussi que lui, Berndt, pouvait se pencher de temps à autre pour se décrotter les pieds, mais que son percheron ne le pouvait pas. L'Acteur devrait descendre de sa monture, ou bien le cheval finirait par s'arrêter, récupéré par la boue.

Et il en fut ainsi – une poursuite au ralenti.

Là, dans ce paysage vide, ils étaient le signe d'une poursuite éreintante – l'homme avançant lourdement sur un cheval, l'autre homme avançant lourdement sur ses traces. On les eût dits sur cette plaine et sous ce ciel tissé d'éternité – destinés de toute façon à avancer à pas pesants. Les mottes de terre aux sabots du cheval furent bientôt d'épaisses et grasses croûtes. Pourtant, sans trêve, plus lentement, ils poursuivaient leur route. Puis plus lentement encore, si bien que l'Acteur donna des talons avec une indignation sauvage jusqu'à ce que les flancs du cheval saignent. Toujours plus lentement. Berndt ne cessait de se rapprocher. L'Acteur hurla directement dans l'oreille du cheval. Dans une ondulation de muscles frénétique, celui-ci tenta de s'arracher à la terre. Mais il s'enfonça encore davantage, plus profondément. Hors de lui, vainement, l'Acteur voyant que le cheval était bloqué, sauta à terre et colla le pistolet contre l'œil de l'animal.

Le coup se répercuta, un craquement. Un autre craquement plus ténu lui fit écho contre le mirage de l'horizon.

Quand l'écho se fut évanoui, le cheval était mort. Berndt le vit s'agenouiller dans la boue bétonnée et détrempée à la façon dont les animaux vénèrent le Christ. Puis à son chagrin et à sa colère vint s'ajouter une perplexité dédaigneuse qui le rendit capable de faire ce qu'il fit ensuite.

La première balle que tira l'Acteur toucha Berndt à la poitrine, mais la traversa sans toucher d'organe vital. Berndt ne sentit qu'une surprenante déchirure de feu. Il recula d'un pas chancelant, puis se remit à avancer. Lorsque la balle suivante le toucha mortellement, il parut l'absorber et reprendre des forces. Il se redressa pour continuer d'avancer et sauta hors de la boue. Le visage vert de peur de l'Acteur se crispa et il tira à bout portant. La chambre vide cliqueta à l'instant même où Berndt l'agrippait par les épaules et lui parlait sous le nez.

« Si tu n'avais pas abattu mon cheval, tu n'aurais pas à mourir maintenant », lança-t-il, faisant abstraitement état d'un fait par lequel il voulait peut-être signifier qu'il eût préféré livrer l'Acteur aux épouvantes de la justice, ou peut-être qu'il eût préféré mourir à la place du cheval, ou encore que la dernière balle eût été son propre *coup de grâce*. Berndt, à qui il restait un peu de vie, posa ses mains sur le visage de l'Acteur avec une lassitude obstinée, plaça ses pouces sur les yeux du gangster et pressa, pressa avec le calme inexorable d'un parent, pressa jusqu'à ce qu'il fût clair que les ambitions du bandit seraient à jamais anéanties. Puis il s'écroula en avant sur le sol, dans la gadoue presque liquide, y clouant l'Acteur des pieds à la tête.

Des heures s'écoulèrent avant que quiconque parvienne sur les lieux, et pendant tout ce temps Arnold « l'Acteur » Anderson ne put se dégager du mort. Petit à petit, avec une lenteur accrue et de tout petits bruits de succion, la terre glissa sur l'Acteur et en lui, engloutissant d'abord ses talons, son dos, ses coudes, et puis lui bouchant les oreilles, si bien que son corps s'emplit lentement d'un riche et épais terreau. À la fin, il n'entendit pas son propre cri. De la terre emplit ses narines et puis sa bouche crispée et tournée vers le haut. Il avait beau cracher, la terre continuait d'entrer et la boue lui dégoulinait dans la gorge. Avec lenteur, avec une infinie lenteur, bronchiole après bronchiole, la terre obtura chaque passage de ses poumons et les combla. Le sol l'absorba. Quand enfin le premier membre de la petite troupe de poursuivants rassemblée tant bien que mal arriva, il commença par penser que le bandit s'était échappé, puis il vit que seules les mains de l'Acteur, agrippées aux bras et au dos de Berndt comme à un radeau, étaient toujours tendues au-dessus de la ligne d'horizon.

FRÉDÉRIC CHOPIN

Quand Agnes revint à elle, elle était de retour au couvent, la blessure de son crâne pansée, ses mains toujours occupées à tracer des passages grandioses d'un concerto inconscient. Tandis qu'elle recouvrait ses forces, rêvait-elle de Berndt ? Pensait-elle à lui qui la pénétrait et à elle qui le recevait ? Avait-elle la nostalgie de sa main en coupe sur son sein ? Oui et non. Elle pensait à la musique. À Chopin. À Berndt. À Chopin.

Il avait rédigé un testament qui faisait d'elle sa concubine et lui laissait la ferme et tout ce qu'elle contenait.

Là, elle éleva des poules naines à crête rose, des dominickers, des rousses. Elle continua à jouer du piano avec une solitaire intensité qui absorbait son esprit.

Un an environ après la mort de Berndt, ses élèves remarquèrent qu'elle s'arrêtait au beau milieu d'un cours et souriait par la fenêtre, paraissant accueillir un visiteur longtemps attendu. Un jour, les enfants du voisin passèrent chercher la commande d'œufs habituelle et furent très frappés de voir les dominickers tachetées de blanc et noir battre des ailes, affolées, autour de Miss DeWitt qui se tenait majestueuse sur l'herbe verte.

Grande, mince, les jambes légèrement fléchies, les seins débordant un peu de chaque côté et le flamboiement de poils éclairant son centre – nue. Elle regarda les enfants avec une bonté lointaine. Demanda : « Combien de douzaines ? » S'éloigna pour ramasser les œufs.

Cet incident fit le tour des salons où l'on cause. On l'attribua à la mort de Berndt et à une rechute nerveuse. Agnes ne perdit qu'un ou deux élèves luthériens. Elle continua à tenir l'orgue à la messe, et à la maison, par les nuits noires, très noires, à jouer Chopin. Et s'il arrivait qu'un élève innocent, trop jeune pour savoir ce qu'était la discrétion, lui demande pourquoi parfois elle ne portait pas de vêtements, Miss DeWitt répondait qu'elle se dévêtait lorsqu'elle jouait la musique d'un certain compositeur à l'âme dépouillée. Elle hochait la tête d'un air songeur et lançait avec la plus grande fermeté qu'en présence d'une telle musique, il faut être nu. Et puis elle effleurait les touches.

Shamengwa

I

En lisière du village de notre réserve vivait un vieil homme qui avait un bras tordu relevé le long de son flanc à la manière d'une aile, et qui pour cette raison portait un nom de papillon – Shamengwa. À l'exception de son bras, c'était un être extrêmement bien fait. N'importe qui pouvait voir qu'il avait été beau. Mince et de taille moyenne, il avait toujours une silhouette élégante. Sa tête était couverte d'une surprenante crinière blanche, dont il était fier. Toutes les deux ou trois semaines il la faisait soigneusement couper et coiffer par sa fille, Geraldine, qui pour l'occasion venait de la forêt.

Shamengwa était un homme raffiné qui se préparait avec soin pour aller chaque jour au-devant de la vie. Dans la langue ojibwé parlée sur notre réserve, *owehzhee* est l'un des mots que l'on emploie pour dire la façon dont les hommes s'apprêtent – arrachent les poils rebelles, se brossent les dents une par une, séparent leur chevelure par une raie bien nette, et, ces temps-ci, font un beau pli au fer à repasser à leur blue-jean – afin de montrer que même si le gouvernement a cherché par tous les moyens à anéantir notre virilité, nous sommes invincibles. *Owehzhee.* Nous sommes toujours beaux et nous le savons. Jamais on ne voyait le vieil homme portant des vêtements en désordre. Il n'y avait toutefois pas que cela.

Il jouait du violon. Ah, comme il jouait du violon ! Malgré ce bras tellement tordu et déformé qu'il fallait que ses chemises soient minutieusement retouchées et épinglées pour y loger cette forme ratatinée, il avait de l'agilité dans ce membre, et même de la force. Depuis son tout jeune âge, à l'aide d'une écharpe en soie blanche Shamengwa s'attachait le coude dans une position qui permettait à la main, et aux doigts élégants au bout de ce bras abîmé, un jeu normal sur les cordes de l'instrument. De l'autre main, il maniait l'archet. Quand j'essaie d'expliquer le son qu'il produisait, je suis un peu en peine avec les mots. Dedans devenait dehors lorsque Shamengwa jouait. Pourtant, du dedans au dehors ne résume pas la moitié de l'affaire. La musique était davantage que de la musique – du moins, davantage que ce que nous avons l'habitude d'entendre. Le son touchait instantanément quelque chose de profond et de joyeux. Ces moments forts de connaissance vraie que nous masquons avec la vie de tous les jours. La musique mettait en perce nos terreurs, aussi. Des événements que nous avions vécus et que nous ne voulions jamais voir revenir. Des rêves en lambeaux, des nostalgies inavouées, de la peur et même des plaisirs surprenants. Nous ne pouvons pas vivre à un tel paroxysme. Mais de temps à autre quelque chose se brise comme de la glace et nous tombons dans la rivière de notre existence. Nous sommes conscients. Cette prise de conscience se trouvait dans la musique, d'une manière ou d'une autre, ou dans la façon dont Shamengwa la jouait.

Voilà pourquoi Shamengwa n'était pas le bienvenu à toutes les fêtes. La joie sauvage que produisaient ses gigues et ses quadrilles écossais pouvait tout autant envoyer les gens se fracasser sur les rochers de leurs souvenirs les plus douloureux, et ils finiraient abasourdis et l'esprit embrouillé, ou pleurant dans leur bière. C'est ainsi. Les émotions des gens se retournent souvent contre eux. Geraldine, une femme dévouée et volontaire, qui six ans auparavant avait donné naissance à un bébé, plaqué le père, et décroché un diplôme de pédagogie, conduisait parfois Shamengwa à des concours de violon ou dans des endroits où il pouvait jouer dans un cadre plus proche de celui d'un concert. Il gagnait même des trophées, de ces prix bon marché que l'on donne dans les concours de musique locaux – des plaques gravées et de petites coupes en fer-blanc montées sur un socle en plastique. Il les posait chez lui sur un bout d'étagère en triangle, haut perchée dans un coin. Les trophées n'étaient jamais époussetés, et parfois, quand sa petite-fille lui demandait de les descendre pour jouer avec, ils tombaient en morceaux. Shamengwa ne s'en souciait pas. Il était pourtant fanatique de son violon.

Il le traitait avec le respect que nous témoignons à nos tambours, qui sont considérés comme des êtres vivants et exigent de nous nourriture, eau, asile et amour. Il était aux petits soins avec son instrument ; il l'essuyait d'une caresse à l'aide d'un mouchoir en coton fin, le rangeait délicatement dans un placard chaque soir, à l'intérieur d'un étui en cuir qu'il cirait avec autant de soin que ses souliers. L'étui était doublé de velours qui avec le temps avait viré d'un rouge sang foncé à un violet pâle et strié. Je ne m'y connais pas en violons, mais le sien était jugé d'une beauté exceptionnelle ; il était communément entendu que l'instrument était ancien et d'une assez grande valeur. Aussi quand Geraldine arriva un matin pour couper les cheveux de son père et le trouva par terre, sa main valide attachée derrière le dos, les chevilles ligotées, elle ne fut pas étonnée de voir que la serrure du placard était fracassée et que le violon avait disparu.

Je suis juge tribal, et les choses arrivent jusqu'à moi grâce aux bruits qui courent dans le système judiciaire ou bien dans notre police. Potins, rumeurs, ragots, c…ries, ou simplement informations bidon. Je me mets toujours à l'écoute, et vais jusqu'à prendre des notes sur ce que j'entends autour de moi. C'est parfois faux, ou exagéré, mais très souvent il y a là-dedans un embryon d'une vérité utile. Dans le cas présent, par exemple, le nom de Corwin Peace était sur bien des lèvres, même s'il n'y avait pas de preuve directe qu'il ait commis le délit.

Corwin était l'un de ceux que je ne cesse de voir et de revoir. Un sale truc qui attendait qu'un truc pire arrive. Une erreur, mais que nous tentions sans cesse de récupérer, parce qu'il était tellement jeune. Certains jugeaient qu'il n'y avait rien à sauver chez lui. C'était un inadapté social. Un manipulateur rusé, qui tous les week-ends prenait des drogues dangereuses. D'autres le plaignaient et rejetaient la responsabilité de son comportement sur l'alcoolisme de sa mère. SAF EAF TDA. Il arborait ces initiales à la suite de son nom, à la façon dont les personnes cultivées accolent à leur patronyme leurs titres universitaires.

Pourtant, d'autres croyaient voir en lui quelque chose qui pouvait être sauvé – peut-être l'idée la plus dangereuse de toutes. C'était un dealer minable entouré d'une ribambelle de petites amies. Par malheur, il était beau, pourvu des traits d'un modèle d'Edward Curtis, bien que le crack et la vodka aient commencé à le boursoufler.

La drogue emprunte de nos jours les anciens itinéraires du commerce des fourrures, et là où autrefois Corwin aurait été assis haut perché sur un ballot de peaux de bisons et aurait chanté des chants de voyage au son des roues grinçantes d'un char à bœufs, à présent il conduisait une Impala modèle 1991 à laquelle il manquait les enjoliveurs et dont l'arrière traînait par terre. Il la conduisait comme une brute, et il la conduisait à fond, mais se faisait rarement pincer parce qu'il se déplaçait à des heures tellement bizarres et irrégulières. Il roulait sans permis – on le lui avait retiré depuis longtemps. CEI. Et il courait toujours après l'argent – arnaquant, pariant, jouant au billard, et même de temps à autre travaillant à un boulot qui, horreur, le plaçait derrière un comptoir à faire frire des languettes de poulet à la chinoise. C'était l'un de ceux dont je suivais de près les faits et gestes, car j'imaginais que je serais le témoin de l'entière trajectoire en courbe descendante de sa vie. Je voulais m'assurer que si j'avais à le boucler, je puisse le faire et la même nuit dormir sur mes deux oreilles. Jusque-là, il avait confirmé cette opinion.

Au fur et à mesure que les jours passaient, Corwin garda un profil bas et retrouva sa place devant la friteuse. Il fit une de ces tentatives pour se reprendre en main qui réconfortait un si grand nombre de ses prétendus sauveurs. Il se remit dans le droit chemin, arrêta de boire, se comporta avec politesse, et, quand on l'interrogeait, faisait preuve d'un optimisme convaincant concernant son avenir et de bonhomie à l'égard de ses échecs.

«Je suis un crétin, reconnaissait-il, mais je ne suis jamais tombé aussi bas au point de voler le violon du vieux.»

Et pourtant il l'avait volé, bien entendu. Et, pendant que nous attendions qu'il passe à l'action, il y avait le vieillard, qui se mit rapidement à décliner. Je ne m'étais pas rendu compte à quel point j'aimais l'entendre jouer – parfois dehors derrière chez lui, à la nuit tombée, sur sa pelouse broussailleuse, parfois à l'occasion de ces petits concerts, et d'autres fois simplement pour des groupes de gens qui se rassemblaient là. Au bout de plusieurs semaines apparut en un point une douleur sourde, et je souffris de façon étonnamment bouleversante de la perte subie par Shamengwa, que je partageais vraiment, si bien que je ressentis le besoin d'aller le trouver et de passer un moment avec lui, comme si déplorer ensemble l'absence de sa musique devait nous aider. Je voulais savoir, également, si, dans l'hypothèse où le violon ne réapparaîtrait pas, nous pouvions nous cotiser et lui acheter un nouveau, et peut-être même meilleur, instrument. Je m'installai donc dans la petite salle de séjour de Shamengwa un après-midi, et tentai de trouver une ouverture.

«Évidemment, dis-je, nous croyons savoir qui a pris votre violon. Nous l'avons à l'œil.»

De sa seule jolie main, Shamengwa rabattit ses cheveux en arrière, et dit, comme il l'avait fait maintes fois :

«On m'a frappé par-derrière.»

Là où il avait heurté le sol, il s'était fendu la joue, et

le blanc de son œil était rouge et enflammé. Il se déplaçait avec une lenteur raide et douloureuse, avec la rigidité de quelqu'un de très vieux. Il se rassit petit bout par petit bout dans un fauteuil à bascule marron capitonné et me regarda fixement, ou regarda au-delà de moi, à vrai dire. Je compris bientôt qu'il avait beau parler calmement et répondre aux questions, il n'était pas tout entier à la conversation. En fait, il n'était qu'à moitié présent, et un peu échevelé, irritable aussi, ce que je n'avais encore jamais constaté chez lui. Sa chemise était mal boutonnée, le motif à carreaux de travers, et il ne s'était pas rasé, ce matin-là. Il avait l'haleine aigre et ne paraissait pas content du tout que je sois venu.

Nous restâmes assis tous les deux à nous défier en silence jusqu'à ce que Geraldine apporte deux chopes de thé brûlant, fort et sucré, et aille s'en chercher une autre. La main de Shamengwa trembla lorsqu'il souleva la tasse, mais il but. Son visage s'éclaira un peu au fur et à mesure que le thé descendait, et je décidai qu'il n'y aurait pas de meilleur moment pour proposer mon idée.

« Oncle, dis-je, nous aimerions vous acheter un nouveau violon. »

Shamengwa ne dit rien, mais posa la tasse et joignit les mains sur ses genoux. Il regarda par-delà mon épaule et fronça les sourcils d'un air pensif.

« Ça ne lui plairait pas, un nouveau violon ? » demandai-je en faisant appel à Geraldine.

Elle secoua la tête avec l'air d'être à la fois agacée par ma personne et exaspérée par son père. Nous restâmes assis en silence. Je ne savais pas par où continuer. Shamengwa s'était renversé en arrière sur son siège et avait fermé les yeux. Je me dis qu'il tentait peut-être de se débarrasser de moi. Mais j'étais têtu et ne voulais pas m'en aller. Je voulais de nouveau entendre sa musique.

« Oh, raconte-lui l'histoire, papa », finit par dire Geraldine.

Shamengwa se pencha en avant et inclina la tête au-dessus de ses mains comme s'il priait.

Alors je me détendis et compris que j'allais entendre quelque chose. C'était ce moment de recueillement suspendu que j'avais déjà vu, juste avant que le masque tombe, que le témoin craque, que la vérité se fasse jour. J'y suis habitué, et même si ce n'était pas réellement un aveu, c'était, s'avéra-t-il, un épisode peu connu sur la réserve.

II

Ma mère perdit un bébé à cause de la diphtérie quand je n'avais que quatre ans, dit Shamengwa, et ce fut cette perte qui la tourna vers l'église. Avant cela, je me souviens de mon père jouant des *chansons*[1], des quadrilles, des gigues, mais après la mort du bébé il posa son violon et reçut la communion. De chagrin, ma mère devint sévère avec mon père, ma grande sœur et moi. Là où auparavant nous avions une maison pleine de vie que les gens aimaient fréquenter, c'était maintenant le silence. Ni vin ni musique. Nous n'élevions pas la voix parce que notre bruit lui faisait mal, disait-elle, et il n'y avait ni rire ni

1. Les mots et expressions en italique accompagnés d'un astérisque sont en français dans le texte.

taquineries de mon père, qui avait été un homme hilarant et qui aimait la danse.

Je ne crois pas que ma mère avait l'intention que tout change à ce point, mais le chagrin qu'elle avait en elle outrepassait ses forces. Comme si son cœur était lui aussi enterré sous cette petite pierre blanche dans le cimetière catholique, elle devint froide, se détourna de nous tous. Maintenant que je suis vieux et sais comment agit le chagrin, je comprends qu'elle ressentait trop, nous aimait trop fort et craignait de nous perdre comme elle avait perdu mon frère. Mais à un petit garçon ces choses-là sont cachées. Je pensais seulement qu'en même temps que ce bébé, j'avais perdu son amour. Ses bras forts, ses baisers, la bonne odeur de savon de son visage, sa voix qui me calmait – tout cela avait disparu. Elle était comme une statue dans une église. De temps à autre, nous la trouvions dans la cuisine, debout immobile, regardant à travers le mur. Au début nous touchions ses vêtements, lui caressions les mains. Mon père l'embrassait, lui parlait doucement à l'oreille, peignait ses cheveux en châle autour de ses épaules. Plus tard, quand nous eûmes abandonné la partie, nous nous contentions de la contourner comme on le ferait d'une souche. Ma sœur se chargea de la cuisine, et petit à petit nous acceptâmes l'idée que la mère pleine de vie et aimante que nous avions connue ne reviendrait pas. Nous n'essayâmes pas de l'amadouer pour la sortir de là. Elle passait le plus clair de son temps à l'église, son chapelet en ivoire et argent passé sur son poing droit, sa main gauche usant les grains qui devenaient plus lisses, plus petits, jusqu'à ce que je me dise qu'un jour ils finiraient certainement par disparaître entre ses doigts.

Nous vivions ici même, mais à l'époque des arbres et de la forêt nous entouraient encore. Il n'y avait pas de maisons à l'ouest. Nous mettions nos chevaux au pré là où se trouve maintenant le Dairy Queen. Un jour, pendant que ma famille était en ville et que j'étais resté à la maison à cause d'un rhume, je fus saisi d'agitation. Je me mis à fureter, et bientôt je tombai sur le violon que ma mère avait forcé mon père à délaisser. Il était là. J'étais seul avec lui. Je n'avais que cinq ou six ans, mais je savais tenir un violon correctement, et je me souvenais comment mon père avait manié l'archet. J'en tirai des sons sans difficulté, mais rien d'agréable. Le bruit fit frémir mes os. Je remis soigneusement le violon en place, bien avant que mes parents ne rentrent à la maison, et me fourrai sous les couvertures quand ils arrivèrent dans le jardin. Je fis semblant de dormir, non pas tant parce que je voulais maintenir l'illusion que j'étais malade, mais parce que je ne pouvais pas supporter de revenir à la situation d'avant. Quelque chose avait changé. Quelque chose avait dérangé la nature de tout ce que je connaissais. Ce phénomène profond avait un rapport avec le violon.

Ensuite, je m'arrangeai aussi souvent que possible pour rester seul à la maison. Dès que tout le monde était parti, je sortais le violon de sa cachette et je l'accordais à mon goût. J'appris à en jouer une corde après l'autre, et je commençai à mettre ces sons ensemble. La suite de notes que je produisais me démangeait le cerveau. Cela devint un supplice, pour moi, d'avoir à ranger le violon quand ma famille rentrait. Parfois, si le vent soufflait dans le bons sens, je sortais en douce le violon de la maison et je jouais dans les bois. Je faisais toujours attention que le vent emporte ma musique vers l'ouest, là où il n'y avait personne pour l'entendre. Mais il se peut qu'un jour le vent ait tourné. Ou alors les oreilles de ma mère étaient peut-être plus sensibles que celles de ma sœur ou de mon père. Parce que en rentrant à la maison, je la trouvai qui regardait par la fenêtre, vers l'ouest. Elle était excitée, et respirait vite. Tu l'as entendu ? s'écria-t-elle. Tu l'as entendu ? Terrifié à l'idée d'être démasqué, je dis que non. Elle était très agitée et mon père eut beaucoup de mal à la calmer. Après avoir finalement réussi à l'endormir, il s'assit à la table, la tête dans ses mains. Je me déplaçai dans la maison sur la pointe des pieds, j'accomplis les tâches ménagères. Je m'en voulais beaucoup de ne pas lui avouer que ma musique était la source de ce qu'elle avait entendu. Mais aujourd'hui, quand j'y repense, j'estime que mon silence fut ma première décision de véritable musicien. D'artiste. Jouer comptait davantage pour moi que le chagrin de mon père. Je ne dis rien, mais devins d'autant plus rusé et deux fois plus cachottier.

C'était une question de survie, après tout. Si je n'avais pas trouvé la musique, je serais mort de ce silence. Il y a des façons d'être abandonné, même quand vos parents sont là à côté de vous.

Nous avions deux vaches et je me chargeais de la traite matin et soir. Heureusement, car si mes parents oubliaient de faire la cuisine, au moins j'avais le lait. Je ne peux pas dire que j'aie jamais vraiment eu la faim au ventre, mais un autre genre de faim humaine me torturait. Je me sentais seul. C'est à peu près à cette époque-là que je reçus un terrible coup de sabot de la vache, un accident, car d'habitude elle était douce. Une piqûre de guêpe, peut-être, lui fit lancer une ruade sous l'effet de la surprise. Elle m'atteignit au bras, et sans que j'aie le moyen de le savoir, fracassa l'os. Douloureux ? Oh, ça oui, mais mes parents ne pensèrent pas à m'emmener chez un médecin. Ils ne remarquèrent rien, je suppose. J'en parlai pourtant à mon père, mais il se contenta de hocher la tête, en feignant d'avoir entendu, et retourna à ce qu'il faisait à ce moment-là.

La douleur dans mon bras m'empêchait de dormir, et la nuit, quand je ne pouvais pas me distraire, je gémissais sous mes couvertures à côté du poêle. Pourtant il y avait pire, c'était l'inefficacité de ce bras pour jouer du violon. Je tentai de le soulever, mais il retombait comme le bras d'une poupée de chiffon. Je finis pas trouver une solution. Je commençai à ficeler mon bras cassé, tout comme je le fais maintenant. Je n'imaginais pas, bien entendu, qu'il se rétablirait ainsi et que par la suite je serais considéré comme un infirme à vie. Je savais seulement qu'avec le bras ficelé je pouvais jouer, et que jouer me sauvait la vie. Je fus donc, comme la plupart des artistes, déformé par mon art. Je fus modelé.

L'école, c'est là que je reçus le nom que je porte maintenant. Shamengwa, le papillon noir et orange. C'était une blague au sujet de mon « bras-aile ». Une religieuse eut beau m'expliquer que l'image d'un papillon dans un tableau de Notre-Dame était là pour représenter le Saint-Esprit, au début je n'aimais pas beaucoup ce nom. Ma timidité, due à la forme de mon bras, me poussa à éviter les autres même quand je fus plus âgé, et je ne me fis pas d'amis. D'amis humains. Mon véritable ami était mon violon, de toute façon, le seul ami dont j'avais réellement besoin. Et puis cet ami-là, je le perdis.

Mes parents étaient partis à la messe, mais par ce jour d'hiver il y eut un problème avec le poêle. La fumée avait envahi la nef au début du service et chacun fut renvoyé illico chez soi. Quand ma mère et mon père arrivèrent, j'étais absorbé dans ma musique. Ils écoutèrent, sur le seuil, cloués sur place tant ils étaient étonnés par ce qu'ils entendaient, pendant combien de temps je n'en sais rien. Je n'avais pas entendu la porte s'ouvrir, et mes yeux étant fermés je n'avais pas vu la lumière qui de ce fait était entrée. Je finis par remarquer le vent froid qui tourbillonnait autour de moi, je me retournai, et nous nous regardâmes fixement les uns les autres avec une gravité abasourdie que mon père rompit finalement en demandant :

« Depuis combien de temps ? »

Je ne répondis pas, alors que je le voulais. *Sept ans. Sept ans !*

Il fit entrer ma mère. Ils refermèrent la porte derrière eux. Puis il demanda, d'une voix à la douceur inquiète :

« Continue. »

Alors je jouai, et quand je m'arrêtai, il ne dit rien.

Démasqué, je pensais que le pire était passé. Mais le lendemain matin, en me réveillant dans le silence, là où d'habitude j'entendais les bruits que faisait mon père, en entendant un vide, avant d'en être tout à fait certain je compris que le pire était encore à venir. Ma musique avait réveillé quelque chose en lui. Voilà pourquoi il était parti. Mais je ne sais pas pourquoi il avait fallu qu'il emporte le violon. Quand je vis qu'il n'était plus là, tout souffle m'abandonna, toute pensée, tout sentiment. Ensuite, pendant un moment je fus comme ma mère. En proie à notre perte, nous étions coupés des habitudes de la vie qui sont vraies, normales, lumineuses. J'aurais pu rester ainsi, rejoindre ma mère dans les ténèbres desquelles elle ne pouvait pas revenir. J'aurais pu vivre sous cette forme amoindrie, si je n'avais fait un rêve.

Le rêve était simple. Une voix. *Va au bord du lac et assieds-toi à côté du rocher au sud. Attends là. Je viendrai à toi.*

Je décidai d'obéir à ces instructions. Je pris mes affaires de couchage, un bout de viande séchée, un pain bannock, et m'assis sur le lichen gris de ce rocher. Cette table de pierre s'avançait dans l'eau, qui s'enfonçait de part et d'autre dans un abîme d'un vert très sombre. Depuis ce rocher, je voyais tout ce qui se passait à la surface du lac. Je déposai du tabac pour les esprits. Toute la journée, je restai assis là à attendre. Des mouches me piquèrent. Le vent mugit à mes oreilles. Il ne se passa rien. Je me pelotonnai quand la lumière s'en fut, et dormis. Restai là le lendemain matin. Le jour d'après aussi. C'était la toute première fois que je dormais sur la rive, et je commençai à comprendre pourquoi les gens disaient du lac qu'il était sans fin, même s'il était entouré de rochers. Il y avait des rivières qui s'y jetaient ou s'en écoulaient, des courants secrets, six climats différents agissant à sa surface, et un relief caché en dessous. Chaque vague roulait sur le rivage, venue d'un endroit invisible, et repartait aussitôt pour gagner un endroit inconnu. Je vis des oiseaux, aux plumages étranges et que je ne connaissais pas, passer par là en route vers ailleurs. En écoutant l'eau, je fus pour la première fois consolé par des sons autres que ceux de mon violon. Je songeai que je pourrais bien rester là pour toujours, le regard fixé sur le fil bleu de l'horizon. Rien ne comptait. Lorsqu'un petit morceau du fil de l'horizon se détacha, s'obscurcit, avança lentement, je ne l'observai qu'avec un intérêt modéré. La tache minuscule semblait à la fois progresser et reculer. Elle tremblotait d'avant en arrière. Je la perdais de vue pendant de longs moments, et puis elle jaillissait plus près, au sommet d'une vague.

C'était un canoë. Mais soit le pagayeur était endormi au fond, soit le canoë dérivait. Quand il s'approcha, je décidai qu'il devait vraiment aller à la dérive, il flottait si léger sur les vagues, allant de-ci, de-là, sans se presser. Mais toujours, malgré ses hésitations, il finissait par avancer droit sur le rocher au sud, droit sur moi. Je l'observai jusqu'à ce que je voie nettement qu'il n'y avait personne dedans. Puis les mots de mon rêve me revinrent à l'esprit. *Je viendrai à toi.* Je plongeai avec enthousiasme, nageai vers l'embarcation – j'avais appris à compenser, comme n'importe quel garçon, et mon mouvement de bras avait beau être particulier, j'étais fort. Je me disais que le canoë avait peut-être été mal attaché et avait largué les amarres, mais aucun cordage ne traînait dans l'eau. Peut-être que de grosses vagues l'avaient entraîné loin d'une plage où son propriétaire l'avait tiré, le croyant à l'abri. Je poussai le canoë vers la rive, puis le hissai derrière moi, le coinçai dans une crevasse entre deux rochers. Ce n'est qu'à ce moment-là que je regardais à l'intérieur. Là, fixée à une traverse à l'avant, se trouvait une boîte noire de forme féminine qui se fermait sur le côté au moyen de deux serrures en cuivre.

Voilà comment mon violon vint à moi, dit Shamengwa en levant la tête pour me regarder droit dans les yeux. Il sourit, secoua sa jolie tête, et parla d'une voix douce. Et voilà pourquoi jamais je ne jouerai sur un autre violon.

III

Corwin ferma la porte donnant dans sa chambre. Ce n'était pas vraiment sa chambre, mais des gens lui permettaient d'habiter dans leur sous-sol en échange de quelques menus services. Perché sur une porte posée sur des tréteaux, il poussa de ses doigts écartés sur le panneau du faux plafond. Il posa le panneau de côté et tâtonna derrière parmi des fils électriques et sous un bloc d'isolant en fibre de verre jaune, jusqu'à ce qu'il trouve la poignée de l'étui. Il le descendit vers le bout de caoutchouc mousse qui lui servait de matelas et à travers lequel, chaque nuit, il sentait le froid rude du sol en béton s'insinuer dans ses jambes. Il avait pris le violon du vieux parce qu'il avait besoin d'argent, mais il n'avait pas beaucoup réfléchi à l'endroit où il le vendrait ni à qui l'achèterait. Et puis il eut une inspiration. Une des femmes de la maison allait passer tous les week-ends à Spirit Lake dans la famille de son petit ami. Il mettrait le violon dans le coffre et se ferait emmener. On le déposerait au centre commercial Miracle Village, où il emporterait l'instrument et le vendrait à un amateur de musique.

Corwin sortit de la voiture et transporta le violon dans le centre commercial. Il y a deux sortes de gens, songea-t-il, ceux qui donnent et ceux qui prennent. Je suis de ceux qui prennent. Il faut rendre à Corwin ce qui lui est dû. Dernièrement, son film préféré racontait l'histoire d'un flic qui avait une façon tellement tordue de voir le monde qu'on ne pouvait pas dire s'il était bon ou méchant – on savait seulement qu'il pouvait paralyser vos pensées au moyen du langage. Corwin avait un faible pour le langage. Il l'absorbait au travers des films, du rock et du rap, de la télévision. Le langage tournait et se frottait en lui sans cesse, mot contre mot. Corwin pensait qu'il écrivait des poèmes dans sa tête, parfois, mais les poèmes refusaient de sortir. Les mots se coinçaient en d'étranges configurations et formaient des motifs qui filaient sur l'écran de ses yeux fermés et par-delà le bord, le long de ses tempes, jusque dans l'obscurité de son cou. Aussi lorsqu'il franchit les portes automatiques qui ouvraient sur l'espace chaud aux allures de cathédrale de l'aire de restauration centrale, son cerveau était-il un balbutiement.

Tout en s'asseyant, en observant les clients à la mine distraite, il comprit rapidement qu'aucun d'eux n'était susceptible d'acheter le violon. Il entra dans un magasin de musique et voulut montrer l'instrument au gérant, qui se contenta de répondre :

« Naaan, on prend pas d'occase. »

Corwin ressortit de la boutique. Il tenta sa chance avec quelques personnes. Elles se dérobaient ou refusaient tout net.

« On se calme », se dit-il, et il retourna s'asseoir sur le bout de banc dont il avait décidé qu'il lui appartenait. C'est là que surgit l'idée qui devint une mine d'or. Il se rappela une séquence dans une émission de télé, un clip d'un musicien dans la rue d'une ville. Il jouait du saxophone ou un truc dans ce genre, et à ses pieds il y avait un étui d'instrument ouvert. Une femme s'arrêtait, souriait, et y lançait un dollar. Corwin sortit le violon de son étui, qu'il posa ouvert à ses pieds de façon engageante. Il prit le violon dans une main et de l'autre passa l'archet sur les cordes. Ce qui produisit un son atroce et curieux. Le grincement résonna dans l'aire de restauration et plusieurs personnes détachèrent leurs lèvres du papier paraffiné qui enveloppait ce qu'elles mangeaient pour regarder le garçon. Il les regarda à son tour, immobile, figé sur place. Ce fut un moment théâtral – il les tenait. Un public. Il devait agir aussitôt, sinon il les perdrait. Instinctivement, il exécuta un grand salut compliqué comme s'il recevait une ovation. Il y eut quelques murmures amusés. Quelqu'un alla jusqu'à applaudir. Ces sons agirent d'emblée sur Corwin Peace, plus fortement qu'aucune drogue à laquelle il avait déjà goûté. Une vague de passion inconnue l'envahit, il reprit l'instrument, rejeta ses cheveux en arrière, et se mit à jouer un passage musical enlevé et muet.

Son imitation était parfaite. Où l'avait-il apprise ? Il ne le savait pas. Il ne posait pas l'archet sur les cordes, mais il jouait quand même de la musique. La musique ricochait et tournait entre ses oreilles. C'était tout juste s'il pouvait soutenir le rythme de ce qu'il entendait. Son corps débordait de force dramatique. Quand la mélodie qu'il avait dans la tête s'arrêta, il exécuta une profonde révérence et fit le grand écart, qu'il avait appris en regardant les vidéos de Prince. Il brandit le violon et l'archet au-dessus de sa tête. Les applaudissements déferlèrent sur lui. Un écheveau de son éblouissant.

On ramassa Corwin Peace qui faisait semblant de jouer du violon dans un centre commercial de Fargo, et on me l'amena. J'ai beaucoup de latitude dans ma façon de condamner. Malgré moi, je fus intrigué par l'usage inhabituel que Corwin avait fait de l'instrument, et décidai de créer un précédent. D'abord, je soumis ma décision à Shamengwa. Puis je condamnai Corwin à devenir l'élève du vieux maître. Six jours par semaine, deux heures chaque matin. Trois heures d'exercices après le travail. Il apprenait à jouer du violon, ou il allait en taule. En vérité, je ne savais pas qui était puni, du garçon ou du vieil homme. Mais à présent, du moins, sortant de la maison de Shamengwa, nous recommençâmes à entendre le violon.

C'était la mi-septembre sur la réserve, les matins frisquets, les après-midi chauds, les feuilles toujours vertes et fournies dans leur douceur dernière. Tout le foin était coupé. Le riz sauvage était battu au fléau. Les radiateurs dans les bureaux tribaux s'allumaient la nuit, mais arrivé midi nous devions ouvrir les fenêtres pour nous rafraîchir. La fumée de bois des feux de torréfaction du riz et la brise languissante chargée de diesel entraient, alors, et parfois le braillement de la musique de Corwin montant du bas de la colline. Les premières semaines ne furent pas prometteuses. Puis les journées devinrent uniformément froides, les fenêtres restèrent fermées, et jusqu'au printemps les seules nouvelles des progrès de Corwin me parvinrent par le biais de son contrôleur judiciaire. Je ne m'attendais pas à grand-chose. Ce ne fut pas avant le premier après-midi de chaleur, au début du mois de mai, que j'ouvris ma fenêtre et l'entendis vraiment jouer.

« Pas si mal, dis-je ce soir-là quand je passai chez Shamengwa. J'ai écouté votre élève.

– Il est maladroit comme tout, mais il a le feu », reconnut-il en se touchant la poitrine.

Je voyais bien qu'il était fier de Corwin, et je m'autorisai à envisager qu'une action aussi idéaliste que celle de réunir un vieil homme et un grave délinquant juvénile avait fonctionné, ou ne s'était, en tout cas, pas terminée en catastrophe.

Les leçons et la relation entre le maître et l'élève durèrent en réalité au-delà de la peine. L'automne arriva et nous refermâmes les fenêtres. Au printemps nous les rouvrîmes, et entendîmes une fois ou deux Corwin jouer. Puis Shamengwa mourut.

Sa mort fut une mort paisible, le genre de mort qu'autrefois nous priions toujours saint Joseph de nous accorder à tous. Dans son sommeil, son violon à côté du lit, le drap remonté sous le menton. Trouvé le matin par Geraldine. Il y eut de grandes obsèques avec l'habituelle présentation du corps, où les gens firent la queue pour glisser dans le cercueil des fleurs, du tabac, et de petits souvenirs qui accompagneraient Shamengwa dans la terre. Geraldine lui posa un papillon monarque sur l'épaule. Elle dit qu'elle l'avait trouvé le matin même sur la calandre de sa voiture. À la moitié du service, elle se leva et prit le violon dans le cercueil, là où il avait été posé tout contre son père.

« Il y a quelques mois, papa m'a dit qu'à sa mort je devrais donner ce violon à Corwin Peace, déclara-t-elle à l'assemblée. Et donc je le lui offre, maintenant. D'ailleurs, je lui ai déjà demandé de jouer aujourd'hui l'un des airs préférés de papa. »

Corwin, jusque-là assis au fond de l'église, s'avançait maintenant, les épaules voûtées, les mains au fond des poches. Le chagrin qui marquait son visage m'étonna. Je fus mal à l'aise de voir un tel témoignage d'émotion chez quelqu'un qui avait été si versatile. Mais les sentiments du garçon parurent canalisés lorsqu'il saisit le violon et se mit à jouer. Il joua une *chanson** que tout le monde connaissait, un air caractéristique de notre peuple car il commençait avec lenteur et tendresse, puis se lançait dans une folle bizarrerie qui vous piquait le pouls et forçait votre respiration. Corwin jouait avec passion, sinon avec précision, et il y avait suffisamment de l'énergie du vieil homme dans sa musique pour que, lorsqu'il fut arrivé au bout, tout le monde se retrouve en larmes.

Puis vint le choc. Au beau milieu des tamponnements d'yeux et des mouchages de nez discrets, Corwin, le violon pendant dans une main, était planté là, à contempler son professeur couché dans le cercueil. Près du cercueil, il y avait une rambarde de communion très ornée. Corwin éleva le violon bien haut et l'écrasa sur la rambarde, une fois, deux fois, trois fois, pour bien faire le boulot. J'étais assis au premier rang et je bondis de mon siège comme si j'avais été préparé à quelque chose dans ce genre. J'empoignai le bras de Corwin au moment où il reposait délicatement le violon dans le cercueil à côté de Shamengwa, mais le lâchai aussitôt, car je compris que son geste était arrivé au bout. Mon attention passa de Corwin au violon lui-même parce que je vis, pointant hors du bois fracassé, un rouleau de papier. Je tirai dessus. Il était vieux et couvert d'un flot d'une écriture ancienne et raide. Le prêtre, bouleversé, reprit le cours du service. Je glissai le rouleau dans la poche de ma veste et regagnai ma place. Ce n'est pas tant que j'oubliai de le lire. Sauf qu'il se passa tellement de choses juste après les obsèques, l'enterrement balayé par le vent, suivi de la collation aux six sortes de pain frit dans le salon des Knights of Columbus, que je n'eus pas l'occasion de m'asseoir dans le calme et de me concentrer. C'était le soir et j'étais chez moi, confortablement installé dans mon fauteuil, une lampe puissante allumée dans mon dos pour que son éclat tombe par-dessus mon épaule, quand je lus enfin ce qui avait été caché dans le violon pendant tant d'années.

IV

Moi, Henri Baptiste Parentheau, également connu sous le nom de Billy Peace, laisse à mon frère Edwin ce message, qui est une histoire du violon qu'en ce jour du 20 août de l'an de grâce 1897, j'envoie sur les eaux pour le retrouver.

Une récapitulation pour commencer : ayant lu la relation par LaFountaine de sa mission chez les Iroquois, au cours de laquelle ce prêtre évita d'avoir le foie arraché sous ses yeux en jouant agilement de la flûte, notre père Jasprine jugea sage d'apprendre à jouer d'un instrument de musique avant de s'aventurer dans les terres désertiques au-delà du Lake of the Woods. Ainsi donc, il se mit en route avec la musique pour protection. Il étudia et emporta son violon, un noble instrument, dont il jouait moins que bien. À dire vrai, il eût mieux fait de ne pas imposer ses maigres talents aux Ojibwés. Toutefois, comme il mourut jeune et laissa son violon à son enfant de chœur, mon père, je devrais ne pas dire de mal du bon Jasprine. Je devrais plutôt être reconnaissant des joies que son violon procura à ma famille. Je devrais être heureux des heures que mon père passa à accorder l'instrument et à en jouer, et de la dévotion empressée que mon frère et moi lui témoignions. Cependant, comme les choses finirent si mal entre mon frère et moi à cause de lui, je me surprends à imaginer que nous ne l'ayons jamais connu, que je n'aie jamais joué sa musique ni compris sa voix. Car lorsque mon père mourut, il nous laissa le violon, à mon frère Edwin et moi, en stipulant que si nous étions incapables de décider auquel de nous deux il devait revenir, alors, tels de vrais fils des vastes eaux, pour le gagner nous devions faire la course en pagayant dans nos canoës.

Quand mon frère et moi entendîmes lire cette déclaration, nous ne dîmes rien. Il n'y avait rien à dire, car aussi vrai que nous nous aimions l'un l'autre, nous voulions tous les deux ce violon. Chacun de nous lui avait donné des années d'apprentissage, chacun de nous avait murmuré ses chagrins dans sa cavité et s'était emparé de ses joies. Ce violon avait calmé nos moments de folie, courtisé nos épouses. Mais maintenant nous en avions assez de nous le passer et nous le repasser. Et s'il devait appartenir à l'un des deux frères, je résolus que ce serait à moi.

Deux nuits avant que nous ne sortions nos canoës, j'échafaudai un plan infaillible. Quand la lune se glissa derrière des nuages et que le monde fut sombre, j'emportai sur la rive un *pannikin* de poix chauffée. Je décidai de détraquer l'équilibre d'Edwin. Nos canoës étaient si soigneusement bâtis que chaque côté était l'égal de l'autre au gramme près. En épaississant les joints d'un seul côté au moyen d'une grosse application de poix, je déséquilibrerais le coup de pagaie d'Edwin suffisamment, j'en étais convaincu, pour m'assurer un sérieux avantage.

Notre lac est vaste et plein d'îles. Il est le repaire d'oiseaux qui poussent des cris tristes ou sarcastiques. On perd facilement les autres de vue et le son voyage, déformé, rebondit contre les falaises rocheuses. Il y a des squelettes volants, des marais flottants, des grottes qui renferment les esprits de jeunes enfants, et de mauvaises humeurs du temps. Nous l'aimons beaucoup, et nous connaissons ses secrets, en partie, du moins. Pas tous. Et pas le secret que je mis en branle.

Nous devions partir de l'extrémité nord du lac et arriver au sud, où nos oncles avaient allumé des feux et apporté le violon, enveloppé dans un tissu rouge, posé dans son luxueux étui. Nous avons démarré ensemble, en plaisantant. Edwin, tu te souviens quand nous avons passé à la pagaie les deux premiers pertuis, en riant alors que nous exagérions nos efforts, et quand je suggérai, parce que ce que j'avais bricolé avec la poix molle me tourmentait :

« On devrait peut-être partager ce foutu machin, après tout. »

Tu ris et dis que nos oncles seraient déçus, eux qui nous attendaient là-bas, et que lorsque tu aurais gagné, les choses seraient comme avant, sauf que tout le monde saurait qu'Edwin était le pagayeur le plus rapide. Je te fis la même promesse. Et puis tu viras derrière un affleurement de rocher et pris ton raccourci secret. Tandis que je pagayais, je dus m'arrêter de temps à autre pour écoper. Au début, je crus qu'une petite voie d'eau s'était déclarée, mais au bout d'un moment je compris. Pendant que je peignais un supplément de poix, tu perçais le fond de mon canoë. Je ne courais, à vrai dire, aucun danger, et quand le vent tourna brusquement et qu'il se mit à souffler en tempête – ni tonnerre ni éclairs, juste une gifle de pluie glacée – je ris et te remerciai. Car l'eau que j'embarquai aida en fait à me stabiliser. Je naviguai plus bas sur l'eau et gardai mon cap. Mais tu sombras. C'était pire d'être déséquilibré. Je suppose que tu chaviras.

Les feux de joie charbonnent sur la rive sud. Je me pelotonne sous des couvertures mais je ne dors pas. Je fais le guet. Au début, quand on attend quelqu'un, chaque ombre est une arrivée. Puis les ombres deviennent la substance même de l'effroi. Nous te cherchons, crions ton nom jusqu'à ce que nos voix soient usées jusqu'au murmure. Pas de réponse. Dans le rêve d'un vieil homme tout tourne dans l'autre sens, le sens-non-soleil, à l'inverse des aiguilles d'une montre, ce qui signifie que c'est un rêve du monde des esprits. Et puis il te voit là dans son rêve, qui va aussi dans le mauvais sens.

Les oncles sont repartis dans leurs maisons, dans leurs pâtures, auprès de leurs enfants, de leurs épouses. Je suis seul sur la rive. Tandis que la nuit se fait noire, je chante pour toi. Tandis que le soleil se lève, j'appelle sur l'eau. Des mouettes blanches répondent. Tandis que le temps passe, je commence à accepter ce que j'ai fait. Je commence à connaître la vérité des choses.

Ils ont laissé le violon ici avec moi. Chaque nuit je joue pour toi, mon frère, et quand je ne pourrai plus jouer, j'attacherai notre violon dans le canoë et l'enverrai vers toi, pour qu'il te trouve où que tu sois. Je n'aurai pas à le percer pour qu'il parcoure le fond du lac. Tes trous feront l'affaire, Frère, comme mon sale tour t'a fait ton affaire.

V

Évidemment, le canoë ne sombra pas dans le lac. Pas davantage qu'il ne se perdit. Le canoë et son violon trouvèrent finalement un autre Peace, par l'entremise de Shamengwa. Ce violon avait longtemps cherché, je n'en doutais pas. Car ce qui me resta en tête, ce qui me réveilla au milieu de la nuit, ce fut la date inscrite sur la lettre. 1897. Le violon avait parlé à Shamengwa et l'avait appelé au bord du lac plus de vingt ans après.

« Qu'en penses-tu ? demandai-je à Geraldine. Peux-tu expliquer une chose pareille ? »

Elle me regarda sans ciller.

« Nous ne savons rien. »

Voilà ce qu'elle dit.

Je devais l'épouser. Nous recueillîmes Corwin. Le violon gît enterré dans les bras de l'homme qu'il a sauvé, tandis que le garçon qu'il a également sauvé joue maintenant de la musique pour gagner sa vie, et prospère ici à la surface de la terre. Je fais mon travail. Je fais de mon mieux pour bien prendre les petites décisions, et j'essaie de ne pas avoir faim de grandes choses, d'explications plus vastes. Car je suis condamné à veiller sur ce petit bout de terre, à juger ses misères et à raconter ses histoires. Voilà qui je suis. *Mii'sago iw.*

Le châle

Parmi les Anishinaabeg, dans la rue où j'habite, on raconte qu'une femme aimait un homme qui n'était pas son mari et qu'elle partit dans les bois donner naissance à son enfant. Elle s'appelait Aanakwad, c'est-à-dire nuage, et tout comme un nuage elle était changeante. Elle était sombre et maussade un instant, la lèvre inférieure tendue en avant et les yeux lançant des éclairs, gonflée d'orages. L'instant d'après, elle secouait ses cheveux devant son visage, et soufflait dessus pour les maintenir droit devant elle et faire hurler de rire ses enfants. Car elle avait aussi deux enfants de son mari, l'un un ardent garçon de cinq ans, et l'autre une fille dégourdie de neuf ans.

Quand Aanakwad revint de la forêt avec le bébé, cet automne-là, la fillette fut comme une seconde maman, allant jusqu'à se réveiller en pleine nuit pour le changer et le pousser contre le sein de sa mère. Aanakwad dormait au beau milieu de ses cris, s'éveillait à peine. Ce n'était pas qu'elle n'aimait pas son bébé, bien au contraire – elle l'aimait trop, tout comme elle aimait son père, et n'aimait pas son mari. Cette passion la dévorait et ses sentiments étaient insupportables. Si elle avait pu se libérer de cet amour déloyal, elle l'aurait fait, mais la pensée de l'homme qui vivait de l'autre côté du lac ne la quittait pas. Elle devint un ciel gris, elle fixait les murs d'un œil morne, pleurait parfois le visage dans ses mains pendant des heures. Bientôt elle ne parvint plus à se lever pour cuisiner ni pour entretenir la maison, et la tâche était trop lourde pour la fillette, qui se recroquevillait chaque soir, épuisée, dans son châle écossais brun et rouge, et dormait, dormait, jusqu'à ce que le mari soit obligé de la réveiller pour réveiller la mère, car il craignait la mauvaise humeur de son épouse, et c'était lui qui mettait Aanakwad en colère pour la simple raison qu'il était lui-même et pas l'autre.

Finalement, malgré son amour pour Aanakwad, le mari dut reconnaître que leur vie commune n'avait plus rien de bon. Et ce fut lui qui envoya chercher l'oncle de l'autre homme. À l'époque, notre peuple vivait très dispersé, le long des rivages et sur les îles, jusque dans les plaines. Il n'y avait pas de routes, alors, seulement des pistes, bien que nous ayons eu des chevaux et des chariots et, pour l'hiver, des traîneaux. Quand l'oncle vint chercher Aanakwad dans son chariot équipé de patins, ce fut très pénible, car elle s'était disputée avec son mari jusqu'à la dernière minute au sujet des enfants, disputée violemment jusqu'à ce qu'il ait fini par céder. Il tourna le visage vers le mur et ne bougea pas pour voir la fillette, qu'il chérissait, enveloppée dans sa couverture écossaise, s'asseoir au fond du chariot à côté de sa mère. Elles partirent aussitôt, avec leurs ballots et leurs sacs, sans se donner la peine de chauffer les pierres pour se tenir les pieds au chaud. Le père s'était mis des bouchons dans les oreilles, il n'entendit donc pas son fils crier lorsqu'il comprit soudain qu'on ne l'emmènerait pas.

Au moment où l'oncle faisait claquer les guides et où les chevaux s'élançaient en titubant, le petit garçon tenta de sauter dans le chariot, mais sa mère détacha ses mains des planches, en criant *gego*, *gego*, et il retomba brutalement. Il y avait pourtant quelque chose en lui qui s'opposait a ce qu'elle s'en aille. Il bondit sur ses pieds, et bien que légèrement vêtu il courut derrière le chariot, sur les congères tassées. Les chevaux accélérèrent l'allure. Le petit garçon avait la poitrine en feu, pourtant il tenait bon. Il n'avait jamais couru si vite, avec tant de force et tant d'acharnement, mais il était résolu et refusa de croire que la distance grandissante entre le chariot et lui était réelle. Il continua d'avancer jusqu'à ce que sa gorge se bloque, il vit tout rouge, et dans l'air glacial ses poumons se fermèrent. Ensuite, alors qu'il tombait sur la neige dure comme du bois, il leva la tête. Il regarda l'arrière du chariot et les minuscules silhouettes de sa mère et de sa sœur disparaître. En lui quelque chose lâcha. Quelque chose se brisa. À ce moment-là, il lui fut vraiment égal d'être vivant ou mort. Aussi quand il aperçut, loin devant, les formes grises, les ombres, surgir d'un bond léger des arbres bordant chaque côté de la piste, il n'eut pas peur.

Sans transition, le garçon sentit que son père l'avait enroulé dans une couverture et le rapportait à la maison. La poitrine de son père était large, et même s'il crachait déjà le sang de la tuberculose qui sonnerait la fin de son histoire, c'était encore un homme solide. Il mettrait bien des années à mourir. Pendant ces années-là, il raconterait au garçon, qui avait tout oublié de cet épisode, que lorsqu'il parla des ombres il crut d'abord que son fils avait été visité par des *manidoog*. Mais ensuite, au fur et à mesure que le jeune garçon décrivait les formes, son père avait compris que ce n'étaient pas des esprits. Inquiet, il avait décidé d'emporter son fusil là-bas sur la piste. Il ranima le feu dans la maison en rondins, installa son fils devant, et repartit dans la neige. Peut-être l'histoire s'est-elle répandue dans tous nos villages parce que le père dut, indéfiniment, raconter ce qu'il avait vu pour s'en débarrasser. Peut-être, comme pour tous les rêves effrayants, *amaaniso*, il dut en parler pour anéantir son pouvoir – encore que dans ce cas précis il n'en demeura pas moins réel.

Les traces des ombres étaient des traces de loups, et à cette époque où pour le commerce des fourrures et des peaux nos fusils s'étaient emparés de tout ce dont ces animaux se nourrissaient, les loups étaient intrépides et avaient renoncé à l'ancien pacte qu'ils avaient passé avec les premiers humains. Pendant un temps, jusqu'à ce que nous comprenions et laissions le gibier croître, ils nous chassèrent. Lorsque le père aperçut les traces, il bondit en avant. Il aperçut l'endroit où la bande, aux abois, avait cherché à taillader les tendons aux membres des chevaux. Puis où ils avaient sauté pour atteindre l'arrière du chariot. Il se hâta vers l'endroit où la piste finissait sur la glace vaste et déserte du lac. Là, il vit ce qu'il vit, éparpillé, et les corbeaux, autour des maigres et tristes restes laissés par les loups.

Pendant un certain temps, le garçon ne comprit pas ce qui s'était passé. Son père garda ce qu'il savait pour lui, du moins cette première année, et quand son fils l'interrogea sur le châle écossais déchiré de sa sœur et demanda pourquoi on le gardait à la maison, son père ne répondit pas. Mais il pleura lorsque le garçon demanda si elle avait froid. Ce ne fut qu'une fois affaibli par la maladie que son père se mit à raconter l'histoire, bien trop souvent, et toujours de la même façon : il racontait comment, lorsque les loups s'étaient rapprochés, Aanakwad leur avait lancé sa fille.

Quand son père prononçait ces paroles, le garçon se figeait. Qu'avait ressenti sa sœur ? Qu'est-ce qui s'était planté dans son cœur ? Quelque chose s'était-il également brisé en elle, tout comme en lui ? Déjà, il savait qu'en lui cet endroit brisé ne se réparerait jamais, sinon par des moyens épouvantables. Car il continuait à voir sa mère poser le bébé pour attraper sa sœur par la taille. Il voyait Aanakwad jeter la fillette avec aisance par-dessus le flanc du chariot. Il voyait le châle marron rayé de rouge s'envoler en se déployant. Il voyait les ombres, les loups, se précipiter, rapides et voraces, tandis que le chariot équipé de patins disparaissait au loin – pour toujours, car ni lui ni son père ne revirent jamais Aanakwad.

Quand j'étais petit, mon propre père nous terrorisait à cause de son ivrognerie. C'était après que nous avions perdu notre mère, car auparavant les seules fois où je m'étais aperçu qu'il touchait à l'*ishkodewaabo,* c'était de temps à autre en fin de semaine lorsqu'ils rentraient tard tous les deux, ou parfois lors des rassemblements pour la cueillette les baies, quand nous partions en forêt et campions avec les autres. Ce n'est qu'après sa mort qu'il s'était mis à boire sérieusement, à boire sans arrêt, et à nous laisser seuls à la maison pendant des jours et des jours. Au point que lorsqu'il rentrait nous sautions par la fenêtre et nous nous cachions dans les bois tandis qu'il allait et venait à pas lourds, en nous appelant à grands cris. Nous ne rentrions pas avant qu'il s'endorme comme une masse.

Nous étions trois : moi, l'aîné, du haut de mes dix ans, et ma petite sœur et mon petit frère, des jumeaux, qui n'en avaient que six. J'étais étonnamment doué pour m'occuper d'eux, je crois, et parce que nous avons appris à survivre ensemble pendant ces années d'ivrognerie, nous avons toujours été proches. Ils s'appellent Doris et Raymond, et ils ont épousé un frère et une sœur. Lorsque nous nous retrouvons, souvent car nous habitons la même rue, viennent des moments au milieu des discussions et des parties de cartes, et peut-être même quelquefois le temps d'une bière légère, où nous reparlons de ce temps-là. La plupart des gens comprennent comment c'était. Notre histoire n'est pas exceptionnelle. Mais nous, cela nous aide à comparer nos points de vue.

Autrement, comment pourrais-je savoir, par exemple, que Raymond m'avait vu la première fois où j'avais caché la ceinture de mon père ? Je la lui avais retirée alors qu'il était ivre mort pour aller l'enterrer dans les bois. Ensuite, j'avais continué à le faire. Notre père n'arrivait pas à comprendre comment, lorsqu'il sortait boire, on lui volait toujours sa ceinture. Il allait même jusqu'à accuser ses copains de *shkwebii.* Mais j'avais de bonnes raisons. Non seulement après il était gêné de sortir avec un pantalon retenu par une corde, mais il ne pouvait pas, sous le coup de la colère, retirer cette ceinture ondulante et faire claquer dans les airs sa boucle crochue. Il ne pouvait pas nous frapper avec. Bien sûr, étant ingénieux, il se servait d'autres choses. Il y avait une planche. Une baguette de saule. Et il y avait lui-même – ses mains, ses poings, ses souliers – et ce qu'il pouvait lancer. Mais en fin de compte il était devenu facile de lui échapper, et au bout d'un moment nous souffrions rarement d'un bleu ou d'une égratignure. Nous avions nos coins dans les bois, et même un petit feu de camp pour les nuits froides. Et nous lui chipions de l'argent à la moindre occasion, en le prenant dans sa chaussure là où il le croyait bien caché. Il était devenu, pour nous, une chose à éviter, à berner, et à exploiter. Nous survivions en tirant parti de lui, comme s'il était un genre de métier fluctuant et dangereux. Je suppose que nous avions cessé de voir en lui un être humain, et surtout pas un père.

J'ai grandi plus vite que certains garçons et, un soir, alors que j'avais treize ans et que Doris, Raymond et moi étions assis à ne rien faire en regrettant de ne pas avoir autre chose que le gruau d'avoine et le lait concentré que j'avais planqués pour qu'il ne puisse pas les vendre, je l'avais entendu qui descendait la route. Il braillait et menait grand tapage tout le long du chemin jusqu'à la maison, et Doris et Raymond m'avaient regardé avant de filer vers la fenêtre de derrière. Quand ils avaient vu que je ne partais pas, ils s'étaient arrêtés. Allez, viens – ils avaient essayé de m'entraîner. Je les avais repoussés en leur demandant de partir en vitesse – moi, je restais. Je crois que maintenant je peux lui tenir tête, voilà ce que j'avais dit.

Il était costaud ; l'alcool ne l'avait pas encore diminué. Son nez avait été repoussé d'un côté dans une bagarre, puis violemment ramené de l'autre. À présent, il était donc droit. La moitié de ses dents avait disparu, et il sentait comme il se devait de sentir après cinq jours de soûlerie. Lorsqu'il avait passé la porte, il s'était arrêté un instant, les yeux si rouges et gonflés qu'ils n'étaient plus que de minces fentes. Puis il avait vu que je l'attendais et il avait eu un sourire mauvais. Mon premier coup de poing l'avait surpris. Je m'étais entraîné sur un sac bourré de foin, puis sur une planche matelassée, pour m'endurcir les poings, et j'étais devenu si rapide que je dansais comme les flammes d'un feu. Je n'étais pas encore aussi fort que lui et il avait dix bons kilos de plus que moi. Pourtant, j'allais causer quelques dégâts, j'en étais sûr. Je lui apprendrais à ne pas se frotter à moi. Ce que je ne prévoyais pas, c'était que j'allais prendre goût à la bagarre.

Il y a une chose atroce, lorsqu'on se bat contre son père. Elle m'est apparue brusquement, avec le second coup de poing – une sorte de joie abominable. Une force a jailli du centre de mon être, et j'ai dansé devant lui, léger et pris de vertige, plein d'une droiture grisante. Voilà. Je voulais le démolir, le démolir pour de bon. Je voulais lui défoncer la gueule dans les grandes largeurs. Le tuer, au besoin. Un coup de poing pour Doris, un coup de pied pour Raymond. Et tout le temps j'étais silencieux, puis hurlant, puis de nouveau silencieux, dans cette joie rageuse qui en même temps m'emplissait de désespoir, si bien qu'on aurait pu dire, je suppose, que je me tenais en dehors de moi-même.

Il s'était précipité sur moi, s'était effondré sur une chaise déjà cassée, puis en avait lancé les morceaux. J'avais empoigné un des pieds de la chaise pour la lui flanquer sur l'oreille, sa tête avait virevolté et s'était tournée vers moi, ensanglantée. Je m'étais regardé le frapper à n'en plus finir. Je savais ce que j'étais en train de faire, mais pas réellement, pas dans le sens habituel. C'était comme si j'étais là, calme, adossé au mur et les bras croisés, et que je nous plaignais tous les deux. Je voyais le garçon, le pied de la chaise, l'homme qui se pliait en deux et tombait, les mains levées en un geste implorant. Et puis aussi je m'étais aperçu que depuis un moment le plus fort des deux n'avait même pas pris la peine de rendre les coups.

Soudain, il était redevenu mon père. Et quand je m'étais agenouillé près de lui, j'avais été son fils. J'avais tendu la main vers le chiffon le plus proche, et attrapé ce bout de couverture que mon père gardait toujours avec lui pour je ne sais quelle raison. Et tout en le prenant pour essuyer le sang de son visage, je lui avais signalé : ton nez est de nouveau de travers. Il m'avait regardé, calme et interrogateur, comme s'il n'avait jamais touché à une goutte d'alcool de sa vie, et j'avais recommencé à lui nettoyer le visage à l'aide de ce bout de couverture effrangée. En fait, c'était un châle, un de ces châles-couvertures que les femmes portaient autrefois. Peut-être avait-il été écossais. On distinguait encore des rayures, certaines rouges, le fond d'un brun passé. Mon père s'était concentré lorsque ma main avait approché le chiffon de son visage. J'étais convaincu, à ce moment-là, que je l'avais sonné trop fort, qu'il déraillait complètement. Avec douceur, pourtant, il avait refermé une main autour de mon poignet. De l'autre, il avait saisi le châle. Il l'avait chiffonné et tenu au milieu de son front. On aurait cru qu'il priait, qu'il lui venait des pensées qu'il voulait recueillir dans ce morceau de tissu. Il était resté ainsi un moment, et moi, accroupi au-dessus de lui, je l'avais laissé tranquille, en respirant à peine. Quelque chose me disait de rester assis, sans bouger. Et puis il avait fini par me demander, de cette nouvelle voix sobre que désormais j'entendrais, *savais-tu qu'autrefois j'avais une sœur ?*

Il y a eu une époque où le gouvernement a déplacé tout le monde au-delà des limites les plus lointaines de la réserve, dans des rues, des bourgs, des logements. Cela a d'abord paru une bonne chose et puis tout a mal tourné. Très vite, on aurait dit que tout un chacun était ivre, assassiné, au bord du suicide, ou s'était volatilisé. Apparemment, il ne restait pas un seul de ceux d'avant – les gens d'autrefois, les *Gete-anishinaabeg*, qui sont bons au-delà de la bonté et feraient n'importe quoi pour autrui. C'était à cette époque que ma mère était morte et que mon père nous battait, comme je l'ai dit.

De nos jours, progressivement, cette période de désespoir s'est plus ou moins dissipée et a relâché son emprise sur ceux qui y ont survécu. Mais nous avons encore des chagrins que nous ont légués les générations passées, des chagrins qu'il nous faut supporter en plus des nôtres, et des violences logées là où nous ne pouvons les oublier. Nous avons besoin d'oublier. Nous marchons toujours à la lisière de l'oubli.

Certains y échappent, comme mon frère et ma sœur, à présent mariés et qui mènent une existence tranquille au bout de la rue. Et moi, dans une certaine mesure, bien que je préfère vivre seul. Et même mon père, qui s'est récemment trouvé une femme. Un jour où il évoquait le passé et où nous revenions sur cette histoire, je lui ai enfin dit les deux choses auxquelles j'avais réfléchi.

Premièrement, je lui ai fait remarquer que garder le châle de sa sœur était mal, parce que nous ne conservons jamais les vêtements des défunts. Maintenant il est temps de le brûler, ai-je dit. Envoie-le revêtir son esprit. Et il y a consenti.

L'autre avait la forme d'une question. N'as-tu jamais pensé, lui ai-je demandé, sachant combien ta sœur était tendre et courageuse, qu'elle ait pu prendre la mesure de la situation ? Elle a vu que les loups étaient simplement affamés. Elle savait que leur besoin n'était rien d'autre que du besoin. Elle savait que tu étais là-bas derrière, seul dans la neige. Elle a compris que privé de mère le bébé qu'elle adorait ne vivrait pas, et que seul l'oncle connaissait le chemin. Elle a vu clairement qu'une personne dans le chariot devait être offerte en sacrifice, sinon ils mourraient tous. Et dans ce moment de lucidité, ne crois-tu pas qu'étant celle qu'elle était, de l'ancienne espèce d'*anishinaabeg* qui pense d'abord au bien des autres, elle a sauté, mon père, *indede*, frère de cette petite fille, ne crois-tu pas qu'elle a soulevé son châle et s'est envolée ?

La femme du boucher

Voici une vérité curieuse et paradoxale : l'expérience qu'un homme a eu du bonheur peut ensuite le tuer. Bien qu'il donnât tous les signes d'être un poivrot ordinaire, Roy, le père de Delphine Watzka, était davantage que cela. C'était un dangereux romantique. Dans sa vie il avait aimé passionnément, et même de façon désintéressée, avec toute la profonde gratitude d'un Polonais étonné. Mais la femme qu'il avait aimée et épousée, Minnie Watzka, née Kust, n'existait plus maintenant qu'en la personne de sa fille, Delphine, et sur des photographies. Minnie était morte quand Delphine était toute petite, et après coup Roy s'était adonné à un culte de ces photos. Certains soirs, il allumait un rang de chandelles votives sur le buffet, buvait à n'en plus finir, et parlait à Minnie jusqu'à ce que, du tréfonds de ses gobelets, elle lui répondît.

Pendant les premières années qui suivirent la mort de Minnie, Roy allait et venait entre alcoolisme et sobriété avec la faculté de récupération d'un homme au foie solide. Il demeura remarquablement ivre, même pendant la Prohibition, en devenant œcuménique. Lotion capillaire, eau de fleur d'oranger, sirops pour la toux en tout genre, jusqu'aux élixirs mensuels féminins, ravitaillaient ses rituels de deuil. Petit à petit, il détruisit l'organe qu'il avait cru à tort être son cœur. Lorsque Delphine eut atteint sa douzième année, le besoin de boire de son père était causé moins par le souvenir de Minnie que par le fait même de boire. Ensuite, elle ne vit en lui, avant tout, qu'une épave imbibée. À la maison, c'était le chaos. Delphine était maintenant une femme adulte et son père baissait terriblement. Au printemps 1936, elle quitta l'école de secrétariat et Minneapolis pour revenir s'installer dans leur ferme du Minnesota et s'occuper de lui.

Tout en allant à pied faire ses courses au bourg, Delphine pensait à sa mère. Elle possédait une minuscule photo de médaillon de Minnie, et pendant son absence elle avait découvert que les autres photos lui manquaient. Ce fut donc en proie à cette nostalgie de voir le visage maternel que Delphine entra aux Viandes Waldvogel, et rencontra Eva Waldvogel.

Leur première véritable rencontre spirituelle porta sur le saindoux.

« Je vais en prendre une demi-livre », dit Delphine.

Elle était moralement épuisée par l'obstination de son père, qui, se jugeant de toute façon mourant, aimait autant se tuer de façon plus agréable en buvant du schnaps.

Toute la journée il avait été ivre sous les mûriers, riant sous cape et s'efforçant d'attraper les fruits avec sa bouche. Il était maintenant taché de violet par leur jus.

« Il y a saindoux et saindoux. »

Eva avança la main dans la vitrine que rafraîchissait un ventilateur électrique.

« Mon mari a suivi la formation de maître boucher en Allemagne, et il détient un procédé secret pour faire fondre la graisse. Goûtez », ordonna-t-elle en tendant une petite casserole.

Delphine passa le bout de son doigt dessus pour en prendre un petit peu.

« Pur comme du beurre !

– Nous ne le salons pas beaucoup, chuchota Eva, comme si ces paroles ne devaient pas être surprises par tout un chacun. Mais il ne se conservera pas, sauf si vous avez un frigo.

– Je n'en ai pas, reconnut Delphine. Enfin, j'en avais un, mais pendant mon absence mon père l'a vendu.

– Qui est-ce, si je peux me permettre ? »

Delphine appréciait les manières directes mais polies d'Eva, et admirait son gros chignon de cheveux roux bronze percé de deux crayons jaunes. Les yeux d'Eva étaient d'un bleu délavé très clair, pailleté de vert. Il y avait, dans un œil, une étrange traînée dorée qui deviendrait noire lorsque la vie finirait par quitter son corps, à la façon d'une lumière qui s'éteint derrière le bois fendu d'une porte.

« Roy Watzka », articula-t-elle lentement.

Eva hocha la tête. Le nom parut lui révéler tout ce qu'elle avait besoin de savoir.

« Venez par là. » Eva fit un grand geste circulaire derrière le comptoir. « Je vais vous apprendre à préparer la meilleure tourte au *mincemeat* que vous ayez jamais mangée. Tout tient à cette fichue graisse de rognons. »

Delphine contourna le comptoir et passa devant un bureau croulant sous les papiers et les factures, devant des petits placards pleins de tabliers et de chiffons propres, et une étagère de bibelots où s'alignaient des figurines en porcelaine allemande. Eva et elle entrèrent dans la cuisine, qui était inondée de lumière tombant de grandes fenêtres percées dans les murs épais. Là, pour Delphine, le temps s'arrêta. Alors qu'elle embrassait la pièce du regard, elle connut une profonde et extraordinaire expansion de son être.

Il y avait une étagère pour de grands bols à pain en terre cuite, et un coffre coulissant contenant la farine. Des placards en bois, peints d'un vert ahurissant, étaient assortis au linoléum du sol. Un lourd hachoir à viande bien astiqué était fixé au plan de travail. La table ronde était recouverte d'un bout de toile cirée imprimée de carrés. Dans chaque carré bordé de rouge était imprimée une grappe de raisins noirs, ou une grosse pêche d'un rose doré, une pomme ou une poire d'un vert délicat. Sur le rebord de fenêtre s'épanouissaient des pots de géraniums, écarlates et férocement joyeux.

Soudain au comble du bonheur, Delphine s'assit sur une grosse chaise à dossier carré, pendant qu'Eva versait des cuillerées de grains de café torréfié dans un moulin, puis se mettait à les moudre. Un arôme merveilleux se dégagea. Delphine prit une immense respiration. Eva, les mains agiles et sûres, vida le tiroir en bois mince rempli de café fraîchement moulu dans une cafetière en émail moucheté bleu pâle. Elle prit de l'eau au robinet de son évier, et non à une pompe, puis elle posa la cafetière sur le fourneau et alluma le brûleur d'une superbe cuisinière blanche ornée de volutes chromées formant l'inscription *Magic Chef*.

« Ça alors ! » souffla Delphine.

Elle était incapable de prononcer un mot. Mais c'était sans importance, car Eva avait déjà prestement tiré un crayon de ses cheveux et attrapé un bloc-notes pour inscrire la recette du *mincemeat*. Eva parlait très bien anglais mais avait une écriture dans le style allemand ancien et surchargé, et elle faisait des fautes orthographe. Ce tout petit défaut inspira à Delphine un sentiment de gratitude – car Eva semblait un être aux capacités tellement extraordinaires, si plein d'assurance – elle était également la mère de deux fils costauds et intelligents – qu'autrement elle eût été un modèle inaccessible. Delphine – qui n'avait jamais vraiment eu de mère, encore moins de sœur, qui nettoyait des choses honteuses dans la maison de son père, qui s'était endurcie à force d'avoir faim et froid, que la meilleure société d'Argus tenait pour quantité négligeable, et qui pourtant était bonne en orthographe – gagna secrètement de l'assurance grâce à la recette bourrée de fautes.

Quand Delphine revint chez Waldvogel, elle remarqua le tintement d'une joyeuse clochette de magasin. Elle supposa que ce n'était que la première d'un grand nombre de fois où elle ferait retentir cette sonnette en entrant dans la boutique. Mais il n'en serait rien. La fois d'après, elle avait déjà gagné un tel statut d'intime qu'elle passa par la porte de derrière.

Comme à sa première visite elle passa sa commande, et comme à sa première visite Eva l'invita à prendre un café. Il n'y avait pas, sur l'étagère d'Eva, de produit détergent qui fût assez puissant pour aider Delphine à rendre de nouveau habitable la maison de Roy, et Eva tint à lui concocter une préparation de sa composition.

« Tout d'abord, un bon lessivage au vinaigre et à l'eau. Ensuite, il faudrait que je vous commande l'ammoniaque à usage industriel, mais prenez garde aux émanations. Peut-être, si ça ne suffit toujours pas, de la lessive de soude pure. »

Delphine secoua violemment la tête. Elle était morte de honte et ne pouvait avouer à Eva qu'elle craignait que son père n'essaie d'en boire. Eva sirotait son café. Ce jour-là, ses cheveux étaient ramenés vers l'arrière en un étrange chignon, en forme de huit, dont Delphine savait qu'il était le symbole ancien représentant l'éternité. Eva se leva et pivota sur ses talons, traversa les carrés de linoléum verts pour aplatir d'un coup de poing la pâte à pain levée. Dans la tête de Delphine, qui la regardait, surgit une idée bizarre : l'idée que peut-être des moments vécus avec le plus d'intensité – tels que celui-ci, lorsque Eva avait pivoté, que le soleil était tombé sur ses cheveux et qu'en cet unique instant le symbole avait flamboyé –, ces moments particuliers étaient éternels. En fait, ils allaient quelque part – dans un dossier de moments qui existaient hors de portée du temps et ne pouvaient être escamotés par Dieu.

Bon, c'*était* Dieu, non, s'obstina Delphine, qui avait fabriqué le temps et créé la fin de tout ? Dites-moi, avait-elle envie de demander à sa nouvelle amie, pourquoi sommes-nous affligés de la capacité à imaginer l'éternité alors que nous savons qu'il ne nous est pas donné de la connaître, et que nous sommes nous-mêmes tellement limités ? Elle voulait poser la question mais se sentit soudain timide, et ce fut dans cet état d'inattention concentrée qu'elle rencontra pour la première fois le mari d'Eva, Fidelis Waldvogel, maître boucher.

Avant de faire sa connaissance pour de bon, elle sentit sa présence, tel un afflux de courant électrique dans l'air quand les nuages sont bas. Puis elle sentit une pesanteur. Un champ de gravité parcourut son corps. Elle essayait de se lever, de chasser cette sensation, lorsqu'il remplit brusquement tout l'encadrement de la porte.

Ce n'était pas sa taille. Il n'était ni remarquablement grand ni gros. Mais de lui émanait une puissance, comme s'il contenait un homme plus grand tassé à l'intérieur. Une main épaisse pendait à son côté tel un crochet ; l'autre maintenait en équilibre sur son épaule une pièce de viande. Ce quartier de bœuf pesait peut-être cinquante kilos, ou le double. Il le portait sans effort, même si les veines de son cou palpitaient, charriant un sang épais comme les veines d'un taureau. Il regarda Delphine, et ses yeux bleus tiraient sur le blanc. Ils se dévisagèrent. Les joues de Delphine devinrent d'un rouge de fièvre et elle fut la première à baisser les yeux. Des nuages filèrent devant le soleil, et les bouches rouges des géraniums bâillèrent. Le choc du regard qu'il lui avait lancé poussa Delphine à prendre une des cigarettes d'Eva. À l'allumer. Fidelis cessa de la fixer et s'entretint avec son épouse. Puis il partit sans demander à être présenté.

Cette brusquerie, bien qu'impolie, convenait à merveille à Delphine. Déjà, elle ne tenait pas à le connaître. Elle espérait pouvoir l'éviter. C'était sans importance, pourvu qu'elle pût continuer à être amie avec Eva et occuper la place qui lui fut bientôt proposée, pour servir la clientèle.

Et il en fut ainsi. À partir là, Delphine emprunta la porte de derrière, qui ouvrait sur la chaudière et les baquets à lessive, les étagères d'outils, les tabliers blanchis séchant lentement sur des grilles et des crochets. Elle longea le couloir encombré de papiers et de matériel, prit à une patère à côté de la porte du magasin le tablier que lui avait donné Eva, bleu semé de fleurettes blanches. À partir de là, elle entendit la clochette des clients tinter de derrière le comptoir.

En l'espace d'une semaine, Delphine avait fait la connaissance de presque tous les habitués. Puis elle fit celle de Tante Marie-Christine, qui n'était pas une cliente mais la sœur de Fidelis. Un après-midi, Tante entra d'un pas rapide dans un seul tintement de clochette, comme si la clochette elle-même avait été rendue moins sonore par son élégance. Elle contourna le comptoir, alla droit à la vitrine contenant les saucisses, l'ouvrit de force, en sortit une rondelle de la meilleure mortadelle qu'elle glissa dans son sac à main. Delphine s'écarta et observa – à vrai dire, elle s'écarta et envia les chaussures de cette femme. Elles étaient en cuir italien fin et souple, et astucieusement boutonnées. Elles s'adaptaient au pied long et étroit de Tante avec une séduisante précision. Tante n'avait peut-être pas un visage captivant – car elle ressemblait à son frère, était une réplique de son cou puissant et de son menton trop sévère, et les yeux qui chez lui étaient pleins d'autorité étaient chez elle d'un bleu spectral qui donna le frisson à Delphine – mais ses pieds étaient fins et charmants. Elle en tirait vanité, et tous ses souliers étaient confectionnés dans le cuir le plus cher.

« Qui es-tu ? » demanda Tante, qui rejeta la tête en arrière, puis s'éloigna en tourbillonnant dans son manteau de fourrure sans daigner accepter une réponse.

La question resta suspendue en l'air longtemps après que Tante fut partie derrière envahir la cuisine d'Eva. « Qui es-tu » est une question qui appelle soit une réponse longue soit une réponse brève. Lorsque Tante la laissa choir ainsi, Delphine se retrouva réfléchissant à son sens le plus large tout en récurant les plans de travail avant de passer la serpillière.

Qui es-tu, Delphine Watzka, toi, fille de pochard, toi, secrétaire qui a tout laissé tomber, toi, créature au ventre d'acier et au cœur qui rêve d'une mère ? Qui es-tu, *qu'es-tu* donc – née polonaise crasseuse dans la crasse polaque ? Toi qui as une cave pleine de bouteilles vides et un père bourré gisant sur le sol. Qu'est-ce qui te permet de croire que tu es le moins du monde à ta place ici, dans cette maison, dans cette boutique, et surtout auprès de mon frère, Fidelis, qui est le maître de tout ce qu'il entreprend ?

Lorsque Tante sortit d'un pas auguste avec sous le bras une miche du pain frais de sa belle-sœur et qu'elle s'empara d'une bouteille de lait, Delphine inscrivit tout ça sur un bout de papier : « Tante a pris une bouteille de lait, une tranche de mortadelle et une miche de pain. » Sans plus. Lorsque Tante découvrit que Delphine avait inscrit les articles, elle fut hors d'elle. Tante ne prenait pas les choses. À ses yeux, on les lui devait. Elle avait autrefois donné cinq cents dollars à son frère pour acheter du matériel, et bien qu'il l'eût remboursée, elle continuait à prélever les intérêts selon des façons supposées rappeler à celui-ci l'obligeante générosité dont elle avait fait preuve.

Les deux garçons d'Eva, Franz et Louis, n'aimaient pas Tante. Delphine le voyait bien. Non pas qu'elle en sût tellement long sur les enfants. Elle n'en avait pas souvent fréquenté. Mais dans la mesure où ces garçons étaient ceux d'Eva, elle s'intéressait à leur personnalité.

À quatorze ans, Franz était fort et athlétique. Il avait un de ces caractères américains fiers et faciles à vivre qui étaient à la fois parfaitement transparents et tout à fait opaques. Ses pensées et ses humeurs intimes étaient soit indéchiffrables soit inexistantes ; Delphine n'aurait su le dire. Il lui souriait toujours et lui disait bonjour avec tout juste une pointe d'accent allemand. Il jouait au football, et il était, en vérité, un héros local. Le second garçon était plus solitaire. Louis avait une inclination philosophique et une nature de moine, bien qu'il jouât à la moindre occasion avec un âpre abandon. Ses notes étaient impeccables une année et catastrophiques la suivante, selon ses pôles d'intérêts. Il avait hérité des longues mains de sa mère, de ses cheveux de soie blond roux, de ses traits fins et de ses yeux qui regardaient parfois avec une curiosité et un amusement tristes, comme pour dire : Quel spectacle stupide. Louis était poli, quoique plus réservé que son frère. Il faisait avec empressement des commissions pour son père, mais était de toute évidence tout à fait gâteux de sa mère. Eva lui caressait souvent les cheveux, si semblables aux siens, aux boucles coupées. Quand elle le serrait contre elle et l'embrassait, il s'écartait, comme il sied aux garçons, mais il le faisait gentiment, pour montrer qu'il ne voulait pas la vexer.

1936 fut une année d'extrêmes. Cet hiver-là, le Minnesota avait connu une période de froid intense. À présent il haletait et se desséchait sous l'effet d'une chaleur accablante. Tandis que la vague de chaleur se prolongeait, les travaux de nettoyage devinrent plus difficiles. Eva Waldvogel, qui s'enorgueillissait de triompher de tout ce qui pouvait lui arriver, ne réussissait pas à faire tourner la boucherie avec l'efficacité qu'elle exigeait d'ordinaire. Maintenant que Delphine était auprès d'Eva dès le petit matin, elle se rendait compte combien son amie souffrait. L'effort quotidien rendait son visage blafard, et elle avouait parfois qu'elle avait besoin d'aller s'étendre, rien qu'une minute, pour se reposer. Quand Delphine venait lui jeter un coup d'œil, elle la trouvait souvent engloutie dans un sommeil tellement hébété qu'elle n'avait pas le cœur de l'en tirer. Au bout d'une heure ou deux, de toute façon Eva se réveillait, saisie d'une frénésie d'énergie, et s'y remettait.

Elles lavaient les sols du hall d'abattage à la potasse tous les jours, sans exception. Sinon l'odeur du sang frais se figeait et vous soulevait le cœur. Les vitrines à viande étaient réfrigérées à fond, et pourtant elles étaient tièdes et il fallait sans cesse vérifier si la marchandise qu'elles contenaient n'était pas pourrie. Ils n'achetaient que le minimum de lait à vendre parce que souvent celui-ci tournait à l'aigre pendant le transport au magasin. Ils gardaient très peu de beurre et de saindoux. La chaleur ne cessait d'augmenter. Les garçons dormaient dehors sur le toit sans rien d'autre que leur caleçon. Eva tira un matelas et des draps là-haut, elle aussi, et dormit avec eux tandis que Fidelis restait en bas, près de son fusil, de peur d'un cambriolage.

Quand Delphine se rendit à pied au travail, juste une heure avant le lever du soleil, l'air était déjà immobile et métallique. Si ça craquait, ça craquerait fort, déclara Fidelis, à personne en particulier. Tout en aiguisant consciencieusement la lame de ses couteaux et de ses scies, le dos tourné, il se mit à chanter, et Delphine se rendit compte, étrangement émue, qu'il avait une très belle voix. La chaleur la troublait, et la voix de Fidelis l'affligeait, si pure dans une pièce que le sang rendait glissante. D'un geste brusque, elle flanqua un jambon sur le plan de travail métallique, et Fidelis se tut. Ce fut un soulagement de ne pas avoir à l'écouter.

Le ciel s'obscurcit, les feuilles brunirent, et rien ne se passa. La pluie toute proche restait douloureusement suspendue dans un linceul gris fer tendu en travers du ciel, mais rien ne bougeait. Pas de vent. Pas un souffle. Delphine se débarbouilla et enfila le tablier flasque suspendu à côté de la porte. En fin de journée, elle ôta la cire du linoléum afin d'en appliquer une nouvelle couche. Le sol était déjà sec lorsqu'elle retourna le panonceau cartonné pendu dans la vitrine de l'entrée, de OUVERT à FERMÉ. Puis dans un seau prévu à cet effet elle mélangea la cire, et à l'aide d'un long pinceau peignit le sol d'arrière en avant, à grands coups parfaits. Elle peignit jusqu'à ce qu'elle butte contre le comptoir, posa une boîte dans l'embrasure de la porte pour que les garçons n'abîment pas la surface en train de sécher. Elle battit en retraite. Suspendit son tablier, lança un bref au revoir et rentra étouffer de chaleur chez elle. Tôt le lendemain matin, avant l'ouverture du magasin, elle retournerait appliquer une autre couche. La laisserait sécher pendant qu'elle boirait son café matinal avec Eva. Ensuite, entre deux clients, elle astiquerait à fond ce linoléum avec un chiffon à polir et de l'huile de coude. C'était ce qu'elle avait prévu, en tout cas, et tout ce qu'elle avait prévu arriva, mais au fil de plusieurs semaines et dans des circonstances radicalement différentes.

Le lendemain matin, alors que Delphine était assise à la cuisine, la chaleur pesait sur les murs. Le café noir et corsé la mit en nage. Elle but de l'eau d'un pichet qu'Eva avait posé sur la table.

« Écoute. » Eva était restée debout presque toute la nuit, à faire son pain de la semaine dans le petit souffle d'air frais. « Je ne me sens pas très bien. »

Elle le signala sur un ton si désinvolte que Delphine retint à peine ces mots, mais ensuite Eva se répéta, avec l'air de ne pas se souvenir de l'avoir déjà dit. « Je ne me sens pas très bien », murmura-t-elle. Elle posa ses coudes sur la table et entoura de ses mains la tasse en porcelaine.

« Comment ça, tu ne sens pas très bien ?

– C'est mon ventre. J'ai des douleurs. Je suis tout d'un bloc. » Des perles de sueur tremblaient sur sa lèvre supérieure. « Les douleurs vont et viennent. » Eva inspira à fond et bloqua sa respiration, puis souffla. *Là*. Elle pressa un torchon contre son visage, tamponna la sueur. « Comme les règles, mais je n'en ai encore jamais vraiment fini avec ça… elles vont et viennent, elles aussi.

– Peut-être que cela t'arrive jeune ?

- Je crois que oui, reconnut Eva. Ma mère… »

Mais alors elle secoua la tête et sourit, parla d'une voix aiguë et bizarre.

« Une geignarde, tu ne trouves pas ça affreux ! »

Elle bondit maladroitement sur ses pieds, se cogna contre le plan de travail, mais fila ensuite devant le four, circula vivement dans toute la cuisine, comme si le mouvement risquait de guérir ce qui s'était emparé d'elle. Quelques instants plus tard, elle semblait être redevenue l'Eva efficace et sans souci.

« Je vais devant commencer à astiquer par terre, annonça Delphine. À l'heure qu'il est, par cette chaleur, c'est sûrement sec.

– Très bien », dit Eva.

Mais quand Delphine passa devant elle pour déposer sa tasse à café dans l'évier en stéatite grise, la femme du boucher prit une de ses mains dans les siennes. D'un ton dégagé, la voix un rien trop insouciante, elle prononça les mots qui même par cette chaleur glacèrent son amie.

« Emmène-moi chez le docteur. »

Puis Eva sourit comme si c'était là une grosse plaisanterie, s'étendit par terre, ferma les yeux et ne bougea plus.

Fidelis était déjà parti faire une livraison, et il resta introuvable. Il n'était toujours pas rentré lorsque Delphine revint de chez le docteur. À ce moment-là, elle avait Eva droguée à la morphine sur la banquette arrière, et dans les mains une liasse de directives lui précisant à qui s'adresser. Ce qu'il était possible de faire. Le vieux docteur Heech téléphonait à la clinique et prévenait un chirurgien de sa connaissance, lui recommandant de prendre les dispositions nécessaires pour une patiente du nom d'Eva Waldvogel.

Delphine trouva Louis et lui confia un mot pour Fidelis. Louis le laissa tomber, le ramassa, ses doigts agiles d'enfant pour une fois rendus maladroits par la frayeur. Il courut droit à la voiture et grimpa sur la banquette arrière, où

Delphine le trouva, tenant dans ses bras Eva qui soupirait en proie à l'ardent soulagement du remède. Elle était si sereine que Louis fut rassuré, ce qui permit à Delphine de l'éloigner prudemment, terrifiée à l'idée qu'Eva se réveille brusquement, face au garçon, et retrouve ses souffrances. D'après ce qu'avait compris Delphine, pour l'instant, Eva devait souffrir depuis déjà de nombreux mois. Sa maladie était à un stade dangereusement avancé, et Heech, dans son inquiétude, tout autant que son affection pour Eva, l'avait grondée, en proie au violent désespoir d'un médecin qui se sait impuissant.

En raccompagnant Louis à la maison, Delphine voulut lui caresser les cheveux. Il fit un écart terrorisé devant ce geste de tendresse inhabituel. C'était à ses yeux, évidemment, un signe que quelque chose allait vraiment très mal pour Eva.

« Fidelis, avait écrit Delphine dans le mot, j'ai emmené Eva à la Mayo, la clinique au sud de Minneapolis, où selon Heech nous trouverons de l'aide en urgence. Elle s'est évanouie ce matin. C'est un cancer. Vous pouvez appeler Heech. »

Ce fut en route pour la clinique Mayo que Delphine écouta vraiment chanter le boucher pour la première fois ; sauf que là c'était dans sa tête. Elle se le repassa comme un disque réconfortant sur un électrophone, tandis que du pied elle pesait avec régularité sur l'accélérateur de la DeSoto du docteur Heech, et que l'indicateur de vitesse tournait autour des cent trente kilomètres à l'heure. Le monde devint flou. Les champs fumaient comme des roues à rayons. Elle aperçut l'éclat de maisons, de vaches, de chevaux, de granges. Puis il y eut l'interminable circulation en accordéon de la ville. Pendant tout le trajet, elle repassa dans sa tête la chanson que Fidelis avait chantée pas plus tard que le matin précédent, dans le béton du hall d'abattage, lorsqu'elle avait été trop écrasée par la chaleur pour s'émerveiller de la douceur enjouée de sa voix de ténor. «*Die Gedanken sind frei*», avait-il chanté, et les murs avaient fait tournoyer chaque note plus haut, comme s'il chantait sous le dôme d'une belle église. Qui aurait pu croire qu'un abattoir aurait l'acoustique d'une cathédrale ?

Le chant tourbillonnait dans sa tête tandis qu'elle roulait, et grâce aux quelques pauvres bribes d'allemand qu'elle connaissait, elle devina les paroles : «*Die Gedanken sind frei/ Wer kann sie erraten,/ Sie fliehen vorbei,/ Wie nächtliche Schatten.*» – «Les pensées sont libres… elles voltigent pareilles aux ombres de la nuit.» Les cultures desséchées tournaient sillon après sillon dans les champs, le déflecteur soufflait un air chaud toujours plus chaud, et le vent tonitruait par les fenêtres aux vitres baissées. Même quand il se mit enfin à pleuvoir, Delphine ne remonta pas les vitres. La voiture roulait si vite que les gouttes, tels de petits plombs, lui piquaient le côté du visage et la tenaient éveillée. De temps à autre, dans son dos, Eva produisait des sons. Peut-être la morphine, tout en calmant sa douleur, avait-elle relâché son contrôle sur elle-même, car dans le crépitement humide du vent Delphine entendit un gémissement qui avait pu jaillir d'Eva. Un grondement donnant à penser que sa douleur était un animal qu'elle avait terrassé.

Le premier traitement, après l'opération que subit Eva, consista à lui introduire dans l'utérus plusieurs bombes métalliques creuses, coulées dans de l'argent allemand, contenant du radium. Au fil des semaines qu'elle passa à l'hôpital, les tubes furent retirés, remplis puis remis en place plusieurs fois. Lorsqu'on la renvoya chez elle, elle dégageait une odeur de rôti carbonisé.

«Je sens le brûlé, comme de la mauvaise cuisine, avait-elle remarqué. Va me chercher du lilas à la pharmacie.»

Pour la laver, Delphine acheta un grand flacon violet d'eau florale, sans résultat. Des semaines durant, Eva évacua du charbon et du sang, et l'odeur flottait toujours. Le cancer s'étendait. Ensuite, le docteur Heech administra à Eva un traitement mensuel au radium, à l'aide de longues aiguilles en or de vingt-quatre carats, enduites d'iridium à leur extrémité, qu'il enfonçait dans la nouvelle tumeur en s'aidant d'un forceps afin de ne pas se brûler les doigts. Eva suivait ces traitements à son cabinet, sanglée à une table après avoir reçu de l'éther pour l'insertion, puis, une fois réveillée, une injection hypodermique de morphine. Delphine lui tenait compagnie, car les aiguilles devaient rester en place pendant six heures.

«Me voilà comme une fichue pelote d'épingles», lança un jour Eva en se réveillant à peine. Puis elle retomba dans son rêve agité. Delphine essayait de lire : mais des élancements lui transperçaient le ventre quand les aiguilles s'enfonçaient ; elle avait même une suée de compassion causée par la morphine. Elle continuait pourtant à aller de l'avant, et chaque jour en approchant de la maison elle prononçait la prière à Dieu qu'elle avait choisie, la trouvant la plus appropriée à la situation. «J'te crache à la face.» Son juron n'était pas bien terrible, il ne rendait pas compte de la profondeur de son sentiment, mais au moins elle n'était pas hypocrite. Pourquoi devrait-elle feindre de prier ? C'était le domaine de Tante.

Tante avait rassemblé une foule de luthériennes pieuses venant quelques après-midi par semaine pour tenter de convertir Eva, qui était catholique. Quand celle-ci devint trop faible pour les chasser, Delphine fit tout ce qui lui passait par la tête pour les empêcher de se presser autour du lit à la manière d'une bande de vautours réunis en un cercle de prières jubilatoire et malveillant. Les nourrir était sa meilleure tactique, car on les voyait ressortir de la chambre en toute hâte dès qu'elles savaient qu'il y avait de quoi croûter à la cuisine. Lorsqu'elles s'étaient bien repues de la souffrance d'Eva et de sa spécialité de *Linzertorte,* dont elle avait désormais transmis la recette à Delphine, Tante les éloignait par petites étapes successives.

Delphine passait à la lessive de potasse les tabliers maculés de sang. Elle frottait les chaussettes crasseuses. Les caleçons tachés des garçons et leurs salopettes à une bretelle. Elle sortait leurs beaux costumes de la naphtaline, les aérait et les repassait. Elle aspergeait d'amidon les chemises en épais coton blanc de Fidelis, et chaque matin lui en repassait une, tout comme Eva l'avait fait. Elle prenait les draps, la sueur, la merde, et le sang, toujours le sang. Les torchons et les nappes. S'occuper de ce linge était une sorte de cadeau d'adieu. Car lorsque Eva partirait, Delphine partirait aussi. Fidelis avait d'autres personnes pour l'aider. Tante, Delphine en était convaincue, trouverait que venir s'occuper des garçons et de son frère serait une vitrine parfaite pour ses bigoteries.

Il avait beau être un poivrot vraiment insupportable, personne au bourg n'avait d'antipathie pour Roy Watzka. Il y avait plusieurs raisons à cela. D'abord, sa dégringolade répugnante dans le laisser-aller avait été causée par un deuil. Qu'il ait aimé au point de se détruire alimentait une certaine réaction réflexe dans bien des cœurs féminins, et il recueillait aisément des aumônes lorsqu'il était à court d'argent. Des femmes lui préparaient des sandwiches au porc ou aux haricots blancs, qu'elles enveloppaient avec soin pour qu'il les mange au sortir d'une cuite. Il y avait une autre raison. Roy Watzka, pendant ces brèves et rares périodes où il était sobre, avait la faculté de travailler dur et sans relâche. Il était capable de travailler de manière phénoménale. Et puis il racontait de bonnes histoires. Ce n'était pas un ivrogne méchant ni un énergumène, et, bien qu'elle en supportât certainement davantage que ce qu'aucune fille ne devrait jamais avoir à supporter, personne ne doutait qu'il aimait sincèrement Delphine.

Eva avait de l'amitié pour lui, ou en tout cas il lui faisait de la peine, et elle était de celles qui lui avaient toujours offert un repas. Maintenant qu'elle avait des ennuis, Roy débarquait dans un but différent. Il venait à la boutique presque tous les après-midi, puant parfois le schnaps. Mais une fois là, il était prêt à faire n'importe quoi. Il changeait les cabinets extérieurs de place, pelletait des viscères. Avant de partir, il s'asseyait auprès d'Eva et lui racontait de folles histoires sur ses aventures de jeunesse : le cochon apprivoisé auquel il avait appris à lire, comment extraire le venin d'un serpent à sonnette, le véritable loup-garou qu'il avait connu autrefois et qui lui avait enseigné des mots du langage lycanthrope, ou le nom latin des fleurs et leur origine. Delphine, qui parfois écoutait, se réjouissait des habiles divertissements de Roy et lui en voulait en même temps. Où avait-il appris tout ça ? Dans les bars, assurait-il. Elle avait fait le ménage derrière lui toute sa vie, et jamais il ne lui avait parlé ainsi.

Delphine et Eva étaient assises sur des chaises cassées dans le jardin de cette dernière, et chacune retenait serrée entre ses pieds une bouteille de bière maison, d'un brun de terre, brassée par Fidelis. Elles étaient protégées des moustiques par de la citronnelle qui brûlait dans un seau, et par des brins de basilic qu'Eva cassait et leur fourrait dans les cheveux. Delphine portait une robe simple, un tablier, et une paire de chaussures vertes à talons plats. Eva une chemise de nuit, un châle léger en lainage, et des tongs japonaises à ses pieds nus. Les limaces étaient sans rien. Cornues et faibles, elles vivaient dans l'épaisseur de foin et de papier journal déchiqueté qu'Eva avait étalé en guise de paillis. Elles avaient déjà dévoré nombre de jeunes plants, des feuilles du haut jusqu'au sol, et Eva avait juré de les anéantir.

« Leur dernier festin, annonça-t-elle en désignant ses pousses de haricots et en laissant tomber quelques gouttes de bière dans un moule à gâteau. Les voilà condamnées. »

La bière était fraîche, sortie de la vitrine réfrigérée récemment installée au magasin. Il semblait dommage de la gâcher pour des limaces. Lentement, à petites gorgées, les deux femmes la buvaient tandis que le soleil filtrait à l'oblique par les bords des enclos à bestiaux.

« On aurait peut-être dû simplement les ratatiner avec du sel », remarqua Delphine.

Puis une pensée lui vint : la mort d'Eva n'est pas loin, et nous pouvons nous permettre de rendre le trépas plus doux aux êtres sans défense. Elle ne dit rien.

Le jardin d'Eva, avait conclu Delphine, reflétait l'envers obscur de son génie de l'organisation. Le jardin avait toute la rudesse et la sauvagerie dont elle était dépourvue. Il s'était enrichi de déchets. Raclures de casseroles, feuilles de thé et épluchures de concombre, tout allait dans la terre, enfoui au hasard, parfois simplement entassé. Tout pourrissait sous le soleil brûlant du Minnesota. Sa méthode était de ne pas en avoir. De laisser faire la nature. Elle avait des pommiers issus de trognons de pommes. Des rosiers, se hérissant près de la rigole qui recueillait le sang des bœufs, étaient couverts de fleurs si grosses et si exubérantes qu'elles en paraissaient sinistres. Le chien des garçons déterrait de vieux os qu'un chien précédent avait enterrés, et refusait de les enterrer à nouveau. Ce serait affreux au printemps, songeait Delphine, quand la neige fondrait, d'apercevoir le fouillis de fémurs et de clavicules, les têtes d'os et les jointures. Comme si les morts épars, se relevant pour le Jugement dernier, avaient dû échanger et troquer leurs éléments afin qu'ils correspondent.

Delphine avait toujours eu tendance à penser au destin, mais elle y pensait d'autant plus souvent que la maladie d'Eva lui mettait sans cesse à l'esprit sa condition de mortelle, et la poussait aussi à s'émerveiller de ce qu'on pût même vivre. La vie était un bel exploit téméraire, se rendait-elle compte, improbable, aussi bizarre qu'un festin de limaces.

Eva se pencha en avant, fit sauter une petite poche de terre d'un coup de son déplantoir, et y fourra sa bouteille de bière au quart pleine en guise de piège.

« Mourez heureuses », lança-t-elle, encourageante. Delphine, à son tour, lui tendit sa bouteille aux trois quarts bue. Celle-là, Eva la planta à côté d'un monticule de courge qui, l'automne venu, triompherait de tout le reste du jardin mais qu'elle ne serait pas là pour voir. Elle se laissa aller contre les croisillons de toile de sa chaise, ouvrit une autre bouteille à l'aide d'une fourchette. C'était une bonne journée, une très bonne journée pour elle.

« Je m'en vais », annonça Delphine, qui pourtant resta avec Eva tout le temps que le soleil se couche, et jusque dans l'obscurité montante.

Elles savaient, semblait-il, qu'aucun moment dans les semaines à venir ne serait aussi paisible, et qu'elles se remémoreraient ces heures-là au cours de nuits épouvantables. De quelle façon l'air avait bleui autour d'elles et les papillons de nuit étaient sortis, invisibles et aveugles, voletant contre la lanterne munie de volets à l'autre bout de la cour.

Delphine ferma les yeux et son esprit s'éveilla. Tout autour d'elle, elle sentit avec quelle rapidité les choses se formaient et s'épuisaient. Cela se passait derrière le mur de sa vision, en dehors de sa volonté. Il lui semblait qu'elle pourrait dériver tel un canoë de peau, sans espoir de retour, n'abandonnant là que sa robe froissée et ses chaussures vertes usées.

Elle entendit la voix d'Eva.

« J'aimerais que ce soit vrai, ce que j'ai lu – que l'esprit demeure intact. Le cerveau. Les yeux avec lesquels lire. »

Delphine avait parfois pensé que son amie se souciait fort peu de devenir un animal ou une plante, que tout ce temps passé à penser, à comprendre, et à vendre du porc et du sang séché ne soit qu'effort gaspillé. Eva avait traité sa mort avec mépris ou dérision. Mais par cette déclaration, elle dévoilait une certaine crainte qu'elle n'avait encore jamais affichée. Ou un désir.

« Ton esprit demeure tel qu'il était, assura Delphine, d'un ton aussi léger que possible, et tu seras là, à pincer les cordes de ta harpe et à regarder toutes les idioties que font les gens en bas.

– Jamais je ne saurai jouer de la harpe. Je crois qu'on me donnera une de ces saletés de mirlitons.

– Retiens-moi un nuage et je jouerai un air avec toi », dit Delphine.

Ce n'était pas très drôle, elles rirent donc d'autant plus fort, rirent jusqu'à ce que les larmes leur montent aux yeux, puis, le souffle coupé, elles retombèrent dans un silence total.

« Les garçons jouent dans le verger. Les hommes sont déjà à moitié allumés », signala Delphine à Eva.

C'était le premier week-end de septembre, un jour férié. Eva se hissa tant bien que mal sur les coudes, et Delphine l'aida à s'asseoir pour regarder par la fenêtre de la petite pièce située à côté de la cuisine où Fidelis lui avait installé son lit. Eva esquissa un pâle sourire, puis retomba en arrière, en hochant la tête devant ce spectacle.

« Les hommes sont tellement idiots, chuchota-t-elle. Ils se croient tellement malins de cacher la vodka sous le groseillier à maquereau. »

On ne pouvait plus la sauver. Plus personne n'en doutait. Pourtant, même si les derniers jours avaient été cauchemardesques, Eva refusait de mourir de manière morbide. Elle riait parfois de la douleur d'un rire bizarre et se moquait de son état, d'autant plus que maintenant la fin était proche.

Ils avaient fermé le magasin à midi. Au bourg, à présent tout le monde faisait la fête. Fidelis avait sorti dans le jardin les vieilles chaises et l'ancienne table, et dessus il avait disposé du cervelas et de la saucisse sèche, une pastèque, des bols de biscuits salés, il y avait de la bière dans un baquet de glace sous les pieds de tomates, pour faire descendre l'alcool fort qu'il cachait, Eva le savait. Les hommes ne cessaient de passer le bras sous les branches du groseillier. En lançant un regard furtif vers la maison, ils portaient la bouteille à leurs lèvres. Même Fidelis, d'habitude si fort et si résolu, se comportait comme un petit garçon coupable.

Les voix des hommes s'élevaient et redescendaient, rires grondants pour les grosses blagues qu'ils racontaient ; gravité dans la discussion des crimes commis par le gouvernement, et parfois ils devenaient même silencieux, fixant d'un air hébété le feuillage enchevêtré. Roy était là, s'efforçant de faire durer une bière, sans l'avaler d'un trait. Comme toujours, Fidelis était au centre de la réunion, tirant des hommes des histoires toujours plus salaces, ou les défiant à des tours de force.

Dans la cuisine, Delphine découpait du beurre froid dans de la farine pour confectionner une pâte à tarte. Elle avait décidé de préparer des tourtes pour le dîner de fête – les hommes en auraient bien besoin pour neutraliser la gnôle. Les pommes de terre cuisaient dans l'eau bouillante, et elle avait une cocotte en terre cuite pleine de haricots arrosés de moutarde forte, de cassonade et de mélasse. Il y avait, évidemment, des saucisses. Delphine ajouta une pincée de sel, roula sa pâte dans du papier paraffiné, et la glissa au frigo. Puis elle s'attaqua aux fruits, détaillant de minces croissants de la caisse de pêches, ôtant les morceaux de chair rosée les plus bruns. C'est presque l'heure, songeait-elle, presque l'heure. Elle pensait à la douleur d'Eva. Le sentiment qu'elle avait du passage du temps ne correspondait qu'à la durée d'une dose de vin à l'opium, aromatisé au clou de girofle et à la cannelle, ou de la morphine que le docteur Heech lui avait appris à administrer, mais sans excès, lui avait-il recommandé, de crainte qu'à la fin même la morphine ne produisît plus d'effet.

En entendant Eva remuer, Delphine abandonna la préparation de ses tourtes. Elle mit de l'eau à bouillir, pour stériliser la seringue hypodermique. La veille au soir, elle avait préparé une ampoule qu'elle avait glissée au frigo, le soluté à un trentième, dont Heech lui avait dit qu'elle l'administrait à Eva bien mieux que n'importe quelle infirmière. Delphine en était fière. D'autant plus qu'en secret elle détestait les aiguilles, les exécrait, éprouvait un vide douloureux lorsqu'elle remplissait la seringue, et sentait la piqûre dans sa propre chair lorsqu'elle injectait la dose à Eva.

Maintenant elle sut, lorsqu'elle vint jeter un coup d'œil sur Eva, non pas tant au temps écoulé qu'à la violence de la souffrance dans le regard de son amie, à la bouche à demi ouverte, aux sourcils froncés, qu'elle aurait besoin d'être soulagée très vite, dès que l'eau aurait bouilli.

Delphine eut l'idée de la distraire en massant ses mains douloureuses.

Eva gémit alors que Delphine frottait les creux entre ses jointures, et puis son front se détendit, ses paupières translucides se fermèrent, elle se mit à respirer plus paisiblement et souffla :

« Et ces diables d'imbéciles, comment vont-ils ? »

Delphine jeta un coup d'œil par la fenêtre et les vit en pleine effervescence. Le shérif Hock les avait rejoints, et Fidelis, debout, gesticulait et se moquait de la panse du gros homme. Puis tous se mirent à comparer leur ventre. Dans la lumière de plus en plus étirée de l'après-midi, le visage de Fidelis était rendu légèrement flou par l'alcool auquel il n'était pas accoutumé, et par la compagnie des autres hommes, aussi, car ces derniers temps la lutte d'Eva pour mourir l'avait mis à l'écart du monde.

« Ils se montrent leur grosse bedaine, signala Delphine.

– Au moins pas le machin au-dessous, dit Eva d'une voix rauque.

– Oh, quelle honte ! » Delphine éclata de rire. « Non, ils n'ont pas sorti leur zizi. Mais il se passe quelque chose. Tiens, je vais te redresser. Ils sont plus drôles que des comiques de foire. »

Elle prit d'autres oreillers sur les étagères, poussa le lit vers la fenêtre et cala Eva à une place d'où elle pourrait voir ce qui se passait dans le jardin. Maintenant les hommes paraissaient lancer et prendre des paris. Ils brandissaient des billets. Ils n'étaient pas ivres à en tomber par terre, mais bruyamment ivres. Les plaisanteries fusaient. Tout à coup, dans un grand fracas, ils débarrassèrent la table des verres et des bouteilles, des biscuits salés et des saucisses, des morceaux de Cheddar et des assiettes. Et puis le shérif, un ancien comédien qui avait joué les gros dans des spectacles locaux, s'y allongea sur le dos. Il était plus long que la table, et il tint en équilibre, comme un bateau en cale sèche, ses pieds chaussés de bottes pointés de façon ridicule vers le ciel et la tête étendue à l'autre bout. Son ventre formait une butte. À présent, de l'autre côté de la table, juste sous la fenêtre d'Eva, se tenait Fidelis. Il avait déboutonné les premiers boutons de sa chemise blanche et roulé ses manches sur ses avant-bras solides.

Soudain Fidelis se pencha sur le shérif Hock en adoptant la posture accroupie d'un haltérophile, puis il écarta brutalement les bras. Avec délicatesse, sans hésiter, il saisit dans ses mâchoires une boucle qui, à présent les femmes s'en aperçurent, avait été spécialement formée à cet effet dans l'épais ceinturon du shérif.

Il y eut un moment où tout devint silencieux. Il ne se passa rien. Puis il se passa une chose énorme. Fidelis rassembla son énergie. On eut dit que le sol lui-même remontait à flot en lui, et se courba. Ses mâchoires s'évasèrent blanches comme l'os sur la boucle de la ceinture, ses bras se raidirent dans les airs, son cou et ses épaules s'enflèrent de façon incroyable, et il souleva le shérif Hock au-dessus de la table. Par la boucle de la ceinture qu'il tenait entre ses dents, il déplaça le Falstaff du coin. De quelques millimètres. Puis Fidelis s'arrêta. Dans son être tout entier déferla un bien-être aveugle. S'étant à demi redressé, à présent en équilibre, d'une saccade il tira le shérif plus haut.

Dans cet instant d'effort phénoménal, Delphine vit le véritable visage du boucher – le visage animal, les oreilles en feu, les tendons du cou prêts à craquer – et finalement l'œil fou, exorbité, remonta vers la fenêtre pour vérifier si Eva regardait. Ce fut à cet instant que Delphine éprouva un choc d'atroce compassion. Il faisait cela pour Eva. Il tentait de la distraire. Et Delphine comprit soudain que Fidelis aimait Eva avec un dévouement de chien, farouche et impuissant, qui le poussait à accomplir des actes apparemment ridicules. Soulever un homme par sa ceinture avec les dents. Une idiotie. Montrant clairement que toute sa force ne représentait rien. Que face à la maladie d'Eva, il était aussi faible qu'un enfant.

Quand Fidelis eut lâché le shérif, au milieu d'une explosion de rires, Delphine retourna à la cuisine chercher le médicament. Elle ouvrit la porte du frigo. Y jeta un coup d'œil, puis passa à l'intérieur une main fureteuse. La morphine, que Fidelis s'était sans compter tué au travail pour acheter, et que Delphine avait conservée jalousement, avait disparu. Le flacon, la poudre, l'autre seringue. Elle n'en croyait pas ses yeux. Elle chercha encore une fois, et puis encore. Elle n'était pas là, et déjà Eva s'agitait dans la pièce à côté.

Delphine se précipita dehors et d'un signe de tête attira Fidelis loin des autres hommes. Il s'épongeait le visage et le cou, encore ruisselant de sueur.

« Le médicament d'Eva a disparu.

– Disparu ? »

Il n'était pas aussi ivre qu'elle l'avait imaginé, ou peut-être l'effort fourni pour soulever le shérif l'avait-il dégrisé.

« Disparu. Nulle part. J'ai regardé. Quelqu'un l'a volé.

– *Heiligeskreuz Donnerwetter...* », commença-t-il à répondre en pivotant sur ses talons.

Ce n'était que le début de ce qu'il avait à dire, mais Delphine partit avant qu'il poursuive. Elle retourna auprès d'Eva et lui donna le reste de vin à l'opium. Cuillerée après cuillerée, le vin descendit ; en un éclair, tout remonta.

« Quel gâchis, souffla Eva. Je suis pire qu'un bébé qui vomit. » Elle essaya de rire, mais laissa échapper un gémissement surpris et étouffé. Et puis elle se mit suffoquer et adopta cette respiration haletante qu'elle employait pour s'empêcher de hurler.

« *Bitte...* »

Ses yeux se révulsèrent et elle se cambra au-dessus du lit. Elle fit signe qu'on lui glisse un gant de toilette roulé entre les dents. Cela venait. Cela venait en elle à la façon d'une violente tempête. Personne ne pouvait l'empêcher de se déchaîner. Il faudrait des heures à Delphine pour obtenir une nouvelle ordonnance du docteur Heech, où qu'il pût bien se trouver pour célébrer ce jour de fête. Et mettre ensuite la main sur le pharmacien. Delphine s'adressa en hurlant à Fidelis par la porte du jardin avant de filer dans la direction opposée. Tout en courant, une pensée lui vint. Elle décida de suivre son intuition. Plutôt que de se rendre tout droit chez Heech, elle lança le moteur de la camionnette de livraison et s'arrêta juste avant la maison de la taille d'un placard de Tante, à deux rues de l'église luthérienne où celle-ci priait tous les dimanches pour que la déplorable catholique que son frère avait épousée renonçât à l'idolâtrie – au culte des saints – avant que ses deux neveux ne fissent leur confirmation.

« *Was wollen Sie ?* »

Lorsque Tante ouvrit la porte à Delphine, à sa mine il était clair qu'elle savait tout, et Delphine comprit qu'elle avait deviné juste. Elle se rappela l'avoir entendue glousser avec ses compagnes de prières en parlant du médicament, tout en se consultant à mi-voix et en écrasant du bout du doigt des miettes de quatre-quarts au citron.

« *Who ist die Medicine ?* » demanda Delphine, d'abord sur un ton normal.

En sa présence, Tante marquait une prédilection pour le haut allemand et feignait d'avoir du mal à la comprendre. Lorsque Tante se contenta de lui faire un petit sourire tordu et glacial, Delphine hurla :

« Où est le médicament d'Eva ? »

Delphine franchit le seuil, écarta Tante et se précipita vers le réfrigérateur. En chemin, une Tante indignée lancée sur ses talons, elle passa devant une table sur laquelle reposait un objet long et mince enveloppé dans un mouchoir. Elle s'en saisit sans réfléchir, le déroula, et faillit lâcher la seringue disparue.

« Où est-il ? »

La voix de Delphine était haineuse. Elle pointa l'aiguille sur Tante, puis se retrouva comme dans une pièce de théâtre, avançant d'un air menaçant. Ce fut l'impression d'être sur scène qui l'autorisa à prononcer des phrases qu'elle aurait voulues écrites pour la circonstance.

« Allons donc, sale vieille garce, je ne suis pas dupe. Alors comme ça vous en avez toujours pris en douce ! »

Delphine n'y croyait pas tout à fait, bien sûr, mais elle voulait mettre Tante dans un tel état d'indignation qu'elle lui avouerait où se trouvait la morphine. Pourtant lorsque Tante resta bouche bée, incapable de rassembler ses esprits pour lui répondre, Delphine, écœurée, s'avança vers le petit frigo et fouilla frénétiquement dedans. Mue par une liberté sauvage, elle jeta tous les aliments dehors, même les œufs, puis se retourna pour affronter Tante. La tête lui tournait de désespoir.

«Je vous en prie, vous devez me le dire. Où est-il ?»

À présent, Tante s'était ressaisie. Elle alla même jusqu'à s'exprimer en anglais.

«Il faudra me rembourser ces œufs.

– D'accord, promit Delphine. Dites-le-moi, c'est tout.»

Mais Tante, qui avait le dessus, goûtait le plaisir de l'instant.

«On raconte que c'est une droguée. Ce n'est pas possible. La femme de mon frère ? C'est une grande honte pour nous.»

Delphine se rendit compte qu'elle avait été stupide de se mettre à dos l'unique personne qui pouvait fournir de la morphine rapidement. Elle s'était démasquée, et maintenant elle regretta de s'être laissée aller, se fit humble

«Oh Tante, soupira-t-elle, vous connaissez la vérité, non ? Tante, notre Eva ne s'en sortira probablement pas, et elle souffre horriblement. Vous ne la voyez que lorsqu'elle est soulagée, alors bien sûr comment pouvez-vous savoir de quelle façon monte cette douleur atroce ? Tante, ayez pitié de la femme de votre frère. Il n'y a pas de honte à la soulager – c'est ce qu'a dit le docteur.

– Je crois, lança Tante, silhouette noire et bien dessinée, que le docteur ne sait pas. Il la prend trop en pitié, et c'est une droguée, c'est certain, ma bonne amie Mrs. Orlen Sorven peut l'attester.

– Tante, Tante, pour l'amour de Dieu…»

Delphine suppliait du fond du cœur. Elle envisagea de tomber à genoux. La petite bouche froide de Tante se contracta.

« C'est sans importance, de toute façon, je l'ai vidée dans le trou de l'évier. »

Delphine se retourna et vit que sur le bord de l'évier en porcelaine de Tante une ampoule bien rincée et la bouteille qui avait contenu la poudre séchaient dans un rayon de soleil. À cette vue, elle perdit tout contrôle et ne sut pas ce qu'elle faisait. Elle était forte soudain, d'une force phénoménale, et lorsqu'elle attrapa Tante par le corsage et la poussa en avant en lui lançant au visage : « Parfait, venez la soigner maintenant. Vous verrez », Tante se trouva incapable de résister, élevant une faible opposition face à la vigueur montante de Delphine qui la tirait vers la voiture, la fourrait dedans, démarrait en trombe puis la déposait sans ménagement à la maison.

« Je n'ai pas le temps d'entrer. À vous de l'aider. À vous de rester avec elle. À vous ! » hurla Delphine, en faisant vrombir le moteur. Puis elle disparut et Tante, arborant la mine sévère et suffisante de quelqu'un qui est enfin autorisé à prendre les rênes, entra dans la maison par la porte de derrière.

Il fallut des heures, en effet, et pendant ces heures-là Delphine pria pour de bon. Elle pria comme si elle croyait à ce qu'elle disait. Elle pria de tout son cœur, pesta et jura, implora le diable, conclut des marchés, fondit en larmes aux points de jonction ratés où on l'envoyait quelque part et où elle finissait ailleurs. Il s'avéra impossible de localiser Heech, ou le pharmacien. Elle rentrait bredouille à la maison, au volant de la camionnette, pleurant de rage, quand sur la route elle aperçut son père qui avançait d'un pas mal assuré. Le pantalon s'affaissant sur les chevilles, la chemise trop large tombant de ses épaules maigres et voûtées. Tout en s'approchant, elle observa autour d'elle pour voir si quelqu'un d'autre regardait, car une omnisciente fureur avait jailli en elle et elle éprouvait l'envie soudaine de l'écraser. Elle rétrograda et le suivit, en pensant à quel point ce serait simple. Il était ivre une fois de plus et ne s'en rendrait même pas compte ! Du coup, sa vie serait tellement plus simple. Mais en arrivant à sa hauteur, elle s'étonna de croiser son regard et de constater qu'il était clair. L'air inquiet, il se dirigea d'un pas lourd vers la porte latérale, et elle s'aperçut qu'il avait un objectif : dehors à traîner pour se dénicher de la gnôle à un moment pareil. Sauf que la bouteille dans sa main n'était pas le schnaps habituel mais un flacon pharmaceutique carré en verre brun, étiqueté « sulfate de morphine », pour lequel il s'était introduit par effraction à la pharmacie et avait scié le cadenas du meuble où le pharmacien gardait les médicaments que la loi l'obligeait à protéger.

Alors que Delphine écrasait le frein, sautait hors de la camionnette et courait vers la maison, elle l'entendit du dehors – le hululement funèbre et aigu de la souffrance à un stade avancé, une plainte stridente d'une blancheur argentée. Elle se précipita à l'intérieur, glissa sur un fatras de bocaux fracassés, tombés des étagères, et pénétra dans la cuisine. Tante se trouvait là, blême et malade de saisissement, effondrée par terre, inutile, dans un coin de la cuisine. Louis et Franz, en larmes, étaient accrochés à leur mère qui fouillait dans le tiroir pour y trouver un couteau.

Tout son être était absorbé par l'urgence. Même le jeune et solide Franz ne pouvait la retenir.

« Oui, oui », dit Delphine, en parvenant sur les lieux. Elle était arrivée sur tant de lieux de dévastation dans sa propre maison qu'à présent un torrent d'efficacité glacé déferla sur elle. D'un pas rapide, elle vint se camper devant Eva.

« Mon amie, dit-elle en lui prenant le couteau, pas maintenant. Il sera toujours temps. J'ai le médicament. Ne laisse pas tes garçons dans cet état. »

Puis Eva, qui continuait à défaillir et à grogner tandis que les vagues de douleur la frappaient et se tordaient en elle, se laissa allonger par terre.

« Va me chercher une couverture et un oreiller, demanda gentiment Delphine à Franz. Et toi, lança-t-elle à Louis, tiens-lui la main pendant que je m'occupe de la préparation et répète-lui sans arrêt : "Maman, elle est en train de préparer le médicament. Il arrive. Il arrive." »

Revival Road

Vue du ciel, notre route doit ressembler à un bout de corde jetée au hasard, à un fourbi de boucles impénétrables et de points d'interrogation inachevés. Mais Revival Road suit un plan. Le début de la route est pavé, bien que le matériau soit d'une qualité inférieure à celui de la route principale qui serpente vers le sud depuis notre ville universitaire et passe dans les villages et les localités industrielles du New Hampshire. Quand la ville a de l'argent, la route est également revêtue d'un fin gravier. En l'espace d'un été, les petits cailloux sont tassés dans le goudron ramolli, offrant aux voitures une surface lisse sur laquelle accélérer. Au milieu de l'hiver, cependant, le gel s'est insinué sous la route et a joué, créant des houles qui forcent les autos à ralentir à nouveau. Je me réjouis quand cela arrive, car les enfants descendent cette route à pied pour rejoindre l'arrêt du car. Ils passent avec leurs chiens devant chez nous, emmitouflés dans de gros anoraks à la brillance saturée – rose intense, jaune intense, bleu intense. Ils changent de forme et poussent sous mes yeux, deviennent les jeunes conducteurs de bolides qui évitent de justesse les enfants plus petits, qui, à leur tour, grandissent et partent d'ici au volant de leur voiture.

Un jour, en plein hiver, un de ces jeunes conducteurs apparut à notre porte, frappant avec une telle frénésie que ma mère, alarmée, m'appela. Je remontai à toutes jambes de la buanderie au sous-sol, et l'aperçus, planté derrière le carreau de la double porte de derrière, sans veste, et grelottant. Je vis qu'il manquait un doigt à la main qu'il levait, et reconnus le fils Eyke, devenu adulte, ayant largement passé l'âge de jouer avec la tronçonneuse de son père. Mais pas avec sa nouvelle voiture achetée à crédit. Davan Eyke avait piqué l'auto de son père pour s'offrir une balade défendue, et en avait perdu le contrôle en descendant la colline à côté de chez nous. La voiture avait glissé vers une profonde ravine bordée de bouleaux et, par un heureux hasard, était venue s'enchâsser pile entre deux troncs. À présent, les arbres retenaient dans un étau parfait la coûteuse automobile blanche qui n'était pas encore payée. Pas une seule bosse. Pas une seule égratignure argentée. Pas encore. Davan avait l'espoir que si j'accrochais une chaîne à ma Subaru et remontais la colline en marche arrière, je réussirais à dégager sa voiture en douceur.

Ma chaîne cassa. Comme beaucoup d'autres, au fil de l'après-midi. En bas de la route, tout un assortiment de voitures, de pick-up, d'outillage et de gens se rassembla. Tandis qu'on décoinçait l'auto, qu'on la secouait, qu'on la tirait, la poussait, la relâchait, tandis qu'on mettait à l'essai d'autres idées avant de les abandonner et que s'estompait l'aspect neuf du véhicule, Davan vit que son plan avait échoué et commença à désespérer. L'œil vide, il regarda une benne à ordure dégager à demi la voiture de son père à l'aide d'un treuil, puis la jeter brutalement sur le flanc et la tirer dans un hurlement aigu sur une pelletée de gravier que le cantonnier avait étalée là pour faciliter la traction.

Au fil des années, notre petite ville, célèbre pour la douceur et le lyrisme de sa lumière naturelle, a attiré des artistes des grandes cités de la côte Est. La plupart ont connu un certain succès commercial, et dans la mesure où le New Hampshire ne perçoit pas l'impôt sur le revenu – lui préférant un millier d'autres façons moins efficaces d'encaisser des recettes – les artistes se trouvent plus fortunés ici, même s'ils s'ennuient un peu. En matière de compagnie, ils sont forcés de compter sur les gens du coin dans mon genre – ex-institutrice, renvoyée pour indiscipline, amatrice d'art à demi cultivée. Tout en bas de notre route, dans une vaste maison en brique de style Cape Cod flanquée d'une remise en bardeaux blancs (devenue atelier), vit l'un de ces artistes.

Kurt Heissman est un homme superbe, autrefois porté aux nues pour ses assemblages de pierre, mais à présent la plupart du temps ignoré. Il y a des années qu'il n'a pas créé de pièce importante. Ses sculptures comportent souvent d'énormes blocs d'ardoise ou de granite du pays, et de temps à autre il engage des jeunes gars du coin pour l'aider dans son travail. Ses assistants vivent dans sa propriété – il y a une petite maison abritée sous un vieux pin blanc –, et il est exigé d'eux qu'ils soient disponibles à toute heure du jour ou de la nuit. Impossible de prévoir quand l'idée de disposer d'une certaine façon une pierre sur une autre risque enfin de se manifester.

Heissman apprécie particulièrement les grosses vestes en lainage à carreaux vendues par correspondance, et ses mouvements sont pesants et réfléchis. Ses cheveux gris sont coiffés en une brosse broussailleuse, la coupe que lui a jadis offert l'Oncle Sam. Bien qu'il se plaigne d'avoir moins de vigueur, à cinquante ans il est dans une forme remarquable. Ses mains sont étrangement, étonnamment, petites et délicates. Dans ses chaussures soigneusement lacées ses pieds sont presque ceux d'une jeune fille, contrastant avec le reste de sa personne, si rude et hardiment bâtie. J'ai entendu dire que la taille des mains et des pieds d'un homme laisse présager précisément de celle de son sexe, mais dans le cas de Kurt Heissman, il n'en est rien. Si cette affirmation est vulgaire, cela m'est égal – j'énonce là une réalité. J'adore la façon dont cet homme est fait.

Les pierres qu'il ramasse pour un usage éventuel m'intriguent. Je crois savoir, parfois, ce qui l'attire en elles. Il dit que les Japonais ont un mot pour désigner l'essence apparente dans une roche, et je suppose que je l'aime pour sa capacité à deviner cette essence. Sauf que je voudrais parfois être pierre. Il me verrait alors telle que je suis : granite couleur pêche pailleté de mica furieux. Je suis en léger déséquilibre. Je penche vers lui, de plus en plus, de plus en plus. Devrais-je tenter de me redresser ? Ce n'est pas là un choix esthétique.

Lorsque Davan Eyke se vit contraint de partir de chez lui après l'accident, il n'alla pas bien loin, il monta simplement jusqu'à la petite maison de Kurt Heissman, sous les branches du beau pin enveloppant. L'arbre a une forme d'une puissance exceptionnelle, et avec Heissman nous nous sommes souvent interrogés sur son âge. Nous sommes tous deux absolument convaincus qu'il était petit, un arbrisseau, trop fragile pour qu'on s'en préoccupe, quand les envoyés du roi d'Angleterre marquèrent les arbres les plus grands et les plus droits des forêts de Nouvelle-Angleterre pour les réserver aux chantiers navals de la marine royale, où l'on en ferait des mâts auxquels accrocher de vastes voiles. Tout grand pin d'aujourd'hui était un baliveau lorsque la voûte de conifères, tellement gigantesque et dense qu'aucune lumière ne brillait sur les siècles d'aiguilles couleur bronze au-dessous, fut abattue à la hache. Cet arbre se divise à mi-hauteur de son tronc en trois parties, qui forment une énorme couronne. Dans cette fourche, il y a un nid de corbeaux, ce qui est inhabituel car les corbeaux ont peur des habitants du Nord-Est en raison de la longue mémoire collective qu'ils gardent des fusils, des filets et des poisons qui les ont autrefois quasi éliminés.

Quand Davan Eyke emménagea, les corbeaux observèrent la scène. Mais ils observent tout. Ce sont des oiseaux cocasses et très intelligents, et ils surent aussitôt que Davan Eyke serait une source d'ennuis. Ils troublèrent donc son sommeil en jetant des brindilles et des pommes de pin sur le toit de tôle peinte de sa petite maison ; chièrent sur le linteau, dérobèrent des bricoles qu'il laissait traîner dans le jardin – crayons, pièces de monnaie, sa montre – et les cachèrent. Et ils riaient. Le rire d'un corbeau est un son intolérablement humain. Vous le connaissez peut-être si vous avez entendu dans votre propre gorge le bruit produit par ce mot typiquement allemand, *Schadenfreude*. Peut-être que le rire du corbeau, le grincement caverneux, nous rappelle la profondeur de notre humaine obscurité. Évidemment, il n'a rien d'humain et sa source est inconnaissable, comme l'est le cœur de tout ce qui est sauvage. Davan Eyke était pourtant agacé, suffisamment pour se plaindre des oiseaux auprès de Heissman.

« Habitue-toi à eux », fut tout ce que l'artiste lui répondit.

Heissman me le raconte un jour où j'apporte le courrier, ce que je fais souvent lorsqu'il se sent sur le point de se jeter dans les affres d'une œuvre ambitieuse. Dans ces moments-là, il ne peut pas ou ne veut pas interrompre le fil de sa concentration en se rendant à la poste. L'enjeu est trop important. Ce pourrait être le jour où son talent renaît à grand-peine de la douleur où il a été plongé.

« J'ai en tête une perception de l'équilibre, bien que le tout doive être violemment décalé et fortement dysphorique. »

Voilà comment il parle – pontifiant, amusé par ses propres déclarations, les yeux se mettant à briller sous leurs épais sourcils gris.

« Maladroit, dis-je, pour lui rabattre son caquet. Peut-être même laid. »

Dans son autosatisfaction il reste plus d'une trace du petit paysan refoulé du Kansas qu'il était lorsqu'il est parti pour la première fois de chez lui pour aller à New York. Ce gamin-là est désormais enfoui sous de nombreuses couches – il y a un vernis de faux ennui à l'européenne, un crépitement macho agressif, une pointe de jugement luthérien, et une strate d'extrême tristesse à cause de la perte pas tellement récente de sa seconde femme, qui a trouvé la mort dans un accident de la route sur la côte Ouest.

« Sais-tu, dit un jour Heissman, qu'une pierre peut se coincer de telle façon dans le châssis d'une voiture que, lorsqu'on appuie sur l'accélérateur, la pédale se bloque et projette la bagnole en avant à une vitesse stupéfiante ? »

C'était là l'essentiel de l'extraordinaire hasard qui avait tué sa femme. Une blague de collégiens dans le Montana, près de Flathead Lake. Des pierres sur la grande route. Alors qu'elle écrasait la pédale de frein, raconte Heissman, sa vitesse avait augmenté. Pas une belle femme, sur les photos, mais énergique, intelligente, athlétique. À qui ressemble leur fille Freda, une gamine qui semble s'être vouée à ne porter que du noir et du violet depuis son admission à Sarah Lawrence. Lorsqu'il annonce que Freda viendra passer le week-end, la voix de Heissman est pleine d'affection, presque rêveuse. Dans ces occasions-là, elle est empreinte d'une tendresse telle que je ferais n'importe quoi pour qu'elle s'applique à moi. Je suis jalouse. C'est comme ça. Je me dis qu'il voit en Freda non pas sa fille égocentrique et coléreuse, mais l'incarnation de son épouse disparue. Je n'aime pas Freda, pourtant, et elle me le rend bien.

« Il ne me convient pas, lâche à présent Heissman, en parlant de Davan Eyke. Je ne devrais pas engager des autochtones. »

Je ne relève pas cet emploi du terme « autochtone ». Après tout, j'en suis une, bien que dans l'esprit de Heissman j'appartienne à la fois aux autochtones et au plus vaste monde, puisque j'ai passé plusieurs années à Londres, vivant dans une épouvantable solitude aux abords de Soho, et ratant mon diplôme.

« Tu n'aurais besoin d'engager personne si tu utilisais des pierres plus petites », dis-je, d'une voix faussement dédaigneuse.

Notre amitié se fonde, en partie, sur notre habitude de feindre que je ne prends pas au sérieux son travail, ou son échec à travailler, et me soucie peu que nous fassions l'amour ou non, alors qu'en fait nous savons tous les deux que j'accorde de l'importance à son travail et que je suis silencieusement, éperdument, et sans espoir d'être contentée, amoureuse de lui. Il me croit invulnérable. Je me protège à l'aide de toutes les astuces que je connais.

« Ce type est un vaurien sans cervelle, insiste Heissman.

– Je croyais que tu le savais quand tu l'as engagé.

– Je suppose que j'aurais pu m'en apercevoir en le regardant, mais je ne l'ai pas bien regardé.

– Le seul boulot qu'il ait jamais eu c'était de tondre les pelouses, et une fois sur deux il cassait la tondeuse. Il en a tellement cassé par ici que les gens ont cessé de l'employer. Pourtant, dis-je à Heissman, ce n'est pas un mauvais gars, il est même loin d'être mauvais. Il est simplement… » J'essaie de trouver ce qu'il y a chez Eyke. « Il se fiche de tout. »

Ma défense est bancale et mon amant ne marche pas.

« J'étais aux abois. Je travaillais sur *Construction Numéro Vingt*. »

Numéro Vingt est le titre provisoire d'une pièce qu'une grande compagnie céréalière de Minneapolis a commandé il y a des années pour l'ériger dans l'enceinte de l'entreprise. Elle n'est toujours pas terminée.

Davan Eyke apparaît et je reste pour regarder les deux hommes se colleter à l'acier et à la pierre. Eyke semble menu à côté de son patron. Ensemble, pourtant, ils sortent des pierres de la forêt, traînent et soulèvent à l'aide de leviers des blocs de marbre pâle venus des carrières du Rutland. Si Davan avait la fibre artistique, ce serait un boulot idéal, une occasion de vivre près d'un maître et de profiter de son enseignement. En l'occurrence, l'enthousiasme de Davan cède rapidement le pas à la rancœur qu'il transfère de son père à son patron.

Ma mère soupire et fait la grimace quand je lui apprends que Freda Heissman vient voir son père et qu'il nous a invitées à dîner. Heissman nous invite souvent à des dîners qui n'ont pas lieu une fois que Freda est concernée. Elle déblatère contre moi ; je la soupçonne d'avoir plus d'une fois réussi à persuader son père de briser notre amitié. Il y a une énergie sous-jacente chez Freda, un formidable sens du drame, une façon de faire les choses ordinaires avec une conviction immense. Quand je l'ai rencontrée, il était difficile de croire que ses éclaboussures sur papier, les C+ aux mémoires de sciences qu'elle exhibait avec tant de hardiesse, étaient simplement médiocres. Parce qu'il la regarde à travers le filtre de l'image de sa mère disparue, Heissman croit pourtant dur comme fer que Freda est extraordinaire.

Je ne devrais pas être si sévère avec elle, je suppose. Mais est-il bon que les jeunes soient si décevants ? Et Heissman – pourquoi ne voit-il rien ? J'ai vivement souhaité qu'elle se trouve un petit ami, et pourtant dans ce pays la conscience de classe est tellement enracinée qu'aucun de nous deux n'avait songé à Davan Eyke, que ce soit pour exclure ou encourager pareille alliance. Il était là, supportant avec morosité son cadre de vie, jetant des petits cailloux aux oiseaux qui le persécutaient, mais dans la mesure où il n'appartenait pas à l'intelligentsia (comme nous), qui habite Revival Road, cette idée ne nous est pas venue à l'esprit.

Voici le genre de famille à laquelle il appartient : les Eyke. Son père est un petit mécano employé de façon épisodique. Sa mère conduit le camion de gaz local. Dans la cour en terre battue des Eyke, une chienne est restée attachée pendant des années, un animal ravissant, mi-berger allemand mi-husky, un œil marron et l'autre bleu. La chienne n'était jamais libérée de la courte chaîne qui la retenait attachée à un tronc d'arbre. Elle vivait par tous les temps dans ce rayon minuscule, vivait patiemment, supportant la monotonie de chaque moment de son existence, sans laisser transparaître la moindre méchanceté.

Je suppose que je ne vaux pas mieux que les Eyke. Un jour, j'ai appelé la Société protectrice, mais quand personne n'est venu et que la chienne a continué à enrouler la chaîne dans un sens puis dans l'autre tout autour de l'arbre, je n'ai rien fait de plus. Plutôt que d'affronter les Eyke – ce qui me semblait impensable, car non seulement M. Eyke camionnait les ordures, mais fauchait aussi notre pré et entretenait les arbres en arrachant les grandes herbes poussant à leur pied – j'ai gardé le silence. De temps en temps, en passant j'apportais un os à la chienne, et ressentais un certain mépris pour les Eyke, de celui qu'on éprouve pour les gens capables de maltraiter un animal.

C'est un échec que je regrette, s'agissant des Eyke. L'autre, c'est mon manque de perspicacité pour ce qui est de Davan et Freda.

Un tumulte d'hormones monte et descend cette route. Au cours de mes promenades, j'ai vu l'adolescence projeter vers le ciel chaque enfant de voisin telle une plante ivre de soleil. Sur cette route, la plupart des maisons sont environnées d'une profondeur d'arbres sombres et d'un enchevêtrement de broussailles. Il n'y en a pas deux qui soient à portée de cri l'une de l'autre. Pourtant on *sait*, rien qu'en saluant d'un geste de la main les parents dont les yeux hagards apparaissent derrière le pare-brise de leur voiture. On entend, quand des trials et des gros cubes nouveaux déchirent le silence, quand de monstrueuses radiocassettes beuglent, perchées sur des épaules nouvellement musclées. Les voitures familiales, aux trajets autrefois si prévisibles, donnent des ruades et soulèvent des nuages de poussière en montant et descendant les collines à fond de train. C'est un moment pénible, et on détourne les yeux des maisons qui l'abritent. Les fondations mêmes de ces foyers paraissent moins solides. L'amour vacille et explose. De la vapeur s'élève des fossés et les voisins sensés ne posent pas de questions.

C'est ce qui arriva à Davan, un gamin trapu criblé de taches de rousseur qui devint brusquement un impulsif à la mâchoire interminable. Maman jure qu'elle a su que c'était la fin dès qu'il a commencé à casser les tondeuses, en les flanquant sur l'herbe et les cailloux si brutalement que les lames se tordaient. Elle fit tranquillement réparer la nôtre et ne le réengagea pas. Les cheveux bruns de Davan poussèrent jusqu'à lui tomber sur les épaules, et une barbe toute neuve apparut à son menton, pareille à des traînées de crasse. De manière effrayante, il lui arrivait d'arpenter la rue vêtu d'une tenue de camouflage, en serrant dans ses bras l'arbalète et les flèches de son père avec lesquelles il embrochait les marmottes. Cette phase passa et il tomba ensuite dans une hébétude furieuse, qui dura des années et se termina par les dégâts qu'il causa à la voiture paternelle neuve en la précipitant contre les arbres. Jamais sa famille n'avait rien acheté d'aussi cher, et dans la mesure où il partit de chez lui peu après, il paraissait évident qu'il n'était pas pardonné.

Freda Heissman, en revanche, avait superbement résorbé son adolescence. Après quelques années de collège orageuses, à la suite de la mort de sa mère, elle adopta un mode de fonctionnement où elle réussissait de petites choses avec beaucoup de style, car ainsi que je l'ai indiqué elle n'avait aucun don, était au mieux une élève médiocre. Elle donnait pourtant l'impression de faire son chemin, et c'était le cas. Son admission dans une université prestigieuse n'en demeurait pas moins un mystère pour tous ceux qui la connaissaient. Ses professeurs, moi y compris, séchaient sur la question. C'était peut-être l'entretien, suggéra une femme à ma mère.

Plus tard, dans l'obscurité printanière bouillonnante et chargée de pluie, Heissman entre chez nous par la porte-moustiquaire de la galerie de derrière, dont il a la clé. C'est la seule porte de la maison qui s'ouvre avec cette clé, et je n'y change rien pour la raison suivante : au cas où je me lasserais, où j'aurais le trait de génie, l'autodiscipline ou le bon sens, d'empêcher Heissman de venir me voir la nuit, ce serait facile. Des frais de serrurier, c'est tout. Une clé jetée au panier. Pas d'explication à fournir. Même si ma mère doit sentir intuitivement, doit supposer, doit savoir sans jamais le dire que les visites nocturnes de Heissman ont lieu, nous n'en parlons pas et nous ne l'avons jamais fait. Sa chambre à coucher se trouve à l'autre bout de la maison. Nous vivons chacune pour soi, à bien des égards, et même si c'est le mode de vie que je préfère, il y a des jours où le besoin de me confier manque de déborder.

Car lorsqu'il pénètre dans ma chambre, j'ai la sensation de m'éveiller sur une rive improbable et ignorée. Comme si l'océan avait soudain été étalé devant moi. Dans les terres, on oublie. Et puis tout à coup on avance, de l'eau jusqu'à la taille, dans le flot puissant des vagues. Il y a tant de sens, tant de faim dans notre bouche et notre peau. C'est ça le bonheur, me dis-je chaque fois ! J'ai eu des amants, plusieurs, et ce que je préfère c'est la qualité singulière du sexe, riche en révélations et en aveux. Je la recherche, je l'exige de Heissman, et pendant quelques heures il est à découvert pour moi, sincérité et désir purs. Comment peut-il mentir ? Il me quémande des choses. *Pose ta bouche là.* Dans la nudité, nous sommes l'inverse de nos êtres diurnes.

Les corbeaux sont les oiseaux qui me manqueront le plus quand je mourrai. Si seulement les ténèbres dans lesquelles nous devons plonger notre regard étaient composées de la lumière noire de leur souple intelligence. Si seulement nous n'avions pas à mourir du tout mais devenions plutôt des corbeaux. J'ai observé ces oiseaux avec tant d'attention que je sens leurs plumes noires pointer sous ma peau. Pour voler d'arbre en arbre, le corbeau plane dans les airs, à la manière de l'aigle. Je plane ainsi dans le sommeil, entre une journée et la suivante. Quand nous sommes jeunes, nous croyons être la seule espèce qui vaille la peine d'être connue. Pourtant, plus je connais les gens, plus j'aime les corbeaux. Dans cette maison, donnant à l'arrière sur un grand pré et une mare, je vis sur leur territoire. Il y a quelques années, ils étaient huit ou même davantage dans le pin blanc de Heissman. Aujourd'hui quatre seulement y vivent, et six autres quelque part dans l'épaisse frange boisée au-delà de mon pré. Deux ont fait leur nid dans le pin. Trois oisillons ont été élevés. L'autre corbeau a été tué par Davan Eyke.

Vous vous demandez peut-être comment diable un jeune gars indiscipliné, très antipathique et pas particulièrement coordonné dans ses mouvements, a pu attraper et tuer un corbeau ? Ce sont des oiseaux d'une prudence diabolique. Par exemple, avec leur longue expérience des carcasses empoisonnées, ils ne goûtent pas les premiers la nourriture morte mais laissent ces opportunistes de geais bleus dévorer leur content. Ce n'est que lorsqu'ils voient que les geais voraces et audacieux ont survécu que les corbeaux les chassent pour se mettre à manger. Davan a eu besoin de l'arbalète de son père pour tuer un corbeau. Un jour où Heissman était absent, Davan s'est assis sur le perron de sa petite maison et a attendu que les oiseaux forment leur habituel cercle sarcastique. Tandis qu'entre eux ils se moquaient de lui, en s'avançant entre les branches il a lentement élevé l'arbalète. À la vue d'un fusil, ils auraient disparu. Mais ils n'avaient pas l'habitude d'autres engins. Ils ne connaissaient ni l'usage ni la portée de l'arc. L'un d'eux a vagabondé trop loin, et la flèche de Davan l'a transpercé de part en part. Heissman est arrivé en voiture et a vu le garçon planté devant l'oiseau. Chose étonnante, celui-ci n'était pas mort. En proie à une certaine fascination, Davan le regardait se débattre sur la hampe de la flèche, dont la pointe était fichée en terre. Heissman s'est approché, a brisé la pointe de la flèche et, tendrement, horriblement, a retiré la hampe du corps de l'oiseau. L'espace d'un instant, le corbeau s'est affalé sur le sol, flasque, puis il s'est ressaisi, s'est éloigné et enfoncé dans le bois pour y mourir. Au-dessus d'eux et hors de portée, les autres tournoyaient. Pour une fois, ils étaient silencieux.

« Fais-moi voir ton arc », a demandé Heissman, sur le ton de la conversation.

Davan le lui a tendu, prêt à vanter ses qualités splendides et meurtrières.

« Et les flèches. »

Davan les lui a remises aussi.

« Je reviens tout de suite », a dit Heissman.

Davan a attendu. Heissman a traversé la cour jusqu'à son tas de bois, a pivoté et mis une flèche en place. Puis il a élevé l'arme. Davan a fait un pas de côté, a cherché la cible des yeux, a de nouveau tourné un regard inquiet vers Heissman, puis s'est touché la poitrine tandis que le sculpteur épaulait. *Tirait.* Davan a bondi de l'autre côté du pin blanc et s'est élancé dans les broussailles. La flèche s'est plantée dans le tronc, juste derrière son épaule. Ensuite Heissman a posé l'arc sur le billot lui servant à fendre son bois. D'un coup de hache, il a tranché proprement l'arme en deux. Il a ensuite disposé les flèches comme un bouquet d'échalotes et les a débitées en petits tronçons. Il est entré chez lui pour me téléphoner.

« Si tu vois ce garçon passer devant chez toi en courant, a-t-il annoncé, voilà pourquoi.

- Tu lui as tiré dessus ?
- Pas pour le toucher.
- Tout de même, bon sang. »

Heissman, gêné, n'en a plus reparlé.

Davan économisa assez d'argent sur la paie que lui versait Heissman (du moins l'avons-nous cru), pour s'acheter une vieille Toyota, d'un rouge fané marqué d'une tache de rouille sombre sur la portière là où une bosse avait soulevé le métal sous la peinture. Maintenant la voiture crachait des gravillons et de la fumée au fil de ses allers et retours en ville. Le garçon avait réintégré sa chambre dans la maison de ses parents et recommencé à nourrir la chienne chaque jour, sans toutefois jamais la détacher de l'arbre.

L'érable de la chienne développa de grandes plaques de mousse brunâtres et se dépouilla de ses branches mortes. Empoisonné par la merde, le pied imbibé d'urine et l'écorce incisée par le continuel travail de scie et d'usure de la chaîne, il avait depuis des années, de façon maladive, jauni puis jeté un vif éclat orange avant tous les autres arbres de la route. Puis, un jour de ce printemps-là, il s'effondra et la chienne partit dans les bois, tranquillement, comme le corbeau, traînant derrière elle une chaîne d'un mètre. Sauf qu'elle ne mourut pas. Peut-être était-elle complètement dingue depuis le début, ou peut-être était-ce cet instant, après la chute de l'arbre, quand, se détachant nerveusement, elle s'avança d'un pas au-delà du rayon de terre battue dans lequel elle avait vécu depuis qu'elle était un chiot rondouillard. Peut-être ce pas, la patte rencontrant l'herbe, résonna-t-il le long de son échine et fit-il entrer une lumière si nouvelle dans son cerveau que celui-ci ne put contenir le déluge d'informations. En tout cas, il n'y eut pas de conséquence avant plusieurs semaines, un laps de temps que Davan avait mis à profit pour se remuer auprès de Freda, lui rendant des visites clandestines et l'emmenant en cachette à des soirées du voisinage où elle commença par jouir de son statut d'étudiante à l'université et de la modeste sensation provoquée par ses tenues à la mode new-yorkaise. Puis, à un moment donné, quelque chose s'éveilla en elle, pitié ou prise de conscience. Auparavant, je n'avais rien noté de remarquable chez la fille de Heissman, sinon ses vêtements. Son manque de gentillesse, sa paresse, son aplomb exagéré – le tout était typique des femmes de son âge. Puis soudain elle eut ce besoin de s'occuper de Davan Eyke et de le sauver, un brusque déblocage de la compassion qui lui fit tout déballer à son père, une humanité qui terrifia complètement Heissman.

Je sors de la voiture, le courrier à la main, et j'aperçois Heissman planté tel un bloc en face de Davan, qui se voûte devant son aîné avec une lassitude têtue. Enfermés dans leur espace d'hommes, ils font comme si je n'étais pas là. Heissman, bien sûr, est en train de signifier à Davan Eyke qu'il ne veut pas qu'il voie Freda. Il le traite probablement de quelques noms d'oiseaux, ou lui lance une menace, car celui-ci recule et le fixe d'un œil attentif, les mains levées comme pour bloquer un coup de poing, qui ne vient pas. Non, Heissman le flanque par terre d'un coup de pied, avec une aisance furieuse qui stupéfie Davan Eyke. Sur le sol, aux pieds de Heissman, il hoche la tête, perplexe. Quand celui-ci ramène la jambe pour frapper de nouveau, je m'avance. Le coup de pied s'arrête à mi-course. Davan se relève. Ces deux-là se considèrent avec une haine en train de se tisser – je vois presque la toile noire entre eux.

« Payez-moi, lance Davan en reculant.

– Promets-moi d'abord de ne pas la revoir. »

Davan éclate d'un rire rauque, crépitant, un rire de corbeau. Je continue à l'entendre à travers la vitre de sa voiture tandis qu'il emballe le moteur et file.

Je ne comprends pas pourquoi Heissman déteste tant ce garçon ; c'est à croire qu'il a percé chez l'artiste un effrayant puits jaillissant, et maintenant, dans un tourbillon d'énergie rentrée, Heissman se met au travail. Il termine *Numéro Vingt*. Il crée, dort à peine. Me voit à peine.

Il est difficile pour une femme de reconnaître qu'elle s'entend bien avec sa mère. Étrangement, cela paraît une forme de trahison. Donc peu le font. Afin d'entrer dans la société des femmes, d'être adultes, nous traversons une période où nous nous vantons fièrement d'avoir survécu à l'indifférence de nos mères, à leur colère, à leur amour écrasant, au fardeau de leur chagrin, à leur propension à picoler ou à ne pas toucher à une goutte d'alcool, à leur chaleur ou à leur froideur, à leurs éloges ou à leurs critiques, à leurs incohérences sexuelles ou leur transparence dérangeante. Il n'est pas suffisant que nos mères aient transpiré, enduré les douleurs de l'accouchement, donné naissance à leurs filles noblement ou sous anesthésie totale, ou les deux. Non. Elles doivent être tenues pour responsables de nos faiblesses psychiques pour le restant de leurs jours. Il n'y a pas de mal à pardonner à nos pères. Nous le savons toutes. Mais nos mères sont contraintes à un tel niveau d'excellence qu'il échappe à toutes les règles. Elles doivent tout simplement être accusées.

Je le refuse, alors que ma mère est assise en face de moi. Elle vient de subir une opération pour améliorer sa vue. Ses yeux sont fermés sous de petites coques en plastique et des bandes de gaze. Lorsque je change la gaze et lui mets des gouttes deux fois par jour, il me vient à l'idée qu'il y a quelque chose dans la nudité de son visage et de ses yeux clos qui s'apparente à celle d'un animal nouveau-né. Sa peau a toujours été d'une netteté et d'une finesse extrêmes. Souvent, pour moi elle a senti le savon, mais à présent elle y a ajouté un parfum léger qui dans sa cécité lui permet de revenir sur ses pas avec assurance dans la maison, à l'odorat.

C'est ainsi que je sais qu'elle sait qu'il est venu. Hier soir, l'euphorie hystérique qui le faisait planer d'un mois sans inspiration à l'autre l'avait quitté. C'est le matin. Même pour moi la maison sent différemment, après que Heissman m'a fait l'amour pendant la nuit, plus vivante, allègre, empreinte d'une fraîche et délicieuse virilité. Pourtant, devenir ostensiblement la maîtresse de Heissman perturberait l'équilibre de nos vies. Mon amour secret qui est dans l'impasse et mon mépris dont je ne fais pas de secret constituent la seule emprise que j'ai sur lui, mon seul pouvoir. Aussi la situation reste-t-elle inchangée. Ma mère et moi continuons à vivre tranquillement toutes les deux. Je ne redoute pas, comme d'autres pourraient le faire, sa dépendance croissante. Mais voilà, j'ai le désir étrange et immature que s'il lui faut entrer dans la mort, cette rude montagne, elle m'emmènera avec elle. Ne me laissera pas griffant la veine de pierre refermée.

Le printemps sur cette route commence dans un flot de pluie sombre, de boue glissante, et puis de chaleur sèche, ce qui est mauvais pour nos puits et nos mares mais merveilleux à voir dans les bois. Des sons nouveaux, les trilles euphoriques des rainettes, cette stridente plainte sexuelle et électrique, la cacophonie des chouettes rayées, qui nous réveillent en sursaut, provoquant des bulles de tension dans mon sang. Je ne me vois pas changeant la serrure. Sans un mot, sans un bruit, je tourne autour de Heissman, en traînant ma chaîne.

Pendant tout le mois de mars, il n'y a pas de trace de la chienne qui a échappé à l'érable mort, et maman et moi ne pouvons que supposer qu'elle a été recueillie quelque part, prise pour un animal errant, ou peut-être abattue par un fermier depuis la galerie à l'arrière de sa maison, parce qu'elle pourchassait un cerf. C'est probablement ainsi qu'elle survit – si elle survit – en se faufilant par un trou dans la clôture de la réserve de chasse, en mangeant des faisans nourris à la main et des carcasses d'animaux victimes de l'hiver.

La chienne réapparaît dans l'éclat rose du mois d'avril. Cette semaine-là les feuilles jaillissent des bourgeons, et l'air se charge d'une pellicule verte amère et impalpable qui s'adoucit et s'obscurcit en si peu de temps. Par une nuit embaumée, le cocker de mes voisins un peu plus haut sur la route, ceux qui ont abattu cinquante arpents de bois d'œuvre sur pied en quatre jours atroces, se fait dévorer. Le chien reste dehors toute la nuit dans son enclos grillagé, et le lendemain matin, depuis la porte de derrière, Ann Flaud, en chemise de nuit, tire sur la laisse. Qui vient à elle en traînant sur le sol dans un bruit de ferraille. Au bout pend un collier vide, à demi rongé.

À part cela, il n'y a pas grand-chose à trouver. Juste une tache de sang et les deux longues oreilles brunes, semblables à des moufles. On accuse les chiens sauvages – ces créatures mythiques évoquées à chaque disparition – puis les satanistes. Je sais que c'est la chienne. Je l'ai vue à la lisière de notre pré, bondissant sur de longues et souples pattes de loup. Elle n'a pas l'air affamé. Elle est vivante – grasse, luisante, énorme.

Une nuit elle dîne d'un jeune veau, arraché au supplice de son étroite stalle individuelle sur l'unique ferme en activité de la route qui ait survécu aux années quatre-vingt. Elle vole du saindoux dans les mangeoires à oiseaux, mange des ordures, des campagnols et des grenouilles. Quelques chats s'évanouissent dans la nature. On la voit régulièrement, sans jamais l'attraper. Les gens montent des clôtures solides autour de leurs poulaillers. Pourtant ce n'est que lorsque la chienne croise le car scolaire, la gueule béante, l'œil triste d'un brun liquide et l'œil affamé d'un bleu de cristal braqués sur les portières au moment où elles s'ouvrent dans un soupir, que la police de l'État s'en mêle.

Un cordon de volontaires armés de fusils de chasse, renforcé de policiers du coin, se déploie dans les bois. Garé sur la route, un policier qui a conservé le vague souvenir d'un vol d'automobile à Concord lance une vérification concernant la voiture rouge de Davan Eyke au moment où elle passe comme un bolide. Eyke monte chez Heissman, où Freda, vêtue de façon moins audacieuse qu'à l'ordinaire et occupée à ronger le vernis noir de ses ongles, l'attend pour lui prodiguer des conseils. Ils partent se promener dans les bois, laissant la voiture dans l'allée bien en vue de l'atelier de Heissman. Ils reviennent et puis, malgré les ordres exprès, intransigeants et catégoriques de Heissman, Freda fait exactement ce que font les jeunes – le contraire. Le cœur humain est tout aussi embrouillé que notre route. Freda monte dans l'auto avec Davan.

Après vérification par la police, la voiture s'avère avoir été volée, et quand une heure plus tard elle redescend à fond de train de chez Heissman, le policier branche sa sirène et démarre sur les chapeaux de roues pour la prendre en chasse. Il s'ensuit un périlleux jeu de chat que les journaux qualifieront de course-poursuite à grande vitesse. Sur nos routes étroites pleines de virages en épingle à cheveux, de descentes brusques, de montées abruptes, la vitesse est une perspective angoissante. Davan Eyke fonce comme l'éclair sur la grande route, vire à gauche toute dans Tapper Road, et lance la voiture sur une étroite allée gravillonnée surtout utilisée pour promener les chevaux. Il monte et descend la colline en trombe, débouche sur la route plus importante, puis continue en direction de Windsor, en empruntant le pont couvert le plus long du pays, qui pénètre dans le Vermont, et où, au premier feu, il fait crisser les pneus entre deux véhicules en prenant un brusque virage à gauche pour échapper au feu rouge. Sur la petite route goudronnée, maintenant, la voiture de Davan est chronométrée à plus de cent soixante kilomètres à l'heure. Les policiers ne peuvent pas faire grand-chose sinon la suivre aussi vite qu'ils l'osent.

Un autre virage à gauche, et il semblerait que Davan soit résolu à repartir plein pot vers Claremont, côté New

Hampshire. La voiture de police prévient par radio les collègues qui se trouvent plus loin tandis qu'il prend un tournant sur deux roues et se dirige vers le pont qui enjambe le Connecticut, large et paisible, et sert de limite entre le New Hampshire et le Vermont. C'est un après-midi froid et humide de la fin du printemps, et, d'après le panneau qui se brouille devant les yeux de Davan, le verglas peut gagner le pont avant la route. C'est le cas. La voiture arrive sur la glace à peut-être 190 km/h et s'élève droit au-dessus du parapet bas. Une femme engagée sur la voie venant en sens inverse dira plus tard que la voiture rouge se déplaçait à une telle vitesse qu'elle paraissait avoir prise sur l'air et planer au-dessus du fleuve. Elle jurera aussi qu'elle a aperçu, avant que la voiture s'envole, la fleur blanche d'un visage venir se plaquer à la vitre arrière. Ensuite personne ne voit rien, bien que sous le pont le pêcheur matinal tirant son bateau sur la rive sente brusquement une ombre immense derrière lui, comme si un nuage était tombé du ciel, ou que de son aile un oiseau lui effleurait le dos. Il se retourne trop lentement, malgré sa panique, pour voir autre chose que la rivière et son cours éternel. L'impact de la petite voiture sur l'eau est tellement violent qu'il n'y a pas de ride pour marquer son passage d'un état de mouvement à l'arrêt complet. On dirait que l'automobile et ses passagers sont simplement pulvérisés, réduits instantanément à leurs éléments.

À la suite de l'appel radio, en quinze minutes tous les picks-up et les voitures de notre route rassemblent leurs passagers et leurs armes à feu et quittent à toute vitesse le détachement à la poursuite de la chienne pour la scène plus tragique du pont. Bien qu'on ne retrouve pas l'épave avant plusieurs jours, et que l'intervention de quatre plongeurs pour la repérer et la ramener soit nécessaire, les policiers, forts du témoignage de la femme, se rendent chez Heissman. Pensant que Freda elle aussi est passée par-dessus le pont, ils m'emmènent avec eux pour annoncer la nouvelle à mon ami.

J'attends Heissman à la lisière du pré, la main posée sur le chicot que forme la première branche d'un vieux pin. Loin dans les taillis, j'entends les corbeaux, le *croâ croâ* grinçant de leur faire-part, et il me vient à l'idée que Heissman pourrait simplement apparaître en compagnie de Freda. Mais non, il arrive seul, d'un pas traînant, répondant à mon appel. Pour la première fois dans notre vie commune je me sens à une hauteur surprenante, et même investie d'un pouvoir, peut-être de plus d'intelligence que je n'ai l'habitude de m'en reconnaître. J'éprouve une toute-puissance révoltante.

Il sursaute devant mon expression sans fard, demande :

« Quoi ?

– La voiture de Davan est tombée du pont. »

J'ignore ce que j'attends de Heissman, à ce moment-là. Tout sauf cette absence de réaction, détachée, curieusement fermée. Il ne lui vient apparemment pas à l'idée que Freda a pu être à bord. Incapable de poursuivre, je me tais. En dépit de sa gravité renfrognée, Davan n'avait éprouvé et exprimé qu'un amour timide pour la fille de Heissman. C'était une émotion qu'il était capable de ressentir, comme la peur qui l'avait incité à écraser l'accélérateur. *L'accélérateur*, me dis-je. *L'accélérateur et la pierre coincée.*

Je scrute le visage de Heissman. Mon cœur se ferme dans un grincement. Je tourne les talons et m'enfonce dans les bois. Je commence par croire que je pars pour souffrir comme le corbeau, mais au fur et à mesure que je marche je sais que je vais m'en sortir, que je serai dévouée et d'une fidélité maladive. M'en rendre compte m'ancre au sol. Je me sens plus vivante. L'herbe craque sous chacun de mes pas et sa poussière douce et délicieuse s'agite autour de mes chevilles. Dans le long vallon marécageux d'un champ qui file dans une poussée compacte d'arbres, je m'arrête et respire prudemment.

Dès que l'on quitte les terrains défrichés, lorsqu'on sort d'un endroit sculpté, labouré ou dessiné par un être humain pour passer dans les bois, il faut laisser derrière soi une partie de son être. C'est cette perte soudaine, me semble-t-il, davantage que la difficulté de marcher dans les broussailles, qui retient si fort les gens sur les sentiers. En forêt, il n'y a pas de droit chemin, bien sûr, pas de piste à suivre sinon la loi de ce qui pousse. Il faut oublier l'idée que tout va droit. Regarder simplement autour de soi. Voilà comment sont les choses. De travers, tombées à terre, fendues à la racine. Ce qui pousse le mieux le fait aux dépens de ce qui est en dessous. Un bouleau blanc se nourrit de la pulpe d'un vieux sapin du Canada et soutient la vigne vierge qui l'étouffera peu à peu. Dans le bois mort d'un autre arbre poussent des champignons aussi noirs que des sabots du diable. Au-dessus, le dôme de verdure, de grands pins qui sifflent frémissent et empêchent la lumière d'atteindre leurs propres branches basses.

On ne revoit pas la chienne et elle ne revient pas à Revival Road, ne tue plus ni cocker ni poules, ne réapparaît jamais près de la maison où sa nature l'assigne, ne hurle plus jamais dans la réserve de chasse ni ne fait de mal à un enfant. Pourtant la nuit, dans mon lit, la porte déverrouillée, tout en attendant j'imagine qu'elle s'arrête en lisière de mon pré, méfiante face au terrain dégagé, puis s'éloigne par bonds, son bout de chaîne arrachant des étincelles aux saillies rocheuses et aux grosses pierres qui affleurent. Je meurs d'envie de plonger mon regard dans le sien, mais si je la rencontrais face à face, pantelante avec son gros museau, luisante de sang, quel œil me verrait, le brun ou le bleu ? Lequel me rendrait la liberté ?

Il a baissé, Heissman, il a besoin de moi ces temps-ci. Ma mère lance de but en blanc : *Il n'est pas celui que tu crois.* Rassurante, je lui passe une main dans le dos. Elle me repousse d'un haussement d'épaules parce qu'elle devine, un peu déçue, qu'en fait je le connais bien. Honte, plaisir, laideur, perte : tous sont la chaleur dans la nuit qui trempe les liens. Et puis il y a le pardon quand une personne est impardonnable, et un homme pleurant comme un enfant, et la maison obscure engloutissant les cris caverneux.

Le tambour peint

On a fait appel à moi pour que je m'occupe de la succession de John Jewett Tatro juste après ses obsèques presbytériennes. Par une sombre matinée de printemps, je suis donc allée évaluer le contenu de la maison. Le ciel était d'un gris menaçant, pourtant les saules flamboyaient de tendres bourgeons, et des fleurs de pommiers sauvages flottaient en rafales dans les pins creux. J'ai gardé les vitres à peine entrouvertes tandis que je roulais sur les petites routes menant à la maison des Tatro, et j'ai respiré l'air saturé d'eau. Les Tatro avaient toujours été trop pingres pour entretenir leur route, et les quatre cents derniers mètres étaient partiellement emportés, le soubassement bosselé mis à nu. Des marais et des étangs envahis de végétation clapotaient à proximité, de chaque côté. Au fur et à mesure que j'avançais en cahotant, les grenouilles se taisaient un instant, ce qui me donnait l'impression de repousser un mur de sons. Lorsque je me suis arrêtée, les grenouilles ont recommencé à lancer leurs trilles. En remontant l'allée dallée jusqu'à l'endroit où la petite-nièce de Tatro m'attendait, je me suis arrêtée un instant, prise dans cette frénésie. Le printemps dans le New Hampshire peut être déroutant – virginal et bruyamment sexuel à la fois.

La maison des Tatro n'avait plus rien de majestueux. La demeure originale du dix-neuvième siècle avait été rénovée et agrandie tant de fois que son style en était brouillé. Ici une corniche, là une saillie. Le bâtiment était désormais un grand méli-mélo de bardeaux, avec des doubles fenêtres en alu vissées sur les vieilles vitres ondulées et une galerie treillissée sinistrement ajoutée après coup sur sa façade. Le revêtement extérieur était peint du ton rouge brique du sang séché. L'apparence générale était délabrée et triste, mais la femme qui m'a accueillie était plutôt gaie, et l'intérieur de la maison confortable, quoique sombre. Nous avons entamé mon premier tour de visite informel. Dans les pièces flottait l'odeur à laquelle je me suis habituée dans mon travail. C'est une senteur indéfinissable, en réalité, un mélange de boules de naphtaline et d'essence d'agrumes, de poussière et de cuir craquelé. Le parfum des vieilles choses. J'ai remarqué qu'une extraordinaire quantité de placards avait été ajoutée au cours d'une quelconque période d'expansion, même au rez-de-chaussée.

La nièce, qui s'appelait Sarah, était une femme agréable, à la mâchoire carrée, aux cheveux châtain clair et aux yeux bleus. Elle avait dans les trente-cinq ans, une dizaine d'années de moins que moi, peut-être, le genre de femme qui se propose pour surveiller la récréation ou construire les projets artistiques de l'école élémentaire. Je connaissais ce genre-là. Je m'y étais essayée. Et ma mère aussi. Mais notre fascination pour les choses de la vie ou, plus précisément, la seconde vie des choses nous avait toujours mises en marge. Maman avait démarré l'affaire, et nous l'avions gérée ensemble depuis bientôt deux décennies. Nous sommes intègres, discrètes, honnêtes et compétentes. Tout le monde nous connaît dans notre coin du New Hampshire, et on nous respecte, je crois. Il y a un certain avantage à notre sexe. Le plus souvent, ce sont les femmes de la famille à qui l'on colle la corvée de s'occuper de la succession mobilière, des biens, et nous sommes aussi des femmes. Nous comprenons ce que c'est qu'affronter une montagne de décisions insignifiantes lorsqu'on a du chagrin. Tandis qu'assise en compagnie de Sarah j'officialisais la situation autour d'une tasse de café, j'ai éprouvé ce sentiment de solidarité agréable et immédiat que je ressens souvent avec d'autres femmes, dans ces moments-là – il y a de la compassion, bien sûr, mais aussi un certain soulagement. Se mettre au travail, enfin ! Il y a même un peu d'exaltation à l'idée de la tâche à venir. Vider une maison est une besogne à vous mettre complètement à plat, mais qui en chemin réserve toujours des découvertes. Certaines ont de la valeur – une authentique table Shaker sous une couche de peinture crème, une porcelaine fabuleuse ou mièvre mais d'anciennes figurines *Hummel* de valeur parmi des salières et des poivrières ébréchées. Un jour, un vieux seau oublié dans un coin de garde-manger s'est avéré être un Leder peint à la main, valant une petite fortune. On découvre des éditions originales, aussi : un Mark Twain dédicacé, un Wharton, peut-être un Salinger comme neuf – on ne sait jamais ce qui émergera de la pile même la moins prometteuse. Et puis certaines découvertes sont révélatrices – journaux intimes, paquets de lettres d'amour, une boîte de documents pornographiques anciens mettant en scène des mustangs dressés, certificats répertoriant des causes surprenantes de décès ou des naissances inconnues. Le contenu d'une maison peut mener à toutes sortes de révisions de l'histoire familiale.

Derrière mon impatience à me charger de la succession Tatro, il y avait aussi le fil rouge de liens remontant à plusieurs générations. Ma mère et moi sommes des spécialistes des antiquités amérindiennes. Dans *L'Histoire de Stiles et Stokes*, un ouvrage publié en souscription par notre société historique locale, il y a un chapitre entier consacré à la famille Tatro, et dans ce chapitre un paragraphe sur l'arrière-grand-père du Tatro le plus récemment décédé. Jewett Parker Tatro avait été agent du Bureau des Affaires indiennes sur la réserve ojibwé dans le Dakota du Nord, là où était née ma grand-mère et où elle avait vécu jusqu'à l'âge de six ans, après quoi elle avait été emmenée à l'Est et inscrite à la Carlisle Indian School, en Pennsylvanie. Elle y avait appris à coudre de façon très élaborée, à faire les additions et les soustractions, à entretenir le linge, à récurer un sol, à lire, écrire et réciter des passages de la Bible, des sonnets de Shakespeare, des odes de Keats, et la Déclaration d'indépendance. L'Institut Carlisle, c'était là aussi qu'elle était tombée amoureuse.

Ma grand-mère était restée à l'Est avec le jeune professeur qu'elle avait épousé peu après avoir obtenu son diplôme, mais elle revenait faire des séjours sur la réserve et avait donné naissance à ma mère sur sa propre parcelle. Nous n'avons pourtant jamais été véritablement des gens de l'Est. Pour nous, le lien entre Tatro et la réserve ne manquait pas non plus d'intérêt parce qu'il n'était pas rare, en ce temps-là, que les agents indiens amassent de vastes collections d'objets, et bien évidemment nous nous étions toujours demandé si la maison Tatro abritait ce genre de trésor. Bien que nous n'ayons eu que peu d'indices du vivant des deux derniers frères Tatro (ils étaient morts à deux mois d'intervalle) et que d'abord je n'aie rien vu qui ait pu m'amener à penser que ces placards renfermaient quoi que ce soit de plus exotique que des magazines, des vêtements et des disques, des rumeurs avaient couru. Et à notre connaissance, jamais une grande collection Tatro n'avait été donnée à un musée local, un musée d'État ou d'université. Il y avait tous ces placards et les murs épais des pièces du rez-de-chaussée. Et puis il y avait aussi le caractère des Tatro – ah, ça oui – à prendre en compte.

Ils étaient vifs, ils étaient astucieux, c'était des tricheurs calmes et implacables, et des gens qui amassaient en secret. Ils hantaient les ventes de charité. Achetaient la nourriture en gros. Faisaient du stop quand l'essence était chère, alors qu'ils n'étaient pas pauvres. Gardaient les élastiques entourant les brocolis ou les bananes, lorsqu'ils s'offraient pareils luxes. Ils faisaient bouillir la sève de leurs arbres et volaient le maïs dans les champs de leurs voisins. Ils ramassaient les crosses de fougères pour les manger, arrachaient des fruits aux arbres rachitiques, tiraient sur des ratons laveurs et les faisaient rôtir. Chaque automne, ils achetaient, salaient, ou congelaient la moitié d'un cochon, le dévorant dans l'année du groin au jarret. À mes yeux, les Tatro étaient le genre de célibataires yankees minables susceptibles de conserver une collection d'objets de valeur uniquement parce que cela ne les avait jamais effleurés de se séparer de quoi que ce soit. Ils se seraient juste cramponnés à leurs affaires – moisies, garnies de boules de naphtaline, stockées parmi des blocs de cèdre – jusqu'au jour du Jugement dernier.

Bizarrement, peut-être, la maison que j'habite avec ma mère n'est pas encombrée. Ce n'est pas que notre métier nous a rendues snobs. C'est plutôt le rappel constant de notre mortalité qui nous retient. S'efforcer de posséder quelque chose d'une valeur phénoménale nous paraît en général absurde, étant donné notre biodégradabilité. Pourtant il y a de rares objets que nous avons trouvés irrésistibles. Leur nature révèle probablement que nous sommes davantage prisonnières de nos origines que nous ne voulons bien l'admettre : un chatoyant vase de mariage Maria Martinez à double col ; un porte-bébé ojibwé, sa couverture de velours brodée d'un motif de perles compliqué ; trois très beaux tapis navajos ; un sac à bandoulière qui fut probablement porté par le dernier chef de guerre ojibwé, Buganogiizhig en personne ; quelques pots à semences ; quelques boîtes en piquants de porc-épic taillés ; et quelques grosses turquoises anciennes qu'il faut sans arrêt astiquer. Oui, nous aimerions laisser notre voie vers le paradis dégagée, parcourir un chemin dépouillé et authentique. Pourtant nous sommes bien humaines.

Sarah Tatro n'avait pas l'intention de se laisser prendre au piège par la maison et son contenu. Tout en buvant notre café – dans des chopes de bistrot blanches et épaisses certainement fauchées par l'un des oncles dans un bar des environs – elle m'a expliqué qu'elle était pressée de vider la bâtisse et de la mettre en vente. J'ai trouvé sa franchise touchante, et pourtant, en même temps, l'idée que la maison Tatro cesse d'être la propriété de la famille après presque deux siècles a suscité en moi une vague mélancolie. Il est rare qu'une demeure reste aussi longtemps dans la même famille – j'étais, de façon surprenante, tentée d'essayer de dissuader Sarah de rompre avec le passé et de poursuivre, entre toutes choses, sa propre existence. Je me suis retenue. J'ai sorti mon carnet et commencé à dresser une liste approximative du contenu de la maison. Plus tard, deux assistantes viendraient me rejoindre, mais je préfère commencer par travailler seule, à l'exemple de ma mère. J'aime me faire une idée des objets d'une maison, deviner le point de vue de la personne qui, bien que confortablement installée dans l'autre monde, s'attarde encore dans la manière dont sont disposés et traités ses biens. J'aime faire la paix avec les morts.

J'ai demandé à Sarah si son grand-oncle avait eu un domaine d'intérêt particulier ou une collection qui pourraient exiger un traitement ou une estimation spécifiques.

« Oh, je ne sais pas, c'est qu'il y a tellement de tout. » Elle a agité les mains. « Tellement de vieux services de vaisselle. Et il possédait pas mal de fusils. Dont certains sont anciens. Et puis les placards du rez-de-chaussée s'enfoncent loin dans les murs. Ils sont bourrés à craquer. C'est donc vraiment impossible de le savoir. »

J'étais seule et j'ai vite été plongée dans les plaisirs de mon travail. Les chagrins des inconnus font partie de ma profession, et si je devais étudier les motifs qui m'ont poussée à choisir cette voie, je découvrirais peut-être que je tire un certain réconfort de leurs deuils – comme si ma proximité constante avec la mort me protégeait, moi et ceux que j'aime. Les meubles des deux premières pièces du rez-de-chaussée étaient en bon état et pas mal du tout, sans qu'il y ait des « trouvailles ». Il était à prévoir que les Tatro n'avaient pas été des bibliophiles, et il n'y avait pas davantage de petites touches en matière de décoration – lampes, vases, figurines. Pourtant six jolis tableaux de peintres locaux étaient accrochés aux murs, et il y avait un croquis à l'huile, une sorte de dessin préparatoire, de Maxfield Parrish. N'importe quel autre jour, cette seule découverte m'aurait enchantée. Dans le cas présent, elle indiquait aussi la tendance des Tatro à se cramponner aux choses, dans la mesure où Parrish était connu et que l'œuvre aurait pu être vendue sans difficulté. J'ai essayé de ne pas lâcher la bride à mes espérances, mais lorsque j'ai ouvert la porte du premier placard l'excitation rendait mes doigts malhabiles. J'ai hâtivement passé en revue ce que je voyais. Les habituelles caisses de magazines. Des piles de rideaux et du linge de maison vieux et défraîchi. Un nombre incalculable de souliers de tous les styles, remontant à plusieurs décennies. Des manteaux dans de la naphtaline, en toutes sortes de matières, allant du drap à la fourrure de putois. Le placard n'en finissait pas, mais j'ai décidé assez vite d'abandonner son contenu à mes assistantes. Le placard suivant débordait de disques. Surtout des 78 tours, du swing ou des big bands. Je commençais à craindre que les rumeurs n'aient été effectivement que des rumeurs, quand, en me lançant dans une large rangée d'étagères aménagées dans un mur, je suis tombée, cela paraît curieux à dire, sur le premier signe de vie.

Certaines successions s'animent et d'autres non. Certaines possessions ont peu de personnalité, d'autre beaucoup. Il y a un moment auquel je pense toujours, un moment que j'ai failli rater. Il y a des années, j'ai ouvert un coffret en bois contenant ce qui semblait être des mouchoirs enveloppés dans du papier de soie, uniquement des mouchoirs, marqués aux initiales de la propriétaire : L.M.B. Je m'apprêtais à vider la boîte et à éparpiller son contenu parmi le linge de maison, quand j'ai remarqué une étiquette. Épinglé à chaque mouchoir en coton, ou en batiste, bordé de dentelle ou brodé, ai-je constaté, il y avait une étiquette soigneusement découpée, portant une date notée d'une écriture féminine. Un nom ou des noms y étaient inscrits. Et puis des événements. « Baptême de Teddy. » « Mariage de Venetta et John Howard. » « Obsèques de Teddy. » « Veillée funèbre de Frère Adamantine. » « Premier opéra, "La Traviata". » « Bras cassé. » Et tout au bas de la pile, peut-être le mouchoir qui avait démarré la collection, un petit carré d'étoffe ayant appartenu à un enfant, maladroitement étiqueté « Obsèques de maman ». Je me souviens être restée là avec les mouchoirs de L.M.B. tandis qu'autour de moi virevoltait le restant des travaux de tri et d'évaluation des prix. Cette boîte contenait les larmes de toute une vie de femme. Je suis passée par plusieurs stades d'émotion. Le premier a été l'exultation face à la nouveauté d'une idée pareille, et j'ai ressenti le désir impérieux de montrer son contenu à mes assistantes. Ensuite, l'irritation m'a saisie. Je ne pense presque jamais aux non-Indiens comme à des « Blancs »; après tout, j'ai la peau claire. Mais j'ai éprouvé un brusque sursaut de partialité qui m'a étonnée. *Typique d'une Blanche – à ce point avare de ses larmes qu'elle les a gardées,* ai-je songé. Et puis je me suis ressaisie et je suis restée là encore un peu, sans lâcher la boîte, qui était très légère, en vieux pin verni, et j'ai retourné chaque mouchoir l'un après l'autre. « Chère naissance de Theodor. » « Dîner de lit de mort de Tante Lilac. » C'était quoi, un dîner de lit de mort ? « Mariage du cousin Franklin avec Mildred Vost. » D'autres obsèques. Mes collaboratrices sont parties s'attaquer à la pièce suivante, et c'est là, assise parmi les joies et les peines de L.M.B., que les larmes me sont montées aux yeux. Elles étaient peu nombreuses. Je ne suis plus trop du genre à pleurer. Mais lorsque j'ai ressenti cette vague de tristesse, j'ai aussitôt tendu la main vers un des mouchoirs, je me suis tapoté les yeux pour les sécher et j'ai ajouté mes larmes à cette boîte. Ensuite, je l'ai refermée. Je savais que ce qui s'était passé était tout à fait bien. Larmes Versées pour L.M.B., aurais-je pu écrire sur un bout de papier. Il faudrait maintenant que j'achète ce coffret, mais cela paraissait la conclusion appropriée à la collection. J'avais entendu dire que dans sa vieillesse la propriétaire était devenue une redoutable vieille raseuse, critique, bigote, toujours à se plaindre auprès des parents dont les gamins coupaient à travers sa pelouse ou abîmaient ses tulipes. Mais c'est là ce que j'entends par s'animer.

La succession de John Jewett Tatro a gagné ce genre de cohérence lorsque j'ai fait la connaissance d'une poupée au visage en peau de faon et aux yeux de jais. À l'instant où j'ai posé mes mains dessus, j'ai su que la poupée n'était pas ordinaire. Elle était enveloppée dans un tissu de traite rouge fané et rangée dans une boîte à chaussures. La boîte avait été posée par erreur sur une étagère de souliers, et quand je l'ai ouverte j'ai perçu une bouffée caractéristique de peau fumée – une odeur qui n'avait pu que s'accumuler, molécule après molécule, au fil des ans. Alors que je sortais la poupée de son emballage, l'éphémère goût de fumée s'est évanoui et la poupée est apparue, ravissante. Le cuir parfaitement tanné qui constituait sa peau avait curieusement conservé sa douceur, même si aux teintes sombres et vaguement salies de ses bras et de sa jupe j'ai vu qu'on l'avait aimée comme un jouet. Ses lèvres rouges en piquants de porc-épic étaient cousues en un sourire tranquille et amusé, et ses yeux en perles étaient disposés avec beaucoup de vie. Sa chevelure noire et drue avait été prise à la crinière d'un cheval et répartie en tresses. Son vêtement était lui aussi coupé dans du cuir tanné, orné de petits fragments de coquillage et de perles anciennes, des jaunes translucides, des rouge vermeil à centre blanc et des bleues allemandes. Sa taille était prise dans une large ceinture tissée. Y était attaché un étui qui protégeait un tout petit couteau à dépouiller. Ses mocassins étaient brodés de fleurs, et à son bras un anneau d'argent de traite lui faisait un bracelet. De ses oreilles percées en peau de faon pendaient de minuscules pendeloques, des grelots pour faucon si extraordinairement petits qu'ils auraient pu être fixés à la gorge de fauvettes. Elle portait un panier gros comme un dé à coudre si ingénieusement tressé que j'en ai ri de plaisir. J'ai aussitôt emporté la poupée pour la montrer à Sarah.

« Ah, la voilà ! » Elle a sorti la poupée de son emballage et l'a manipulée avec une tendresse pleine de familiarité, a lissé sa chevelure drue et caressé les minces sourcils en crin de cheval brodés au-dessus des yeux étincelants.

« Mes oncles me permettaient de jouer avec si j'étais une très bonne petite fille.

– *Elle* est très bonne, vous savez. De grande valeur, je veux dire. Nous devrions la faire examiner par un conservateur de musée.

– Ah bon ? »

Sarah était étonnée, mais pas particulièrement ravie. Je crois qu'elle ressentait la même chose que moi face à cette poupée. C'était personnel – le grand plaisir de la posséder n'avait rien à voir avec sa valeur.

« Y avait-il d'autres objets – je veux dire amérindiens – datant de cette même époque ? Vos oncles les conservaient-ils tous ensemble quelque part ? Dans une armoire ? Des malles ?

–– Oh, mais oui, j'avais complètement oublié. Un des Tatro d'il y a longtemps a vécu chez les Indiens. Il y avait plein de broderies de perles anciennes et de trucs comme ça. Venez à l'étage, je vais vous montrer. »

En gravissant les marches de l'escalier, je me suis efforcée de respirer lentement. Il y avait une mansarde, cela allait de soi – une longue salle inachevée tendue de papier goudronné et bordée d'étagères en planches brutes surchargées de vieilles valises. La plupart des objets étaient conservés dans ces valises, m'a signalé Sarah. Il y avait aussi des objets plus volumineux enveloppés dans de vieux couvre-lits et des tapis de selle. Nous les avons sortis aussitôt – un porte-bébé pas aussi beau que le mien, de larges vans en écorce de bouleau, un repose-pied brodé de perles, un tambour. Les valises renfermaient quelques précieux échantillons d'ouvrages de perles et d'appliqué de la fin du dix-neuvième siècle et du début du vingtième.

Il y avait des mocassins, des jambières, des pagnes de cérémonie emperlés, un gilet, et deux sacs à bandoulière (dans un état de conservation exceptionnel et valant une fortune). Il y avait aussi une quantité d'articles de moindre importance – des petits sacs, de ceux que l'on vendait autrefois aux touristes, un bandeau pour une coiffe dont toutes les plumes avaient été retirées, des blagues à tabac, des sangles de portage tissées, et des tapis de jonc. Nous avons étalé les objets, une fois déballés, sur les couvercles des valises, les avons drapés sur les bords des tiroirs et des étagères, mais nous avons fini par nous arrêter. La collection n'en finissait pas.

« Félicitations », ai-je lancé, et il a dû y avoir une certaine émotion dans ma voix.

Sarah Tatro a paru éberluée.

« Félicitations pour quoi ?

– Vous pouvez probablement prendre votre retraite. Ou du moins de longues vacances. Fini le réveil par téléphone à l'aube.

– Vous croyez que tout cela a de la valeur…

– Beaucoup. »

Sarah s'est laissée tomber sur une malle et a mis sa tête dans ses mains.

« Vous voulez dire qu'ils étaient assis sur une fortune pendant tout ce temps ? »

Je n'ai pas répondu, et au bout d'un moment elle a secoué la tête et lancé un rire bref, sans humour.

« Ils étaient tellement radins qu'ils dînaient de flocons d'avoine. Et qu'ils tartinaient leur pain de margarine plutôt que de beurre. Les impôts sur cette maison étaient devenus exorbitants, bien sûr, et ils tenaient à la garder.

Alors ils vivaient de rien. Mais à la fin », sa voix s'est enflée, « je dois avouer qu'à mon avis ils prenaient plaisir à leur avarice. » Et puis elle a ri avec davantage de liberté. « Il est même probable qu'ils profitaient de ce qu'ils avaient. On voit bien qu'ils passaient en revue ces trucs-là. Vérifiaient qu'il n'y avait ni moisissures ni insectes, je suppose, les remballaient. Posaient des pièges à souris. Tenez. » Elle m'a montré la date d'un journal qui avait servi à protéger un ravissant panier en herbe douce. « De l'année dernière.

– C'est une chance, ai-je dit, l'acidité du journal aurait pu l'abîmer. »

Je me suis avancée pour examiner le petit panier torsadé et cousu, et c'est là que je me suis approchée du tambour.

Je ne suis pas une sentimentale. Comment le pourrais-je ? J'ai vu les objets les plus intimes passer dans d'autres mains, indifférents à l'amour qu'on leur portait autrefois. Certains pensent que les objets absorbent l'essence de leurs propriétaires. Je ne me mêle pas de ça. Et pourtant, au moment où je me suis approchée du tambour je jure qu'il a résonné. Une note profonde, grave et sonore. Je me suis arrêtée net, les yeux rivés dessus. Je l'ai entendu, je sais que je l'ai entendu, et pourtant cela n'a pas été le cas de Sarah Tatro.

« Je file, a-t-elle annoncé. Trop de poussière. Je reviendrai plus tard dans l'après-midi. J'ai des courses à faire en ville. »

Je suis donc restée avec le butin de Tatro. J'ai continué à regarder fixement le tambour, ou ce que j'en apercevais, car il était presque entièrement emmailloté dans une courtepointe décolorée. Ce n'est pas mon genre d'avoir une imagination qui me joue des tours, et je n'entends pas de voix. Il devait y avoir une explication. Quelque chose qui bougeait et venait frapper la peau. Un changement de pression atmosphérique. La courtepointe n'avait rien de particulier, un simple assortiment de carrés, assemblés à la machine et aux épaisseurs réunies par un brin de fil. Je me suis avancée vers le tambour et j'ai entièrement ôté le tissu. La lumière, dans le grenier, tombait de deux ampoules nues à cordon, et jetait des ombres vives. La face du tambour, énorme, de pas loin d'un mètre de diamètre, brillait. Le wapiti qui avait été dépouillé pour le fabriquer devait être un géant. Le tambour avait pourtant quelque chose de fragile, car il était décoré de façon très élaborée, avait un baudrier et une jupe brodés de perles, était garni de glands de fil rouge et orné tout autour de petits cônes en fer-blanc, ou de grelots. Quatre larges tendeurs étaient répartis à distance égale autour de sa face. Dans leurs languettes indigo étaient disposées quatre croix tissées en perles de cuivre. Sur la peau du tambour, en plein milieu, était peint un petit oiseau, d'un bleu plus clair. C'était tout. Mais les détails de l'oiseau, les jupes à fleurs rouges, les grelots, associés à la taille de l'instrument, lui conféraient un caractère insolite à la fois puissant et doux.

J'ai tiré une chaise pliante près de lui et me suis assise pour noter les détails. Ma main traînait sur la page. C'était le genre de découverte qui aurait dû me donner le frisson, mais j'étais mal à l'aise, angoissée. J'ai regardé autour de moi. J'ai posé une main sur le tambour et j'ai eu alors, passant en moi tel un nerf, une certitude incontestable. C'était viscéral. Non pas une pensée mais un instinct. J'ai recouvert le tambour et je suis descendue vérifier que Sarah était bien partie. Quand j'ai vu que le garage était vide et que j'étais seule, j'ai maintenu la porte de derrière ouverte et je suis aussitôt remontée au grenier. J'ai enroulé la courtepointe plus serrée autour du tambour, et puis je l'ai emporté dehors, l'ai glissé dans le coffre de ma voiture et dissimulé en tirant par-dessus le store de protection contre le vol que j'utilise toujours quand je me gare sur les lieux de grandes ventes aux enchères.

J'ai travaillé le restant de l'après-midi sans réfléchir à ce que j'avais fait. Quand mes pensées voletaient vers le tambour, je me détournais de tout examen plus approfondi. Ce que je venais de faire, ou m'apprêtais à faire, était probablement un délit et pourrait causer la ruine de notre entreprise. La facilité avec laquelle j'avais agi m'ahurissait. Pour quelqu'un qui n'avait même jamais volé une barre chocolatée de toute sa vie, sortir tranquillement de la maison d'un client avec un objet d'une telle valeur pourrait être un signe de démence. Le début d'une dépression nerveuse. Mais ce n'était pas ce que je ressentais. Je me sentais très lucide. Et je me demandais si ceux qui commettent brusquement des actes irrationnels et criminels éprouvent ce sentiment d'acceptation d'une partie jusque-là inconnue d'eux-mêmes.

Le crépuscule prenait forme, bleu et glacé, le temps que j'arrive chez nous. J'ai laissé le tambour dans la voiture, enveloppé dans la courtepointe, sous son rideau en plastique tiré. Je ne voulais pas encore de lui à la maison. Il fallait que je réfléchisse – non pas si ce que j'avais fait était juste. À ce moment-là, j'avais décidé que je n'aurais pas agi ainsi à moins qu'à un certain niveau ce fût *juste*. Et pourtant l'explication de cette justesse tournoyait hors de ma portée. Mes véritables préoccupations étaient de savoir si je pouvais continuer à cacher le tambour et si j'allais me faire pincer. J'étais à peu près sûre que Sarah Tatro n'avait pas remarqué l'instrument ; à vrai dire, tous les objets de ses oncles avaient paru la laisser indifférente, à l'exception de la poupée avec laquelle elle avait joué enfant. J'étais aussi quasi certaine qu'elle était la seule à avoir connaissance de cette collection. Or même elle en avait oublié l'existence. Si je devais emporter le tambour, c'était cet après-midi ou jamais. Je savais qu'une fois que j'aurais catalogué les objets et les aurais fait estimer, il atteindrait un prix hors de portée de qui que ce fût, sinon des plus riches collectionneurs, ou d'un musée. Pourtant, je n'en voulais pas. Que ferais-je d'un truc pareil ? Où le garderais-je ? Non je n'avais pas pris le tambour pour moi. Je me suis rassurée sur ce point tout en me mettant à table pour dîner en compagnie de ma mère.

« Tu fais une drôle de tête, a-t-elle remarqué. Alors, comment ça s'est passé ? »

J'ai pris le saladier qu'elle me tendait et commencé à déposer des feuilles dans mon assiette.

« Eh bien, tout était là.

– Oh ! »

Elle a posé sa fourchette.

J'avais enfourné une bouchée de feuilles d'épinards, mais brusquement je me suis sentie trop fatiguée, même pour mâcher. Je me suis affaissée sur ma chaise, j'ai rejeté la tête en arrière, étiré les bras.

– J'ai passé tout l'après-midi penchée sur le carnet. C'est un véritable butin. Ancien – je dis bien ancien *ancien*. Tatro s'en est allé en emportant tout – poupées, broderies de perles, porte-bébés. Absolument tout.

– Alors il est parti avec le plus beau. Il avait du flair. »

Nous sommes restées là, avec notre dîner entre nous. Les cheveux de ma mère, lisses et retenus dans la nuque par un nœud, étaient très blancs. Elle m'a mise au monde sur le tard, ayant abandonné l'idée d'être enceinte. J'étais un cadeau. C'est très agréable qu'on vous répète, toute votre vie, que vous êtes un cadeau. Nous étions très heureuses en cet instant précis, sans pourtant que je sache bien pourquoi. Peut-être était-ce simplement que nos espoirs secrets s'étaient concrétisés.

« Il y avait un tambour », lui ai-je dit.

Elle a repoussé son assiette et s'est penchée vers moi, les coudes posés sur la table. Ses yeux étaient deux fentes étroites qui remontaient légèrement aux coins. Les iris, brun foncé, présentaient le cerne bleu de la vieillesse, mais son regard était toujours perçant. Elle attendait que je lui décrive l'instrument.

« Un des grands tambours », ai-je dit.

Ses doigts ont dansé sur la table.

« Était-il habillé ?

– Quoi ?

– Décoré.

– Oui.

– Comment ? »

Je lui ai parlé des croix.

« Pas des croix, pas chrétiennes. Ce sont des étoiles. Était-il peint ?

– Il y avait un oiseau. Un petit oiseau bleu. »

Elle a fermé les yeux, pressé deux doigts entre ses sourcils. Je l'ai observée attentivement parce que c'est son geste lorsqu'elle essaie de former une pensée. Finalement, elle a pris la parole. Elle a parlé longtemps, et je ne peux que résumer ce qu'elle a raconté : Le tambour est l'univers. Ceux qui prennent place de chaque côté représentent les esprits qui siègent aux quatre points cardinaux. Un tambour peint, en particulier, est considéré comme un être animé que l'on doit nourrir à la façon dont le sont les esprits – en déposant à côté du tabac et un verre d'eau, parfois une assiette de nourriture. Un tambour ne doit jamais être posé par terre, ni laissé seul, et doit toujours être recouvert d'une couverture ou d'une courtepointe. On sait que les tambours guérissent et on sait qu'ils tuent. Ils ne font plus qu'un avec leur gardien. Ils sont fabriqués pour d'importantes raisons par des gens qui rêvent les détails de leur facture. Il n'y en a pas deux pareils mais chaque tambour est apparenté à tous les autres tambours. Ils se parlent entre eux et offrent leurs chants aux humains. Je devrais me montrer prudente au voisinage du tambour, a-t-elle recommandé. Sa présence dans la collection l'inquiétait.

« Il est plus vivant que des ossements humains », a-t-elle affirmé pour conclure.

Quand ma mère a été couchée, j'ai débarrassé une table basse dans un coin de ma chambre et j'ai rapporté le tambour à l'intérieur, puis, avec précaution, je l'ai posé dessus en équilibre. J'ai poussé deux chaises de chaque côté. Dès que je le touchais, ne fût-ce que pour le poser, il émettait un son. Une note aiguë et caverneuse. Ou une sonorité grave et hésitante, semblable à une question. Une petite tape sur le bord éveillait des échos. Il était d'une exquise sensibilité pour un instrument aussi puissant, et je me demandais ce qu'il donnait lorsqu'il était frappé avec force, par plusieurs personnes et en chœur. J'ai éteint la lumière et je me suis mise au lit. La nuit, je laisse ma fenêtre à peine entrebâillée, même en hiver. L'obscurité bouillonnait de musique printanière, et de loin en loin, au fond des bois, une chouette rayée poussait des cris de femme qui souffre. J'ai pensé que je risquais de rêver – en dépit de la nature pragmatique que je me connais, la journée avait été longue et singulière. L'idée que j'avais sans hésitation volé le tambour remontait à la surface de ma conscience puis s'enfonçait dans ses profondeurs. Peu importait que je me sois sentie justifiée par l'histoire, je me suis promis de ne pas échapper à ma culpabilité ni de trouver une explication logique à ma conduite.

Ce qui ne signifiait pas pour autant envisager que je pourrais faire ce qui convenait, et rendre le tambour à Sarah Tatro.

Tout ce que j'ai, c'est la vie des autres. Ce que je fais leur appartient ainsi qu'à ma mère – son affaire, son héritage, son sang. Même le coffret de larmes dans mon placard appartient à une autre femme, L.M.B. Mais à présent, j'ai dérobé le tambour. Et allongée dans l'obscurité de ma chambre, j'ai l'impression que mon vol irréfléchi traduit quelque chose de si fondamental qu'on pourrait l'appeler survie. J'ai outrepassé les règles et les lois, et je respire un air nouveau et raréfié. Mon vol n'est que le premier d'un grand nombre que je commettrai – mais pas d'objets. Il y a d'autres choses dont j'ai besoin et qu'il me faudra posséder, d'autres choses que je prendrai. Des pensées, des projets, des fureurs intimes, et même des joies qui me sont encore obscures.

D'habitude je dors à poings fermés, mais cette nuit-là, toute la nuit, me semble-t-il, je suis à l'écoute. Je réfléchis. Tant d'idées flottent vers moi à demi formées, avant de s'éloigner.

Notre vieille maison fait tic-tac. Pas de façon régulière comme une pendule, mais doucement et de toutes parts à mesure que le lattis au creux des murs change de température, que le plâtre se rétracte ou que la terre bouge sous les blocs de granite des fondations. Les petits sons qu'émet la maison se répercutent de temps à autre à l'intérieur du tambour. Ma respiration aussi. J'entends monter, et descendre. Entrer et sortir. C'est ample, et puis léger. Je m'alourdis, et deviens ensuite tellement inerte que mon corps paraît sans vie. Entre deux respirations, je ne sens plus rien. Et puis ma poitrine se gonfle, une résurrection.

Il y a autre chose que fait cette maison au cœur de la nuit. Il m'est déjà arrivé de l'entendre, et à présent j'attends que cela se produise. La maison libère les pas de la journée. Du matin au soir nous pressons très légèrement sur les lattes larges et anciennes, en vaquant d'une pièce à l'autre à des occupations quotidiennes. Il faut des heures aux planches pour se réajuster, pour que les clous remontent en grinçant, que les vieilles fibres de pin retrouvent leur élasticité. Au fur et à mesure du processus, elles reproduisent le bruit des pas. Dans la nuit notre dédale de chemins est reconstitué de façon audible. J'y suis habituée, et ma mère aussi, mais il arrive qu'un invité qui ne dort pas s'en effraie. Je peux le comprendre. Car à présent, alors que je me lève dans une demi-obscurité pour aller me planter au seuil de ma chambre, j'entends le craquement perceptible des pas venir vers moi, puis me dépasser et s'avancer vers mon lit. Je sens le souffle de mon propre passage, comme si mon moi défunt et mon moi vivant s'étaient brièvement croisés sur le seuil menant au sommeil.

Hasta namaste, baby

Chaque jour lorsque je termine mon travail – je vends des luminaires industriels –, je me purifie à l'aide d'une petite prière, même si je n'ai pas de religion particulière. Je ferme les yeux tout en décrochant ma veste de sa patère ou en éteignant mon ordinateur, et je m'autorise à explorer la pensée secrète du néant. Cette pratique m'a été enseignée par Sonia, mon épouse. Ma tentative réussit en général à effacer les petits soucis et les chiffres en baisse qui pourraient me tracasser, et me permet ainsi de savourer le trajet que je fais à pied tous les soirs pour rentrer chez moi. Bien que mon entreprise soit située dans un grand centre commercial qui abonde en marchandises, il y a juste derrière les bennes à ordures du supermarché une piste cyclable qui mène à moins de cent cinquante mètres des immeubles de mon quartier de banlieue. Sur mon chemin, si j'ai fait du bon boulot pour prendre conscience du néant, je sens la présence puis la perte de chaque nouvel instant qui s'écoule. Je peux regarder les feuilles s'agiter, remarquer le trille ou le grincement métallique des grillons et des cigales. Le cri des sitelles. L'indignation des corbeaux. Ou, à cette époque de l'année, en novembre, la beauté austère des arbres dépouillés de leurs feuilles. Le temps d'arriver à la maison, je suis généralement assez paisible pour aider ma femme dans sa quête pour concevoir un enfant.

Sonia est professeur de yoga dans un club de fitness de banlieue qui s'appelle La Forêt. Curieusement, La Forêt a fait abattre une vraie forêt de vieux chênes et de vieux charmes pour s'implanter commodément à proximité de l'autoroute. Le club est maintenant entouré de sinueuses plantations de bouleaux filiformes. Pour elle, Sonia pratique une forme très rigoureuse de yoga, nommé Iyengar. Mais aux clients du club, elle réserve un cours de relaxation plus cool. Bien qu'elle donne des cours du soir, Sonia prend en général une pause-dîner tôt dans la soirée pour coucher avec moi.

Nous mangeons rapidement, le repas que l'un ou l'autre a préparé en vitesse, et puis nous passons dans la chambre à coucher. Sonia rabat l'édredon vert et se glisse un oreiller sous les hanches pour basculer son bassin dans la position optimale. Je la pénètre et remue jusqu'à ce que je jouisse. Elle reste allongée les hanches en l'air entre quarante-cinq minutes et une heure. Parfois je la caresse pendant qu'elle est allongée là. Parfois nous bavardons de notre journée et nous faisons des projets – où nous déménagerons quand nous aurons davantage d'argent, les gens que nous pourrions inviter si jamais nous recevons. Nous rigolons en parlant famille, et nous nous demandons si oui ou non nous aurons un chien.

Cette tentative de conception a commencé il y a huit mois. Dès le début de la quête, j'ai éprouvé un énorme sentiment de culpabilité concernant cette réalité que je connais et que je trouve impossible à partager. Je suis stérile, et je le sais parce que mon sperme a été analysé lorsque j'ai participé à un test scientifique à la fac – c'était le genre de truc qui paraissait être une bonne idée à des copains de beuverie qui cherchent à se financer une partie de pêche. Quoi qu'il en soit, je n'ai pas rempli les conditions pour l'expérience. Et bien que Sonia et moi soyons ensemble depuis la classe de première, je ne le lui ai jamais avoué, ni à personne d'autre.

Sonia a un corps absolument ravissant, très vigoureux et très souple, modelé bien sûr par son métier, et il n'est pas difficile pour moi de coucher avec elle presque tous les jours. Mais je suis aussi amoureux d'elle de façon normale quoique avec un attachement qui de temps à autre devient un peu foufou – nous faisons un petit voyage, le temps change, nous nous regardons d'un drôle d'air, et l'idylle redémarre, comme au temps du lycée. Néanmoins, depuis que nous nous sommes lancés dans cette action j'ai le sentiment de mentir chaque fois que nous nous touchons. J'attends avec impatience les phases de son cycle où son corps est infécond ou non réceptif, sinon cela me rappelle que je ne supporte pas l'idée de lui avouer la vérité.

Sur le chemin de la maison, ce soir, en respirant l'air frais et suave, je décide qu'à l'instant où j'entrerai je vais tout simplement lui expliquer, cracher le morceau, dire ce qu'il y a à dire. Et puis nous pourrons repartir de zéro, en assumant les conséquences.

Si bien que lorsque je monte l'escalier, aux alentours de 18 heures, je suis prêt, j'ai les mots sur le bord des lèvres, mais Sonia ouvre la porte et se met à danser par-ci par-là en agitant la baguette en plastique d'un test de grossesse.

« Positif, crie-t-elle. Positif ! Il est positif ! »

Quand je pige, ça me fout littéralement par terre. Je suis à genoux devant elle dans l'entrée, agrippé à ses jambes. Elle est ravie de ma réaction, ou de l'interprétation qu'elle en fait, et me caresse la tête en murmurant d'un ton animé. Plus tard, elle veut faire l'amour. Sa peau a une teinte dorée et sa coupe de cheveux duveteuse aux pointes blondes fait de son crâne un petit soleil. Une beauté particulière, si chaude et engageante, émane de ses yeux bruns. Je lui dis que j'ai peur de déranger l'embryon et je repars, je traverse les espaces gazonnés et gravillonnés des aménagements paysagers pour aller là où la ville s'arrête. Au-delà de chez nous c'est un marécage, et un promoteur est en passe d'obtenir un permis l'autorisant à l'assécher. Je suis le fils cadet d'un agriculteur, celui qui va s'installer à Minneapolis, qui trouve un boulot dans le bâtiment, la vente, ou devient enseignant. Je suis malade à en crever. Il faut que j'attrape les roseaux délicats pour me tenir debout.

Toute cette nuit-là, je reste éveillé. Mes pensées montent et descendent à chacune de mes respirations. Chaque fois que Sonia bouge à côté de moi sous le drap, je nous sens nous enrouler de plus en plus serré dans la toile entortillée.

Le cours hebdomadaire de yoga qu'elle dit suivre pour réactualiser ses connaissances a lieu le lendemain matin dans une ancienne boutique des quartiers chics de

Minneapolis, à côté d'un magasin de disques. J'attends sur le trottoir d'en face en buvant un cappuccino à 4,25 $ jusqu'à ce que je la voie y entrer. Je paie, traverse, et me campe devant la vitrine. Je suis là à cause de la façon qu'elle a de parler de son professeur – un peu trop détachée. Information ambivalente : il est sévère, il est gentil. Il est extraordinaire, il est comme ci comme ça. Je la vois maintenant s'approcher d'un homme, le prof je suppose, car pour lui faire face il se détourne d'une petite table sur laquelle sont empilés des papiers et des tee-shirts. Il y a une caisse à monnaie et un calendrier de bureau. Le type se lève et contourne la table. Il porte un tee-shirt sans manches orange sur le devant duquel est écrit *Namaste*, d'une écriture très ornée. Son short de course est court. Très court et soyeux. Ce mec a l'air ridicule. Comme on pouvait s'y attendre, il est souple, mais il a aussi pas mal de muscle.

Elle est en train de lui annoncer, en train de lui annoncer ! me dis-je.

C'est le moment de vérité. Mais bien qu'elle parle et gesticule avec excitation, pour le moment il garde ses distances. Il hoche la tête et écoute. Son sourire est un scintillement blanc, juste un éclair. Il y a quelques élèves en vêtements stretch exécutant dans un coin ce qui doit être des exercices d'échauffement. Sonia cesse de parler et s'apprête à s'éloigner, lorsqu'il l'attrape par le bras. Ce n'est pas un geste indifférent. C'est un geste absolument révélateur. Ce qui me dit que c'est lui, c'est la chose suivante : à l'instant même où il tend la main vers elle, il jette un coup d'œil rapide au groupe d'élèves pour s'assurer que personne ne les regarde. Accroché à son bras, il se tient à peine un peu trop près, dans son espace à elle, et tout en parlant il la regarde dans les yeux.

Ça me suffit. *Hasta namaste, baby*. Maintenant c'est évident. Je m'éloigne, je monte dans ma voiture et démarre. Me voilà peu de temps après roulant vers l'ouest sur la I-94 et je pense, et merde. Je vais aller voir mes parents. Je pars dans le Dakota du Nord. Les quatre heures s'écoulent comme un rien. Parce que ce n'est rien – je suis pris dans l'extase de ce moment que je recherche chaque jour. Ce moment du rien. Je suis presque arrivé dans la ville où j'ai grandi, Mooreton, en train de traverser une ville plus grande, quand sur un côté je vois un magasin qui s'appelle *Lock'n Load*. En fait, dans ce qui était une devanture vide la dernière fois que je suis passé par là, il y a maintenant un immense panneau en carton blanc et l'enseigne est écrite au feutre, des lettres noires aux contours tracés avec soin. Je m'arrête et descends de voiture. L'apostrophe avant le *n* est un mini-pistolet de cow-boy, dessiné par un enfant.

Une sonnette retentit au moment où j'entre et un homme petit aux cheveux bruns et épais coupés en brosse me demande ce qu'il peut faire pour moi. Il est flasque et pâle dans son tee-shirt noir, bien qu'à une certaine époque il ait peut-être fait de la musculation. Il a le physique du lycéen footballeur costaud, mais les muscles de son cou et de ses épaules dégringolent et viennent se rejoindre sur son bide. Je lui annonce qu'il me faut une arme. Il prend un air averti et complice et assure qu'il sera ravi de m'aider.

Je me frotte le menton et fais le tour de la petite pièce carrée. Il y a des fusils et des carabines de chasse posés debout dans des vitrines, des pistolets et leurs accessoires sous la vitre du comptoir. Des munitions sur des étagères derrière le comptoir. Une présentation de couteaux de chasse, les lames disposées en une fleur ronde.

« Exercices de tir ?

– Non. Je dois tuer un mec qui fait du yoga.

– Défense du domicile, alors. »

Je fais signe que oui.

« Je vous conseillerais un coffre-fort que vous pourriez fermer et garder à votre chevet. Vous pourriez mettre ceci à l'abri à l'intérieur. »

Il passe la main sous le comptoir et sort un Rossi noir, un .38 Special, le pose sur la vitre.

« Êtes-vous déjà détenteur d'une arme ?

– Non.

– Bienvenue au club. D'où êtes-vous ?

– De Minneapolis, mais j'ai grandi dans le coin. »

Je prends le Rossi et il me montre comment basculer le barillet, comment le charger. Il me signale le terrain d'exercices voisin et me recommande de prendre un cours de sécurité dans le maniement des armes à feu. Il dit aussi que pour sortir avec, à Minneapolis, il faudra que je demande un permis de port d'arme cachée. Je m'informe sur les fusils exposés dans la vitrine.

« Ceux-là, vous pouvez tout simplement les emporter chez vous.

– Au-delà des frontières de l'État ?

– Pourvu que vous passiez à la caisse. »

Je pose le Rossi et lui tends mon permis de conduire. Pendant qu'il bidouille sur son ordinateur, je soulève les fusils de chasse, l'un après l'autre. Il y a quelque chose de triste, de rassurant, de têtu, de lent ou de trop personnel en chacun d'eux. Je les remets en place jusqu'à ce que j'arrive à un fusil à pompe calibre 12 aux lignes pures. Je repense au vieux calibre 12 cabossé qui avait autrefois appartenu à mon père.

« Rien à signaler, dit l'armurier. Même pas un P.-V. impayé. »

Je prends en main la nouvelle version du fusil de chasse.

« C'est un bon choix. Il n'y a pas plus dissuasif que le bruit de cette pompe. »

Je l'achète. Il me vend également le Rossi, et des munitions. Une boîte de balles pour chasser le cerf destinées au fusil. J'emporte tout dehors, je mets ça dans le coffre de ma voiture et pars à Mooreton. Mes parents vivent aux abords de la ville, là où la ferme jouxte la dernière rue à l'ouest. Mon frère a repris la ferme depuis qu'ils sont en retraite. Derrière leur maison il y a une petite bande de jardin, et ensuite pas loin de un kilomètre de tournesols. Les têtes fanées et noires pendent lourdement sur les tiges creuses, elles fixent le sol.

Ma mère se tient sur les marches devant la maison. Elle porte une robe flottante à carreaux roses et un gilet moulant. Ses chevilles descendent tout droit dans ses chaussures.

« Oh, bon sang ! Gene, viens donc par ici. C'est Dave ! »

Je sors de la voiture. L'odeur de la poussière de novembre montant des champs est familière, froide et vive. Je passe un bras autour des épaules de ma mère et nous entrons ensemble dans la maison. Mon père émerge des toilettes. Il est voûté, et flétri, mais quand il me voit tout son visage se reforme autour d'un immense sourire dont il paraît que j'ai hérité. Il se brosse les dents avec du produit blanchissant parce qu'il est fier de chacune de ses dents. Son visage s'est un peu ratatiné, et je distingue pour la première fois le contour de son crâne.

« Tu as maigri, papa.

– Un peu plus et tu me surprenais le pantalon sur les chevilles. J'ai eu la grippe. La chiasse. Mais maintenant ça va. Je viens d'en faire une bien dure, Betts.

– Ah, tant mieux, papa. Tu as faim, Dave ? »

Ma sœur houspille mes parents à cause de leur habitude de parler de leurs intestins, mais moi je m'en fiche. Je m'assois et bavarde, comme nous le faisons toujours, rattrapant le retard sur certains trucs, mettant des choses au point, en réglant d'autres. Biscuits secs, café, quatre-quarts. Mon frère Glen passe, mais repart chercher une de ses filles au club de débat en ville. De la soupe arrive. Aux spaetzli allemands. Des haricots beurre. Encore du café. La fin de l'après-midi n'est pas loin.

« Bon, maintenant il faut que j'y aille.

– Tu rentres à Minneapolis ? Tu n'arriveras pas avant la nuit noire. »

Je leur dis que j'ai pris une journée de congé mais que je dois retourner au boulot dès demain matin 8 heures. Grande réunion du personnel.

Ils ont l'habitude. Ma mère lève les bras au ciel et secoue la tête. Mon père opine du bonnet. Au moment où je me penche pour le serrer contre moi, il tend brusquement les mains et m'attrape par les épaules, me tient à bout de bras et me scrute. Il a un petit air rusé.

« Il y a autre chose, je parie.

– Je suis du même avis, Gene», dit maman. Comme je ne réponds rien, son visage se ferme aussi. «Mais laisse-le donc tranquille. Il nous racontera ça en temps voulu, comme il le fait toujours.» Elle me tapote le bras. «Pas vrai, Dave ?»

Je sors de Mooreton et suis en train de rouler vers l'est quand tout à coup je prends un embranchement. La route se resserre et serpente ensuite jusqu'à une carrière de gravier – là où Sonia et moi venions nous garer quand nous étions lycéens. Je prenais la voiture le week-end. Je passais la chercher en ville, mais on n'allait pas faire la fête, ou alors on s'en allait tôt. On s'envoyait en l'air jusqu'à ce que les vitres soient embuées, et puis on les entrouvrait à peine jusqu'à ce qu'on ait trop froid. Sonia avait résisté deux mois, ce qui avait paru une éternité. Après avoir commencé à coucher ensemble, nous n'avions plus pu nous arrêter et nous ne faisions même plus semblant d'aller à des soirées ni au cinéma. Nous sortions tout droit de la ville à la moindre occasion pour venir dans cette carrière.

Plus personne n'extrait de gravier, et ce n'est qu'un trou rempli d'une eau noire et froide. Des arbres l'entourent. Un bois a poussé. Juste au-delà de la carrière, il y a de grands champs de chaume de maïs. Dès que je me gare, je comprends tout – pourquoi je me suis arrêté et pourquoi j'ai acheté les armes, pourquoi j'ai ensuite rendu visite à ma famille et je suis venu ici. Mais de quelle arme je vais me servir, ça je l'ignore. Je descends de voiture et ouvre le coffre, puis je les sors l'une après l'autre très prudemment, et dans la lumière déclinante je les charge. Mes mains tremblent, alors je les frotte l'une contre l'autre, pour en chasser le froid. J'emporte le Rossi dans la bande boisée, mais après je repars chercher le fusil de chasse. Je n'arrive pas à me décider. Je suis là dans les bois à en soupeser un dans ma main, l'autre lové au creux de mon bras, quand à l'autre bout du champ de maïs j'entends des coups de feu, rapides, pan, pan, pan. Je n'ai pas oublié la saison de la chasse, et ne m'en suis pas souvenu non plus. Mais me voilà momentanément effrayé parce que je suis habillé en marron. Et puis je ris de l'ironie de mon inquiétude puisque je m'avance vers la carrière avec les deux armes, et que régulièrement je pose l'une des deux, le Rossi, contre ma tempe.

Le Rossi en place, je fixe des yeux l'herbe brune, les traces vaguement aplaties, une canette de Pabst rouillée. Je m'écoute respirer, comme de loin, quand il y a un fracas soudain. Je pose le revolver et tombe à genoux. Des cerfs, quatre ou cinq, peut-être six, fuyant les chasseurs, s'élancent dans les airs. Ils s'élèvent et flottent autour et au-dessus de moi. De grands yeux, précis, sereins. Il n'y a pas un bruit. Il y a le parfum de l'herbe, la senteur forte du musc. Et puis derrière moi leurs sabots frappent le sol.

Au bout d'un moment, je me lève et fais demi-tour. Nous sommes des grains de poussière précipités d'une chiquenaude à la surface du globe. Je rapporte les armes à la voiture, ôte les chargeurs, et les remets dans le coffre. Ensuite je reprends le volant pour aller chez Glen. Il est encore en ville pour chercher sa fille, alors je pose les fusils sur une étagère en hauteur dans son garage avec toutes les munitions, et je repars.

Tard ce soir-là, Sonia et moi nous nous glissons dans notre lit. Nous avons passé l'heure qui a suivi mon retour dans la même pièce, sur le même canapé, avec de la musique, et sans nous parler. Maintenant que nous sommes allongés côte à côte, je crache le morceau.

Je lui annonce que je suis au courant pour son prof de yoga.

« Tu ne peux pas retourner là-bas, jamais », lui dis-je.

D'abord elle nie, mais ma certitude la fait flancher. J'ai une impression de puissance et une impression de paix. Je ne suis pas en colère, je ne suis pas ridicule, je ne suis pas suicidaire. Non, je ne suis rien de tout ça. Je dors à poings fermés et ne rêve pas. Quand je me réveille, je l'entends à la cuisine. Je décide de ne pas lui parler de toute la matinée, même pas pour lui répondre quand elle dira au revoir. Mais elle ne dit pas au revoir. Elle s'en va et c'est tout. Au travail, je prends un moment pour retirer toutes les photos de Sonia que je garde sur mon bureau. Sonia en train de rire. Le profil de Sonia. Sonia et le chat qu'elle a sauvé. Sonia et moi. Derrière nous, les eaux d'un lac.

Plusieurs fois, j'ai besoin de le dire : Non, je ne suis rien de tout ça. Pourtant cet après-midi-là, plutôt qu'à mon moment de néant, je pense au tee-shirt du mec du yoga. Mon sang tambourine à mes oreilles. Je retourne à la boutique des quartiers chics et me gare derrière, sur l'emplacement marqué RÉSERVÉ. Je reste debout près de la voiture, et lorsqu'il arrive j'attends qu'il cesse de gesticuler derrière son volant et sorte de la bagnole. Il porte un pantalon de survêtement gris et un sweat à capuche, et il laisse tourner son moteur.

« Partez, s'il vous plaît. C'est ma place de parking, dit-il.
– Je suis le mari de Sonia. »

Je m'avance vers lui les bras en avant et le flanque contre la portière, mais je ne suis pas boxeur et ne sais pas trop quoi faire après, sinon me servir de mes prises de catch du temps du lycée et essayer de le fiche par terre. Je n'y arrive pas. Quand je n'en suis pas très loin, il bondit, souple et gêné, et cherche à discuter en personne raisonnable. En fin de compte, j'envoie un coup de poing et mes jointures frôlent ses dents. Ses yeux deviennent énormes. Il a les yeux bruns, comme Sonia, et un visage aux traits sévères et beaux, ce qui est bien pour le bébé, me dis-je. Je me mets à le frapper à coups de jointures, de coude, et même à coups de tête. Je suis une machine ridicule. Bientôt il a la bouche en sang, les oreilles, le nez, des haut-le-cœur, il appelle au secours, et brusquement des tas de gens sont aussi dans la ruelle, des élèves de yoga, qui m'agrippent avec leurs bras maigres et me donnent des coups de pied avec leurs chaussons de yoga collants.

Ce soir-là, Sonia est perplexe.

« Pourquoi as-tu fait ça ? ne cesse-t-elle de répéter. Pourquoi ?

– Retourne avec lui si tu veux, mais je te préviens, ce qui commence par une tromperie finira par une tromperie. »

Elle veut rester avec moi et dit qu'elle m'aime, mais au fil des semaines je découvre que je ne supporte pas d'être près d'elle. Un soir, elle me touche et je repousse sa main – rien que par ce geste, me dis-je, au fond de moi c'est fini. Nous sommes allongés en silence, les bras le long du corps comme des momies, et on dirait que nous sommes ensevelis dans l'air, dans l'obscurité brune, et j'ai tellement de chagrin que je sais que je vais craquer.

« Ça ne marchera pas, dis-je enfin. Il va falloir que tu retournes avec lui.

– Mais je ne l'aime pas, répond-elle d'un ton raisonnable, le même que le type.

– Alors pourquoi nous as-tu empoisonnés ? »

Elle est incapable de répondre. Mais moi aussi, je suis incapable de lui dire la vérité. J'ai décidé de ne pas le faire, elle peut ne jamais rien savoir de cette expérience menée à la fac.

« Je suis certaine qu'il n'est pas de lui ! C'est ton bébé. Je suis formelle », s'écrie-t-elle soudain.

Je suis silencieux, conscient que c'est ce que je voulais entendre.

Elle commence à m'en dire davantage et je lance :

« Non, ferme-la, bordel. Je ne veux pas le savoir. »

Mais à présent le chagrin sort péniblement de mes os. J'attire violemment Sonia vers moi, elle écarte les jambes et les passe autour de ma taille.

« D'accord, lui dis-je, d'une voix brutale et fêlée. Je revendique cet enfant. Cet enfant est à moi. Tu es à moi. »

Mon visage s'écrase contre le sien, et je me rends compte que ce que je fais émane de l'endroit de folie où j'étais avant que les cerfs aient bondi au-dessus de moi et que j'aie été obscurément béni.

« Le bébé est à toi, et je suis à toi », dit-elle.

Puis d'une voix rageuse, plus triste, plus douce, elle me dit qu'elle aimerait mieux mourir que refaire ce qu'elle a fait. Qu'elle n'est pas comme ça. J'écoute tout ce qu'elle raconte. Mais je sais qu'elle est comme ça. Les gens sont ce qu'ils font. Ils ne changent pas. Il y a un point faible, un endroit pourri, une lame dissimulée dans un beau parquet. Et je sais à l'instant même où je l'embrasse et plonge en elle qu'elle le fera de nouveau. Il viendra un moment. Je connaîtrai de nouveau ce dérèglement de tout ce que je croyais avoir compris. Mon univers basculera. Je dégueulerai tripes et boyaux derrière la boutique d'un plombier, un marécage transformé en lotissement ou une salle de yoga. Mais je sais aussi qu'un moment assez long s'écoulera avant que l'abjection, la honte et la gratitude s'atténuent dans son cœur et qu'elle s'ennuie de nouveau. Après, je touche l'endroit où est le bébé et j'imagine le tourbillon mouvant. Les cerfs flottent au-dessus de nous. J'en suis sûr. Les années avant que cela arrive seront des années merveilleuses.

La future maison du Dieu vivant

Tout en enfilant le long couloir vert cendré du Fairview Riverside Hospital de Minneapolis pour aller passer une échographie fœtale de niveau 2, voici ce que je te promets : Je serai une bonne mère, même si jusqu'ici j'ai tout foiré. J'ai suivi ton évolution dans mon exemplaire d'occasion du *Guide de la clinique Mayo pour une grossesse saine*, je suis donc prête. Tu seras affreux, mais on verra que tu es humain. Tu es passé de têtard à vaguement humanoïde et tu as perdu ta queue embryonnaire. Tu as résorbé la palmature reliant tes orteils et tes doigts, et fabriqué des paupières, des oreilles, un squelette minuscule. Il t'a poussé un cerveau de 250 000 neurones par minute. J'ai sauté les pages Spina Bifida, trisomie 21, trisomie 13. Je sais que tu vas bien. Tu peux déjà plisser les yeux, froncer les sourcils, sourire, avoir le hoquet, et c'est peut-être ce que tu es en train de faire alors même que je laisse glisser ma main le long de la rampe qui court sur le mur.

« Dieu, on devrait appeler l'utérus, simplement… *Dieu*, dis-je à la svelte infirmière qui a un corps de danseuse classique et doit être vietnamienne. Comme ça on pourrait dire que le *Dieu* d'Unetelle a été rempli par un bébé, ou que son *Dieu* a des fibromes, ou qu'on a dû lui faire une *Dieuectomie* – vous ne trouvez pas ?

– Pardon, qu'est-ce que tu as dit ?

– Vous ne *trouvez* pas ?

– Oh, mais si. »

L'accent typique du natif du Minnesota au caractère affable est surprenant chez une personne aussi élégante et exotique. Elle se penche au-dessus du formulaire en même temps que moi. Il y a une foule de questions, toutes concernant les maladies héréditaires du cœur et du foie, les cancers, et même les comportements de dépendance.

« Je suis adoptée, dis-je.

– Est-ce que tu connais tes parents biologiques ?

– Ma mère biologique m'a écrit une lettre il y a environ un an. »

La gracieuse infirmière attend.

« Nous correspondons », dis-je d'une toute petite voix, ce qui est un bobard minime, bien que j'aie encore une lettre d'elle. Une page, laissée sans réponse.

« Bon, alors je suppose que tu pourrais lui demander, dit-elle d'un ton approbateur. Ces renseignements pourraient être vraiment utiles à ton bébé. » Elle me tient délicatement par le coude. « Tu as un nom magnifique. Cedar Hawk Songmaker. D'où te vient-il, de ta tribu ? »

La plupart des gens remarquent mon nom.

« Songmaker est un vieux nom britannique.

– Et Cedar ? Et Hawk ?

– Mon nom indien est Mary Potts », lui dis-je.

Elle baisse de nouveau les yeux vers la feuille de papier, l'air songeur ; elle a sur le visage un sourire permanent et mystérieux.

En tant que Mary, on m'a retirée à ma mère Potts à cause de notre addiction commune à une substance qu'elle aimait davantage que moi. En tant que Cedar, je suis la fille adoptive d'un couple progressiste de Minneapolis, que je déçois. Quant à la lettre de ma mère Potts, j'ai ouvert l'enveloppe, lu ce qu'elle contenait, dit *Fais chier*, ensuite je l'ai roulée en boule, jetée, et puis récupérée. Je sais exactement où se trouve cette lettre – à la maison.

« Je lui demanderai, *oui*, je lui demanderai », dis-je d'un ton résolu tandis que l'infirmière me guide dans la pièce sombre.

– Tu as de beaux cheveux, en tout cas. »

Elle les lisse dans mon dos.

Après qu'elle m'a aidée à monter sur un lit haut sur pattes qui ressemble à une table depuis un tabouret pliant, je me sens à découvert et tremblante. Les autres femmes amènent des amies, peut-être même un mari. Mais mes amies sont mortes, ou en prison. Mes parents se sont détachés de moi et ne savent même pas encore que je suis enceinte. Je suis sur le point de perdre le boulot que j'ai obtenu en falsifiant mes références. Et puis aussi, il y a cinq mois j'ai oublié de noter le nom de ton père – un type que j'ai connu le temps d'une nuit.

Je remonte mon chemisier sous mes seins. Le docteur, grand, l'attitude professionnelle, l'air sérieux, me serre la main. Sa paume est dure et sèche. Il s'assoit sur un tabouret à côté du fauteuil pivotant tout près de ma cuisse droite, où une échographiste, une femme blonde et musclée, effleure un clavier et règle un écran d'ordinateur.

« Allons-y », dit le docteur.

L'échographiste met une grosse noix de gel transparent sur ma peau et tient la sonde comme un crayon rebondi. J'ai tout lu sur ce truc-là et je sais que la sonde contient des transducteurs qui émettent et reçoivent le son. La machine produit déjà des ondes sonores à des fréquences allant de 1 à 20 millions de cycles par seconde. Impossible à entendre, bien sûr. Redressée sur les coudes, je regarde l'ordinateur qui interprète les signaux jaillissant de toi.

« Ça va être froid », prévient l'échographiste, qui me tapote la jambe.

Je tends le cou vers l'écran. L'échographiste déplace minutieusement la barrette, en s'arrêtant deux fois.

« Ah, te voilà », dit-elle lorsqu'elle te découvre.

Elle fait pivoter le transducteur sur un côté de mon ventre et continue à le déplacer. D'abord il n'y a que la masse utérine grise et indistincte, et puis l'écran vire soudain à l'anthracite et, sortie de l'obscurité, ta main s'agite en tremblotant. Elle est pleine de détails, en trois dimensions, et avant qu'elle disparaisse dans la neige de l'écran, j'entrevois des rides minuscules dans ta paume et des bracelets de plis autour de ton poignet. Elle a quelque chose cette main, et pendant un petit moment je suis contrariée. Je veux descendre de la table. Je veux dire : *Ça suffit, assez,* mais en même temps je veux te revoir.

Je demande :

« Vous pouvez dire le sexe ? Vous le voyez ? »

Mais dans la pièce personne ne m'écoute, personne n'entend rien. Je vois l'arc de ta colonne vertébrale, un tout petit serpent blanc, et de nouveau ta main s'ouvre d'un coup sec, pressant l'obscurité. L'échographiste effleure les os de tes genoux, un coude. Puis elle pénètre dans le fourré de tes côtes. Le cœur, dit-elle. Je vois les cavités des chambres, de la brume grise, puis les valves de ton cœur qui claquent comme un petit bonhomme qui joue du tambour. Ton cœur tout entier est sur l'écran, et puis l'échographiste fait un truc avec la machine et ton sang se transforme en lumière entrant et sortant de ton cœur. Le sang qui s'en écoule est un feu doré, et celui qui y pénètre est un feu bleu. Je vois le feu de la vie danser dans tout ton corps.

Je murmure, ou soupire, et j'ai envie de crier. La pièce s'ouvre. J'ai l'impression que le temps s'est modifié, que nous sommes dans un courant qui ne va nulle part, comme si cette salle de l'hôpital donnait soudain sur l'univers.

« Vous pouvez recommencer ? » dis-je dans un murmure.

Mais le médecin est très attentif, à présent, il pointe le doigt et hoche la tête.

« Là », dit-il, et l'échographiste clique.

Je demande, plus fort :

« Pouvez-vous me dire si j'ai un garçon ou une fille ? »

Mais ni l'un ni l'autre ne répond. L'échographiste est absorbée, totalement concentrée sur ce qu'elle voit. Ils sont à l'intérieur de ta tête maintenant, ils regardent vers le haut entre tes mâchoires et puis plus loin dans la structure de ton cerveau, qui m'apparaît comme un tourbillon glacé contenu dans un cercle de cendre blanche parfait. J'ai l'impression que tes pensées sont déjà en train de s'organiser et de se réorganiser, et tandis que j'imagine cela je sais aussi que quelque chose ne va pas, ne fonctionne pas. L'atmosphère a changé ; le médecin est silencieux. L'image est fixe. Ils la regardent, la regardent. Ils n'arrêtent pas de regarder.

« Garçon ou fille ? »

J'ai tout à coup la gorge sèche et qui me démange. Je ne vois rien sur l'écran, maintenant, que des taches blanches. Et puis des croix noires minuscules. Pourtant, ils paraissent ne pas pouvoir en détourner les yeux jusqu'à ce que je hurle.

« Mais qu'est-ce que j'ai, putain ? »

Ils se retournent tous les deux et je vois qu'ils cherchent quoi me répondre.

« Difficile à dire », avoue le docteur d'une voix très prudente.

Il a les yeux écarquillés et le regard fixe.

Une fissure s'ouvre au fond de moi, un lieu obscur, et la peur suinte dans mon cœur. Je suis soudain extrêmement calme.

« C'est la trisomie 21 ?

– Non, non, je ne pense pas. Connais-tu tes antécédents géné...

– Elle est adoptée », dit l'infirmière.

Je leur demande :

« Qu'est-ce qui ne va pas ? »

Le médecin saisit la main de l'échographiste qui semble figée sur place, et éloigne doucement la barrette de mon corps. C'est un homme plein de bonté, je le vois maintenant, un homme à l'allure ordinaire qui a en gros l'âge de mon père Songmaker, un visage carré et las, et des yeux gris éclairés par la lueur de l'écran.

« Je ne sais pas exactement, répond-il avec douceur. Connais-tu tes parents biologiques ? Pouvons-nous obtenir des renseignements ? »

Je bondis pendant qu'ils se consultent, remets en vitesse mon chemisier et quitte l'hôpital en titubant, avec une féroce envie de prendre une cuite, d'avaler deux Ativan, de décompresser. Et quand je me réveillerai, de ne pas être enceinte. Mes mains tremblent, secouent les clés de la voiture. Avant même de pouvoir démarrer, je dois ouvrir la portière et dégueuler. *Ça ne s'est pas bien passé,* dis-je en quittant l'hôpital. *Ça ne s'est pas bien passé du tout.* Je suppose que c'est la panique, les larmes brûlantes qui me montent aux yeux, la sensation d'être de nouveau une enfant ayant d'énormes ennuis. Je suppose que ce sont ces trucs-là qui font que je m'accroche au volant et décide que je devrais répondre à cette lettre ou, d'abord, donner ce coup de téléphone.

Mes parents adoptifs sont Sera et Alan Songmaker. Nous sommes des petites souris dans un quartier de riches. Mes parents ont hérité de beaucoup d'argent, mais ont fait des gestes extravagants en faveur de causes qui aujourd'hui n'existent plus, des choix dont ils rient encore à la table du dîner en levant, en l'honneur des fortes sommes perdues, leur verre de vin bon marché vendu en cubi. Ils sont, tous les deux, des descendants de ces légendaires requins de l'industrie qui scalpèrent les terres du Minnesota, les dépouillant de leurs forêts anciennes, vidèrent les mines de Red Cliff de leur cuivre, ravagèrent l'Iron Range, et posèrent des rails et des voies ferrées qui marquent encore les Dakotas comme de grands points de suture à la Frankenstein. Toute cette accumulation s'est épuisée chez Alan et Sera Songmaker. Il ne reste rien d'autre que la remise à calèches dans laquelle j'ai grandi, qui a été séparée du vaste hôtel particulier familial d'autrefois. Cette « beauté géorgienne aux proportions parfaites » – j'en ai entendu parler à n'en plus finir – a été démolie et remplacée par un immeuble en briques brun clair abritant seize appartements.

Alan en est encore amer. Lorsqu'il avait vendu l'hôtel particulier à la ville, c'était pour en faire un musée. Mais l'administration ayant changé, la nouvelle municipalité avait revendu la bâtisse pendant le déclin des années 1970, à l'époque où tout le monde partait s'installer en banlieue. Ils sont restés vivre près d'un grand lac vert récemment envahi par des algues exotiques et de la lysimaque pourpre, et, en 1988, m'ont adoptée. Pendant l'une des nombreuses cérémonies qu'inventait Sera, inspirées de ses lectures éclectiques sur la culture autochtone et Rudolf Steiner, nous avions déposé du tabac sacré tout autour de notre maison, puis barbouillé de sauge des bougies blanches que nous avions piquées dans le sol et allumées. Nous avions mangé du pain, du gruyère, j'avais bu du soda au gingembre, et mes parents du vin. Dans l'ombre de l'immeuble d'habitation, nous nous étions pelotonnés sur des couvertures posées dans l'herbe et nous avions chanté des chants de manifs pour la paix jusqu'à temps de nous endormir. Ça, c'était avant que je tombe en disgrâce, avant que je les rende malheureux, avant que je grandisse. C'est un de mes meilleurs souvenirs.

J'arrête la voiture dans l'allée, et de nouveau mes yeux s'embuent. Des larmes de panique. C'est une erreur de venir ici, et je le sais. En entrant par la porte de derrière, j'ai l'intention d'en parler tout de suite à mes parents. Mais ils ne sont pas là. Je me sers de la clé dont ils ignorent qu'elle est en ma possession et pénètre dans la cuisine, je me verse un verre de lait parce que je suis censée boire du lait. Je le bois en regardant par la fenêtre de derrière. Dans le jardin, Sera a planté les éruptions de zinnias, de marguerites, de salicaire et de digitales. C'est un mois de septembre exceptionnellement chaud, et une douce brise agite l'énorme poids de feuilles dans les arbres centenaires qui bordent notre allée.

Je me traîne au premier dans mon ancienne chambre, j'ouvre la valise dans laquelle j'ai jeté la lettre sans plus de cérémonie. La voilà, toujours froissée, dans une poche destinée aux chaussures.

J'aimerais la rencontrer si possible… Je n'ai jamais oublié… la grand-mère est toujours vivante… ma fille Mary et moi sommes maintenant propriétaires de la station-service Superpumper… Dans l'espoir d'avoir de vos…

Je la lisse et la descends à la cuisine. Il y a un numéro de téléphone au bas de la page, que je compose.

« *Boozhoo* ? »

Ça alors, me dis-je, elles parlent français.

Je dis :

« *Bon jour.* »

« Allo ?

– Allo.

– Qui est-ce ?

– Je suis, euh, Mary Potts, à l'origine. J'ai reçu une lettre de Mary Potts Senior il y a environ un an ; elle m'a contactée à propos du fait qu'elle est ma mère biologique.

Êtes-vous ? je veux dire, vous ne me semblez pas être Mary Potts Senior, mais vous êtes peut-être…

– Mais putain, quoi ?

– Non, je veux dire, j'ai une petite sœur…

– M'MAAAAANN ! Y a une SALE FOLASSE au téléphone qui dit que tu es sa mère et que t'as écrit l'année dernière. »

Marmonnement. Une voix. *Donne-moi ça.* Un choc sourd et crépitant au moment où quelqu'un laisse tomber le récepteur. Une voix chevrotante demandant *Qui est-ce, Trésor ?* Une voix de femme. *Personne !* Première voix, de nouveau. *Lâchemoilagrappeputain.* Un hurlement rageur qui s'affaiblit et se termine brusquement en un grand fracas – une porte qui claque ?

Je demande à la respiration caverneuse à l'autre bout du fil :

« Mary Potts Senior ?

– C'est moi. » Un murmure. Un son rauque lorsqu'elle se racle la gorge. « Ouais, c'est moi. Celle qui t'a écrit. »

Et brusquement j'ai envie de pleurer, j'ai mal à la poitrine, je n'arrive pas à respirer, je craque. La seule chose qui pourrait peut-être triompher de ce que je ressens juste à ce moment-là, c'est une colère démente simultanée qui bouillonne en moi et me donne une voix de glace.

« Par le plus grand des hasards, serez-vous là demain ?

– Là ?

– Chez vous.

– J'fais rien de spécial.

– Alors je passerai. Je vais venir vous voir. Il faut que je vous parle.

– Entendu. »

Qui est-ce, Trésor ? Voix de vieille dame. *Personne !* répond-elle encore.

J'ignore l'affreux picotement dans ma gorge, la réaction à la seconde fois où elle a dit *personne.*

Je demande :

« Qui vous appelle trésor ?

– C'est mon nom, répond Mary Potts Senior. Trésor, c'est comme ça qu'on m'appelle.

– Ah. »

Sa voix est tellement humble, étouffée, étonnée, effrayée. Je sens une vague de quelque chose, peut-être encore de la rage, qui me met mal à l'aise, mais se manifeste par une grammaire froide et étrangement compliquée.

« Eh bien, voilà qui est fort approprié, certainement, Trésor. Je crois pourtant que je vais me contenter de vous appeler Mary Potts Senior, si c'est possible.

– Et pourtant ce n'est pas encore moi. Presque, mais pas tout à fait. Grand-maman est toujours vivante.

– D'accord, Mary Potts Presque Senior. Voyons, pourrais-je vous demander comment on vient chez vous ?

– Bien sûr que tu pourrais », répond Mary Potts, ou Trésor.

Mais ensuite elle ne dit rien.

« Alors ? » fais-je, d'un ton glacial.

Trésor joue un peu les narquoises, à présent.

« Tu disais que tu *pourrais* demander. Tu demandes ? »

Maintenant je ressens un élancement de ce qui est peut-être une haine immédiate, parce que c'est elle qui m'a écrit et c'est elle qui m'a demandé de la contacter et c'est elle qui au départ m'a portée dans son corps et puis m'a larguée. Mais je peux supporter ses manipulations mesquines.

« Indiquez-moi la route, dis-je d'une voix calme et neutre. J'arriverai de Minneapolis. »

Plus tard, je suis sur le point de quitter la maison, mais l'éducation que j'ai reçue enfant prend le dessus. Dis-nous toujours où tu vas ! Je laisse un petit mot à mes parents. *Chers Sera et Alan, alias maman et papa. Je suis enceinte. Je pars voir ma mère biologique car j'ai besoin de renseignements. Votre fille d'autrefois, Cedar.*

Je monte dans ma Chevy Cavalier d'époque, la voiture increvable. Elle est d'un rouge foncé classique, avec des carreaux rouges assortis disposés au centre des enjoliveurs. J'adore ma voiture bien qu'elle n'ait pas d'airbags et que le baudrier de la ceinture de sécurité soit un drôle d'engin qui m'étranglerait probablement si je pilais. Je m'engage sur l'autoroute, où il y a seulement un peu moins de circulation que d'habitude, et monte vers le nord en direction de ma réserve natale Potts. Toujours, sur les quatre voies, j'ai cette impression bizarre, d'avancer et de reculer en même temps. L'avenir pourrait se déverser dans le passé, et ce serait comme ça, ma voiture le goulot raccordant l'un à l'autre.

C'est rassurant de voir les choses passer trop vite pour que je m'en imprègne. Seules des impressions superficielles persistent. Sapins, érables, centres commerciaux en bord de route, compagnies d'assurances et échoppes de tatoueurs. Des herbes folles dans les fossés et les gens qui rentrent chez eux ou en sortent. Des panneaux d'affichage d'églises. ENFIN LA FIN DES TEMPS ! SOYEZ PRÊTS POUR L'ENLÈVEMENT ! Dans un champ immense et vide qui s'étire jusqu'au ciel un écriteau est planté sur lequel on lit : LA FUTURE MAISON DU DIEU VIVANT.

Ce n'est qu'un champ nu, en jachère et envahi de mauvaises herbes, qui s'étire vers l'horizon pâle.

J'ai les idées plus claires et au bout de quelques heures je suis sur la réserve. Je passe devant le Superpumper des Potts sans m'arrêter, quoique je ralentisse un peu. *Eh bien, la voilà*, me dis-je à ce moment-là, *ma propriété ancestrale* – une marquise illuminée.

Je traverse un pont sous lequel coule un filet d'eau – qui mérite tout juste le nom de rivière. Mais pas de virage avant un moment. Le virage à gauche que je prends me fait passer devant six maisons. Cinq sont propres et en ordre, coquettes, avec jardin, mangeoire à oiseaux, et ornées d'ours noirs et de wapitis ou de postérieurs de braves dames en culotte à pois bouffante penchées en avant, le tout en contreplaqué. Un jardin est plein d'un surprenant bric-à-brac – trois piscines pour enfants en plastique bleu et rose vif posées à la verticale, un trampoline délirant dans lequel poussent des nouilles en mousse, des voitures en panne, des bateaux percés que l'on rafistole, je suppose, des tondeuses empilées, des petites tondeuses autoportées et des barbecues rouillés. Des chiens jaillissent des fossés ici et là, au hasard, et se ruent derrière la voiture en essayant de mordre méchamment les pneus. Finalement, j'arrive devant un pont et une grande rivière. Une vraie rivière. Enfin, une avec de l'eau qui bouge. Et un virage à gauche juste après suivi d'une route prometteuse dont je sais qu'elle se terminera par une maison jaune.

Et la voilà. Je tourne dans l'allée gravillonnée devant la maison jaune de ma famille biologique – assez neuve, trois ou quatre chambres. Il y a la baignoire renversée surmontée d'une statue en plastique de la Sainte Vierge, une rampe d'accès pour fauteuil roulant et une niche à chien devant, la camionnette noire en panne avec des fioritures en violet sur un flanc, un pick-up flambant neuf de l'autre côté, et l'armature courbe en bois de saule qui doit être la loge à sudation. Et là, d'un âge qui correspond à peu près, Mary Potts Presque Senior. Elle manie un tuyau d'arrosage, un tuyau d'arrosage qui n'est pas raccordé au robinet, et fout une raclée à un coussin de canapé poussiéreux. Elle a un petit sourire en coin, narquois, au moment où j'arrive, et flanque au coussin une dernière dérouillée.

Voici la femme qui m'a mise au monde.

«*Holeee…*»

Elle tend les bras et s'avance vers la voiture. Elle porte un débardeur noir moulant qui laisse apparaître des bretelles de soutien-gorge roses, et un pantacourt noir patte d'eph. Son corps bien proportionné, aux allures d'ours, n'est que graisse musclée, et elle a un joli visage aux traits réguliers. Elle est tellement plus jolie et plus jeune que je ne l'imaginais. Elle a encore toutes ses dents et de petits yeux noirs rieurs et fuyants. Sa chevelure châtain foncé balayée de mèches rouges est attachée au sommet de sa tête par une de ces pinces crabe en plastique, une bleue, et elle porte des perles aux oreilles. De vraies perles, on dirait. Je descends de voiture.

Nous restons là face à face, tout à fait mal à l'aise. Pour moi ce n'est pas l'heure des embrassades, et je ne sais que penser des larmes qui remplissent les yeux de ma mère biologique.

« Jolies, dis-je en me touchant les oreilles. Jolies boucles d'oreilles. »

Elle renifle et détourne les yeux, en battant des paupières.

Je remarque qu'elle mâche un lacet. Elle remarque que je le remarque et dit que c'est ce qu'elle fait quand elle essaie d'arrêter de fumer. Puis elle se met à me sourire, un peu, mais avec le lacet dans la bouche c'est très bizarre.

« Tu ressembles à…, dit-elle.

– À qui ?

– Peu importe.

– À qui ? Vraiment ?

– Eh bien, à moi.

– Non », dis-je aussitôt, sans réfléchir, une simple réaction viscérale.

Elle baisse les yeux et regarde ses pieds. Puis elle se détourne dans un petit sursaut de sa houppe de cheveux et s'en va, ce qui me permet de noter que bien qu'elle soit plutôt trapue en haut et en bas, elle a le cul parfaitement plat et ferme d'une femme beaucoup plus jeune. Comme il est serré dans ce pantacourt noir, je ne peux m'empêcher de regretter, un instant, de ne pas avoir hérité de son arrière-train. Je suis tellement molle et ronde de partout. Parce que je n'emboîte pas le pas à ma mère biologique – en fait je regarde simplement remuer son postérieur, comme doivent le faire des tas de gens –, elle jette un coup d'œil par-dessus son épaule, agite la tête en montrant la maison. Je marche derrière elle, remonte la rampe d'accès pour fauteuil roulant, traverse la petite galerie, passe la porte d'entrée. La maison a une moquette épaisse et une odeur de trucs sauvages – d'écorce peut-être, ou de graines pour les oiseaux, ou de baies en train de bouillir – et de fumée de cigarette.

« Tu veux fumer, là dehors j'ai une boîte à café remplie de sable pour les mégots, dit-elle. Je ne fume pas dans la maison, n'empêche. »

Et je pense : Il y a quelqu'un qui doit le faire.

Je pose mon sac à dos et mon ordinateur portable à côté de la porte et m'assois à la table – en Formica moucheté. J'observe pendant qu'en silence elle prépare un thé fort. Elle me donne une tasse de ce thé, sucré, et s'assoit en face de moi.

« Tu as embelli », dit-elle tout de suite. Puis elle crie dans la pièce voisine. « Elle a embelli ! »

« Qui est là-bas ?

– Oh, ta grand-mère. Elle est vieille, elle m'a eue à cinquante-trois ans, sans mentir, souviens-t'en. Utilise des préservatifs jusqu'à soixante ans, ha !

– Cent et demi », dit une petite voix aiguë derrière le coin.

Une petite dame minuscule, voûtée et à la peau brune, fait alors rouler son fauteuil par petites étapes – elle manœuvre son fauteuil sur de la moquette – et tourne le coin.

« Voici Mary Potts la Très Senior, annonce ma mère biologique.

– Zzzz'il te plaît », bourdonne en fait la petite femme, ou siffle, en se rapprochant peu à peu.

Je bondis sur mes pieds et la pousse jusqu'à la table.

« Mary Ignatia, déclare la grand-mère en hochant la tête d'un air entendu pendant que je la gare. Cent un ans.

« Tout le monde me rend dingue, dit ma mère biologique, à personne en particulier. Et elle – elle me désigne – elle m'appelle Mary Potts Presque Senior. Elle trouve ça drôle.

– Je ne trouve pas ça drôle, dis-je. Simplement, je ne sais pas comment vous appeler. Vous n'êtes pas Trésor, pour moi.

– Héhhéhhéh. »

La grand-mère centenaire rit, en agitant la main vers une tasse de thé que Mary Presque Senior pousse prudemment d'un côté à l'autre de la table. Je n'en peux plus et décide d'en finir. Je me penche en avant et m'adresse à ma mère biologique.

« Deux choses. La première, pourquoi m'avez-vous abandonnée ? La deuxième. Je veux savoir ce qu'il en est des maladies génétiques. »

Les deux femmes sont à présent silencieuses, elles boivent leur thé à petites gorgées en regardant le plateau de la table. Ma mère biologique examine les taches de rousseur du Formica comme si elle prédisait l'avenir d'après leur motif. Enfin, elle pousse un de ses soupirs – je commence à connaître ses soupirs – et puis se met à tousser. Elle se chauffe avant de parler. Après plusieurs faux départs, elle commence.

« Ce n'était pas parce que j'étais tellement jeune, évidemment. » Gros soupir encore. Nouveau départ. « C'était parce que… c'était parce que… j'étais une imbécile. Pas un seul jour n'a passé depuis sans que j'y pense. Sans que je pense quelle imbécile j'étais. »

Elle me regarde, c'est tout.

« Une imbécile », répète-t-elle, et elle hoche la tête. Elle enroule et déroule ses doigts passés dans l'anse de la tasse. « Je me droguais. Pas pendant que j'étais enceinte. Après. Je baisais avec tous les crétins qui passaient par là. Une imbécile débile, voilà, murmure-t-elle. Il n'y a pas un seul jour, pourtant, où je n'ai pas pensé à toi. »

Pas un seul jour ? Et pas une seule heure, alors ? *J'avais besoin de toi. J'avais besoin de toi.*

« Eh bien, vous avez pensé à moi davantage que je n'ai pensé à vous », dis-je en haussant les épaules.

Personne ne parle après ça. Nous sommes plus ou moins dans l'impasse. Ses larmes se tarissent et nous restons assises en silence.

« Tu as une famille sympa, ouais, bourrée de fric, dit-elle en se secouant et se redressant. Ils m'ont envoyé des photos pendant deux ans. Et puis j'ai écrit et j'ai dit arrêtez, c'est insupportable.

– C'était insupportable ? » Je sens mes yeux s'étrécir, et ce truc monte en moi, ce truc que je connais bien et contre lequel je récite des mantras et respire à fond, cette colère. Elle monte en pétillant comme un soda qu'on secoue. « *C'était insupportable ?*

– J'ai perdu…, dit-elle.

– Perdu quoi ? »

Mais on entend dehors un moteur qui s'arrête en vrombissant et des pas, des pas rapides et sourds. La porte qui est derrière moi claque et je me retourne pour assister à l'entrée spectaculaire de la Princesse des Damnés – Little Mary.

« C'est une Mary, elle aussi ? » Je n'en crois pas mes oreilles. « Mais quoi ? Vous n'avez aucune originalité ? »

On croirait entendre mon père, Alan, mais ça m'est égal. Mary Potts Presque Senior me regarde en haussant les épaules, le visage triste, alors que sa fille non adoptée entre avec raideur sur les talons de huit centimètres de ses bottes noires, bas résille déchirés, de trop nombreux piercings pour qu'on les compte, et des cheveux longs parsemés de mèches coupées et ébouriffées en pointes violettes. Les pointes retombent de façon comique à cause de l'humidité, ne sont pas hérissées, à part une mince frange. Ses yeux sont soigneusement cerclés de rouge – feutre Magic Marker ? Marqueur Sharpie ? Les pupilles sont noires et luisantes. Elle vacille sur le pas de la porte, visiblement défoncée.

« Booooon, dit-elle.

– C'est ta sœur », dit ma mère biologique en me désignant d'un signe de tête. Son expression est douce. « Celle dont je t'ai parlé hier soir.

– Ah, *personne* ? »

Little Mary nous sourit, d'un air absent et malveillant. Ses dents paraissent aiguisées, serait-ce possible ? Ses incisives sont un peu plus longues que ses canines, et très blanches sur fond de rouge à lèvres noir, comme des crocs élégants. Elle est jolie, comme sa maman, plus jolie que moi, me dis-je, en faisant instantanément ce que font les filles. Qui est la plus jolie. Je suppose que les sœurs se comparent tout le temps et à cette minute même je me réjouis de ne pas avoir eu, jusque-là, de sœur dans ma vie. Je me réjouis de ne pas avoir eu cette mère et cette famille, sauf peut-être la grand-mère. Je pense à Alan et Sera et à tout ce que nous partageons, et maintenant des larmes me montent aux yeux. Je me tourne vers ma mère biologique et tends la main. Je détache ses doigts de l'anse de sa tasse de thé. Je tiens ses doigts et puis avec chaleur saisis toute sa main dans la mienne.

« Ça va, Trésor. Je t'assure, ça va, dis-je avec une sincérité parfaite. Rien qu'en regardant Little Mary, je vois quelle bonne mère vous auriez été. »

Ma sœur Mary a seize ans et il s'avère, après qu'elle est partie et que nous nous mettons à parler pour de bon, il s'avère que de l'avis de ma parente Potts, malgré ses piètres résultats scolaires, Little Mary ne se drogue pas – n'abuse pas de l'alcool et ne fume pas non plus. En fait, Trésor secoue la tête, émerveillée, et sort son lacet de ses dents.

« Je comprends que ta remarque était censée être sarcastique, ironique, que sais-je encore. Bonne mère. Je sais que je ne suis pas la meilleure mère. Je le sais. Mais Little Mary s'en sort vraiment bien. C'est la seule fille de toute sa classe qui ne baise pas et ne se drogue pas. Elle dit qu'elle est à deux doigts de craquer, pourtant.

– On ne voit pas qui pourrait le lui reprocher. »

Je ravale l'envie pressante de me rouler par terre de rire.

Au bout d'un petit moment, Trésor part aux toilettes. Tout est silencieux. Elle n'en ressort pas. Puis je l'entends qui parle doucement, comme dans un portable. Little Mary est assise devant la télévision et fait comme si je n'étais pas là. Il se dégage d'elle une odeur étrange – plus que ce truc sauvage que j'ai senti au moment où je suis entrée dans la maison. Cette fois, c'est une violente odeur de pied, plus quelque chose qui pourrit lentement. Derrière elle, je me rends compte que la porte de sa chambre est ouverte. Par l'embrasure, je l'aperçois – le genre de spectacle devant lequel on ne peut s'empêcher de rester bouche bée, comme un accident de la route. Sauf qu'ici c'est un dépotoir stupéfiant. Je reste là debout un moment, médusée devant la pagaille, et puis je vois que le fauteuil roulant de Grand-mère est poussé devant la table et qu'elle est en train de piquer un roupillon, toute droite. Je passe devant Little Mary et m'assois pour attendre que Grand-mère refasse surface.

Pendant qu'elle dort, je l'observe. Je n'ai jamais vu personne d'aussi vieux. Grand-mère Mary Ignatia a la peau la plus douce qui soit, plus soyeuse que celle d'un bébé, et ses mains sont de délicates petites serres recourbées. Ses yeux sont recouverts de fines membranes de peau. Je me dis qu'elle voit peut-être à travers ses paupières, tellement elles sont transparentes. Je sais bien, du temps d'avant, qu'elle peut vous fixer longtemps sans ciller. Elle n'a laissé personne lui couper les cheveux, je m'en rends compte, pas depuis très longtemps. Peut-être cent ans tout entiers. Ils sont tressés en une fine natte blanche et enroulés en chignon. Ses oreilles dépassent un peu, vu que ses cheveux sont tellement fins. Une paire de boucles d'oreilles en coquillages pend à ses lobes, qui sont aussi doux et délicats que des pétales de fleurs. Fait très étonnant, je le remarque quand à un moment elle bâille, elle semble avoir presque toutes ses vraies dents. Bien qu'elles soient noircies par le temps, elles sont toujours solides.

Soudain, elle est là qui me regarde, ces yeux brillants aussi acérés que des punaises. Grand-mère Mary Ignatia rit, d'un rire doux et voilé, lorsqu'elle voit qu'elle m'a fait sursauter. Elle a un rire du temps jadis, absolument délicieux, qui fuse par éclats entrecoupés. Nous rions ensemble et je m'informe sur ses dents. Elle me raconte qu'elle avait un grand-père cent pour cent français qui lui avait recommandé de se frotter les dents à l'aide d'une brindille de saule écorcée. Elle prend un biscuit salé sur la table et me montre qu'elle mâche et mord avec la vigueur d'une personne jeune. La robustesse de ses dents est la clé de sa longévité, assure-t-elle.

«Je suis enceinte.» Je le lui dis doucement, pour que ma toute nouvelle sœur n'entende pas. «Y a-t-il des maladies dans la famille ? Des anomalies génétiques ? Quelque chose dont mon bébé risque d'hériter ?»

D'abord son expression ne change pas. Je songe que peut-être mon identité, le moment où nous sommes dans le temps, la rivière boueuse de la réalité, tout est enrobé d'ombre. Mais alors elle tend sa petite patte ratatinée et répond :

«On en perd quelques-uns.

– Vous en perdez quelques-uns. Comment ça ?»

Grand-mère Ignatia laisse tomber sa tête et plonge dans un sommeil raide et immobile. Je pousse son fauteuil dans sa chambre et l'aide à se mettre debout à côté du petit lit d'une place, puis la fait descendre lentement sur le matelas et soulève ses jambes que je repose doucement. Ses petits mocassins brun clair pointent tout droit. Ses bras sont des ailes de poulet brunes et emplumées, douces et flasques. Je la recouvre d'une courtepointe éclatante composée de versions toutes différentes de calicot jaune – un nuage doré.

Quand je reviens, ma petite sœur est de nouveau assise dans la lueur de la télé. Elle a mis tant d'eye-liner que ses yeux sont un feu qui couve de façon démoniaque dans l'écran mouvant. Je compte ses piercings – ses oreilles en ont six ou sept chacune – ses boucles d'oreilles ressemblent à des clous et à des vis tordus. Elle a laqué sa frange à la verticale en crête de pic noir. Le reste de sa chevelure longue et fine – permanentée, oxygénée et teinte avec ces mèches violettes ou décolorée un nombre incalculable de fois – pend dans son dos en un rideau mort et froissé. Elle a apporté quelques changements à son costume, pourtant, ajouté un nœud rose dans ses cheveux. Elle a mis une nuisette grotesquement sexy, des socquettes, et des babies blanches. Le contraste mignonne/méchante produit un effet qui donne encore davantage la chair de poule que lorsqu'elle était en grande tenue de gothique. Elle est une sorte de chaton de cauchemar.

« Salut. »

Je m'assois à côté d'elle.

Elle reste de marbre.

Je répète :

« Salut, qu'est-ce que tu fais ?

– D'après toi ?

– Je veux dire en général, qu'est-ce que tu fais de façon générale ? »

Elle me regarde avec un noir mépris, ses yeux grésillent derrière leur masque épais. Ses lèvres s'écartent en un grondement féroce et le nœud rose dans ses cheveux danse sur son crâne à la façon d'un papillon sinistre. Elle hoche la tête en parlant, d'accord avec elle-même.

« T'es rien qu'une sale pute. Tu crains, espèce d'usurpatrice. T'es pas ma sœur, t'es une MST. T'es qu'une chtouille. »

Sa tenue continue à me dérouter – vampire mignon tout plein. Mais sa haine est simple. Prévisible. Je détache mes yeux de ce spectacle et tente de réprimer la mienne.

« Tu souffres d'un dégoût de soi mal placé, lui dis-je. Tes sentiments n'ont rien à voir avec moi. Je ne t'ai jamais fait de mal.

– Et je t'ai entendue raconter à Grand-mère que t'es enceinte, mais je le vois bien, lance-t-elle en ricanant. T'es une vraie salope.

– Ah, vraiment. Qu'est-ce qui te fait croire que parce que je suis enceinte je suis une salope ? »

Mon cœur bouillonne mais je garde une voix calme. J'ai toujours trouvé qu'il n'y avait pas mieux pour détourner l'hostilité que de poser des questions. Mais Little Mary a tout d'un politicien, expert dans l'art de ne pas répondre à la question posée et s'en tenant strictement à son ordre du jour. Elle reste en attaque. Il y a une jarretelle blanche à fanfreluches sur sa jambe.

« T'as été adoptée, t'as grandi chez les riches et tu te crois la plus maligne, mais t'as couché sans te protéger ! Ooh ! »

Elle écarquille ses yeux maquillés et sa bouche se plisse comme celle d'une poupée en bois.

« Tu es obsédée, lui dis-je, et, à mon grand embarras, j'ai une voix perçante. Ta cervelle est archicuite par la meth.

– Ah ouais ! » Elle lève les poings. « Ah ouais ! Allez, on y va ! »

Mais alors elle s'effondre, et dans une démonstration typique de labilité affective maladive se met à pleurer. De grosses larmes s'échappent de ses yeux.

« Dis rien à papa, dis rien à maman, d'accord ?

– Je crois qu'ils savent. Ils vivent avec toi. Ils sentent l'odeur de ta chambre. Je la sens d'ici.

– Tu veux bien m'aider à la nettoyer, dis ? »

Je la regarde fixement, bouche bée. C'est tellement bizarre que je pourrais être charmée, d'une étrange façon, s'il n'y avait cette chambre. Cette catastrophe non naturelle. Pourtant, quand elle se dirige vers la porte ouverte, je me lève et je la suis.

La chambre de Little Mary dégage une odeur de chaussettes fétides, de sang séché, de fromage gâté, de transpiration de jeune fille, et de Victoria Secret. Il y a des vêtements sales jusqu'à hauteur de genou qu'elle a entassés là et sur lesquels elle a marché – une sorte de nouveau tapis de sol en aggloméré. Entre les couches de vêtements stratifiées j'aperçois des paquets de chips de pommes de terre et de maïs, des canettes de soda qu'elle n'a même pas fini de boire. Une toute petite brume de bébés mouches tourne autour d'un Sunkist à l'orange. Des trucs sont roulés en boule, collés ensemble avec de la colle à paillettes, jetés contre le mur, et barbouillent les fenêtres. Des confettis en bombe pendent à la lampe ventilateur fantaisie, et il y a des strings partout où je pose mon regard. Des strings roses à paillettes, des noirs, des lamés or, des parsemés de sequins, en dentelle araignée, et des strings à fermeture Éclair, des strings avec des diablotins dessus. Elle s'est déshabillée en les lançant d'un coup de pied au plafond sur les pales du ventilateur. Les rideaux sont en bouchon, enroulés autour des tringles de travers, et dans un coin il y a des éclats de verre éparpillés partout.

« C'est le boulot de ta mère de te faire nettoyer ça, dis-je, d'une petite voix.

– Ouais, peut-être », reconnaît Little Mary. Elle a lu dans un magazine pour parents qu'il vaut mieux sélectionner de façon judicieuse les sujets de conflits avec les adolescents, et que la chambre d'un ado est son espace privé. « Mais je… » Son menton tremble et sa bouche maquillée s'affaisse. « …ne sais pas comment faire… c'est trop, quoi.

– Je n'ai pas le courage de m'attaquer à ta chambre », lui dis-je alors, mais j'essaie d'être gentille.

De toute évidence, elle souffre d'une instabilité mentale héréditaire qui s'est manifestée tout entière dans l'état barbare de cette pièce. Strings. Obscurité. Chaos. Pendant que j'ai des pensées apocalyptiques, Little Mary prend une profonde inspiration mêlée d'un sanglot, me passe devant en se faufilant, et pénètre dans ce neuvième cercle. Je recule au moment où la porte de sa chambre se referme doucement, je m'éloigne d'un pas titubant et m'assois sur le canapé. Je m'écarte de l'endroit chaud qu'elle vient de quitter, en pensant à un string que je n'aurais pas vu. Au bout d'un moment, en regardant passer le néant sur une chaîne de télé pour adolescents où l'on rediffuse, hélas, une émission de rencontres, je décide que je vais laisser un petit mot à Trésor. Je me lève, prends mon sac, sors un stylo et trouve un bout de papier sur lequel le rédiger. Au moment où je suis en train d'écrire *Cela a été un grand plaisir pour moi de faire enfin votre connaissance*, Trésor sort des toilettes, son portable collé à l'oreille. Elle jette un coup d'œil par la fenêtre et je suis son regard. J'aperçois une Volvo ancienne tout à fait comme celle d'Alan et Sera. Et puis, abasourdie, je vois mes parents adoptifs en descendre. D'abord Alan, ensuite Sera. Sans un mot à mon intention, Trésor sort pour aller à leur rencontre. Ils s'avancent vers ma mère biologique, la main tendue, tous les deux.

Ils ont dû s'inquiéter pour moi. Ils ont dû connaître Trésor depuis tout le temps, ou être en rapport avec elle. Pourtant l'explication ne compte pas tellement, sur le moment, seulement le fait qu'ils sont *ici*.

Derrière la baie vitrée, je les vois dans l'allée, à présent réunis, qui font des gestes et parlent, une fantasmagorie de parents – je n'y comprends rien, mais elle a lieu. Maintenant ils s'approchent ensemble de la maison. Je suis au centre d'une sorte de vortex. J'ai la tête qui tourne. Je tiens déjà la bretelle de mon sac à dos dans une main, j'attrape mon ordinateur portable dans l'autre, et je recule lentement, en naviguant d'un bout à l'autre de la salle de séjour, en quelque sorte, grâce à une mémoire enfouie, sans me cogner à quoi que ce soit, je bats en retraite. Je passe la main derrière moi et il y a un bouton de porte. Je le tourne, et recule dans la chambre, la chambre de Little Mary. Je referme la porte et fixe la pièce du regard.

De l'autre côté de la porte sont collés des cœurs dessinés au Magic Marker vert, un poster de Siouxsie and the Banshees à l'œil tragique, un tee-shirt Alien Sex Fiend, un string avec de vrais petits clous argentés piqués dedans, retenu par une punaise, beaucoup de ronds à bière allemande, et que sais-je encore. Des fanfreluches, ça aussi. Des masses de fanfreluches – des tas de volants et de nœuds rose bonbon. Je me retourne. Little Mary est assise sur la pile colossale de vêtements qui est probablement son lit. Nous nous regardons. Son eye-liner a coulé le long de ses joues en deux traînées semblables aux larmes d'un clown tragique. Lorsqu'elle ouvre la bouche, je pense qu'elle risque de hurler, ou de chanter à tue-tête un *do* aigu, n'importe quoi sauf prendre une voix normale et me parler pour la première fois comme une personne normale.

« T'as changé d'idée ? Oh, super ! Je sais que c'est beaucoup demander, dit-elle. Mais tu vois, c'est une sérieuse prise de position. C'est vraiment sympa. Merci. »

Je baisse les yeux. À mes pieds il y a une boîte de sacs-poubelle pour gros travaux, sans aucun doute mis là par Trésor en guise d'allusion subtile. Je me penche, pose mon sac à dos et mon ordinateur à un endroit où j'espère les retrouver, et tire le premier sac plastique de la boîte.

Lentement, je me redresse. Au-delà de la porte, j'entends l'autre porte s'ouvrir, des pas traînants, des voix.

« Mettons tous les vêtements de couleur sales dans celui-ci, dis-je en tendant le sac. Et ceux qu'on doit passer à l'eau de Javel, le linge blanc, dans celui-là. »

Je tends à Little Mary un second sac-poubelle noir. Son nœud rose se remet à danser et à se balancer, mignon et étrangement sage.

« Ton look a quelque chose de choquant, je l'aime bien, lui dis-je.

– Goth Lolita, répond-elle.

– Lolita ? Tu as lu le livre ?

– Ben… c'est un look que j'ai trouvé sur Internet.

– Ah. »

Elle prend le sac-poubelle et me regarde avec une sorte de respect mêlé de crainte et de reconnaissance. Je n'ai pas encore besoin de me pencher. Je peux attraper un vêtement noir et flasque, un autre, et puis un autre, sur les piles qui m'arrivent à la taille, ou suspendus à des patères. Je prie pour que, au fur et à mesure que je creuse plus profond, il n'y ait pas de préservatifs usagés, de vieux vomi ou de gros insectes, dans le tas dont je vois qu'il me faudra le détacher du sol, couche après couche.

Je les entends dans la cuisine, à présent, les deux jeux de parents qui font tinter des tasses et préparent du thé, ensemble, qui discutent.

À mes pieds s'étale une mince pellicule de coccinelles asiatiques à douze points datant de l'infestation de l'automne dernier, mais elles sont mortes et réduites en poussière. Il y a des strings pareils à un agrégat rocheux, collés en briques formant des motifs. Je les lance simplement dans le sac.

« Alors, demande Little Mary, qui brandit les bonnets en quart de lune d'un 95B, t'as déjà trouvé le nom ?

– Mon bébé a quelque chose qui ne va pas. Ils l'ont vu à l'échographie.

– Ah bon ? »

J'ai soudain la tête qui tourne et le vertige. Ma vision se rétrécit. L'obscurité et l'ombre montent tout autour de moi.

« Maman a perdu deux bébés avant de m'avoir, dit Little Mary. C'est pour ça que je suis une enfant gâtée. Elle m'a raconté hier soir qu'elle pensait que perdre les bébés c'était sa punition parce qu'elle t'avait abandonnée.

– Est-ce qu'il y a un nom pour ce qu'ils avaient ?

– Il y a un “treize” dedans. La malchance. Elle a raconté qu’elle avait promis de m’appeler Mary, comme toi, si je vivais.

– C’est logique. »

Rien n’est logique, et je m’assois sur le tas de saloperies le plus épais en sentant le tranchant émoussé du début d’une émotion si violente qu’elle n’a pas de nom.

« Hé ! Tu ne vas pas appeler ton bébé Mary, dis ? »

Je m’effondre sur les trucs posés sur mes genoux.

« T’as déjà trouvé le nom ? Et si c’est une fille ? »

Je soulève un échantillon de shorty en dentelle rouge et lis l’étiquette.

« Victoria.

– Ouah, dit ma petite sœur, c’est beau. »

Elle se penche et m’entoure de ses bras. Tandis qu’elle me tient contre elle, nous commençons à nous balancer d’avant en arrière. Ma sœur me berce dans les fils sous tension de Goth Lolita à l’odeur de garçon et curieusement réconfortants qui lui font office de bras. Elle porte des gants déchirés aux doigts coupés et effrangés. Du vernis à ongles vert écaillé. La senteur d’un musc difficile à supporter – sulfureux, suave, vaguement volcanique, un parfum qui me console et m’agace en même temps si bien que je me mets à pleurer, non pas par compassion pour moi-même, mais avec l’impression que je suis entrée par hasard et par effraction dans un lieu immense. Je ne sais pas quel géant vit dans cette future et vaste maison. Je ne sais pas si la porte s’ouvre vers l’intérieur ou vers l’extérieur. Je me cramponne à ma sœur en attendant simplement que la charnière grince.

La beauté volée à un autre monde

Pendant que je parcourais les rayonnages de la bibliothèque de University College à Londres, j'ai été abordée par un bel Eurasien, titulaire d'un doctorat, qui a fait mine de s'intéresser au livre que je feuilletais, *The Milk of Paradise*, de M.H. Abrams. Nous étions en 1979 et je participais à un échange entre facultés. Le docteur ès sciences a dit qu'il aimerait bien me préparer une omelette. Pour une raison ou pour une autre, peut-être était-ce la nouveauté de cette façon de draguer, j'ai accepté qu'il m'emmène au bout de la rue et ensuite, après un moment d'hésitation au cours duquel il m'a assuré que son colocataire serait là, je suis montée dans sa voiture, une Mercedes-Benz marron. En chemin, je me suis rendu compte que j'avais agi de façon stupide et dangereuse et, si ce n'était pas bizarre, c'était du moins très contraire à mon éducation du Midwest. D'autant plus qu'une fois arrivés chez lui, il s'est avéré que son colocataire vivait dans l'appartement d'à côté. Il y avait un mur solide entre les deux logements, certainement impénétrable aux cris, et j'ai obligé le scientifique à me présenter au voisin afin que, si je « disparaissais dans la nuit londonienne », comme nous en avait sinistrement averti au moment de l'accueil des étudiants le président de la fac, il y ait au moins quelqu'un qui puisse identifier mon visage d'après les photos qui passeraient aux infos. Ensuite je suis entrée pour de bon dans l'appartement en compagnie du scientifique qui semblait à vrai dire plutôt inoffensif.

Nous sommes allés dans sa cuisine. Il a cassé les œufs de manière experte, d'une seule main, et n'a haché ni oignons ni poivrons à l'aide d'un grand couteau de cuisine, comme je l'avais craint, mais a simplement ajouté du fromage, en râpant un gros bloc au moyen d'une petite moulinette en aluminium. J'ai mangé et, ce faisant, ai songé qu'il m'avait peut-être simplement emmenée à l'autre bout de la ville pour me préparer une omelette. Quand j'ai eu terminé, pourtant, il m'a demandé si j'aimerais prendre un bain pendant qu'il répondait à quelques appels téléphoniques, et j'ai su de nouveau que j'avais agi de façon stupide et que je devrais repartir. Il s'est fait charmant et persuasif. Comme s'il amadouait un cheval ombrageux, il m'a attirée en douceur vers sa très masculine salle de bains – toute carrelée de noir et blanc – dotée d'une magnifique et profonde baignoire. La porte était munie d'un verrou solide.

C'est la baignoire qui m'a convaincue de rester. Je vivais dans la moins chère des résidences universitaires, un bâtiment qui puait le désinfectant. Les douches moisies vous suintaient dessus si lentement qu'il fallait une demi-heure pour se rincer. Je n'avais pas pris de vrai bain depuis des mois, ce qui avait pu paraître évident aux yeux du chercheur, maintenant que j'y pense, et j'ai aussitôt eu très envie d'entrer dans la baignoire. J'y suis restée une heure sans vouloir en sortir. Ni, fortifiée par mon barbotage purifiant, consentir à coucher avec lui, bien qu'il m'ait cajolée et montré où il planquait ce qu'il appelait des pessaires, un truc que je n'avais jamais vu. Les petites boules de gelée à l'aspect ridicule ont totalement refroidi mon intérêt.

J'ai dormi sur son canapé et me suis montrée très satisfaite d'être redéposée à la bibliothèque. Je ne voulais pas qu'il sache où j'habitais. Mais j'avais commis l'erreur de lui donner mon nom, et d'une façon ou d'une autre il a eu accès aux dossiers de la fac et a débarqué dans ma résidence. Il approchait peut-être de la trentaine – comme je l'ai dit c'était un très jeune docteur ès sciences – mais je venais tout juste d'avoir dix-neuf ans et à mes yeux cela paraissait vieux. Je l'ai fait monter dans ma chambre, qui avait une vue imprenable sur la tour de British Telecom, mais j'avais une vraie colocataire et je vivais dans une chambre moitié moins grande que sa salle de bains. Ma colocataire était là, en train de travailler, elle a réagi à un signal dont nous étions convenues toutes les deux, et n'est pas partie.

J'ai découvert peu après que j'avais commis un vol, et j'ai honte d'avouer que je n'ai jamais pu réparer ma faute. C'est la seule chose que j'aie jamais volée de ma vie. Quand le chercheur m'avait draguée, j'avais gardé le livre que j'étais en train de feuilleter – ce petit livre au format de poche intitulé *The Milk of Paradise.* Je le tenais en main parmi mes autres livres, et m'en suis rendu compte au moment où je quittais la bibliothèque. J'aurais pu le rendre, le remettre simplement à sa place sur le rayonnage, mais je l'ai complètement oublié. Et puis, quelques jours plus tard, pendant une conférence sur Samuel Taylor

Coleridge, devant à peu près une centaine d'entre nous, le professeur a ôté ses lunettes et nous a toisés un par un et avec insistance avant de lâcher : « L'un de vous est un voleur. » Il a ensuite commenté avec tant de vigueur ce qu'il y avait d'égoïste et d'immoral dans l'acte de voler un livre, celui-là même que j'avais pris, et que j'avais certainement l'intention de rendre, que j'ai été très impressionnée, car qui aurait pensé qu'à la bibliothèque l'absence d'un ouvrage, d'un si petit ouvrage, serait aussitôt remarquée et, de plus, mériterait une demi-heure de sermon.

Sauf que maintenant, bien entendu, je ne le retrouvais pas. J'ai fini par me rendre compte que je l'avais emporté dans l'appartement du chercheur, et lui ai téléphoné. Lorsque je lui ai demandé de me le renvoyer par la poste, plutôt que de me le remettre en main propre, il a paru vexé. Le livre n'est jamais arrivé au courrier. Je n'ai jamais rappelé. De toute façon, comme il n'y avait pas de boîte destinée au retour des livres, j'aurais dû soit le rapporter en douce, soit le remettre à une bibliothécaire, ce que je n'aurais probablement pas pu faire de crainte d'être découverte. Pourtant, *The Milk of Paradise* séjourne à présent sur une étagère en hauteur parmi d'autres livres de poche bon marché. Qu'il soit de nouveau en ma possession constitue le fond de mon histoire.

Comme je l'ai dit, c'était un petit livre, au départ un mémoire de M.H. Abrams rédigé dans le cadre d'un cours d'initiation à la littérature anglaise donné à Harvard, qui s'était dilaté jusqu'à devenir une thèse et avait été publié en 1934. Ma version de l'ouvrage, réédité en 1969 et préfacé par l'auteur, a une couverture très de son temps – on y voit un Coleridge assis, le regard vide, des arcs-en-ciel et de psychédéliques démons verts à la barbe dorée jaillissant de son front. Il tient une petite pipe blanche, alors qu'il ne fumait pas d'opium mais prenait du laudanum, qui se présentait sous forme liquide et s'administrait goutte par goutte.

J'ai obtenu mon doctorat et laissé Coleridge de côté un peu à regret, mais je suis restée de diverses façons en rapport avec *The Milk of Paradise*. Le titre fait référence à un vers de *Kubla Khan* et décrit le lait du pavot somnifère, source du laudanum bien souvent employé par le poète, d'abord pour atténuer des douleurs rhumatismales, et plus tard pour tenter de calmer la souffrance mentale de sa dépendance. Il s'avère que je me suis découvert un intérêt pour certains aspects de la chimie du cerveau liés à la dépendance, et que j'ai écrit de nombreux articles sur la façon dont diverses substances créant une dépendance, des dérivés de l'opium en particulier, interagissent avec le cerveau à un niveau moléculaire ; et voilà comment je me suis retrouvée une fois de plus en présence du chercheur faiseur d'omelettes qui avait gardé le livre – et dont le nom était Walter Ing.

Cette fois j'étais dans une ville de la banlieue de Paris, et j'assistais à une conférence en compagnie d'un grand nombre de scientifiques vêtus sans recherche et dont les intérêts étaient voisins des miens. Je suis toujours étonnée par la timidité, et même la modestie, de nos tenues et de nos manières, comme si nous avions le sentiment de devoir compenser la notoriété, si minime soit-elle, du domaine que nous avons choisi. Il y a un vieux château dans cette ville où Mata Hari fut assassinée. Mais malgré mon vif désir de visiter ce monument, nous avions un programme chargé et finalement, chaque fois que j'arrivais devant l'entrée, je rencontrais d'autres personnes présentes à la conférence et m'engageais dans des conversations qui se terminaient toujours par une proposition d'aller déjeuner ou dîner. Vivant seule, j'étais toujours friande d'un repas bien cuisiné et je ne manquais jamais de me joindre au groupe. C'est ainsi que je me suis retrouvée assise à une longue table étroite en face de l'homme dans la baignoire duquel j'avais barboté vingt-cinq ans plus tôt.

Notre parade de reconnaissance a été comique. Il a secoué la tête, hasardé un : « C'est bizarre... » Je me suis carrée sur ma chaise en murmurant : « Je suis certaine... » Je n'arrivais pas à le situer et il nous a fallu la plus grande partie d'un déjeuner délicieux – j'ai pris une salade d'aubergines au saumon préparée comme je n'en avais encore jamais goûtée – avant que nous ayons parcouru rapidement nos passés respectifs, toujours poursuivis par quelque chose de familier chez l'autre, et tombions sur Londres. Nous avions tous les deux bu un peu de vin. J'ai lancé : « Omelette », et je me suis mise à rire. Il est demeuré un peu perdu jusqu'à ce que je lui décrive notre rencontre à la bibliothèque. Puis il a lâché sa fourchette et de la main s'est frappé le front. Il l'y a laissée comme s'il étanchait le sang d'une blessure et s'est écrié : « Vous êtes la fille, celle dont la chambre donnait sur la tour de British Telecom ! » Il a aussitôt commencé à s'excuser d'avoir tenté de me séduire. Il avait cru que j'étais un membre de l'université, a-t-il assuré, ce qui était une excuse ridicule, et je le lui ai dit. Il a alors soutenu qu'il n'était passé à ma résidence que pour me demander pardon, et je lui ai redit que ce n'était pas vrai non plus et qu'il avait toujours mon livre. Il a répondu qu'il ne s'en souvenait pas, et quand je lui ai avoué que je ne m'en souciais guère, de toute façon, qu'il s'agisse du livre ou de ses intentions d'alors, il a paru soulagé et s'est calé sur sa chaise.

Walter Ing avait un petit accent australien. Il avait grandi là-bas, m'a-t-il expliqué, bien que ses parents maintenant décédés soient partis s'installer à Londres. En fait, il vivait à présent à New York et, en outre, devait bientôt participer à un travail de recherche d'un an à la clinique Mayo, qui est à une heure et demie au sud de Minneapolis, où j'enseigne à l'université et poursuis mes recherches. La multitude de coïncidences a commencé par m'intimider, mais au bout d'un moment je me suis habituée à cet état de choses et j'ai accepté de piloter le docteur Walter Ing dans la région lorsqu'il viendrait, ce qui ne tarderait pas.

Un mois plus tard, j'avais un rendez-vous pour accompagner le docteur Ing. Peut-être depuis notre rencontre en France nous étions-nous tassés au même rythme. Je suis habituée à me croire grande et pensais donc que Walter Ing était grand, lui aussi, puisque je ne me souvenais pas qu'il fût plus petit que moi. Mais lorsque j'ai jeté un coup d'œil par la fenêtre de chez moi et l'ai vu émerger d'une voiture beige, avec à la main un triangle de papier kraft enveloppant des fleurs, il m'a paru un tant soit peu minuscule. Il était vêtu avec le même formalisme que dans mon souvenir – un pardessus poil de chameau, une écharpe d'homme gris clair, et même des gants. J'étais revenue à mon style décontracté du Minnesota, un pull, une jupe, des bottes souples. J'ai aussitôt décidé que je ne coucherais pas avec lui. Il a laissé tomber un gant et s'est penché pour le ramasser. J'ai ressenti cette pitié que l'on éprouve lorsqu'on regarde un homme qui ne se sait pas observé et jugé, mais alors Walter Ing m'a étonnée. Il s'est redressé, le gant à la main, et n'a pas regardé la porte, mais la fenêtre derrière laquelle je me tenais. Il m'a fixée droit dans les yeux. Nous avons échangé le même genre de regard pensif que par-dessus la table à l'époque de la conférence. Un regard qui était sur le point de devenir gênant, et peut-être agressif, lorsque Walter Ing s'est brusquement mis à sourire et a agité le paquet dans ma direction d'une façon si gaie et si rassurante que je lui ai souri à mon tour, et que je riais un peu lorsque j'ai ouvert la porte pour m'extasier sur les fleurs et que je l'ai entraîné dans la maison.

Nous avons décidé de prendre sa voiture, qui était neuve et austère, un genre de voiture fiable, à l'habitacle tendu de tissu. En fait, il l'avait achetée en leasing pour l'année où il serait en poste ici. Nous avons traversé Dinkytown, nous nous sommes garés, avons visité les monuments à visiter, puis sommes passés par le Weisman Museum, dont l'extérieur ressemble à des boîtes de conserve molles, flexibles et brillantes. Nous avons dîné dans un restaurant du centre orné de petits carreaux qui avaient l'apparence de dos d'insectes iridescents. J'aimais bien la manière tellement symétrique dont le visage de Walter avait vieilli, les rides entourant son sourire aussi rigides que des parenthèses, les rayons parfaits des pattes d'oie, le front serein. Ses cheveux gris, un peu trop longs et mous, frôlaient son col, mais les chercheurs peuvent se le permettre. Il avait une bouche soignée, une peau satinée, des mains étonnamment dures. Pour se détendre, il fabriquait des meubles. Il m'en a montré quelques-uns en photo – des copies de Biedermeier. Il y avait plusieurs autres clichés dans la petite enveloppe qu'il avait sortie – étaient-ils de ses enfants, de sa femme, de sa petite amie ? Il a hésité, j'ai cru qu'il allait me les montrer mais il a replié l'enveloppe et l'a remise dans la poche de son costume.

« Bon, ai-je dit, une fois notre dîner terminé, on s'en va ?

– J'aimerais vous revoir », a dit Walter.

J'ai désigné d'un signe de tête l'endroit où il avait caché les photos.

« Mais vous êtes peut-être déjà pris », ai-je répondu.

Il a souri et ressorti l'enveloppe. C'étaient les photos d'un élégant et impérieux chat abyssin bleu.

« J'ai pensé que vous risquiez de me trouver bizarre », a-t-il reconnu.

Il a tiré son portefeuille et m'a montré les photos de deux enfants, lors de la remise de diplômes en fin de terminale – deux visages typiquement américains des années 50, adorables et semés de taches de rousseur. Ils finissaient le premier et le troisième cycle à l'université, tous les deux dans le Massachusetts. Walter avait divorcé six ans plus tôt, et pour le moment il n'y avait pas d'autre femme dans sa vie.

« Et pendant que j'y suis, ce n'est pas que je m'y attendais, mais voilà. »

Il m'a tendu une feuille. J'ai plissé les paupières pour lire, à la faible lueur de la bougie éclairant la table, une série de résultats concernant toutes les maladies sexuellement transmissibles courantes dont toutes les cases négatives étaient cochées. Je me suis mise à rire.

«Je suis désolée, ai-je dit, en la lui rendant. Je ne dispose pas de ce genre de document. Et n'ai d'ailleurs couché avec personne depuis que le dépistage de certaines de ces maladies est devenu banal.»

Peut-être est-il alors passé sur mon visage une légère ombre de tristesse, ou de nostalgie. Walter m'a gentiment effleuré la main et a demandé :

« Avez-vous une baignoire ? »

Je suis quelqu'un de timide, physiquement et socialement. Je n'ai en fin de compte jamais perdu ma gaucherie de petite provinciale. J'ai eu très peu d'amants. Quelques expériences douloureuses vécues tôt dans la vie m'ont suffi. Je n'ai jamais tenu à me jeter de nouveau sur le chemin de la souffrance. C'est pourquoi, quand j'ai laissé Walter me déshabiller, c'était en partie parce que je n'avais couché avec personne depuis si longtemps que je me demandais, franchement, si j'étais encore en état de marche. Et même si je pouvais réagir au contact d'un homme. Les choses ne se sont pas si mal passées, encore que, j'en étais certaine, Walter ait seulement fait semblant d'être grisé par tout ce qui me concernait. Mais alors, de façon absolument imprévisible, lorsque tout a paru terminé, il m'a attirée contre lui et m'a regardée dans les yeux à peu près de la même façon que lorsqu'il avait regardé par la fenêtre. Et quand il l'a fait, j'ai senti quelque chose monter en moi à sa rencontre. C'était comme si deux êtres qui n'avaient rien à voir avec les deux personnalités que nous étions dans nos boulots quotidiens et avec nos familles se reconnaissaient – c'était une autre façon d'avoir conscience de l'autre.

Un silence épais s'est épanoui en nous. Ces deux êtres, qui n'étaient pas nous, mais qui vivaient dans notre peau, avaient perçu quelque chose chez l'autre. J'ai tenté de comprendre ce que c'était, ou ce que c'est. Je n'ai pas de mots pour cela, ou bien les mots semblent faibles et absurdes. C'était une négociation muette menée entre deux ombres intérieures. Y a-t-il quelque chose qui l'explique dans toutes mes recherches favorites ? C'est ce que je me demande maintenant. Qu'est-ce qui a été décidé ? S'agissait-il, au sens le plus strict du terme, de chimie ? Ces êtres intérieurs et poétiques étaient-ils réellement composés d'interactions d'éléments communiquant de façon trop complexe pour que la conscience les comprenne ? Est-ce là le sens du « bénir sans y penser » de Coleridge dans *La Ballade du vieux marin* ?

Au beau milieu de toute cette tension dramatique, Walter et moi nous sommes mis à rire et à sourire. Sans cesser de nous dévisager. Ensuite j'ai regardé le sourire quitter son visage tel le souffle à la surface d'un miroir. Walter m'a embrassée, intensément, et puis la nuit a continué à s'écouler. Nous avons somnolé et nous nous sommes réveillés toutes les heures ou deux. Nous n'avons pas cessé de nous découvrir l'un l'autre, et bien que mon corps ait été maladroit, inaccoutumé au contact, et que Walter ait eu tout le temps froid, j'ai empilé d'autres couvertures, et enfin nous avons émergé du sommeil au grand jour et n'avons pas du tout commencé notre journée habituelle.

Walter et moi sommes ensemble depuis bientôt un an, et nous faisons la navette entre Minneapolis et Rochester.

Il est allé en Arizona rencontrer mes parents, qui, comme tant d'habitants du Minnesota, ont pris leur retraite à la chaleur cuisante. Ses enfants ne viennent jamais nous voir, mais il me donne des nouvelles de leurs vies trépidantes. Je passe au moins un week-end par mois chez lui, une sous-location à Rochester. Son chat est resté avec son ex-femme et nous en avons adopté un qui fait les allers et retours avec nous. Parfois, quand nous sommes au lit, nus, épuisés, après avoir fait l'amour, le chat nous marche dessus avec le dédain d'un empereur, puis se pelotonne entre les jambes de Walter et ronronne.

Un jour où Walter me demande s'il m'est arrivé de lire des travaux sur la chimie du cerveau et le sentiment amoureux, je le regarde et éclate de rire. Nous savons tous les deux que l'aire tegmentale ventrale et le noyau caudé sont stimulés lorsqu'une personne est amoureuse. Le noyau caudé possède une surface abondant en récepteurs de la dopamine, un neurotransmetteur essentiel qui nous permet de vivre un certain temps en vitesse surmultipliée et exalte les moments où nous sommes en présence de l'objet aimé. Walter lance, d'un ton dégagé, que si nous savions guérir les dépendances nous disposerions aussi d'un traitement contre l'amour. Le sentiment amoureux serait plus facile à traiter qu'un virus. Les désespérés, ceux dont l'amour n'est pas partagé, pourraient avaler un comprimé libérateur. J'y réfléchis, quelques semaines plus tard, lorsqu'il me quitte.

Il retourne à New York avec l'intention d'expédier ses affaires ici et d'organiser sa mutation. Mais il est absent pendant ce qui me paraît un long moment, environ deux semaines, et à cette occasion je découvre que ma capacité d'autrefois à vivre heureuse dans la solitude et à trouver une certaine sécurité dans une routine quotidienne a été anéantie. Je suis agitée et j'ai du mal à me concentrer. Je reviens sans cesse sur les coups de fil de Walter, le sens caché de ses paroles, un tremblement dans sa voix. Je prends de longs bains chauds tous les soirs, pour me rassurer, et aussi parce que la salle de bains est une pièce petite et que je n'errerai pas sans but. Je m'occupe du chat, et quand je brosse distraitement sa fourrure mes yeux s'emplissent de larmes. Je ne sais que faire de moi-même. Je ne mange qu'un seul aliment au dîner – six oranges ou un sachet entier de bretzels. Du gâteau aux carottes. Tout un melon. Quand Walter téléphone et m'apprend qu'il lui faudra au moins une semaine de plus, je décide qu'il cherche à adoucir le choc et ne sait comment m'annoncer qu'il ne reviendra pas. Je raccroche et reste assise, hébétée, les yeux rivés sur le téléphone. Il rappelle et dit qu'il m'a pris un billet d'avion bon marché sur Internet. Puis-je venir passer le week-end ?

Je demande si je dois emmener le chat.

« Non, tu peux trouver quelqu'un qui s'occupe de lui ? » répond-il.

Je prends soudain une longue inspiration silencieuse. Je suis stupéfaite de comprendre que j'ai imaginé, l'espace d'un instant, qu'il me faisait venir uniquement pour lui ramener le chat.

Walter ne pense pas qu'il existera un jour un traitement idéal contre la dépendance, parce que la dépendance elle-même est tellement complexe et associe des comportements acquis, des expériences, des sentiments et des souvenirs, ainsi qu'une vulnérabilité génétique particulière. Ses recherche à lui sont concrètes, et comportent des tests ADN visant à isoler et à étudier certaines enzymes héritées qui traitent les drogues soit avec une avidité peu commune, soit avec une indifférence passive. Il imagine un monde où l'on analyse la vulnérabilité des bébés à l'égard de la dépendance et où ils sont traités in utero.

Tandis que jour après jour, mois après mois, nous travaillons, nous mettons au point une routine rassurante. Le soir, musique. Lecture. Un petit feu dans la cheminée. Au lit. Le matin, thé au lait et au miel. Nous l'aimons bouillant, dense et tourbeux. Comme nous le buvions à Londres. Nous aimons l'avoine concassée pour le porridge, et les fruits de saison. Des pamplemousses roses sucrés en hiver. Des framboises en plein été. Au fil du temps, si l'on est bien ensemble, une substance nommée oxytocine joue un rôle dans les tendres sentiments d'attachement. Nous convenons tous deux que, techniquement parlant, nous sommes accros l'un à l'autre. C'est une bonne dépendance, dans notre cas, à la fois partagée et favorisant probablement une vie plus longue et plus heureuse. Mais après l'absence new-yorkaise, je me rends compte aussi combien j'ai peur de perdre Walter. J'ai peur comme un accro à l'héroïne a peur. Je ne pourrais jamais revenir à ma vie pré-Walter sans ressentir à chaque instant l'absence de Walter. Parfois cela me ronge. Je l'exhorte à conduire prudemment, à éviter le beurre, à ne pas oublier son rappel antitétanique. Parfois, quand je le regarde, je l'imagine mort et mes yeux s'emplissent de larmes. J'ai travaillé sur des cadavres, bien sûr, et je peux facilement imaginer l'absence inerte de Walter dans le corps de Walter, les membres raides et infiniment froids, la peau grise.

J'ai travaillé sur les récepteurs du peptide CART. Le peptide CART est une molécule existant naturellement dans le cerveau humain. Il est prometteur, ou a des incidences, pour ce qui touche au développement de ce qui pourrait s'avérer le traitement idéal visant à empêcher et à guérir la dépendance à la cocaïne. J'ai fait des rêves où j'arrive à trouver un antidote à la dépendance – plus efficace que la meilleure formule pharmaceutique dont nous disposions aujourd'hui : méthadone ou buprénorphine pour le sevrage des opiacés – et avec moins d'effets secondaires que la naltrexone inhibitrice des opiacés.

Dans mes rêves, les gens ne meurent ni de désir ni prisonniers d'un cycle de besoin insupportable. Ils ont la possibilité de se droguer sans dommage physique ou mental durable. Parfois, je me trouve dans une vaste foule de gens que j'ai sauvés, et je suis gagnée par l'excitation. Un sentiment de satisfaction me parcourt. Je suis entourée d'esprits libres. Des milliers de cerveaux qui tournent bien. Je sens le bourdonnement de la pensée. Le vrombissement de l'énergie neurale. Des signaux complexes qui vont et viennent. Parfois je m'évanouis vraiment dans mon sommeil – de joie. Parfois je me réveille moi-même en rêvant que je me suis évanouie de cette façon, et je suis très heureuse jusqu'à ce que je me rende compte que je n'ai rien guéri du tout.

Un jour, voilà que nous tombons tous les deux malades. C'est un virus de grippe banal et nous avons dû y être exposés en même temps parce que nos symptômes se déclarent pratiquement à la même heure et sont identiques. D'abord les douleurs articulaires épouvantables, le mal de gorge, le mal-être, puis la fièvre et l'horrible nausée, et c'est là que mes ennuis s'arrêtent au bout de plus ou moins trente-six heures. Mais Walter ne se remet pas en même temps que moi – il continue à être malade pendant pas loin de deux semaines. Durant cette période, il me demande de regarder sur l'étagère du haut de sa bibliothèque, où je repère *The Milk of Paradise.*

«Je l'ai eu tout le temps, dit-il. Je te l'avais volé.»

Il avait gardé un souvenir de notre rencontre, et maintenant il veut me le rendre. Je regarde à l'intérieur du volume et vois qu'il s'est servi, en guise de marque-page, de la marge déchirée d'un journal devenu cassant où sont inscrits mon nom et mon prénom.

La vue de mon nom, écrit de sa main il y a si longtemps, me contrarie. Je suis gênée, en repensant qu'il était allé à la fac et avait retrouvé ma trace. 49 Grafton Way, c'était là que j'habitais, à deux pas du Pollock's Toy Museum. Je trouvais le Musée du jouet, avec ses passages minuscules et ses poupées anciennes aux yeux opaques, irrésistiblement sinistre. Je ne cessais d'y retourner. J'ai conservé quelques-uns des superbes bouffons, clowns de cour et décors de scène pour pièces miniatures en papier découpé. En pensant au Musée du jouet et à l'attirance qu'il exerçait sur moi, je suis étonnée de penser que l'impulsion qui m'avait fait monter dans la voiture de Walter était d'une certaine façon liée à la passivité avide de ces poupées. Pour la première fois, j'essaie de questionner Walter sur sa vie à Londres.

Il prétend ne pas se souvenir de grand-chose. C'était une époque agitée, se contente-t-il de dire. En regardant le journal déchiré, je m'interroge sur l'impulsion qui l'a poussé à commettre le larcin.

Il me voit en train de regarder.

« Oui, dit-il, je devais savoir qu'un jour tu serais tout pour moi. Je suis sorti avec beaucoup de femmes. Pourquoi, sinon, aurais-je noté ton nom et l'aurais-je gardé ? »

Je ravale mon brusque sursaut de colère. Ainsi, il voyait beaucoup de femmes ? Je sais que les picotements que j'ai dans la région du cœur sont déraisonnables et je garde une voix calme.

« Tu as peut-être écrit mon nom parce que j'étais la seule qui refusait de coucher. »

Walter sourit d'une façon qui me semble un peu suffisante.

« Il est possible que cela m'ait rendu un peu plus curieux, oui.

– As-tu eu le pressentiment que nous serions tellement attirés l'un par l'autre ?

– Je suis sûr que oui. Et maintenant, je ne sais pas ce que je ferais sans toi, je ne le sais vraiment pas. »

Il prend une courte inspiration qui semble rester bloquée dans sa poitrine. Il y a quelque chose de bien plus désespéré dans sa voix que ne le justifie cette maladie agaçante.

« Être malade, c'est ennuyeux », dis-je en lui prenant la main.

Il ne répond pas, mais me serre les doigts si fort que je suis obligée de sourire tout en repoussant gentiment sa main d'une secousse.

Quand il est malade, Walter ne réagit pas du tout comme moi. J'aime qu'on me laisse seule, lui non. Je ne me suis jamais vraiment occupée d'un malade, pas d'une personne que j'aime, pas chez moi. Je suis donc étonnée, le lendemain, lorsque au moment où je m'apprête à quitter la pièce après lui avoir apporté un verre d'eau, Walter me dit qu'il se sent seul, et me demande de m'asseoir et de lui parler. Je dois me forcer à faire demi-tour, à m'asseoir à côté du lit. Mais je vais être en retard au bureau et suis impatiente d'y retourner – je suis satisfaite d'un travail que j'ai en cours. Je n'apprécie pas d'être ramenée dans la chambre du malade. Je crois qu'il me sent absente pendant que je lui parle, mais aussi que le fait que je sois là alors que je n'en ai pas envie le rassure.

Son visage est flasque, gris, parsemé par plaques minuscules d'une barbe blanche de trois jours. L'âge a piqueté ses tempes de taches de rousseur, ses cheveux sont hérissés d'un côté. Son nez est blanc comme l'os. Il respire plutôt vite, mais dit qu'il se sent mieux. Tandis que je lui tiens compagnie, il me vient à l'idée qu'il a probablement faim et je l'avertis que je ne m'en vais que pour lui préparer quelque chose à manger. Il sourit, pourtant sa main se cramponne étrangement à la mienne. Je lui souris et lui caresse la main. Je lui dis de ne pas s'inquiéter, et puis je pars à la cuisine. Je lui prépare une omelette. Je l'ai souvent taquiné à propos de sa curieuse façon de draguer, et je pense qu'il va rire quand je lui apporterai ce plat. Il m'appelle. Je suis en train de décorer l'assiette de basilic ciselé et lui réponds que j'arrive. Mais il se passe encore deux ou trois minutes avant que j'entre dans la chambre. Il me regarde en silence, la main sur le cœur. Il n'est pas encore mort. Cela prendra le restant de la journée, et une nuit.

Je suis à côté de son lit, à l'hôpital, dans un de ses fauteuils pliants en plastique inconfortables. Ses enfants ne sont pas encore arrivés – ils viendront en voiture demain matin depuis l'aéroport de Minneapolis. Je ne suis pas vraiment censée passer la nuit dans cette chambre, mais j'ai profité d'un passe-droit de chercheur. Je ne quitterai pas le chevet de Walter, bien que j'aie découvert qu'il n'est pas celui qu'il a prétendu être, pas tout à fait. Oh, il est bien le chercheur à l'omelette. Mais il ne menait pas de travaux de recherche, il était soigné ici pour une cardiomyopathie restrictive, une maladie cardiaque rare. Il n'en avait parlé à personne ; ses enfants n'en savaient rien. En fait, il était venu ici pour mourir et avait peut-être même échafaudé ce plan alors qu'il était assis en face de moi à la conférence, à Paris. J'ai apporté *The Milk of Paradise* pour le lire ici, et je suis frappée par les dernières lignes, où Abrams dit des poèmes de Coleridge que ce sont des oasis dans nos vies poussiéreuses et ajoute : Il n'y a rien d'effrayant dans leur riche étrangeté. Au contraire, il faut les aimer d'autant plus en raison du prix effarant à payer pour la beauté volée à un autre monde.

La douleur lente du sevrage a déjà commencé. Peut-être par compassion Walter l'a-t-il entamé en me rendant le livre, et peut-être, s'il a mentionné d'autres femmes, était-ce une façon de projeter les grains d'une certaine réalité dans ce que je pouvais penser de lui. Je lui en sais gré car, assise là à son chevet, je reconnais qu'au lieu de craindre sa perte imminente, une fureur m'habite. Il m'a fait l'aimer. C'est comme s'il m'avait transmis sciemment un mal dangereux et envisageait maintenant de m'abandonner. Menteur, pensé-je, et je vois ces poupées qui attendent qu'on les prenne dans nos bras. Pourtant, en scrutant son visage je ressens toujours cette mystérieuse affinité que nous sommes incapables de définir tout à fait.

Il y a le ronronnement, les soupirs, la palpitation murmurante, le balbutiement de parasites, les bips minuscules de machines indiquant la présence de vie chez Walter. J'observe intensément les écrans, le taux d'oxygène dans son sang, l'écart imprévisible de son cœur, le grincement des parois et des valvules ossifiées. Parfois je suis à deux doigts de m'assoupir, mais alors je me réveille en sursaut et me redresse. Je touche Walter, son poignet, sa jambe recouverte d'un drap. Sa peau a déjà l'indifférence cireuse des cadavres, bien que le sang coule en dessous et que son pouls filant perdure.

En me réveillant avant l'aube, je déteste Walter de me montrer combien il est proche, cet autre univers. Mais alors il ouvre les yeux et me regarde bien en face, et je suis bouleversée de me trouver dans les deux mondes à la fois. Son regard dit qu'il est inutile que j'aie peur d'une telle proximité, et puis quelque chose de paisible et d'électrique s'écoule vers moi, venant de lui. Il offre cette chose ineffable et je l'accepte. Quand les infirmières se précipitent dans la chambre, elles s'arrêtent net.

Je leur annonce qu'il est parti.

Il était convenu qu'il en serait ainsi. Rien d'extraordinaire. Je lui ferme les yeux d'un frôlement de main, et dis aux infirmières que j'ai besoin d'être seule avec lui. J'ai les paupières qui tombent, le cerveau embrumé de sommeil. J'ai un besoin fou de me glisser au lit à côté de lui et de dormir. Les infirmières détachent Walter de la machine. Elles prennent des notes dans un échange de murmures étouffés, et s'en vont enfin, tirant le rideau, refermant la porte avec un petit bruit mat, et s'éloignant enfin dans le couloir à pas feutrés.

Table

DU MÊME AUTEUR

Aux Éditions Albin Michel

L'ÉPOUSE ANTILOPE, 2002.

DERNIER RAPPORT SUR LES MIRACLES À LITTLE NO HORSE, 2003.

LA CHORALE DES MAÎTRES BOUCHERS, 2005.

CE QUI A DÉVORÉ NOS CŒURS, 2007.

LOVE MEDICINE, 2008.

LA MALÉDICTION DES COLOMBES, 2010.

LE JEU DES OMBRES, 2012.

LA DÉCAPOTABLE ROUGE, 2012.

DANS LE SILENCE DU VENT, 2013.

«Terre d'Amérique»

Collection dirigée par Francis Geffard
(Extrait du catalogue)

CHRIS ADRIAN
Un ange meilleur, nouvelles

SHERMAN ALEXIE
Indian Blues, roman
Indian Killer, roman
Phoenix, Arizona, nouvelles
La Vie aux trousses, nouvelles
Dix Petits Indiens, nouvelles
Red Blues, poèmes
Flight, roman
Danses de guerre, nouvelles

DAVID BERGEN
Une année dans la vie de Johnny Fehr, roman
Juste avant l'aube, roman
Un passé envahi d'ombres, roman
Loin du monde, roman
La Mécanique du bonheur, roman

JON BILLMAN
Quand nous étions loups, nouvelles

TOM BISSELL
Dieu vie à Saint-Pétersbourg, nouvelles

AMANDA BOYDEN
En attendant Babylone, roman

JOSEPH BOYDEN

Le Chemin des âmes, roman
Là-haut vers le nord, nouvelles
Les Saisons de la solitude, roman
Dans le grand cercle du monde, roman

KEVIN CANTY

Une vraie lune de miel, nouvelles
Toutes les choses de la vie, roman

DAN CHAON

Parmi les disparus, nouvelles
Le Livre de Jonas, roman
Cette vie ou une autre, roman
Surtout rester éveillé, nouvelles

MICHAEL CHRISTIE

Le Jardin du mendiant, nouvelles

CHRISTOPHER COAKE

Un sentiment d'abandon, nouvelles

CHARLES D'AMBROSIO

Le Musée des poissons morts, nouvelles
Orphelins, récits

CRAIG DAVIDSON

Un goût de rouille et d'os, nouvelles
Juste être un homme, roman
Cataract City, roman

ANTHONY DOERR

Le Nom des coquillages, nouvelles
À propos de Grace, roman
Le Mur de mémoire, nouvelles

DAVID JAMES DUNCAN

La Vie selon Gus Orviston, roman

DEBRA MAGPIE EARLING

Louise, roman

BEN FOUNTAIN

Brèves rencontres avec Che Guevara, nouvelles
Fin de mi-temps pour le soldat Billy Lynn, roman

TOM FRANKLIN

Le Retour de Silas Jones, roman

ALAN HEATHCOCK

Volt, nouvelles

RICHARD HUGO

La Mort et la Belle Vie, roman
Si tu meurs à Milltown

HOLLY GODDARD JONES

Une fille bien, nouvelles

THOM JONES

Le Pugiliste au repos, nouvelles
Coup de froid, nouvelles
Sonny Liston était mon ami, nouvelles

THOMAS KING

Medicine River, roman
Monroe Swimmer est de retour, roman
L'Herbe verte, l'eau vive, roman

SANA KRASIKOV

L'An prochain à Tbilissi, nouvelles

RICHARD LANGE

Dead Boys, nouvelles
Ce monde cruel, nouvelles

MATT LENNOX

Rédemption, roman

BRIAN LEUNG

Les Hommes perdus, roman
Seuls le ciel et la terre, roman

DAVID MEANS

De petits incendies, nouvelles

DINAW MENGESTU

Les belles choses que porte le ciel, roman
Ce qu'on peut lire dans l'air, roman

PHILIPP MEYER

Le Fils, roman

BRUCE MURKOFF

Portés par un fleuve violent, roman

JOHN MURRAY

Quelques notes sur les papillons tropicaux, nouvelles

KEVIN PATTERSON

Dans la lumière du Nord, roman

BENJAMIN PERCY

Sous la bannière étoilée, nouvelles
Le Canyon, roman

DONALD RAY POLLOCK

Le Diable, tout le temps, roman

ERIC PUCHNER

La Musique des autres, nouvelles
Famille modèle, roman

JON RAYMOND

Wendy & Lucy, nouvelles

ELWOOD REID

Ce que savent les saumons, nouvelles
Midnight Sun, roman
La Seconde Vie de D.B. Cooper, roman

EDEN ROBINSON

Les Esprits de l'océan, roman

KAREN RUSSELL

Swamplandia, roman
Foyer Sainte-Lucie pour jeunes filles élevées par les loups, nouvelles

GREG SARRIS

Les Enfants d'Elba, roman

NATHAN SELLYN

Les Caractéristiques de l'espèce, nouvelles

WELLS TOWER

Tout piller, tout brûler, nouvelles

DAVID TREUER

Little, roman
Comme un frère, roman
Le Manuscrit du Dr Apelle, roman
Indian Roads, récit

BRADY UDALL

Lâchons les chiens, nouvelles
Le Destin miraculeux d'Edgar Mint, roman
Le Polygame solitaire, roman

GUY VANDERHAEGHE

La Dernière Traversée, roman
Comme des loups, roman

VENDELA VIDA

Se souvenir des jours heureux, roman

WILLY VLAUTIN

Motel Life, roman
Plein nord, roman

JAMES WELCH

L'Hiver dans le sang, roman
La Mort de Jim Loney, roman
Comme des ombres sur la terre, roman
L'Avocat indien, roman
À la grâce de Marseille, roman
Il y a des légendes silencieuses, roman

SCOTT WOLVEN

La Vie en flammes, nouvelles

Composition : IGS-CP
Impression : CPI Bussière en octobre 2014
Éditions Albin Michel
22, rue Huyghens, 75014 Paris
www.albin-michel.fr
ISBN : 978-2-226-31239-6
ISSN : 1272-1085
N° d'édition : 21415/01 – N° d'impression : 2012057
Dépôt légal : novembre 2014
Imprimé en France